우리 민족정신과 문화의 꽃

지리산 이천년

우리 민족정신과 문화의 꽃

지리산 이천년

국립공원관리공단
지리산국립공원사무소

보고사

주요 경관 사진

-지리산의 자연과 문화-

천왕봉 잔설(殘雪)

천왕봉 일출(산청군청)

왕시루봉에서 바라 본 섬진강

제석봉

지리산 연봉(連峰)들

구한말 지리산 피아골 입구 연곡사에서 순절한 고광순 항일 의병장 기념관 모습
(전남 담양군 창평면 유천리 고향에 지어졌다. 관련내용 본문 81, 95~100, 196쪽)

지리산 지역의 문화행사

지리산을 사랑하며 실천위주의 학문을 지향하였던 남명 조식선생이,
단성현감을 사직하며 명종께 올린 상소문을 비(碑)로 제작하여 2009년
10월 개최한 제막식 모습. 산청군 시천면 남명선생기념관 내

도인촌으로 올라가는 청학동 남·여 예절지도사들(2009)

지리산 둘레길 만인보 걷기 행사모습

'국립공원을 지키는 시민의 모임' 회원들과 지리산을 사랑하는 사람들이 함께 한 '지리산 만인보' 행사 모습-지리산 만인보는 지리산 주변의 둘레길을 걸으며 지리산의 가치를 되새겨 보고자 하고 있다(2010).

생명과 풍요의 산 지리산이 주는 먹거리

봄에는 고로쇠약수와 산나물, 여름과 겨울에는 탐방객, 가을에는 질 좋은 곶감생산 등을 통하여 지리산은 연중 지역주민들에게 삶을 영위할 수 있도록 해준다. 사진은 2009년 11월, 산청군 삼장면 대포리에 있는 내원사(內院寺) 요사채 방문앞에 걸어 말리고 있는 곶감 모습

봄 - 장당계곡의 철쭉

당나라 때 시인 두보(杜甫)는 그의 시 '춘망(春望)'에서 "(전란으로 혼란
스러운) 시절을 생각하면 꽃을 봐도 눈물이 나는구나(感時花濺淚)"라
고 하여 인간사에 아랑곳없이 피는 꽃들의 무심(無心)함에 눈물겨워 하
였다. 지리산에서도 봄이면 어김없이 피는 꽃들을 보면 공감이 간다.

▲ 여름 – 거림계곡의 격류

여름폭우로 불어난 거림계곡 모습–지리산내에는 격류지주(激流砥柱)
와 같이 도도히 흘러 들어오는 외세 속에서 꿋꿋이 민족의 정체성을 지
키고자 하는 인물들이 많았다.

가을 – 추색(秋色) 짙은 삼신봉계곡 ▶

성하(盛夏)를 보내고 고요한 침잠(沈潛)과 관조(觀照)의 계절로 들어섬을
알리고 있는 듯한 단풍들

겨울1 – 삼신봉자락의 풍운(風雲)

김지하 시인은 지리산빨치산사건 등 과거 지리산에서 있었던 격동적인 시대를 생각하여 지은 시 '지리산'에서 "눈 쌓인 산을 보면 피가 끓는 다. 푸른 저 대샆(숲)을 보면 노여움이 불붙는다"라고 하였다

겨울2 - 청학동계곡의 설경

미국의 시인 R.Frost는 '눈오는 날 저녁 숲속에서(Stoippng by Woods on a Snowy Evening)'라는 시에서, 세모(歲暮)에 깊은 숲 속에서 눈내리는 모습을 보며 삶에 있어서의 성실한 책임과 의무 이행을 읊었다. 깊은 지리산 숲에 내리는 겨울 눈을 보면 사람들로 하여금 많은 사색(思索)을 하게 한다.

지리산권 역사문화

머리말

서양에서는 로마제국시대가 전개되고, 중국에서는 진(秦)을 멸한 한(漢)나라가 크게 발흥하며, 일본에서는 야오이(彌生)토기시대가 한참일 때, 우리나라 지리산주변에서도 삼한(三韓)시대가 열리며 소도(蘇塗)문화가 시작되는 등 역사의 여명(黎明)이 밝아 왔다.

그런데 K. Marx가 "인간·자연·역사 세 가지는 상호 밀접한 관련을 갖고 있다"라고 한 바와 같이, 우리나라의 지리산권에서도 역사가 시작된 이내 지금까지 오랜어 빈틴 수많은 역사·문화적 사건들이 발생이었다. 즉, 북쪽의 백두산과 함께 남쪽에서 우리나라 국토의 중심축을 이루는 국립공원 지리산은 그 깊고 넓은 산자락의 품속에서 우리 민족의 영욕과 애환·아픔·갈등과 같은 민중들의 삶의 역사와 같이 해왔다.

또, 마치 천 가지 종류의 새들이 둥지를 틀고 있는 숲과 같이, 지리산권에서는 예로부터 무(巫)·선(仙)·유(儒)·불(佛)과 같은 우리 민족의 고유, 또는 외래 문화들이 자생하였거나 전래되어와 꽃피워졌다. 그리하여 지리산기슭에서 발생하였던 역사와 문화는 한국사상·역사학·철학·현대정치사와 같은 학문뿐만 아니라, 전사(戰史)·종교·국악·문학·민속·예술 등과 같은 인문과학의 거의 모든 분야를 망라하고 있어 지리산은 가히 인문자원의 보고이자, 한국문화의 축소판이라 할 수 있겠다.

물론 지리산보다 더 높고 넓은 국립공원은 세계에 많이 있겠으나,

위와 같이 우리나라의 지리산처럼 독특하게 역사·문화자원이 풍부한 국립공원은 많지 않다. 예를 들어 미국의 옐로스톤(Yellowstone, 8,991㎢)국립공원과 아프리카의 세렝게티(Serengeti, 14,800㎢)국립공원은 우리나라에서 가장 넓다는 지리산국립공원(472㎢)보다 그 면적이 각각 19배, 31배 더 넓으나, 위와 같은 인문자원은 우리나라 지리산이 훨씬 더 많이 갖고 있다.

우리 민족이 지리산을 각별히 아끼고 사랑하며, 자긍심을 갖고 있는 이유는 또 있다. 그것은 바로 지리산이 갖고 있는 산격(山格)이다. 즉 사람에게 인격이나 품격을 부여하듯이, 우리 민족은 전통적으로 산에도 산격을 부여하였다. 우리가 각 산들에게 부여한 산격과 의미는 각 산들의 특성에 따라 모두 달랐다. 백두산·묘향산·금강산·계룡산·지리산·한라산들은 그 산들의 모양·깊이·높이 그리고 그 넓이와 같은 외면적인 모습과, 정서와 같은 내면적 특성에 따라 각각 상이한 산격과 가치를 부여하였다. 이는 마치 중국민족이 갖고 있는 태산(泰山), 일본 민족이 갖고 있는 후지산(富士山)에 대한 산격이나 의미와 같이, 우리 민족은 총림(叢林)의 심산유곡 속에 만휘군상(萬彙群象)이 서식하고 있는 지리산에 대하여 장엄하고 고원(高遠)한 산격을 부여하여 단순한 땅 덩어리나 지표(地表) 이상의 경외와 신앙의 대상, 그리고 생명을 의지할 수 있는 어머니(母性)와도 같이 여겼다.

뿐만 아니라, 산과 들·강·바다 등의 자연을 주로 자연지리적 관점에서 바라보는 서구인들의 자연관에 비하여, 우리 민족은 자연, 특히 산에 대하여 깊은 정신적인 의미와 가치까지 부여하였다. 예를 들어 우리 민족의 시초에 관한 신화라 볼 수 있는 개국신화도 '태백산(太白山)'이라고 하는 산에서 시작되었으며, 이어 새로운 왕조마다 전국의 주요 산을 5악으로 나누어 국태민안을 위해 제사지냈다. 또 민중들은 마을 주변의 산신들에게 마을의 풍요와 집안의 안녕을 빌어 왔으며, 사후에는 산으로 돌아감을 자연스럽게 생각하였다. 또 한때 우리 민족의 기본 종교였던 불교는 전국의 명산을 지리적인 귀의처로 삼아 지금까지 면면히 이어져 오고 있듯이 우리나라의 산은 신격화 내지는 인격화되어 우리 민족에게 정신적·물질적인 의지의 대상이 되어왔다.

그리하여 때로는 야망과 웅지를 품은 자들이, 때로는 권력에 저항하는 자들이, 때로는 이민족(異民族)의 침략으로부터 국가를 지키려는 애국지사들이, 때로는 학문과 수도를 하려는 도학자들이, 때로는 현실세계로부터 도피하는 자들이, 때로는 기아에 절박한 자들이 각각의 사연으로 혼자, 또는 가솔들을 데리고, 아니면 뜻을 같이하는 자들과 함께 지리산을 찾아 들어 왔다.

이에 따라 오랜 역사가 흐르면서 세계 다른 나라들의 산들과는 달리, 지리산에서는 저절로 독특하고도 다양한 산중문화가 발달하게 되었으며, 특정분야에 있어서는 성지와도 같은 산이 되었다. 그리하여 지리산권에서는 명현거유(名賢巨儒) 및 고승선사(高僧禪師)들과 같은 철인각자(哲人覺者)들이 배출되었고, 그들에 의해 우리 민족의 정신문화는 가일층 정박(精博)해졌으며, 때로는 이민족의 침략 앞에 백척간두(百尺竿頭)의 위기에 처해졌던 이 나라가 구해지기도 하며 지리산은 민족의 성쇠(盛衰)와 함께 대하(大河)처럼 장대한 역사를 이루어 왔다.

이제 애국지사들이 우리 민족을 지키기 위해 이민족과 싸웠던 전적지(戰跡地)와, 도학자들이 수도·정진하였던 역사·문화 유적지들은 고색창연한 문화유산이 되어 우리 후손들에게 전해져오고 있으며, 밤하늘의 별자리들(星座)처럼 빛나고 있다. 또 지리산자락 곳곳의 마을이나 주민들은 아직도 가옥·의복·음식·풍습 등에서 한국문화의 원형(原型)을 잘 간직하며 살고 있다.

이렇게 지리산이 간직하고 있는 소중한 인문자원들은 지리산의 특성이 되고 있을 뿐만 아니라, 우리 민족의 정체성을 상징하고 있기도 하다. 따라서 우리는 이와 같은 지리산을 울창하게 잘 보존하여 후대에 전해줘야 할 당위성이 있으며, 또한 여기에 지리산을 국립공원으로 지정하여 보호하고자 하는 목적이 있다 할 수 있겠다.

　지금도 지리산은 변함없이 봄에는 백화방초(百花芳草)의 춘광(春光)을, 여름에는 운무풍우(雲霧風雨)의 하경(夏景)을, 가을에는 백과단풍(百果丹楓)의 추색(秋色)을, 겨울에는 백설한풍(白雪寒風)의 동정(冬情)을 보이고 있다. 이 책에서 지리산에 발생하였던 역사와 문화를 정리함은 단지 지나간 지리산의 먼 과거를 회상(回想)해 보는 데 만족하려는 것이 아니고, 우리 민족의 앞날에 펼쳐질 긴 미래에 있어서, 위와 같이 유구한 세월 동안 변함없는 모습을 보이고 있는 지리산의 역할이 계속되기를 기대하는 마음의 발로이기도 하다.

　지리산권 역사·문화에 관한 본 자료집은 지리산이라는 공간에서, 과거 이천여 년간이라는 기간 동안 발생하였던 역사·문화적 사건들을 주제별로 정리하였다. 제Ⅰ장에서는 우선 시야를 넓혀 지리산권 주요 행정구역인 산청군·하동군·구례군·남원시·함양군·진주시에 관하여 지리·산업 그리고 역사와 문화적인 특성을 살펴보고, 제Ⅱ장에서는 범위를 좁혀 지리산의 지리적 특징을 자연·인문·풍수지리적 관점에서 개관하여 보았다. 그리고 본론인 제Ⅲ장에서는 세부적으로 지리산권에서 발생하였던 역사와 문화를 애국·충절, 한국사상·학문·종교·예술·역사유적·정치적 사건·소실된 문화유산·설화(전설)와 같은 주제별로 묶어 서술하되, 국가와 민족을 지키고자 하였던 사건과 인물들을 맨 앞으로 두었다.

지리산 전체를 아우르는 이 자료집은 여러 사람의 도움으로 완성되었다. 우선 이 자료집을 만들도록 최초로 발의(發意)하신 분은 국립공원관리공단 지리산국립공원사무소 나공주 소장님이셨다. 그리고 소장님을 중심으로 이승찬·서인교·신창호·서윤석·송홍식·주성근·유창우·소승호·이상주 과장 및 분소장님들은 초안에 대하여 여러 번 토의하며 수록내용을 수정하여 주셨다.

　초안이 만들어진 후, 최석기 경상대 교수님·홍영기 순천대 교수님·청학동 김삼주·서형탁·성낙근·양영욱 선생님·쌍계사 순원스님께서는 바쁘신 와중에도 내용을 정독하신 다음, 잘못된 부분을 바로 잡고 거친 문장을 일일이 다듬어 주셨다.

　또 지리산국립공원 북부사무소와 남부사무소, 산청군청·산청문화원·하동군청·구례군청·구례문화원·남원시청·남원문화원·남원 광한루원·함양군청·진주시청, 구형왕릉·남명선생기념관·문익점선생기념관·석주관 칠의사묘 관리사무소, 그리고 칠불사·연곡사·법계사·화엄사·대원사·내원사·실상사·천은사·벽송사·서암정사·천왕사 종무소 등 관계자 분들과, 손병욱 경상대 교수님·삼성궁 한풀선사님·이병채 남원문화원장님·우두성 구례문화원장님·이호신 화백·산청군 남사 고가마을 박우근 선생님·진남숙 하동군 문화·관광해설사(이상 무순)는 각 해당 부분을 검토해주셨을 뿐만 아니라, 귀중한 자료와 그림·사진들을 아낌없이 제공해 주셨다. 그리고 우리 사무소 자연환경안내원 박소현 씨는 2년 가까이 전산편집을 하여 주었고, 이 책을 펴낸 출판사 보고사에서는 화룡점정(畵龍點睛)의 마지막 완성을 이루어 주었다. 모든 분들에게 깊은 감사를 드린다.

－집필자

차 례

일러두기

본 자료집은 지리산권에서 인간의 문화가 비로소 발생하기 시작한 것으로 보이는 B·C 57년경부터 2009년 최근까지, 2천여 년간의 역사·문화적 주요 사건들을 문헌과 현장답사를 통하여 수록하였으며, 다음과 같은 기준을 두어 정리하였다.

- 편제 순서는 애국·충절 및 우리 민족의 고유 정체성에 관한 내용(한국사상)을 우선으로 하였다.

- 제Ⅰ장 지리산권 행정구역은 지리산국립공원사무소가 있는 산청군부터 시계방향으로 하였으며, 제Ⅲ장 제10항 설화(전설)만 '가. 나. 다…'순으로 하고 나머지는 발생(또는 창건)순으로 하였다.

- 국립공원구역 경계와 상관없이 지리산과 근접한 곳에서 발생하였던 사건 및 사적지는 '지리산권'이라는 큰 범주에 포함시켜 가급적 모두 수록하였다. 특히 애국·충절에 관한 사적은 선열들의 숭고한 희생과 전공이 잊히지 않고 후대에 길이 전해질 수 있도록 하고자 하는 취지에서, 지리산에서 다소 멀리 떨어져 있더라도 수록하였다(예: 남원의 황산대첩·남원성전투·진주의 진주성대첩 등).

- 전적지, 사찰 등 문화재에 관한 설명은 가급적 현장에 설치되어 있는 안내판과 문화재청, 관할 지방자치단체 또는 해당 사찰의 공식 웹사이트에 수록된 내용을 참조하였다.

- 학문, 종교, 사상(예: 단군사상 등) 등에 관한 설명은 역사적 개관 위주로 기술하고 그의 본질적인 개념이나 원리에 관한 서술은 생략하거나 극소화하였다.

- 부록 「지리산 연표」에 수록된 각 연대는 지리산의 역사·문화에 관한 각 시·군지(산청군·하동군·구례군·남원시·함양군·진주시)뿐만 아니라 개인·기타 단체가 만든 자료에 나오는 연대들을 정리한 것이므로, 자료에 따라 연대에 관한 오차가 있을 수 있다. 또한 주요 사찰들은 창건 이래 소실과 중건을 거듭한 경우가 많았으나, 중건사실은 모두 수록하지 못하고 주요 소실되었던 사실(연대)만을 적었다.

- 사진이나 그림을 기증하여 준 기관이나 개인명은 괄호 속에 표시하였으며, 그 외 표시되지 않은 사진들은 모두 2009년과 2010년에 집필자가 직접 촬영하였다.

- 동·식물, 자연경관 등 자연자원과 생태 분야는 제외하고, 역사·문화 등 인문자원 분야에 한정하여 수록하였다.

I. 지리산권 행정구역별 개관

1. 산청군

산청군은 동쪽으로 합천군·의령군, 북쪽으로 거창군·함양군, 남쪽으로 진주시, 서남쪽으로는 하동군에 접하고 있으며, 1읍 10면으로 이루어져 있다. 전체면적은 약 795㎢로서 전국 면적의 0.8%이고, 경상남도 면적의 7.6%를 차지하고 있다.

천왕봉을 기점으로 한 지리산줄기는 산청·함양군과 멀리 하동군과의 경계를 이루고, 황매산은 합천군과 경계를 이루고 있다. 산청군은 지리산권 동부에 위치한 군으로서 전반적으로 지형이 험준한 편이다. 산청군 서남부지역에는 1,300~1,600m에 이르는 지리산 높은 봉우리들이 솟아 있는데, 주요 산은 북쪽의 왕산(923m), 중앙의 웅석봉(1,099m), 동쪽의 둔철산(811m), 정수산(828m), 황매산(1,108m) 등이 있다.[1]

산청군의 대표적인 하천은 남강 상류에 해당하는 경호강·덕천강·양천강 등이 있다. 이 중 경호강은 남덕유산(1,507m)에서 발원하여 함양군을 거쳐 흘러오는데, 생초면에서 함양군 마천면으로부터 흘러오는 엄천강과 합류하여 산청군 중심부를 북에서 남으로 흘러 진주 남강으

---

1) 산청군지편찬위원회, 『산청군지』 상권, 2006, pp.69~72.

로 유입되고 있다. 또 황매산에서 발원한 단계천은 양천강과 신안면에서 합류하여 남쪽으로 흐르다가 경호강과 합류하며, 덕천강은 지리산에서 발원하여 단성면 창촌리를 지나 남강으로 흘러들어 간다.

산청군은 전체면적의 약 78.6%가 산지이어 평야지대는 대체로 적으며, 내륙에 위치하여 전형적인 대륙성 기후가 나타난다. 따라서 산악고원지대에서는 기온변화가 심하여 일교차가 크고, 여름에는 남서쪽에서 접근해오는 저기압이 산청군 북쪽의 소백산맥과 동남쪽의 지리산과 부딪쳐 내리는 지형성강우가 많다.[2]

교통은 대전–통영 간 고속국도 35호가 개통되어 서울을 비롯한 수도권에 도착할 수 있는 시간이 3시간대로 단축되었다. 국도 3호인 경남 남해군~충남 금산선과 국도 20호인 산청~경북 포항선, 국도 59호인 전남 광양~강원도 양양선이 남북으로 관통하고 있다. 그리고 산청군 인구 역시 1960년대 이후부터 1980년대 중반까지 공업화가 진행됨에 따라 부산·울산·마산·창원·양산·김해·진주와 같은 인근 대도시로 인구가 계속 빠져나가 전국 추세와 마찬가지로 감소하였다.

임진왜란 때에는 산청군출신 조종도(趙宗道)·이로(李魯) 등이 의병을 규합하여 진주성 외곽에서 항전하였는데, 제2차 진주성싸움 패전 후 이 지방은 거의 폐허가 되다시피 하였다. 그리하여 왜란 직후인 1599년(선조 32년) 단성현을 폐지하고, 그 일부를 산음현으로 편입하였다가 1613년(광해군 5년) 다시 단성현을 환원하였다. 그 후 1895년(고종 32년) 지방 행정구역 개편으로 산청현과 단성현이 군으로 편입되었으며, 1906년에는 진주군에 속해 있던 삼장(三壯)·시천(矢川) 등 6개 면도 산청군으로 편입되었고, 1914년에는 단성군도 산청군으로 통합되었다.

---

2) 위의 책, pp.77~78.

▲산청읍 전경(산청군청)

　1919년 3·1운동 때에는 빈농민 출신 유림지 곽종석이 신등면의 명유(名儒) 김황과 더불어 전국 유림들의 뜻을 모아 파리강화회의에 한국독립에 관한 청원서를 내는 등 유림들의 광복운동을 주도하였다. 그리고 현대에 들어와 1950년 6·25전쟁을 전후하여 지리산으로 잠입·활동한 빨치산 사건으로 인해 다른 군들과 마찬가지로 산청군민들의 희생과 피해가 매우 컸다.[3)]

　산업은 대략 농업 57%, 제조업 2%, 서비스업 41%의 비율로 구성되어 있다. 농업에서는 쌀·맥류·콩·곶감·딸기·약초 등이 생산되고 있다. 그 중에서 쌀이 재배 면적 및 생산량에서 전체의 80%를 차지하고 있으며, 최근에는 지리산록 마을을 중심으로 곶감생산이 크게 늘어나고 있다.

---

3) www.nul.pe.kr.

산청군은 학문, 특히 유학의 고장으로서, 역사상 수많은 명현들이 배출되었다. 교육기관 및 서원도 많아 향교 2, 사액서원 3, 향사서원 32곳이 있다.[4] 향교로는 단성향교(고려 인종 때 처음 건립된 것으로 추정)와 산청향교(1440년)가 있고, 서원으로는 도천서원(1456년, 문익점 배향, 신안면)·덕천서원(1576년, 조식, 시천면)·서계서원(1606년, 오건, 산청읍)·청곡서원(이천경, 신안면)·도양서원(김황, 신등면)·이택당(麗澤堂, 허전, 신등면) 등이 있으며, 정사로는 도동강당(이제현, 신안면)·자포정사(이영,

▲산청군 단성면 남사리에 있는 고가마을 예담촌
(예담촌 사진작가 박우근)

신안면)·숭학정사(김진문, 신등면)·인지재(仁智齋, 신등면 평지리, 상산 김씨 소유) 등이 있다.

그리고 산청군은 청정 자연환경을 갖추고 있어 효능이 뛰어나고 다양한 한약초가 많이 생산되고 있으며, 조선시대에는 류의태(柳義泰)·허준(許浚)·유이태(劉以泰)·초삼(楚三)·초객(楚客)형제 등과 같은 많은 명의들이 태어났거나 활동한 한의학 전통이 깊은 고장이다. 이에 따라 2013년 세계 전통의약 엑스포(EXPO)를 산청군에서 개최하기로 확정되었다.

문화행사로는 매년 3월초 고로쇠 축제와 5월초의 한방 약초축제·황매산 철쭉제·10월의 남명 선비문화축제·지리산 평화제가 있다. 문화재

---

4) 산청군지편찬위원회, 『산청군지』 상권, 2006, p.820.

로는 단속사지 동·서 3층석탑(보물 제72호·제73호)·율곡사 대웅전(보물
제374호)·석남암수석조 비로자나불좌상(보물 제1021호)·대원사 다층석
탑(보물 제1112호)·내원사 3층석탑(보물 제1113호)·문익점 목면시배유지
(사적 제108호)·전 구형왕릉(사적 제214호)·조식유적(사적 제305호) 등 보
물 11점, 국가지정 문화재 14점과 도지정 문화재 55점 등이 있다. 또
세심정(洗心亭, 시천면 원리)·물천정(勿川亭, 신등면 나무리마을) 등 많은
누정(樓亭)들이 있으며, 주요 관광지로는 지리산 국립공원과 웅석봉 군
립공원·황매산·삼장면 유평리 대원사·시천면 중산리 법계사·단성면
사월리 문익점 면화시배지·신안면 안봉리 선유동계곡 등이 있다.

2. 하동군

하동군은 한반도의 남단, 경남의 최서부에 위치하여 북쪽으로는 지
리산을 경계로 산청군과 함양군, 전북 남원시와 접하고 있으며, 서쪽으
로는 섬진강을 사이에 두고 전남 광양시와 구례군에 인접해 있다. 동쪽
으로는 진주시와 사천시, 남쪽으로는 남해바다를 경계로 남해군과 접
하고 있으며, 행정구역은 1개 읍 12개 면으로 이루어져 있다. 하동군은
경남의 최서부 남해안에 위치한 군으로서 겨울철에는 시베리아와 몽고
지방에서 발생하는 대륙성 한대기단의 영향을 받고, 여름철에는 북태
평양에서 발생하는 해양성 열대기단의 영향을 받아 기온은 온화하고
일교차도 적은 편이다.[5]

하동군 북쪽에는 백두대간의 마지막 산자락인 지리산이 있고, 남쪽
에는 한려해상국립공원으로 지정된 남해바다가 접해 있다. 하동군 내

---

5) 하동군지편찬위원회, 『하동군지』 상권, p.102.

지역 중 화개지역은 높은 산악지대로 토끼봉(1,533m)·영신봉(1,650m)·삼각고지(1,586m)·삼신봉(1,284m) 등 1,000m가 넘는 높은 산들이 있고, 군 중심부를 흘러가는 횡천강 유역을 중심으로 농경지가 발달되어 있다. 또 형제봉(1,115m)의 서사면 1,000m 지점과 탑리 1,000m 지점에는 고위평탄면이 발달된 반면, 악양면 섬진강[6] 지류에는 해발고도 200m의 저위평탄면이 넓게 발달되어 있다.[7]

하동군의 지형은 대체로 동·서간의 폭이 좁고 남·북으로 길게 펼쳐져 있으며, 산지가 많고 경지가 협소한 편이다. 전남과 경계를 이루는 섬진강은 화개면에서 남해 노량만을 거쳐 한려해상국립공원으로 흘러들어간다. 또 소백산맥 줄기가 북에서 남으로 내려오면서 북쪽에는 지리산, 서쪽에는 백운산이 솟아 있고, 남쪽에는 많은 섬들이 다도해를 이루고 있는 바다가 있어, 하동군은 명산 지리산·맑은 물 섬진강·청정해역 남해와 같은 산·강·바다를 모두 갖추고 있다. 뿐만 아니라 화개면 지리산 기슭에는 칠불사·쌍계사와 같은 고찰과 이상향이라 불리는 청학동 등 많은 문화자원과 하동송림과 같은 수려한 자연·경관자원이 있다.

그리고 화개의 화개천과 악양의 시루봉에서 발원한 악양천은 섬진강으로 흘러들어 가며, 청암천은 삼신봉에서 발원하여 횡천강을 거쳐 섬진강에 합류한다. 이 섬진강은 전북과 전남에서 남쪽으로 흘러 하동군과 전남 광양시를 경계 지으며 남해로 흘러들어 가는 길이 225km, 유역 넓이 4,489km²로서 우리나라에서 4번째로 큰 강이자 가장 맑은 수질을

---

6) 원래 이 강의 이름은 두치강(豆置江), 모래가람, 모래내, 다사강(多沙江), 대사강(帶沙江), 사천(沙川), 기문하(己汶河) 등으로 불렸었다. 1385년(고려 우왕 11년)경 왜구가 섬진강 하구에 침입하였을 때, 수만 마리의 두꺼비들이 울부짖자 왜구가 광양 쪽으로 피해갔다는 설이 있어, 이때부터 '두꺼비 섬(蟾)'자를 붙여 섬진강(蟾津江)으로 부르게 되었다고 한다. 하동군지편찬위원회,『하동군지』상권, 1996, p.93.

7) www.nul.pe.kr.

▲하동읍과 하동 송림 전경(하동군청 웹사이트)

갖고 있는 중요 하전이다.[8] 또 1994년 창원 문화재연구소의 소사설과에 의하면, 하동군 내에 51기 정도의 지석묘와 패총 등이 있는 것으로 보아, 청동기시대 이전부터 하동지역에 이미 사람이 살기 시작하였을 것으로 추측되고 있다.[9]

교통은 하동을 중심으로 진주·순천·구례·남해 간 국도 2호선(목포-하동-진주-부산, 347.6㎞)과 국도 19호선(남해-하동-구례-원주, 432.3㎞)이 동·서와 남·북을 연결하고 있다. 또한 1968년 2월에는 경전선이, 1970년 4월에는 서울-진주-하동-서울을 연결하는 순환열차가, 1973년 11월에는 부산-순천 간 176.5㎞의 남해고속도로가 개통되었다.[10]

---

8) 위의 책, pp.92~93.
9) 위의 책, '하동군 연혁'편.
10) 위의 책, p.59.

▲하동 섬진강 벚꽃

교육기관 및 서원으로는 하동향교(1415년, 하동읍)를 비롯하여 옥산서원(1715년, 정몽주 배향, 옥종면)·인천서원(1719, 최득경, 북천면) 등이 있으며, 사우(祠宇)로는 경충사(1932년, 정기룡장군, 금남면) 등이 있다.[11] 그리고 1948년 10월 여·순사건이 일어나자 화개·악양·청암 등 3개 면의 일부가 소개(疏開)된 적이 있었으며, 1950년 6·25전쟁 때에는 지리산으로 도피하였던 빨치산들이 1952년 하동읍을 습격함으로써 많은 피해를 입기도 하였다.

하동군은 차(茶)·대봉감·섬진강 참게와 재첩이 특산물이다. 과거에는 김도 많이 생산되고 섬진강 은어도 유명하였으나, 광양만 개발 이후 급격히 감소하였다.

문화행사로는 해마다 4월, 군민의 날에 맞춰 열리는 하동 문화제가 있다. 이밖에도 하동 야생차 문화축제, 매년 2월 말 경칩 전후에 열리

11) 위의 책 하권, 1996, pp.1633~1638.

는 고로쇠 축제·화개 쌍계사입구 벚꽃 축제·악양 대봉감 축제·술상
전어축제·노량 참숭어 축제 등이 있다. 관광지로는 국립공원 지리산과
한려해상공원을 비롯하여 칠불사·쌍계사·최참판댁·청학동(삼성궁)·
화개장터·섬진강 백사장·하동포구·쌍계사 벚꽃길 등이 있다.

  문화재는 2010년 현재 국보 1점·보물 6점·사적 2곳·유형문화재
23점·기념물 12점·문화재자료 16점 등이 있다. 주요 문화재로는 쌍계
사 진감선사 대공탑비(국보 제47호)·쌍계사 부도(보물 제380호)·쌍계사
대웅전(보물 500호) 등이 있고, 하동 고소성(사적 151호), 하동 송림(천연
기념물 제445호)이 있다.

3. 구례군

  구례군12)은 소백산맥의 여맥인 지리산 술기 서쪽, 섬진강 숭·상류
연안의 충적층 평야지대에 위치하고 있다. 구례군 북쪽으로는 전북 남
원시, 남쪽으로는 전남 광양시와 순천시, 동·남쪽으로는 경남 하동군,
서·북쪽으로는 곡성군이 인접해 있다. 또 구례군 북·동쪽으로는 지리
산, 동·남쪽으로는 백운산이 솟아 있는 등 구례군 주위에는 크고 작은
산록들이 병풍처럼 둘러서 있어 북고남저형의 분지형 지형을 이루고
있다. 그리고 구례군 동쪽에는 삼도봉에서 만복대, 노고단에서 왕시루

---

12) 조선시대 이중환 선생은 전국 자연의 지세와 생리 등을 살펴본 후, 국내에서 가장
   살기 좋은 곳으로 전남 구례를 뽑았다. 즉 "나라 안에서 가장 기름진 땅은 전라도의
   남원·구례와 경상도의 성주·진주 등 몇 곳이다. 그곳은 논에 종자 1말을 뿌려 최상
   140두를 거두고, 다음은 100두를 거두며, 최하로 80두를 거두는데, 전라도에선 좌도
   의 지리산 곁이 모두 기름지다"라고 하였다. 특히 구례의 구만들은 "봄에 볍씨 한 말
   을 뿌려 가을에 140말을 수확할 수 있는 복지(福地)"라고 하였다. 이중환, 이익성 옮
   김, 『택리지』, 을유문화사, 2002, pp.141~142.

▲구례읍 전경(구례군청)

봉으로 이어지는 주능선이 동서방향으로 발달되어 있고, 이들 주능선
에서 나온 지·능선들은 다시 북동―남서쪽으로 뻗어 있다. 주·지능선
으로부터 화엄사골·천은사골·중대천·덕은내 그리고 황전천·요천과
같은 대소 하천들이 흘러 서시천과 섬진강으로 유입되고 있다. 이에 따
라 구례의 자연은 1) 지리산을 중심으로 한 자연경관 2) 촌락과 농업에
적합한 경작지 3) 경지개간과 촌락입지에 적합한 산록완경사지 4) 섬진
강을 중심으로 한 풍부한 유수를 특징으로 하고 있다.[13] 그리하여 섬진
강 하안(河岸)을 따라 주거지역이 발달되어 있고, 산간분지와 산록사면
에는 계단식 넓은 구릉이, 산지를 흐르는 하천 유역에는 곡저평야(谷底
平野)가 발달되어 있다. 기후는, 구례군이 분지형인 데다가, 우리나라
의 남쪽에 위치하고 있고, 지역의 평균 고도가 높아 여름철과 겨울철의

---

13) 구례군지편찬위원회, 『구례군지』 상, 2005, pp.22~23.

기온차가 크나, 지리산이 북·동쪽의 한랭한 겨울철 바람을 막아주어 비교적 다른 지역보다 일찍 이른 봄에 온화한 날씨가 시작된다.

　구례군의 산업은 지리산권의 다른 시·군들과 마찬가지로 농업 위주의 1차 산업이 대부분이다. 그 외 높은 산지에서는 작설차·표고·송이버섯 등을 재배하고 있고, 백지·생지황·산삼·당귀·복령·산수유와 같은 약재들이 생산되고 있다.

　자연·경관자원과 역사·문화유적으로는, 북동부에 지리산국립공원이 있는데, 그 공원구역 내에는 반야봉과 노고단,[14] 만복대 등이 있고, 화엄사를 비롯한 천은사·문수사 등 유서 깊은 고찰들이 있다. 또 토지면 송정리에는 정유재란 때 왜적에 항전하다 전사한 석주관 칠의사묘와 구한말 고광순 의병장 등이 순절한 피아골 입구 연곡사, 역시 구한말 국권피탈 때 자결한 매천 황현선생을 모신 매천사(梅泉祠)가 있다.

　그리고 주요 문화행사로는, 해마다 곡우절쯤에 지내는 지리산신제인 남악제가 있다. 이 지리산 남악제는 예로부터 오악중 하나이며, 남악을 상징하였던 지리산에서 국태민안을 기원하기 위해 지냈던 제례였다. 이 남악제[15]는 신라시대부터 시작된 것으로 알려져 있으며, 매년 4월 화엄사 옆 남악사에서 열린다. 또 산수유 축제와 피아골 단풍제가 매년 열리고 있는데, 산수유 축제는 산동면 지리산 온천관광지에서 3월쯤에, 피아골 단풍제는 지리산 피아골 일대에서 10월경에 열리며, 2009년 10월에는 구례출신 판소리 명창 송우룡(宋雨龍)과 그의 아들 송만갑(宋萬甲)을 기리기 위해 구례 동편소리 축제를 서시천변과 동편제 판소리 전수관 일대에서 개최하였다.

---

14) 노고단에는 8·15광복 전 서양 선교사들이 사용하던 수양촌이 있었다.

15) 이 남악제는 일정시대와 6·25전쟁을 전후하여 일시 중단되었다가, 1962년부터 '약수제'라는 이름으로 다시 부활되어 현재 이어지고 있다.

▲구례군을 지나는 섬진강 모습

　문화재로는 국가지정문화재 23점과 도지정문화재 22점이 있다. 국가지정문화재로는 화엄사 각황전(국보 제67호)·화엄사 4사자 3층석탑(국보 제35호)·화엄사 각황전 앞 석등(국보 제12호)·화엄사 영산회괘불탱(국보 제301호)·연곡사 동부도(국보 제53호)·연곡사 북부도(국보 제54호)와 같은 국보 6점과, 보물 17점·사적 3점·화엄사의 올벚나무(천연기념물 제38호) 등 천연기념물 2점·중요민속자료 1점·중요 무형문화재 1점·등록문화재 2점이 있다. 도지정문화재로는 유형문화재 10점·기념물 3점·문화재자료 9점이 있다.

4. 남원시

남원시[16]는 전북의 동·남부에 위치하고 있다. 동쪽은 경남 함양군, 북쪽은 전북 임실군과 장수군, 서쪽은 순창군, 남쪽은 구례군과 곡성군에 접하고 있다. 남원은 예로부터 천부지지(天府之地), 옥야백리(玉野百里)라 불린 바와 같이[17] 산동면으로부터 요천수를 따라 전남 곡성군 오곡면에 이르기까지 넓은 들이 펼쳐져 있다. 또 기후가 온화하고 수리시설이 잘 되어 있어 농업이 발달하였다. 그러나 겨울철에는 주기적으로 상충하는 대륙성 고기압의 영향을 받아 추운 날이 많으며, 지리산으로 인하여 엘니뇨 현상이 나타나 여름철에는 더위가 심하고, 가을철에는 서리가 빨리 내릴 때가 많다.[18]

그리고 함양군 방향으로 가는 길목에 위치한 운봉지역은 예로부터 신라와 백제를 있는 교통의 요충지로서, 이곳에는 고려 말 이성계가 왜구들을 크게 물리친 황산대첩비가 있다. 뿐만 아니라 이 운봉지역은 권삼득·송흥록·송광록·유성준·이화중선·박초월·안숙선 같은 동편제(東便制) 판소리 명창들을 배출한 판소리의 발상지로서,[19] 현재 국악

---

16) '남원'이란 이름은 서기 757년(신라 경덕왕 16년) '남원소경(南原小京)'이라 정해진 후, 지금까지 1,253여 년간 한 번도 바뀌지 않은 전통이 있다. 남원문화원, 『남원의 문화유산』, 두레출판기획, 2001, p.19.

17) 천부지지(天府之地)란 '하늘이 고을을 정해준 땅'이라는 의미이며, 옥야백리(玉野百里)란 '비옥한 들판이 넓게 펼쳐져 있다'는 뜻이다(남원문화원, 『남원의 문화유산』, 두레출판기획, 2001, p.21). 또 옛 사람들은 남원을 호남의 인후지지(咽喉之地)라고도 하였다. 이 말은 남원이 바로 소중한 목덜미처럼 호남지역의 요충지라는 뜻이다. 6·25전쟁을 전후하여 지리산을 중심으로 한 삼남지역에서 활동하였던 빨치산 토벌을 위해 백야전 전투사령부를 남원에 설치했던 것도 군사적으로 그만큼 중요한 위치였기 때문이었다.

18) 남원지편찬위원회, 『남원지』, 1992, pp.885~887.

19) 김민호, 『한국명산기』, 평화출판사, 1993, p.360.

의 성지로 조성되어 있다. 또 남원은 인접한 지리산에서 목재를 풍부히 얻을 수 있어 이를 원료로 한 목기공업이 발달하였는데, 특히 운봉지역 은 전국적으로 유명한 목기생산지이다.

그리고 남원은 현재 전국 시·군 중에서 가장 많은 문화재를 보유하고 있을 뿐만 아니라, 예로부터 충·효·열(烈)·예(藝)의 고장이라 불려왔으며,[20] 그 결과 전국에서 두 번째로 많은 효열비(孝烈碑)가 전해 오고 있다. 인재 또한 많이 배출되어 조선조 때에는 130명이나 되는 많은 문과 급제자들이 배출되기도 하였다. 교육기관 및 서원으로는 조선시대 때 건립된 남원향교가 있는데, 이 향교는 이 고장 최초의 국립교육 기관이었다. 또 창주서원(1579년 건립, 1600년 사액), 유생들이 기숙하며 공부하던 예산사(1860년), 초등교육을 실시하던 관립서당 남성장학회 (1890년) 등이 있다.

문화행사로는 매년 4월말~5월초 광한루원에서 열리는 춘향제를 비롯하여, 노치마을 당산제·흥부제·뱀사골 단풍제·삼동 굿놀이·황산 대첩제·바래봉 철쭉제·남원 농악제·고로쇠 약수제 등이 있다. 문화 재로는 국보 1점(실상사 백장암 3층석탑, 국보 제10호)을 비롯하여 보물 25점·사적 5개소·천연기념물 2점·중요민속자료 3점·유형문화재 28 점·무형문화재 1점 등 38점의 국가지정 문화재와 80점의 도지정 문화 재가 있다.[21]

그리고 과거 남원에서는 다음과 같이 큰 역사적·문화적 사건들이 있었다. 첫째, 애국·충절의 전투가 있었다. 즉, 1380년의 황산대첩과 1597년 정유재란 때의 남원성 싸움[22]이 있었다. 우선 임진왜란 때에는

---

20) 남원문화원, 『남원의 문화유산』, 두레출판기획, 2001, p.53.
21) 남원시 문화체육과, 「남원시 지정문화재 현황」, 2010년 1월 현재.
22) 이 남원성전투는 조선군이 비록 크게 패하기는 하였으나, 왜군들의 전력을 약화시

▲ 남원시 전경(남원시청)

충청절도사 황진(黃進) 장군 외·고득뢰(高得賚)·소제(蘇濟)·윤달(尹達)
·정여진(丁汝軫) 등 남원 출신의 의병장들이, 패전이 확실시 되어 곽재
우 능 수위 사람늘이 만류함에도 물구하고, 멀리 진수성 2자 싸움에 참
가하여 진주시민들과 함께 모두 순절하기도 하였다. 이후 정유재란 때
남원성전투에서는 전라병사 이복남 장군이 이끄는 병사 1천여 명을 비
롯하여 주민 등 총 1만여 명이, 명나라 구원병 3천여 명과 함께 왜적
5만 7천여 명을 물리치기 위해 8월 13일부터 16일까지 싸웠으나 모두
순국하였다.

  둘째, 남원에서 중요한 고전소설들이 쓰였다. 즉, 춘향전·흥부전·변
강쇠타령(가루지기타령)과 같은 우리나라의 대표적 고전소설들이 숙종
때 이 남원지역을 배경으로 창작되었다. 또 조위한이란 작가는 남원성
싸움을 배경으로 가족의 중요성을 일깨운 최척전(崔陟傳)[23]이란 작품을

────────────

  켜 정유재란을 물리칠 수 있는 바탕이 되었다고도 보고 있다.
23) 최척전은 남원지역 4대 고전(古典) 중의 하나이다. 이야기는 남원성전투 패배 후,

썼고, 김시습은 남원 만복
사라는 절을 배경으로『만
복사저포기』라는 소설을
써서 고귀한 사랑의 정신
을 표현하였다. 이와 같은
문학적 배경과 전통을 바
탕으로 현재 남원시는 사
랑의 도시로 알려진 이탈

▲ 광한루(남원 광한루원 관리사무소)

리아의 베로나시(市)와 교류하며 우호협력을 증진하고 있다.

셋째, 1894년 동학 농민전쟁 관련 사건이 있었다. 즉, 동학군 접주
김개남이 1천3백여 명의 동학군을 거느리고 이곳 남원에 들어와 교룡산
성에 주둔한 후, 경상도로 진격하려다가 남원과 운봉의 경계인 관음치
와 방아재에서 운봉현 민보군 박봉양군이 이끄는 관군에 의해 패하였다.
그리고 이 교룡산성 성곽 내에는 덕밀암이란 암자가 있었는데, 이 암자
에서 3·1독립운동 당시 민족대표 33인 중 한 사람이었던 백용성스님이
출가하였고, 동학 창시자(교조) 최제우가 동학경전을 집필하였다.

넷째, 1948년경부터 5년여간 전개되었던 지리산 빨치산 토벌작전이
남원지역을 중심으로 이루어졌다. 이때 순국한 민·군·경 7,283위의
영령을 모신 충혼탑이 광한루원 옆에 세워졌다가, 지금은 뱀사골 입구
에 위치한 지리산국립공원 북부사무소 옆으로 옮겨졌다.

최척과 옥영이란 부부, 그리고 아들이 각각 일본과 명·청나라 등지로 포로로 끌려
다니다가 우여곡절 끝에 서로 만나 고향 남원으로 돌아와 행복하게 살았다는 내용으
로, 이산가족의 이별과 상봉을 그린 최초의 피로문학(披虜文學) 작품이다. 남원문화
원, 『남원의 문화유산』, 두레출판기획, 2001, pp.243~244.

남원 광한루원

광한루원(廣寒樓苑)은 1419년 조선 초기 황희가 남원에 유배 와서 지금의 광한루의 전신인 광통루(廣通樓)를 처음 세웠다. 그 뒤 1444년 하동부원군 정인지가 광통루를 광한루로 이름을 고쳤고, 전라관찰사였던 정철이 주변에 정원을 꾸며 광한청허부(廣寒淸虛府)라 하였다. 그 뒤 정유재란 때 불탄 것을, 1626년 남원부사 신감이 복원하여 현재에 이르고 있다.

광한루원은 조선왕조 성립 이후, 음양오행사상과 풍수지리사상을 토대로 자연과의 조화정신을 반영하던 궁궐의 조경문화가 널리 확산되던 때의 건축물로서, 천체와 우주를 상징하는 요소들을 재현하여 지었다. 이 광한루원은 경복궁의 경회루, 전남 담양군에 양산보가 만든 소쇄원과 함께 한국의 대표적인 정원으로, 우리나라 전통 조경사에서 매우 큰 의미를 지니고 있다. 현재 광한루는 보물 제281호, 광한루원은 명승 제33호로 지정되어 보호·관리되고 있다.

5 함양구

함양군은 경남 서쪽 끝, 지리산 북쪽에 위치하고 있다. 서쪽은 전북 장수군과 남원시, 남쪽은 산청군과 하동군, 북동쪽은 거창군과 접해 있다. 북쪽에는 소백산맥 자락인 덕유산이 있고, 남쪽에는 지리산이 있어 호남지방과의 경계를 이루고 있다. 함양군 내에는 국립공원인 지리산과 덕유산을 비롯하여 황석산·기백산·백운산·대봉산(계관산)·오봉산·삼봉산 등의 고산들과 심진동·화림동·백무동·부전동·칠선계곡·한신계곡·용추계곡 등과 같은 계곡들이 있다. 하천으로는 남덕유산에서 발원한 남계천(藍溪川)과 백운산에서 흘러 내려오고 있는 위천(渭川), 전북 운봉과 지리산에서 흘러내린 엄천이 함양군 동·남쪽에서 합류하여 남강으로 흘러 나가고 있으며, 서쪽에는 팔량치(520m)·육십령치(640m)와 같은 고개들이 있다.

▲함양읍 전경(함양군청)

함양군은 함양읍 백천리 고분군에 대한 발굴조사를 통하여 5·6세기 경부터 이미 가야문화권에 속하는 부족국가가 발생하였음을 알 수 있게 되었다. 신라 때에는 함성(含城) 또는 속함군(速含郡)으로 불렸으나, 경덕왕 때 천령군(天嶺郡)으로 바뀌었다. 7세기 초에는 신라의 세력이 이 지역을 거쳐 한때 남원, 운봉지방까지 미쳤었는데, 이때 이 지역을 서로 차지하기 위하여 백제와 치열한 쟁탈전이 일어났었던 것으로 알려지고 있다.[24] 그 후 1012년(고려 현종 3년) 때 함양군으로 개칭되었으며, 한때 현이 되었다가 조선 태조 때 군으로 승격하였고, 현대에 들어와 1914년 안의군의 7개 면을 합하여 오늘에 이르고 있다.

또 정유재란 때인 1597년(선조30) 8월, 당시 함양군수 조종도와 안음현감 곽준의 일가족 등 5백여 명이 황석산성(黃石山城)[25]에서 왜군을 맞아

---

24) 자료제공: 함양군청 문화관광과.

▲함양 거연정[27]의 봄(함양군청)

끝까지 싸우다가 전원 순국하기도 하였다.[26]

함양군은 남부내륙에 위치하고 있어, 한때 교통이 매우 불편하였으나, 1984년 88올림픽고속도로가 함양군 중심지역을 통과하여 대구와 광주 간을 동·서로 연결하고 있고, 대전-통영 간 고속도로는 함양군을 남·북으로 지나면서 교통여건이 크게 개선되었다. 또 군산-함양-울산 간 고속도로가 건설 중이어 교통로는 더욱 확충되어 가고 있다.

함양군도 지리산록에 위치하고 있어 평야지대가 적기 때문에 농경지 면적은 전체 면적의 14%인 약 103㎢ 정도에 불과하고 나머지 609㎢ 정도는 산간 임야지이다. 농산물로는 사과·양파·곶감이, 그리고 지하자원으로는 마천석이 생산되고 있다.

교육기관 및 서원으로는 함양향교(1398년, 함양읍)·안의향교(1473년 안의면)·남계서원(1552년, 정여창 배향, 수동면)·청계서원(1915년 복원, 수동)·구천서원(1701년, 수동면)·화산서원(1966년 수동)·정산서원(1951년,

---

25) 함양군 안의면과 서하면 경계를 이루는 해발 1,190m의 황석산 정상에서 좌우로 뻗은 능선을 따라 계곡을 감싸면서 축성된 총 연장길이 약 2.75㎞의 포곡식 산성이다. 고려시대 때 만들어진 것으로 알려진 이 성은 전북 장수와 진안으로 가는 길목에 위치하고 있다. 현재 사적 제322호로 지정되어 있다.

26) 자료제공: 함양군청 문화관광과.

27) 이 거연정(居然亭)은 고려 말 전오륜(全五倫)의 7대손 전시숙(중추부사)이 이곳에 터를 잡고 산 것을 기념하고 추모하기 위하여 후손 전재학·전민지 등이 1872년 중건하였다. 자료제공: 함양군청 문화관광과.

지곡)·도곡서원(1701년, 지곡)·송호서원(1830년, 병곡면) 등이 있다. 문화 행사로는 농경문화를 주제로 하는 물레방아축제(일명 천령문화제)와 함 양 산삼축제·지리산 천왕축제·연암문화제(용추 자연예술제) 등이 있다. 문화재로는 보물 4점·사적 3점·중요 민속자료 2점·천연기념물 4점 등 13점의 국가지정 문화재와 75점의 지방문화재가 있다. 그 중 국가지 정문화재인 보물은 승안사지 3층 석탑(보물 제294호)·마천면 마애여래 입상(보물 제375호)·석조여래좌상(보물 제376호)·벽송사 3층 석탑(보물 제474호) 등이 있고, 사적으로는 남계서원(사적499호)·사근산성(사적 제 152호)·황석산성(사적 제322호)이 있다. 중요 민속자료로는 정병호 가옥 (중요민속자료 제186호)·허삼둘 가옥(중요민속자료 제207호)이 있고, 천연 기념물로는 함양 상림(천연기념물 제154호)·함양 학사루 느티나무(천연 기념물 407호)·휴천 목현리구송(천연기념물 제358호)·서하 운곡리 은행 나무(천연기념물 406호) 등이 있다.

6. 진주시

경남 남·서부에 위치하고 있는 진주시는 제2차 국토종합개발계획상 부산 대도시권 내 진주생활권의 중심도시 및 성장거점도시로 지정된 경남의 교육·문화의 중심지이다.[28] 동쪽으로는 창원시와 진해시, 동· 남쪽으로는 고성군, 남쪽으로는 사천시, 서쪽으로는 하동군, 북쪽으로 는 산청군 및 합천군과 접해 있다. 진주시 남쪽에는 봉대산(302m)·무 선산(277m)·실봉산(185m)이, 북쪽에는 집현산(572m)·검무봉(280m)이 있고, 시의 중앙에는 월아산(月牙山: 471m)·장군대산(將軍臺山:482m) 등

---

28) 진주시사편찬위원회, 『진주시사』 하권, 1995, p.53.

▲진주시 전경(진주시청)

이 있다. 그리고 전형적인 사행천인 남강은 진양호를 이룬 후 시의 중 앙을 서쪽에서 북·동쪽으로 관통하여 흘러간다.

남강유역에는 해발고도 20~30m의 가늘고 긴 범람원이 있어 비교적 넓은 충적평야를 형성하고 있다. 또 북·서부에서 흘러든 남강에 홍수조 절과 관개용수 공급 등을 위해 1970년대에 남강댐을 건설하였고, 인공 호수로는 진양호가 있다. 기후는 지리산의 영향을 많이 받아 대륙성기후 가 나타나는데, 분지이기 때문에 같은 위도의 다른 도시보다 연중 기온 차가 심하다.

과거 진주는 부족국가의 도읍으로서 독자성을 가졌던 가야시대를 제 외하고 신라·고려·조선왕조를 거치는 동안 지방정치의 중심지 역할을 해왔다. 조선시대에는 진주를 진강(晉江)·청주(菁州)·진산(晉山)이라고 도 하였는데, 1896년 조선 고종 33년에 전국을 13도로 개편할 때 진주 는 경남에 속해지고 도청소재지가 되면서 경남행정의 중심지가 되었 다. 그 후 1925년 4월 경남 도청이 부산으로 이전하여 가고, 1931년

4월에는 진주면이 진주읍으로 승격하였다. 1939년에는 다시 진주읍이 진주부로 승격되어 시장에 해당하는 부윤을 두었고, 대한민국 정부수립과 함께 1949년 8월 지방자치제가 실시되면서 진주부는 진주시로 개칭되었다. 1995년 1월에는 '도·농 복합형태의 시설치

▲남강 옆 진주성내에 있는 촉석루(진주시청)

등에 관한 법률'에 따라 진주시와 진양군을 폐지하고 통합 진주시를 설치하여 오늘에 이르고 있다. 교통은 영남과 호남을 연결하는 경전선과 남해안고속도로가 동·서로 연결되어 있고, 남으로는 진주의 외항인 삼천포와 국도로 연결되어 있다.

진주에서는 조선조 5백여 년 동안 진주가 본관인 정승이, 태종 때 하륜을 비롯하여 9명이나 나오는 등 많은 인재가 배출되었다.[29] 또한 1592년 임진왜란 때, 진주시민들은 진주성 1·2차 싸움을 통하여 적극적인 국난극복의 정신을 보여 주었다. 그리고 교육기관 및 서원으로는 조선시대 설립된 진주향교를 비롯하여 남악서원·운강서원·임천서원·옥산서원·광제서원·대각서원·창렬사(1607년 사액, 진주성 내) 등이 있다.

진주시의 주요 산업은 농업·제조업·서비스업이나 전국 유일의 실크(비단) 특산지이다. 진주에서 생산되는 실크는 우리나라 총생산량의 80%를 차지하고 있으며, 1988년 한국 실크연구원을 설립하여 실크산업의

---

29) 진주문화원, 『촉석루』, pp.52~53.

진흥을 위해 연구하고 있다. 주요 축제로는 남강 유등축제[30]와 논개제[31]가 있고, 주요 문화재는 국보 1점·보물 8점·사적 2점·천연기념물 2점 등 국가지정문화재 13점과 유형문화재 24점·무형문화재 5점·기념물 11점·민속자료 1점과 도지정문화재 41점·문화재자료 28점이 있다. 이 중 국가지정 문화재는 망경동의 단성 석조여래좌상(보물 제371호)·이반성면 용암리의 용암사지부도(보물 제372호)·평거동의 평거동 고려 고분군(사적 제164호)·김시민장군 전공비(경상남도 유형문화재 제1호)·진주 검무(중요무형문화재 제12호)[32]가 있다.

▌진주 대평(大坪)지역의 청동기시대 유적

1995년부터 1999년까지 진행된 남강댐 확장공사로 넓은 지역이 수몰되면서 남강 유역에 대한 역사유적 발굴·조사가 이루어졌다. 이때 산청군 소남리·진주시 대평면 대평리·상촌리·내촌리, 사천시 본촌리 등의 유적이 발굴되었다. 특히 지리산에서 발원하여 비스로 으느나가 낭으로 삼날아 낙봉강과 만나는 남강가에는 선사시대부터 많은 마을들이 형성·소멸되었던 것으로 보였다. 그 중 진주시 북동쪽에 위치한 대평 지역은 과거 선사시대에는 도시에 해당될 만큼 번창하였던 곳으로 추정되고 있다.

이 대평지역 발굴에서 구석기시대부터 삼국시대에 이르는 다양한 유적과 유물들이 조사되었는데, 그 중에서도 청동기시대 유적은 그 규모와 성과가 커서 학계의 큰 주목을 받았다. 대평 유적의 실제발굴은 전체 유적지 중 극히 일부

---

30) 매년 10월 개천예술제와 전야제로 벌어지는 남강 유등축제가 있다. 유등놀이는 시민들이 집에서 만든 여러 가지 모양의 등에다 불을 켜고 밤중에 시내를 한 바퀴 돈 후 남강물에 띄우는 놀이이다. 이 행사는 1592년 진주대첩 당시 남강에 유등을 띄워 남강을 건너려던 왜군을 저지하려고 하였던 데서 유래하였다는 설과, 1593년 6월 제2차 진주성전투 당시에 전몰한 7만여 명의 민·군을 위로하려는 데서 유래하였다는 설이 있다.

31) 의기 논개의 충절을 기리기 위한 행사로, 매년 5월쯤에 실시된다.

32) 이 진주검무는 신라 이후 궁중과 관아의 관기에 의해 전래되어 전국의 권번에서 명맥을 이었으나, 권번의 폐지와 함께 사라졌던 것을 다시 복원하여 계속하고 있다.

▲진주시 대평면에 있는 청동기문화 박물관(상)
박물관 내부에 전시된 청동기시대 토기(하)

에서만 진행되었으나, 점차 당초 계획을 넘어 넓은 지역의 밭과 마을에 걸쳐 산재한 마을 방어와 경계시설이었던 환호(環壕), 400여 동이 넘는 집터[住居址], 그리고 많은 작업장과 화덕자리[野外爐址], 그릇을 굽는 가마[土器燒成窯], 저장을 위한 구덩이[竪穴遺構], 무덤 등의 구조물들에 대하여 조사되었다. 이들 구조물들은 주거지역과 경작지, 매장지역으로 뚜렷이 구분된 공간 속에 유기적으로 배치되어 있었다.

발굴 후 청동기시대 대평 사람들이 살았던 여러 가지 모습들을 복원함으로써, 당시의 생활모습을 알 수 있게 되었다. 특히 대평 지역은 강물이 퇴적시켜 발생한 가는 모래흙으로 이루어진 넓은 충적지에서 밭농사가 이루어졌음도 추측할 수 있게 하였다. 그리고 생활하고 남는 물자들은 따로 비축도 할 수 있었기 때문에 매우 안정된 사회를 유지할 수 있었으며, 후에는 인구가 점차 증가함에 따라 주변에서 가장 큰 마을이 되었을 것으로 짐작되고 있다. 또 옥돌로 장신구를 생산하기도 하였으며, 자급자족하고 남은 곡물과 옥돌 등은 멀리 떨어진 해안이나 산간지역과 교역도 하였을 것으로 보인다.

또한 '환호'와 같은 대규모 마을 방어시설은 많은 노동력과 고도의 토목기술이 뒷받침 되어야만 가능한 일이었으므로, 그 당시 이미 많은 인구와 함께 상당한 수준의 건축기술이 발달하였을 것으로 추정되었다.[33]

현재 진주시 대평면 대평리에 개관되어 있는 진주 청동기문화 박물관에는 각종 토기류, 칼·활 등 무기류, 돌도끼·돌자귀 등 도구류, 의복·음식 등을 전시해 놓고, 당시의 가옥·마을·농사짓는 모습 등을 재현해 놓고 있다.

---

33) 국립진주박물관 http://jinju.museum.go.kr에서 발췌, 요약.

1. 자연지리적 특징

지리산을 이해하기 위해서는 지리학, 그 중에서도 자연지리학적 접근이 우선일 것이다. 왜냐하면 역사·종교·철학·문학 등과 같은 인문현상도 우선 땅이라고 하는 지표공간이 선재(先在)한 후에 발생하였기 때문이다. 지리산을 포함하고 있는 한반도는, 5~3억여 년 전쯤에는 오스트레일리아에 가까이 있었던 것으로 알려지고 있다. 그러다가 점차 북쪽으로 이동하여 1억여 년 전쯤 중국 동쪽으로 접근하였고, 이후 60~70만 년 전쯤부터 한반도에 사람이 살기 시작하였으며, 약 1만~1만 5천 년 전쯤 현재와 같은 모습의 한반도가 만들어졌을 것으로 추측되고 있다. 그 후 다시 기후가 따뜻해진 6천여 년 전부터 신석기인들이 한반도의 주인공으로 등장하여 씨족사회를 이루면서 농사를 짓고, 해안에서 점차 내륙으로까지 넓게 퍼져들어 갔을 것으로 보고 있다.[1]

그리고 한반도의 지형구조는 제5빙하기 때 서해에서부터 서서히 융기하여 동쪽으로 밀어 붙여 동쪽에서 남·북 방향으로 태백산맥을 이루어 놓았다. 백두대간이라 불리는 이 태백산맥은 북쪽의 낭림산맥, 남쪽

---

[1] 김양식, 『지리산에 가련다』, 도서출판 한울, 1998, p.12.

의 소백산맥과 함께 한반도의 척량(脊梁)산맥, 즉 척추를 이루고 있다.[2] 한반도는 약 70%가 산지인데, 대체로 위 두 산맥이 있는 북부와 동부는 지대가 높고, 서부와 남부는 낮은, 동고서저형의 지형을 이루고 있다. 이에 따라 주요 하천들도 위 지형구조에 따라 대체로 서쪽과 남쪽으로 흐르고 있으며, 유역에 평야들도 생성되었다.[3]

북에서 남으로 뻗어 있는 한반도의 산맥은 백두산에서 시작하여 개마고원으로 발달한 산괴(山塊)가 추가령(楸哥嶺)에서 잠시 지구대(地溝帶)를 이룬 다음, 금강산·향로봉·설악산·오대산·태백산·두타산으로 남하하면서 한반도의 등줄기를 이루어 나갔다. 즉, 개마고원에서 시작된 산맥은 남서로 뻗으면서 우선 북쪽지역에 묘향산을 이루었고, 그 양쪽에는 압록강과 대동강이 흐르며 북한지형의 주요 골격을 형성하였다. 남한에서는 태백산맥의 줄기인 차령·노령산맥이 남·서방향으로 내려오다 다시 융기한 소백산맥에 의하여 남한지역이 크게 구분지어졌다. 즉, 태백산맥에서부터 시작된 산줄기는 뻗어 내려오면서 소백산 −속리산으로 이어지는 산줄기에 추풍령을 만들었고, 다시 남쪽으로 내려오며 황악산·덕유산·지리산을 생성하며 남한지형의 골격을 형성하였다.[4]

지리산은 우리나라의 척추격인 태백산맥이 남쪽으로 내려오다가 다시 서·남쪽으로 지맥을 뻗어 남쪽 끝에서 마무리된 거대 산악군이다. 지리산[5]이 생성된 지질학적 시기는 약 5억여 년 전인 고생대 오르드비

---

2) 제29차 세계지리학대회 조직위원회, 『한국지리』, 교학사, 2000, p.5.

3) 하동군지편찬위원회, 『하동군지』 상권, 1996, p.778.

4) 김민호 지음, 『한국명산기』, 평화출판사, 1993, pp.8~9.

5) '지리산'이란 이름은, 불교에서 지혜를 상징하는 보살이자, 중생을 제도하기 위하여 갖가지 다른 모습으로 현신한다는 '대지문수사리보살(大智文殊師利菩薩)'에서 '지(智)'와 '리(利)' 자를 따서 지어졌다는 설이 있고, 다른 한편으로는 지혜로운 이인(異

스기(期)로 추정되고 있으며,6) 지질학적 특성은 쥐라기의 대지각 변동기와 제3기 단층작용에 의해 만들어진 만장년기 산괴로 분류된다. 동서로 길게 뻗어있는 주능선이 하나의 산맥을 이루고 있는 이 지리산은 영·호남의 경계를 이루고 있다. 이 지리산은 멀리서 보면 대체로 육산의 모습을 하고 있으나, 천왕봉·연하봉·칠선봉·촛대봉·써레봉 일대에는 암석들이 암릉과 암봉들을 이루고 있다.

3개도(전남·전북·경남)·1개 시(남원)·4개 군(전남 구례·경남 산청·함양·하동)에 걸쳐있는 지리산은 472㎢에 이르는 광대한 넓이와 320㎞에 달하는 둘레 연장선을 갖고 있다. 남한 내 최고봉인 천왕봉(1,915m)을 주봉으로 하는 지리산은 서쪽 끝의 노고단(1,507m), 서쪽 중앙의 반야봉(1,751m) 세 주봉을 중심으로 하여 동·서간 길이가 100여 리나 되고 있다. 1,700m 이상 되는 봉우리만도 6개(천왕봉·반야봉·촛대봉·제석봉·중봉·하봉), 1,500m를 넘는 봉우리는 15개, 1,000m 이상의 봉우리는 20여 개가 되며, 10㎞ 이상 뻗은 능선은 15개가 된다. 또 지리산의 도상 직선거리는 동서 간이 34㎞, 남북 간은 26㎞에 이르고 있다.

그리고 지리산은 한랭한 고산지대와 온난한 산록지대가 공존하고 있기 때문에 각종 한·온대 식물들이 다양하게 자라고 있다.7) 예를 들어

人)들이 많이 살고 있다는 뜻에서 유래되었다는 설이 있다. 산청군지편찬위원회,『산청군지』상권, 2006, pp.73~74.
 또 지리산은 백두산의 정기가 백두산맥을 타고 뻗어 내려왔다 하여 두류산이라는 산이름이 기원되었다고 한다. 또 한편으로는 지리산의 전체적인 산세가 그리 험하지 않고 두루뭉술하며, 사방으로 산들이 첩첩이 둘러싸여 있기 때문에 이를 뜻하는 '두루' '두리' '둘러'가 한자로 표기·정착되는 과정에서 '두류'로 되었을 것으로 보기도 한다. 또 지리산 주위에서 '두루'라는 발음이 시간이 흐르면서 '두라→드라→디라→지리'와 같이 점진적으로 변화하였을 것으로 보는 설도 있다. 류재헌 지음,『한국문화지리』, 살림출판사, 2002, p.131.
6) 국립공원관리공단,『국립공원백서』, 대성인쇄공사, 2001, p.72.
7) 최화수,『지리산』, 대원사, 2003, p.22.

지리산 동북쪽 왕등재 습지는 아직 훼손되지 않은 유일한 고산습지로
서 습지식물들이, 세석평전에는 아고산대 초원식물들이 서식하고 있
다.[8] 또 천왕봉에서 노고단에 이르는 주능선에서 각각 남북으로 큰 강
을 발원시키고 있는데, 하나는 낙동강 지류인 남강으로서, 함양·산청
을 거쳐 흘러 나가고 있다. 또 하나는 멀리 마이산과 봉황산에서 섬진
강이 흘러 들어오고 있는데, 이 두 강으로 화개천·연곡천·동천·경호
강·덕천강 등 10여 개의 지리산 하천들이 흘러 들어가고 있다. 또 높은
봉우리들이 많아 자연히 선유동·피아골·화엄사·달궁·뱀사골·장당
·한신·심원·구룡·칠선·대원사·중산리·거림 계곡과 같은 깊고 긴
계곡들이 만들어졌다.[9]

　　기후는 대체로 한반도 전체의 기후 패턴을 따르고 있으나, 높은 산악
지대에서는 국지적 기후 현상이 수시로 발생한다. 즉, 습기 등 기류가
장대한 산악사면을 따라 발달하면 다른 곳은 맑아도 지리산록에서는
비가 내릴 때가 많다. 그리고 전체적으로 기온이 낮고 일교차가 심하
며, 여름철에는 전형적인 고산지대 날씨를 보여 짙은 안개가 자주 끼고
게릴라성 비가 내릴 때가 많다.

2. 인문지리적 특징

　　지리학의 연구대상인 지구표면은 자연현상과 인문현상으로 구분할
수 있다. 전자는 자연 그대로의 것으로, 지형·기후·토양·생물 등으로

---

8) 국립공원관리공단지리산사무소, 『지리산국립공원 관리계획 2006-2010』, 2006, p.3.
9) 지리산의 계류들은 삼림이 울창한 거대한 산지를 수원으로 하기 때문에 집중호우
　때를 제외하면 유량변동은 연중 크지 않다. 류재헌, 『한국문화지리』, 살림문화사,
　2002, p.132.

세분되는 데 반하여, 후자는 인간 활동의 결과로 창조된 것으로서 생산·교역·취락·문화·인구·국가 등으로 세분되고 있다. 여기서 인문지리학은 후자와 같이 자연에서 인간이 문화생활을 함에 따라 발생한 인문현상을 대상으로 삼는다.[10] 이와 같이 자연환경을 문화, 즉 인문현상 발생의 직접적인 원인이라고 보기 시작한 것은 고대 그리스 시대 때부터였다. 예를 들어 아리스토텔레스·에라토스테네스·스트라보와 같은 고대 그리스 학자들은 자연환경을 인간의 거주가능공간(居住可能空間 ; Zones of habitability)의 개념으로 보아[11] 인문현상이 발생할 수 있는 토양으로 보았다.

현대에 들어와 테일러(Griffith Taylor : 1951)는 자연과 인간의 관계에 대하여 중단-전진결정론(中斷-前進決定論 ; stop-and-go determinism)으로 설명하였다. 그의 논지는 "어떤 지역은 극단적으로 치우쳐 인간에게 선택의 여지를 주지 않는 반면에, 어떤 지역은 인간에게 많은 가능성을 제시한다"라고 하였다.[12] 또 마르크스는 자연과 사회활동은 필연적으로 서로 연결되는 것으로 인식하였고, 인간과 자연은 하나의 통일체를 이루며 밀접하게 상호작용을 하고 있다고 보았다. 그리고 칸트(Immanuel Kant)는 역사학은 시간현상을 기술하고 분류하는 시간과학(時間科學 ; chronological science)이나, 지리학은 공간현상을 기술하는 지역과학(地域科學 ; geographical science)이라고 하였다.[13] 위와 같은 관점에서 볼 때 지리산은 양자의 성격을 모두 갖춰 왔다. 즉 시간현상과 공간현상이 늘 같이 병존해 왔다.

---

10) 오홍석, 『인문현상의 지역차와 다양성』, 교학연구사, 1992, p.20.

11) 윌리엄 노튼 저, 이전·최영준 역, 『문화지리학원론』, 법문사, 1994, p.54.

12) 위의 책, p.66.

13) 위의 책, p.48.

다산 정약용 선생이 '백두산은 우리 산악의 조종이다.'라고 한 바와 같이, 우리의 모든 산줄기가 백두산에서 시작되어 금강산, 태백산, 속리산, 덕유산 등 수많은 명산이 만들어졌고, 국토의 남쪽 끝에 지리산이 자리 잡고 있다. 이와 같은 지리산은 우리 민족의 문화와 역사가 시작되면서 다양한 인문현상이 생성될 수 있는 공간적·시간적 조건을 모두 충족시켜 주었다. 예로부터 우리 선조들은 지리산을 '어머니의 산'으로 숭배하면서 백두산 다음으로 중요하게 생각하였다. 즉 지리산은 백두대간의 가장 마지막에서 중심축처럼 융기하여 우리나라 산악의 상징성과 역사성을 고루 갖춰 민족의 영산으로 불려 왔다.

우리 민족에게 있어 산은, 거기서 태어나 다시 거기에 묻힌다는 생명의 근원이자 회귀장소로 여겨져 왔다. 또 산은 위대한 지도자로부터 핍박받은 도망자, 절박한 자들 모두에게 희망과 생명을 주는 '어머니의 품'과 같은 존재로 인식되어 왔다. 따라서 한국인에 있어 산은 단순한 산이 아니라, 귀의처이자 신앙과 같은 의미를 갖고 있는 존재였다.[14]

우리나라 대부분의 신화에서 하늘은 산이라는 매개체를 통해서 인간과 접하였다. 즉, 우리나라 주요 고대국가들의 개국신화는 대부분 산에서부터 시작하였다. 즉, 단군신화는 태백산, 고구려의 해모수는 웅신산(熊神山), 신라의 박혁거세는 양산(陽山), 가야의 수로왕은 구지봉(龜旨峯)에서 나라를 연 것으로 전하여지고 있다. 이렇게 하늘은 산으로 내려와 인간과 만남으로써, 산은 하늘과 인간을 매개하는 공간적 역할을 하여 왔다. 이러한 산을 고대인들은 '천산'이라 불렀으며, 특히 태양의 밝은 기운이 스민 산이라 하여 '백산(白山)'이라고도 하였다. 신화와 전설에서 개국시조는 하늘에서 산으로 내려와 인간이 되었고, 죽어서

---

14) 김민호 지음, 『한국명산기』, 평화출판사, 1993, p.9.

는 다시 산으로 가 산신이 되어 나라와 마을을 수호하는 것으로 믿어 왔다.

뿐만 아니라 우리 조상들은 산을 생명의 원천으로 인식하여 숭배의 대상으로도 삼아왔다. 즉 산은 구름을 만들고 비를 오게 하고 물과 먹을 것을 주었기 때문이었다. 또 사람들은 산신령과 어우러져 살아 숨쉬는 역사를 만들었다. 단군신화·산신제·산신각·당산·성황당 등이 바로 그와 같은 예들이었다.

특히 수많은 산 중에서도 지리산은 더욱 그러하였다. 1만여 년 전 지금과 같은 한반도의 모습이 만들어진 이래 지리산은 민중들의 귀의처가 되면서 삶의 고락을 함께 하였다. 또 새로운 세계를 꿈꾸는 이들의 희망이었고, 신령스러운 곳으로 마음속에 자리 잡아왔다. 사람들은 지리산의 영험함과 신비감을 마음속에 간직하고 살았으며, 지리산에 기대어 현실사회의 질곡과 고통에서 벗어날 '새로운 날'에 대한 기대를 갖기도 하였다.[15] 따라서 한국 사람들에게 있어서 산은 가까운 자연이면서도 삶에 대한 희망이기도 하였다.

지리산에는 대략 신석기 후기 시대부터 이미 사람이 살기 시작하였고,[16] 이후 기원전 1천 년 전후부터 시작된 청동기 시대에는 산간 내륙에까지 사람들이 들어가 거주하기 시작하였을 것으로 추측되고 있다.[17] 따라서 지리산에 사람이 들어가 살기 시작하면서 지리산에서는 자연히 다음과 같은 다양한 인문현상이 발생하기 시작하였다. 우선 천왕봉·반야봉·노고단은 지리산의 3대 영봉으로 여겨져 신이 정주하는

---

15) 김양식, 『지리산에 가련다』, 도서출판 한울, 1998, p.113.
16) 지리산 주변의 하동·구례·남원 등지에는 청동기시대 사람들이 남긴 고인돌이 많이 남아 있어 대략 청동기시대를 전·후하여 이미 사람들이 거주하였을 것으로 추측되고 있다.
17) 김양식, 『지리산에 가련다』, 도서출판 한울, 1998, p.12.

것으로 믿어 왔다. 천왕봉은 어머니신(여신), 반야봉은 아버지신(남신), 노고단은 할머니신(여신)이 존재한다고 생각하여 산신사상이라는 민족 신앙의 근원이 되기도 하였다. 그리고 신라시대부터 고려·조선에 이르는 동안 지리산을 오악 중의 하나인 남악으로 지정하여 나라 차원에서 중사(中祀)의 예를 갖추고 국태민안을 기원하였다.

또 472㎢에 이르는 거대한 산괴(山塊)는 세속에서 지치고 시달린 수많은 사람들을 포용해 주었으며, 상처 입은 사람들을 어루만져 주는 안식처 역할을 하기도 하였다. 즉, 지리산은 모성의 산[18]으로 온갖 아픔과 고난을 겪고 있던 수많은 민중들을 품어 안았다. 지리산 개산(開山)의 역사인 달궁의 '마한 피란도성'은 멸망의 길을 걷는 한 왕조와 유민들이 마지막 도피처로 삼았고, 또 가락국 마지막 왕인 구형왕은 나라를 신라에 넘겨준 다음 왕산 기슭에 '수정궁'을 짓고 여생을 보냈다. 또 가락국 김수로왕의 일곱 왕자가 성불한 곳(칠불사)도 지리산이었고, 신라의 최치원이 만년을 보낸 곳(쌍계사·법계사·고운동 등)도 지리산이었다. 중국에서 선종이 전래되어 뿌리를 내린 곳(실상사)도 지리산이었고, 동학을 일으킨 최제우가 경주에서 박해를 받자 옮겨와 혁명의 꿈을 키운 곳도 지리산 자락 남원이었다. 이에 따라 지리산 내에는 민속신앙·전적지·한국사상 계승지·학문 수행처·예술·불교 문화재·고택 등 수많은 역사·문화 유적지(문화재)가 만들어져 왔다.

즉, 인문자원으로서, 지리산권에서 발생한 민속신앙으로는 성모석상, 전적지로는 구례 석주관 전적지, 한국사상 계승지로는 청암면 묵계리에 있는 청학동, 학문 수행처로는 산청군 시천면에 있는 산천재, 예

---

18) 노고단에는 마고할미라는 신이 살고 있는 곳으로 믿어 왔다. 또 천왕봉에 있었던 성모석상도 여성신이었음에 비추어 보아 지리산은 대체로 모성의 산으로 간주되어 왔다.

술로는 남원 운봉지역의 판소리, 불교 문화재로는 칠불사·연곡사·법
계사·화엄사·대원사·내원사·쌍계사·실상사·천은사 등이 있고, 고
택으로는 구례 운조루와 같은 유적지가 있다.

▌ 이태의 소설 『남부군』에 묘사된 생명의 산 지리산

　지리산이 안식과 생명을 주는 산이라는 의식은 빨치산 투쟁기를 담은 이태
의 소설 『남부군』에서 다음과 같이 잘 묘사되어 있다. 즉, 빨치산 남부군들은
6·25전쟁 와중을 이용하여 북으로 넘어가기 위해 강원도 후평까지 북상했다
가 미군의 인천상륙으로 더 이상 올라 갈 수 있는 길이 막히자, 다시 방향을
되돌려 남하하게 된다. 하지만 속리산 등지에서 계속 전투를 치르면서 그야말
로 만신창이가 됐다. 기진맥진, 궤멸 직전에 이른 남부군들에게 한 가지 희망
과 위안이 있었으니 그것은 바로 지리산이었다. 이 소설에서 그 대목을 다음과
같이 쓰고 있다.

　"동무들! 저기가 달뜨기요. 이제 우리는 지리산에 당도한 것이요!" 눈이 시
원하도록 검푸른 녹음에 뒤덮인 거산이 바로 강 건너 저편에 있었다. 달뜨기는
그 옛날 여순사건의 패잔병들이 처음으로 들어섰던 지리산의 초입이었다.

　'달뜨기'란 지리산 자락이 흘러내리면서 경호강 옆에 솟구쳐 놓은 웅석봉이
다. 달뜨기는 곧 지리산을 뜻하는 것이다. "지리산에 가면 살 길이 열린다"는
이 한 마디의 말에 지리산에 대한 여러 의미가 함축되어 있다. 남부군은 기나
긴 여로를 마치고 종착지인 지리산에 들어선 것이다. 제2병단 창단 이래 3년여
의 멀고 험난했던 길을 이제 다시 그 출발점으로 되돌아온 것이다.

　1천4백여 명의 눈동자가 일시에 그 시퍼런 연봉을 응시하며 "아아!" 하는
탄성이 조용히 일었다. 여순사건 부대원들이 마치 고향을 그리워하듯 입버릇
처럼 되뇌던 달뜨기, 이현상이 "지리산에 가면 살 길이 열린다"고 하였던 빨치
산의 메카, 지리산에 마침내 당도한 것이다. 나는 형언하기 어려운 감회에 젖
으며 말없이 서 있는 녹음의 산덩이를 넋을 잃고 바라보았다.

　위 대목에서와 같이 그들도 마치 지리산에만 들어가면 살 수 있다는 믿음을
갖고 있었다.

3. 풍수지리적 특징

인간이 환경을 어떻게 보느냐에 따라 '인간과 환경과의 관계'는 ①
환경이 인간의 생활을 결정한다는 **환경결정론**, ②인간의 의지에 따라
선택과 이용이 다르다는 **환경가능론**, ③인간생활은 문화적 배경에 따
라 달라진다는 **문화결정론**, ④인간과 자연은 서로 영향을 주고받는 관
계에 있으므로 양자 간의 조화가 중요하다고 보는 **생태결정론**으로 구
분되어 지고 있다. 이 중 환경결정론적 사고 중의 하나가 풍수지리사상
이라 할 수 있다. 즉 우리 민족은 땅을 하나의 유기체로 보아 인간과
별개로 보지 않고 하나로 보아왔는데, 그 사상 중의 하나가 바로 풍수
지리사상[19]이었다. 즉, 자연환경과 사람의 길흉화복을 연관지어 설명
하는 지리이론인 이 풍수지리사상은 산세·지세·수세(水勢)가 인간의
길흉화복에 영향을 미친다는 사상으로서, 지리·지술(地術), 또는 감여
(堪輿. 堪은 天道, 輿는 地道)라고도 하였다.

풍수지리 이론은 산(山)·수(水)·방위·사람 등 4가지 요소를 조합하
여 구성하고 있는데, 『주역』이론을 기본 틀로 하여 음양오행의 원리를
가미하여 논리화하였다. 즉, 음양오행의 기가 산·물 등 자연과 조화되
어 인간의 길흉화복을 생성한다고 믿었다.[20] 그리고 그 기는 몸 속의
혈액과 같이 대지를 몸체로 삼고 맥을 따라 땅 속을 돌아다니다 모이는

---

19) 풍수(風水)라는 말은 중국사람 곽박(郭璞, 276~324)이 쓴 장경(葬經)에 나오는 '장
   풍득수(藏風得水)'를 줄인 말이다. 이 풍수사상은 고대 동북아 사람들의 주거지 선정
   요건에서 기원한 것이라 추측할 수 있는데, 중국 한나라 때 음양오행설에 기초한『청
   오경(靑烏經)』과 동진(東晉) 곽박(郭璞)의『장서(葬書)』등을 통해 체계화되었다. 이
   는 땅속에 흐르는 생기에 감응을 받음으로써, 흉한 것을 피하고, 복을 받을 수 있는
   길지를 찾는 데 목적이 있었다.
20) 풍수사상은, 대지에 인간의 길흉화복에 영향을 미치는 기(氣)가 있다고 보는 '지기
   감응(地氣感應)' 사상이라고도 할 수 있다.

▲명당 모형도-청학동 삼성궁[21]

곳이 길지이며, 그 길지에 도읍이나 묘지를 선정하면 국가나 가문이 번성한다고 믿었다. 더 구체적으로 풍수지리에서의 길지(명당)란 산지가 북·동·서 방향을 에워싸고 있고, 남쪽의 입구에 하천(용수)이 흐르는 곳, 즉 배산임수(背山臨水)와 장풍득수(藏風得水)의 조건을 갖춘 곳을 말한다. 즉 뒤에는 조산(祖山)-주산(主山)으로 뻗어 내려오는 산이 있고, 좌·우에는 좌청룡, 우백호라 불리는 산이 양쪽 날개처럼 감싸고 있으며, 앞에는 물이 흐르고, 동구(洞口)는 닫힌 듯 좁으며, 안에는 넓은 들이 펼쳐진, 목 좁은 항아리 같은 분지형 지세[22]를 명당이라 하였다. 이러한 곳에 도읍지·주택·마을·묘소들을 쓰면 길하다고 보는 이 풍수지리사상은 낙토·이상향·유토피아(utopia)를 찾는 자연관[23]이자 대지모 사상[24]에 바탕을 두고 있는 전통적인 취락 입지론이라고도 할

---

21) 현재 건국전이 있는 터를 기준으로 지맥(地脈)이 맨 위로부터 조산(祖山)-주산(主山)으로 이어져 내려오다 좌·우로 좌청룡과 우청룡이 감싸며, 맨 아래에는 수구(水口)가 빠져나가고 있는 명당의 형국을 보이고 있다.

22) 한국문화역사지리학회, 『우리 국토에 새겨진 문화와 역사』, 논형, 2003, p.351.

23) 김일곤·이재하·전영권·황홍섭 공저, 『지리학의 이해-주제적 접근』, 법문사, 1998, p.297.

24) 지모사상(地母思想)이란, 땅이 만물을 화생시키는 능동적 활력을 지녔다고 보는 사상으로서, 전국시대 말기 음양오행론이나 참위설 등과 결합하여 구체적인 풍수지리론으로 발달하였다. 원시시대부터 인간은 토지를 인간생활이 이루어지는 터전인 동시에 만물이 생성되는 근원으로 믿어왔다. 즉 인간은 토지에서 삶에 필요한 물자들을 얻을 수 있었으므로 토지를 어머니와 같이 보았다. 이것이 대지모 사상이다. 한주성,

수 있겠다.

중국에서 시작되어25) 신라말기 도선에 의하여 우리나라에 전래되어진 것으로 알려져 있는 이 풍수지리사상은, 특히 우리나라에서 산과 하천을 의인화 또는 의물화한 형국론으로 구체화·정밀화되기도 하였다. 이렇게 발전된 풍수지리사상은 고려시대에 들어와 크게 성행하여 도읍지(개경·한양)·가옥·취락의 입지 선정 시 이용되어 왔다. 특히 개인들은 전통적인 조상숭배 사상과 결합하여 묘지 선정 시 적극 활용하며, 지금까지 1천여 년이 넘게 이어져 오고 있다.

이렇게 풍수지리사상이 산과 물 등 자연에게도 정령(精靈), 즉 지령(地靈)이 있다고 보는 관점에서는, 모든 산마다 산령(山靈)이 있다고 보는 우리 민족 고유의 산신사상 내지는 산악숭배사상26)과 공통점이 있다고 할 수 있다. 또 각 지역 고을마다 진산(鎭山)27)을 정해놓았는데, 이는 풍수지리사상과 산악숭배사상이 융합된 흔적이었다고 볼 수 있다. 이와 같은 사상들이 바탕이 되어 각 왕조들은 도읍지를 중심으로 중앙과 동서남북에 5악28), 또는 4대 명산 등을 정하여 놓고, 신성시하여 나라

『인간과 환경』, 교학연구사, 1991, p.35.

25) 중국 서북부의 황토고원지방은 풍수지리사상이 발생한 기원지로 볼 수 있다. 왜냐하면 황토고원은 겨울에 한냉건조한 북풍이 혹한과 흙먼지를 일으키고, 여름에는 하천이 범람하여 농경지와 가옥이 침수되었다. 이렇게 척박한 자연에서 차가운 먼지바람과 수해를 피할 수 있는 거주지역을 고르면서, 원시적인 풍수지리사상이 시작하였을 것으로 추측할 수 있다. 이와 같은 풍수지리설은 중국에서 기원되어 한반도뿐만 아니라, 대만·오키나와·홍콩·베트남 등에까지 퍼져나갔다. 위의 책, p.36.

26) 우리나라는 예부터 산악을 숭배하고 경외하는 산악신앙이 있어 왔으며, 명산대천을 비롯하여 오악·삼산·진산을 지정하여 제사지내는 풍습이 있었다.

27) 산을 신성시하는 관념은 신라시대부터 명산대천에 제사하는 의식으로 나타났다. 고려시대부터는 수도를 비롯하여 각 군현에 진산(鎭山)을 정하도록 하였는데, 진산은 일반적으로 취락의 후면에 위치하는 풍수적인 주산과 일치하고 있다.

28) 신라시대에는 토함산(吐含山)·태백산(太白山)·계룡산(鷄龍山)·지리산·부악(父嶽; 대구)을 오악(五嶽)이라 하였다. 조선말에도 백두산(白頭山-북)·묘향산(妙香山-서)

에서 주관하여 제사를 지내 왔다. 즉, 신라시대에는 지리산을 비롯하여 토함산·지리산·계룡산·태백산·팔공산 등을 오악으로 정하여 국태민안을 기원하였고, 조선조에서는 지리산·삼각산·송악산 등을 악(嶽)으로, 치악산·계룡산·죽령산·우불산은 명산으로 지정하여 중사(中祀)의 예를 갖추어 제사를 지냈다. 또 조선 고종 때(1899년)는 금강산을 동악, 지리산을 남악, 삼각산을 중악, 묘향산을 서악, 백두산을 북악으로 정하여 사직의 안녕과 백성들의 풍요를 위해 제사를 지냈다. 이 중 지리산은 우리나라 전체에서 산악숭배사상 또는 풍수지리학상 중요한 비중을 차지하여 어느 왕조에서든 항상 남악을 대표하는 산으로 예우를 받아왔다.

지리산 자체만을 기준으로 하여도 지리산에는 수많은 구릉과 계류(溪流), 하천 등이 있어 위와 같은 풍수지리적 기준에 부합한 길지, 즉 명당은 도처에 무수히 산재하고 있다. 그에 따라 사찰의 경우는 칠불·화엄·쌍계·실상사 등을 비롯한 수많은 명찰(名刹)들이 산자락과 계곡마다 자리 잡고 있으며, 마을의 경우는 하동군 청암면 묵계리 삼신봉 자락에 위치한 삼성궁과 청학동과 같이 길지라 여겨지는 동네들이 있다.

▋ 풍수지리 기원

풍수지리는 중국에서 들여왔다는 외부유입설과 우리나라에서 자체적으로 발생하였다는 자체 발생설이 있다. 대체적으로 풍수적 개념이 처음 발생한 것은 전국시대 말기로 보고 있는데, B.C. 4~5세기경 개인의 운명은 물론 국운을 좌우하는 대사건이나 전쟁 등의 징조들을 천체의 운행과 관련지어 설명하

·금강산(金剛山-동)·삼각산(三角山; 北漢山-중)·지리산(智異山-남)을 '오악'이라 일컬었다. 특히 백두산은 신앙의 대상이 되어 온 우리나라의 종조산(宗祖山)이었으며, 오악들은 동·서·남·북 및 중앙지역을 대표하는 산으로서, 대개 봄·가을에 국가에서 주관하여 제사를 지냈다.

기 시작하였다. 이 같은 사고는 한대(漢代)에 와서 음양설을 바탕으로 풍수이
론이 성립되었고, '청오경(靑烏經)'이라고 하는 풍수지리서도 나왔다.

중국의 풍수지리사상이 언제 우리나라에 들어왔는지는 분명치 않으나, 대략
통일신라 이후 당과 문화적 교류가 활발하던 시기였을 것으로 짐작되고 있다.
자체발생설은 산악지대가 많은 우리나라의 자연환경과 산악숭배사상 · 지모사
상 · 삼신오제사상 등과 관련하여 자연적으로 발생하였다가, 신라 말기 중국과
의 교류가 활발해지면서 풍수지리 사상으로 발전하였을 것으로 추측되고 있
다. 특히 신라 말 도선국사가 구례 화엄사 인근 사도촌(沙圖村, 현 구례군 마상
면 사도리)에 머물면서 풍수지리를 크게 깨우쳤다고 한다.[29]

---

29) 대한전통불교연구원 · 삼각산 도선사 공동주최, 제12회 국제불교학술회의,『도선국
사와 한국』, 1996, pp.176~177. 이 책에서는 '사도촌'의 '도'자가 '島'로 표기되었다.

Ⅲ. 지리산의 역사와 문화

1. 애국·충절의 현장

가. 개설

우리 민족은 유사 이래 이민족(異民族)들의 침입을 수없이 받아왔다. 그때마다 국운이 다한 경우도 있었으나 대부분 잘 막아내었다. 이민족의 침입은 크게 만주와 중국 민족에 의한 북방으로부터의 침입과, 일본 민족에 의한 남방으로부터의 침입을 들 수 있는데, 지리산에서 항쟁하였던 이민족의 침입은 주로 일본, 즉 왜구와의 싸움이었다.

한국민족에 있어 특히 일본민족은 숙명적인 존재이다. 서로 인접하고 있는 다른 국가들과 마찬가지로 한·일 양국은 역사적으로 선린·우호관계보다는 침략·대치관계의 특징이 더 컸다. 이른바 '호저(豪豬) 딜레마(porcupine dilemma)'[1]의 관계였다.

---

1) 호저는 유라시아·아프리카·북미 등에 서식하고 있는 동물로서, 고슴도치 일종이다. 등과 꼬리에 뾰족한 가시털이 나 있는 이 호저는 추운 겨울날 서로의 체온으로 추위를 견디고자 껴안지만 각자의 가시로 찌르기 때문에 서로 고통을 주게 된다. 즉 서로 떨어져 있으면 추위 때문에, 가까이 있으면 가시 때문에 서로 찔려 고통 받는 것을 '호저 딜레마'라고 한다. 일반적으로 가까이 있게 되면 각자의 이기심 때문에 서로 고통을 주는 것을 말하는데, 한국은 역사적으로 일본에게 피해를 주지는 못하

우선 지정학적으로 일본열도는 한국을 북·동-남·서방향으로 포위하듯 완벽하게 에워싸고 있어 한국의 대양진출을 원천적으로 가로막고 있다. 또 정치·군사적으로는 고려 말인 약 1223년경부터 집요하게 침략하기 시작한 끝에, 거의 700여 년 만인 1910년, 결국 한국의 명운을 끊고 말았다.

통사적(通史的)으로, 한국은 일본보다 국력이 현저하게 열세인 데다가 비전투적인 국민들의 기질로 인하여 시종일관, 일본의 피침(被侵)·수탈(收奪) 대상이 되었다. 일본인들은 고려 말, 조선 초까지는 주로 해적집단들이 개인적인 차원에서 노략질해 갔으나, 1592년에는 아예 대규모의 정규군을 보내 국가차원에서 침략(임·정왜란)하여 조선이라는 국가 자체를 통째로 빼앗아 가고자 하였다. 이 임·정왜란은 실패하였으나, 280여 년 후인 1875년 다시 침입(운양호 사건)하여 1910년, 결국 조선은 일본한테 점령되고 말았다.

기록상 왜구가 우리나라에 처음 출몰하여 해안 가 위주로 피해를 입힌 것은 고려 말쯤인 서기 1223년경으로 알려져 있으나, 1350년경부터는 약탈과 살상 등 그 피해가 극심해지기 시작하였다. 지리산권 내에서 발생하였던 왜구와의 싸움은 크게 시대별로 고려 말·임진왜란·조선 중기·조선 후기로 구분할 수 있다. 주요 싸움은 구체적으로 고려 말 이성계 장군의 황산대첩, 조선 임진왜란 때의 진주성 1·2차 싸움, 정유재란 때의 남원성전투와 석주관 싸움, 1910년 한일합방(경술국치) 때 연곡사에서의 고광순 의병장의 항전을 들 수 있다. 위 순서에 따라 항쟁사실을 수록하되, 이 중 임진왜란은 전란기간이 가장 길었던 데다가 이 민족에 의한 침략 중 최대의 피해를 입었던 사건이었으므로 그 개요를

고 일방적으로 받아왔기만 했기 때문에 이 딜레마 이론에 딱 맞는 것은 아니다.

살펴보기로 한다.

16세기 동아시아의 국제정세에는 커다란 변화가 일어나고 있었다. 중국에서는 후일 청나라를 건국한 만주의 여진족이 흥기하고 있었고, 일본에서는 도요토미 히데요시(豊臣秀吉)가 오다 노부나가(織田信長)의 뒤를 이어 1백여 년간의 전국시대(1490~1590)를 끝내고 일본을 통일하였다. 이로써, 일본은 정치적으로는 강력한 중앙집권세력이 등장하게 되었고, 군사적으로는 오랜 전쟁을 통하여 실전 경험이 많은 데다, 총포 등 현대식 무기로 무장한 대규모의 강군을 보유하게 되었다. 또 경제적으로는 화폐경제가 발달함으로써, 상·공업 촉진과 산업 발전을 가져 와 막대한 국가 자본이 축적되었다. 이로써 일본은 일약 부국강병한 나라가 되었으나, 통일 전후 과정에서 발생한 무사들의 세력과 불만을 발산시킬 필요가 있게 되었다. 이에 도요토미는 충만한 국가 에너지를 바탕으로, 무사들의 세력과 불만을 해외로 방출, 소모시킴으로써 국내 정치를 안정시키고, 해외 무역로 확보를 위한 방편으로 조선 침략을 구상하게 되었다.

조선은 개국 이후 1세기 동안은 중앙집권적인 지배체제가 이루어졌으나, 점차 문약(文弱)으로 빠져 15세기 말부터 중앙에서는 정치적 실권을 가진 훈척(勳戚)과 중앙정계로 진출하던 사림(士林) 간의 권력투쟁이 격화되면서 연이어 사화가 발생하였다. 지방에서는 부정부패가 만연되어 국가재정은 크게 약화되었고, 이에 따라 국방은 거의 무방비상태가 되었다. 이에 대해 이이(李珥)는 국가의 위기를 예상하고, 남쪽 왜와 북쪽 호(南倭北胡)의 침입을 대비할 수 있도록 10만 양병설을 주장하였으나, 선조의 미온적인 반응과 사림 내부의 뒷받침이 없어 실현되지 못하였다. 조정에서는 왜의 국내정세와 침입 가능성을 파악하고자 통신사 2명을 보냈으나, 귀국 후 서로 상반되게 보고함에 따라 조정의 견해도 양분되었고, 일본 침략에 대한 방비책도 논의가 유야무야되었다. 그러나 그 해 4월 왜의 사신 겐소(玄蘇) 등이 들어와 1년 후에 "명에 쳐들어갈 길을 빌려 달라"라는 정명가도(征明假道)를 요청하자, 조정에서는 이를 거절하고 이 사실을 명에 통보한 다음 하삼도(下三道) 각 진영에게 무기를 정비하도록 하였다. 그러나 이순신 장군만 왜의 침입에 대비하고 있었을 뿐, 나머지 각 지역에서는 오히려 일어나지 않을 왜란에 대비하여 민폐를 야기한다는 원성만 일어나는 등 별 성과가 없었다.

반면 도요토미 정권은 1591년부터 조선 침략을 위한 준비를 시작하여 규슈·시코쿠(四國)·주고쿠(中國)의 다이묘[2]들의 군대를 재편성하였다. 도요토미는 그 해 8월 나고야(名古屋)에 지휘본부를 건설하여 수군과 육군 편성을 완료했다. 총 15만 8천7백 명의 육군을 1~9번대로 편성하였다. 그 중 선봉대로서 최전선 투입은 고니시 유키나가(小西行長)를 주장(主將)으로 하는 제1번대 1만 8천7백 명, 가토 기요마사(加藤清正)의 제2번대 2만 2천8백 명, 구로다 나가마사(黑田長政)의 제3번대 1만 1천 명 등 5만 2천5백 명의 병력을 편성하였다.

출동준비를 완료한 왜군은 드디어 고니시가 이끄는 일본군 선봉대 1만 8천7백 명이 7백여 척의 병선에 나누어 타고 쓰시마 섬(對馬島)의 오우라 항(大浦港)을 출항하여 1592년 4월 13일(선조 25년) 부산포로 상륙해 오면서 임진왜란이 시작됐다.[3] 부산첨사 정발은 적과 싸우다 전사하였고 부산성은 함락되었다. 다음날 일본군이 동래성을 공격하자, 동래부사 송상현도 군민과 더불어 항전하였으나 전사하면서 동래성도

---

2) 다이묘(大名)란 10~19세기 일본 각 지역에서 넓은 영지와 사병(私兵)들을 갖고 있었던 세력자들, 즉 영주(領主)들을 말한다.

3) 임진왜란을 일본에서는 '분로쿠(文祿)·게이초(慶長)의 역(役)', 중국에서는 '만력(萬曆)의 역'이라고 한다.

함락되었다. 이어 제4번대 모리, 제5번대 후쿠시마, 제6번대 고바와가 사 등이 이끄는 왜군은 후속으로 계속 부산에 상륙하여 약탈과 살육을 하였다. 그 후에도 계속 후속 부대가 상륙하여 수군 병력 약 9천 명을 합해 조선에 침략한 왜군의 총병력은 약 20여 만 명에 이르렀다. 부산·동래성을 함락한 일본군은 3로로 나뉘어 서울을 향해 북진을 계속하였는데, 중로는 동래-양산-청도-대구-선산-상주를, 좌로는 동래-언양-경주-영천-신녕-군위-용궁-충주를, 우로는 김해-성주-지례-김천-추풍령의 길을 택해 경기도로 북상하였다.

부산 함락 4일 후에나 소식을 듣고 당황한 조정은 이일을 순변사로 임명하여4) 조령-충주 방면의 중로를, 성응길을 좌방어사에 임명해서 죽령-충주 방면의 좌로를, 조경을 우방어사로 삼아 추풍령·청주·죽산 방면의 우로를 방어하게 했다. 그리고 김성일을 경상우도 초유사(慶尙右道招諭使), 김륵을 좌도 안집사로 삼아 민심수습과 항전을 독려하도록 하였으며, 신립을 도순변사로, 유성룡을 도체찰사(都體察使)로 삼아 방어하도록 하였다. 그러나 4월 24일 이일은 상주에서 대패하여 충주로 도피하였고, 신립은 충주의 탄금대에 배수진을 치고 싸웠으나 역시 패하였다. 충주가 함락됨에 따라 왜군은 다시 여주-양근-용진나루와 죽산-용인-한강의 진로로 나뉘어 북상하였고, 관군은 단 한 번도 큰 전투를 치르지 못하고 흩어져 달아났다. 조정은 일본군의 서울 공격에 대비하여 우의정 이양원을 수성대장, 김명원을 도원수로 삼았으나, 충주함락 소식을 듣고는 몽진하기로 결정하였다. 4월 30일 새벽 선조와 세자 광해군은 평양으로 피난하고5) 임해군(臨海君)과 순화군(順和君) 두

---

4) 사령관으로 임명된 이일은 임지로 출발하려 하여도 군졸이 단 한 명도 없어 혼자 출동하였다 한다.

5) 이때 한양의 백성들은 경복궁·창덕궁과 공·사노비의 문적이 있는 장례원(掌隸院)·

왕자는 함경도와 강원도로 가서 근왕병을 모집하도록 하였다.

왜군은 부산에 상륙한 지 20여 일 만인 5월 2일 한양을 무혈 입성하였다. 왜군은 부대를 재편하여 고니시는 평안도, 가토는 함경도, 구로다는 황해도로 진격하였다. 5월 12일 조정은 명에 원병을 청하기로 결정하고 이덕형을 청원사로 파견하는 한편, 우의정 윤두수와 유성룡의 '평양사수' 결의를 받아들여 윤두수·김명원·이원익에게 평양을 방어하도록 하였다. 그러나 고니시군이 대동강 연안까지 북상하자 조정은 평양사수를 포기하고 다시 북행하기로 결정하였다. 이에 6월 11일 선조는 평양을 떠나 숙주·안주·안변을 거쳐 박천에 이르러 군권을 광해군에게 넘겨주고 의주로 향했다. 그러나 6월 14일 평양까지 함락되었다. 가토군은 이어 함경도까지 진격·유린하고 왕자인 임해군과 순화군을 포로로 잡았다.[6) 이로써 조선은 호남과 평안도 일부 지방을 제외한 모든 지역이 왜군에게 점령되었다.

그러나 한편, 개전초인 4월부터 호남·영남·강원·호서 등 각 지방에서 의병들이 일어나 왜군에 대항하였다.[7) 유명한 의병대장으로는 호남의 김천일과 고경명, 영남의 곽재우와 정인홍, 충청도의 조헌 등이었는데 모두 각 지방의 명사들이었다. 이들이 궐기하자 많은 백성들이 호응

형조 등에 불 지르고, 개성의 백성들은 왕의 실정을 비난하면서 왕의 행렬에 돌을 던지는 등 민심이 극도로 이반되었다 한다.

6) 이 두 왕자는 무능한 조정에 분개한 함경도 백성들이 붙잡아 왜군들에 넘겼다는 설도 있다.

7) 정규군인 관군이 왜군의 방어에 실패하자, 백성들 스스로 자기 고장을 지키고자 일어난 것이 의병이다. 의병은 각 지방에서 명망과 학덕을 갖춘 선비들이 중심이 되었으며, 양반에서 천민에 이르기까지 다양한 계층들이 호응하였다. 영남의 곽재우·권응수, 호남의 고경명·김천일, 충청도의 조헌, 경기도의 홍계남, 함경도의 정문부, 그리고 승군 휴정·유정 등이 대표적 인물들이었다. 임진왜란 초기, 전국에 걸쳐 일어났던 의병은 왜군을 기습 공격하여 그들의 진격을 막고 민심을 안정시키는 데 큰 역할을 하였다. 국립진주박물관 http://jinju.museum.go.kr

하여 왜군을 저지하는 데 큰 역할을 하였다.[8] 또한 7월부터는 묘향산에서 서산대사 휴정(休靜)이 전국의 각 사찰에 격문을 보내 의승군으로 궐기할 것을 호소하였다. 이에 호응하여 관동에서는 유정(惟政 : 송운대사), 해서에서는 의엄, 호남에서는 처영, 충청도에서는 영규 등이 제자들을 이끌고 의병대열에 동참하였다.

한편, 바다에서는 이순신 장군이 해전에서 연승하여 왜군의 진격을 저지하는 데 결정적인 역할을 하였다. 결국 피폐해진 양국군은 휴전강화조약을 맺고 철군하였다. 그러나 임진왜란 강화조약이 결렬되자 도요토미는 정유재란을 일으켜 조선을 재침하였다. 그러나 전쟁도중인 1598년 8월 18일 도요토미 히데요시가 갑자기 죽자 왜군들은 침략을 중단하고 철수하게 되었다. 1598년 11월 19일 노량해전에서 이순신 장군은 일본으로 돌아가려던 왜군 함대 2백여 척을 침몰시켰고, 이후 나머지 왜군들이 부산을 떠나면서 임·정왜란은 완전히 끝나게 되었다.[9]

7년간에 걸친 왜란은 동아시아 삼국, 즉 조선·명(중국)·왜(일본)의 정세에 큰 영향을 미쳤다. 우선 명나라와 왜는 정권이 교체되었다. 명나라는 전쟁 이후에 경제가 쇠퇴하고 중앙 정부에 대한 반란이 계속 일어나 결국 1644년 만주에서 여진족이 세운 청에 의해 멸망하였다. 왜는 도요토미 히데요시 정권 시절 지방 영주이자 경쟁자였던 도쿠가와 이에야스(德川家康)가 도요토미의 권부를 전복한 다음 에도(江戶)[10]

---

8) http://blog.naver.com/enamjahim

9) 임진왜란 발발원인에 대하여는 여러 가지 견해가 있다. 일본 통일 후 불만 무장세력들을 해외로 분출시키려는 정치적 의도에 의한 것이라는 주장이 가장 일반적이나, 그 외에도 도요토미의 낮은 출신신분에 대한 열등감과 아들의 죽음으로 인해 임진왜란을 일으켰다는 주장도 있고, 또는 도요토미 개인의 성격적인 결함 내지는 호전적인 성격에 의한 것으로 보는 주장도 있다. 그러나 위 요인들이 복합적으로 작용하였을 가능성이 많다.

10) 지금의 도쿄(東京).

로 수도를 옮겨 에도 막부시대를 열었다.

　주 전장(主 戰場)이었던 조선은 장기간의 전쟁으로 국토가 크게 황폐화되었다. 전국의 귀중한 많은 보물들은 왜군에 의해 약탈되거나 파괴되었으며, 신분질서는 붕괴되고, 국가재정은 파탄 났다. 그러나 조정은 비변사 기능을 강화하는 등 점차 국방 및 행정체제를 정비하기 시작하였다. 특히 왜군의 조총에 대항할 만한 무기가 없었던 조선은 1593년부터 조총을 대량 개발하여 개인 화기인 승자총통을 개발하는 등, 전란의 피해를 복구하느라 많은 시간이 걸렸으나, 전쟁 이후에도 조선왕조는 3백여 년 동안이나 지속되었다.

　█ **도요토미 히데요시**

　도요토미 히데요시(豊臣秀吉)는 1536년 지금의 아이치현(愛知縣)에서 태어났다. 그의 아버지는 본래 낮은 신분의 무사였는데, 전쟁에서 다리를 다쳐 고향에서 농사를 짓고 살다가 도요토미가 여섯 살 때 세상을 떠났다. 그 후 어머니는 다른 남자와 재혼하였고, 도요토미가 여덟 살이 되는 해 불가(佛家)에 출가시켰지만, 그의 거친 행동 때문에 절에서 쫓겨났다. 그 후 도요토미는 계부와의 갈등으로 인해 집을 나와 무사가 되었다. 열여덟 살 때에는 당시 최고의 실력자 오다 노부나가(織田信長)의 부하가 되어 충성심을 인정받아[11] 나중에 그의 부장까지 되었다. 후일 노부나가는 부하였던 아케치 미쓰히데(明智光秀)의 배신으로 습격당하여 자살하자, 도요토미는 군사를 이끌고 아케치 미쓰히데를 토벌한 뒤, 노부나가의 권력을 이어 받아 전국시대의 일본을 통일하였다.

　도요토미는 전국을 통일한 후 신분제도와 토지제도 등을 개혁하여 전국시대의 혼란한 제도들을 통일하고자 하였다. 또한 오사카성·후시미성·주라쿠다이 등과 같은 대규모 토목공사를 일으켜 자신의 권력을 과시하기도 하였다.

---

11) 추운 겨울 날, 노부나가가 실내에 들어가며 밖에 벗어 놓은 짚신을, 그의 부하였던 도요토미는 품속에 품어 체온으로 따뜻하게 하였다. 노부나가가 밖에 나와 체온으로 따뜻해진 짚신을 신으며 감격하였다는 일화가 유명하다.

도요토미는 52세 때 자식을 처음 얻었는데, 이 아이는 두 살쯤 되었을 때 죽고 말았다. 이 아들의 죽음은 도요토미를 극도의 절망감에 빠뜨렸다 하며, 이는 그로 하여금 조선을 침략하게 한 간접적인 원인 중의 하나가 되었을 것으로도 보고 있다. 도요토미는 아들이 죽던 해에 간바쿠(關伯)직을 양자 히데쓰구에게 물려주고, 스스로 다이코(太閤)가 되어 대륙정복의 야욕을 추진하였다.

1592년, 명나라를 정복하러 가기 위한 길을 빌려달라는(征明假道) 명분으로 조선을 침략하였다(임진왜란). 1593년부터는 명나라의 심유경과 고니시 간에 강화조약 교섭이 진행되었다. 그러나 1596년 강화교섭이 완전히 결렬되자, 1597년 다시 군사를 일으켜 조선을 침략하였다(정유재란). 그러나 뜻을 이루지 못하고 1598년 갑자기 세상을 떠났다.[12]

나. 주요현장

1) 황산대첩지

지리산 부부 저부 이월면(里月面)에서 남워 방향의 유봉유(雲峯邑) 중간 지점쯤에 고려 말 이성계가 왜구를 격퇴시킨 황산대첩지(荒山大捷址)가 있다.

1380년(고려 우왕 6년) 8월, 왜구들이 충남 금강 어구인 진포[13]로 침입해 들어오자 고려 조정에서는 나세·심덕부·최무선 등을 보내 이들을 토벌하도록 하였다. 최무선이 진포 앞 바다에서 화포 공격으로 왜선을 모두 불태워 버리자, 돌아갈 방도가 없게 된 왜구들은 옥천·영동·황간 등지를 휩쓸고 다니다 우회하여 경상도 함양을 거쳐 남원 운봉지역에 이르며[14] 가는 곳마다 살육과 약탈을 일삼았다.

왜장은 나이가 불과 15~6세에 불과한 아지발도(阿只拔都)라는 장수

12) 국립진주박물관 http://jinju.museum.go.kr
13) 현재의 충남 서천 지역.
14) 남원지편찬위원회, 『남원지』, 1992, p.2115.

였다. 그가 이끄는 왜구는 지리산 북쪽으로 접근하여 함양 사근내역(沙斤乃驛)에서 박수경·배언 등 두 원수(元帥)와 우군 5백여 명을 죽이고 주변지역을 황폐화시켰다. 이에 고려 조정은 찬성사(贊成事) 이성계를 도순찰사(都巡察使)로, 찬성사 변안렬을 도체찰사(都體察使)로 임명하고 왕복명·우인열·박임종·홍인계·임성미·이원계 등 여덟 원수를 거느리고 그들을 토벌케 했다.

이성계와 변안렬이 이끄는 토벌군은 남원 인월에 도착하자마자 지형을 숙지한 다음, 적을 공격하였다. 명궁인 이성계는 그의 특기인 활을 쏘아 앞장서 나오는 적들을 차례로 쏘아 떨어뜨렸다. 적장 아지발도는 나이는 어리지만 참으로 무예가 출중하였다. 워낙 용맹스럽고 날래어 아군들이 무수히 살상되었다. 이성계는 그 젊은 적장의 무예 솜씨가 아까워 사로잡으려 하였으나, 여진족 출신 장군 이두란이 "죽이지 아니하면 우리 부하들의 희생이 클 것이다"라고 말했다. 이에 둘은 하는 수 없이 활로 사살키로 하였다.

이성계가 먼저 활을 쏘고 이어 이두란이 화살을 날렸다. 먼저 날아간 이성계의 화살이 아지발도의 투구를 쏘아 맞혀 떨어뜨렸다. 적장 아지발도가 크게 당황하는 순간, 바로 뒤따라 날아 온 이두란의 화살이 그의 얼굴을 명중시키자, 아지발도는 말에서 떨어졌다. 순식간에 장수가 사살되자, 왜군들은 기세가 꺾여 아군의 10여 배가 되었던 2천여 명의 왜구들은 모두 살상되고, 70여 명만 남아 지리산으로 도주하였다. 이 승전이 바로 황산대첩이다.[15]

---

15) 황산대첩에서 이성계가 얼마나 왜구 섬멸의지를 굳게 다졌는지는, 이 날 싸움에서 현재의 '인월(引月)'이란 지명이 유래하였다는 사실(說)에서도 알 수 있다. 이날 황산 싸움에서 이성계는 도주하는 패잔병을 뒤쫓아 가는데, 날이 저물어 더 이상 싸울 수 없게 되자 넘어가는 달(月)을 당겨 놓으면서까지 한 명의 왜군이라도 더 사살하려 하였다고 한다. 그래서 이곳의 마을 이름이 '인월(引月)'이 되었다 한다. 또 이성계가

　그러나 이 패잔병들은 지리산의 문화 유적지에 엄청난 피해를 입혔다. 천왕봉의 성모석상을 칼로 자르고 법계사와 세석고원 옆 영신봉 아래 위치한 영신사를 불태웠으며, 많은 석탑과 돌부처들을 부쉈다.

　이성계는 다음 해인 1381년 다시 격전의 현장을 찾아갔다. 황산대첩 후 1년 만에 이곳을 찾은 이성계는 언덕 한편의 큰 바위벽에 다가가 정으로 글자를 새겼다. 황산대첩의 뜻 깊은 승전을 기리고자 이성계는 자신의 이름과 함께 황산전투에 참가했던 8명의 원수(元帥)와 4명의 종사관들의 이름을 새겼다.[16] 그리고 이 황산대첩으로 이성계는 정치·군사적 입지가 크게 강화되어 후일 조선왕조를 개국할 수 있게 하는 기반을 갖게 되었다.

　황산대첩비는 1577년(선조 10년) 왕명에 따라 건립되었다. 호조참판 김귀영이 비문을 짓고 송인이 글을 썼다. 그러나 운봉들판 가운데 왜구와의 격전장이었던 황산을 배경으로 서 있는 '황산대첩비'는 그 후 일정(日政)시대, 즉 일본의 조선반도 강섬이 끝나기 직전이었던 1945년 1월 17일 새벽, 일본인들이 폭파하고 비신의 글씨는 물론, 이성계가 새겼던 암벽의 각자까지 정으로 쪼아 알아보지 못하도록 파손시켜 버렸다. 그렇게 파괴된 대첩비는 파괴된 상태 그대로 오랫동안 방치되어 왔었다.

　해방 후, 6·25전쟁이 지나도록 황산대첩비는 파괴된 상태로 방치되어 있다가 1957년에 겨우 복구되었다. 귀부와 이수는 원래의 것 그대로이나, 비신은 심하게 파괴되어 오석으로 새로 만들었다. 또 다음 해인 1958년에는 대첩비 왼쪽에 황산대첩 사적비를 세웠다. 일본인들에 의해 파괴된 원래의 비신은 현재 파비각(破碑閣) 안에 보존되어 있다.[17]

바람을 끌고 다니며 싸웠다고 하여 인풍리(남원시 아영면 引風里)라는 지명이 생겼다고도 한다. 최화수, 『지리산 365日』 4권, 도서출판 다나, 1992, p.79.

16) 현재는 이 바위 위에 보호각을 세워놓았다. '어휘각(御諱閣)'으로도 불리는 이 보호각은 바위 한편을 기둥 대신 사용하고 있다.

▲ 운봉 황산대첩비지(남원시청)

2) 진주성대첩

임진왜란 때 진주성전투는 두 차례 있었다. 1592년(선조 25년) 10월(음력) 일어난 제1차 진주성전투와 이듬해인 1593년 6월 일어난 제2차 진주성전투였다. 제1차 진주성전투에서는 대승하여 임진왜란 3대첩의 하나로 꼽혔다. 반면, 제2차 진주성전투는 크게 패배하여 성이 함락되고 성내 7만여 민·관·군으로 이루어진 수성군 전원이 모두 순절하였다.

가) 제1차 진주성전투

1592년 4월 조선을 침략한 왜군은 주력부대가 5월에 서울을 점령하면서 계속 북상할 때, 일부 부대는 남부지역을 따라 호남으로 진출하고자 하였다. 특히 진주성은 경남지역을 장악할 수 있는 본거지이자, 호남지역으로 진출할 수 있는 침략의 요충지였으나 개전 초기에는 북진

---

17) 앞의 책 pp.80~84.

하기에 겨를이 없어 공격하지 못하였다. 이윽고 전력을 가다듬어 진주
성을 공격하기 위해,[18] 왜군은 김해·부산·동래 등지에서 합세한 병력
3만여 명이 같은 해 9월 중순 김해를 떠나 진주로 출발하였다.

적군의 주요 장수는 하세가와 히데카즈[長谷川秀一]·나가오카 다다오
키[長岡忠興]·기무라 시게치[木村重玆]·가토 미쓰야스[加藤光泰] 등이었
다. 이들은 9월 25일 부대를 둘로 나누어 노현(露峴)과 안민현(安民峴)
을 넘어 들어와 경상우병사 류숭인의 조선군을 물리치고, 9월 26일에
는 함안을, 9월 27일에는 창원을 점령한 후, 10월 초 진주성 동쪽 15리
쯤에 접근하였다.

진주성 수성군은 목사 김시민의 군사가 3천7백여 명, 곤양군수 이광
악(李光岳)의 군사가 1백여 명으로 총 3천8백여 명 정도에 지나지 않았
다. 경상우도 관찰사 김성일과 목사 김시민의 보강노력으로 수성군의
방어능력은 종전보다 강화되었으나, 적이 워낙 대군이어 중과부적인
상황이었다. 10월 4일, 왜군은 3만여 명의 군사로 진주성을 포위하였
다. 성안에는 김시민이 지휘하는 병력과 백성들이 합세하여 결전태세
를 갖추었고, 성 밖에서는 임계영·최경회가 이끄는 전라도 의병 2천여
명과 경상도 의병들이 지원하였다. 마침내 10월 5일 새벽부터 10월 10
일 아침까지 6일간의 치열한 공방전이 시작되었다. 왜군은 주위의 민
가를 모조리 불 지르고 총탄과 화살을 마구 쏘며 공격하였고, 진주성
내 수성군들은 현자총통을 비롯한 총포와 화살로, 백성들은 돌과 뜨거

---

18) 왜군이 진주성을 점령하려 한 이유는 다음 두 가지를 들 수 있다. 첫째, 진주는 경상
　우도의 거진(巨鎭)으로서 본주군(本州軍)이 방어의 중심이 되어 각처 의병들과 함께
　왜적을 효과적으로 막아내고 있었다. 따라서 적군의 입장에서는 경상도를 완전히 장
　악하기 위해서는 진주성을 점령해야만 하였다. 둘째, 당시 진주성은 곡창지대 호남으
　로 갈 수 있는 요로이었기 때문에 진주성을 점령해야만 군량미 등을 확보할 수 있는
　호남지역으로 진출할 수 있기 때문이었다.

운 물로 대항하였다. 싸움이 마무리되기 직전 10일 아침, 성안 적군의 시신을 돌아보던 김시민 목사는 부상당한 왜군이 쏜 유탄을 이마에 맞았다. 목사가 쓰러지자 곤양군수 이광악이 대신 지휘관이 되어 분전하였다. 왜군은 드디어 상오 11시쯤 퇴각하기 시작하였다. 민·관·군 총 6천여 명의 진주성 내·외 수성군이 10여 일간 분전하여 3만여 왜군을 물리친 것이다.

한산대첩·행주대첩과 더불어 임진왜란 3대 대첩의 하나였던 이 제 1차 진주성싸움에서 비록 김시민 목사가 전사하였으나, 왜군은 장수만 3백여 명, 병사는 1만여 명이 사망하였다. 이 싸움에서 승리함으로써 왜군에게는 현지에서 군량미 등 전쟁물자를 약탈하면서 호남지역으로 진격하려던 계획에 차질이 생겼다. 그러나 조선군에게는 군사력과 사기가 높아졌을 뿐만 아니라, 이후 전국적인 관군정비와 의병봉기를 촉진하는 계기가 되었다. 왜군이 평양과 함경도까지 점령하고도 전세를 주도적으로 이끌 수 없었던 이유는, 진주성 1차싸움에서의 패배가 가장 큰 원인 중의 하나였다고 할 수 있었을 만큼 임진왜란에서 진주성 대첩이 가졌던 군사적 의미는 매우 중대하였다.[19]

나) 제2차 진주성전투

1593년 1월 조·명 연합군이 평양성을 수복하자, 왜적은 서울까지 밀려 내려오게 되었고, 4월 18일쯤에는 다시 서울을 내주고 부산으로 퇴각하기 시작하였다. 이에 도요토미 히데요시는 2월 27일부터 수차례에 걸쳐 진주성을 공격하라는 명령을 내렸다. 4월 17일, 가토 기요마사에게 보낸 도요토미의 서신에는 "진주성을 공위(攻圍)하여 모조리 토멸한

---

19) 김경수, 『金時敏 將軍의 晉州城 戰鬪와 忠節精神』(http://blog.naver.com/kwonsanha/28424737)

다음 전라도·경상도를 정복하여 축성하고, 한성에 집결한 병력을 인수하여 진주성을 점령한 다음 한 명도 남기지 말고 도살하라"라는 광기어린 명령을 하였다.[20) 이에 왜군은 후퇴하면서 모든 군사력을 집중하여 진주성을 다시 공격하고자 하였다. 즉 왜군은 제1차 진주성 전투에서의 패배를 설욕하고, 당시 진행 중이던 강화교섭에서 유리한 위치를 차지하기 위해, 대군을 이끌고 같은 해 6월 진주성으로 진격하였다.

6월 15일, 약 9만 3천여 명에 달하는 왜군이 김해·창원으로부터 수·육로를 통해 대거 접근해 오면서 제2차 진주성전투가 시작되었다. 적군의 주요 장수는 가토 기요마사[加藤淸正]·고니시 유키나가[小西行長]·우키타 히데이에[宇喜多秀家]·모리 히데모토[毛利秀元]·고바야카와 다카카게[小早川隆景] 등 왜군의 주력 부대장들이었다.

그들은 우선 군사를 단성·삼가 및 남강변으로 진주시켜 원군이 이르지 못하도록 진주 일원을 완전히 봉쇄하였다.

한편, 사현·행주산성 전투에서 분전하고 있던 전남 나주 출신 의병 총사령관 김천일은 진주성이 위태롭다는 소식을 듣고 3백여 명의 의병을 인솔하여 1593년 6월 14일, 관군보다 먼저 진주성에 도착하였다. 진주성 입성 후, 도절제(都節制)가 되어 진주성 내 관군과 의병을 총 지휘하게 된 김천일은 수성준비를 하기 시작하였다. 진주성 안에는 최경회(경상우병사)·황진(충청절도사)·김준민(거제현령)·고종후[21)] 등이 거느린

---

20) 왜군이 재차 대대적으로 진주성을 공격하여 함락시키려 한 이유는 첫째, 제1차 진주성전투에서의 참패에 대한 복수를 하기 위해서였다. 두 번째는 조선에 대한 공격을 계속하려면 곡창지대 호남을 점령하여야만 이를 발판으로 재차 북상을 시도 할 수 있는데, 이를 위해서는 길목에 있는 진주성을 먼저 점령해야만 하였다. 즉, 왜군은 '복수'와 함께 '호남진출'을 목적으로 총력을 기울여 진주성에 대하여 2차 공격을 하였다.

21) 고종후는 전남 광주 출신 의병장 고경명 선생의 장남이다. 고종후의 11대 후손 고광순은 1910년 한일합방 때 다시 의병을 일으켜 일본에 항전하다 전남 구례에 있는 연

3천5백여 명의 병사와 6~7만여 명의 백성이 있었으나 철저히 무장한 왜군과 맞서 싸우기에는 현저히 열세였다.

황진(黃進)·고득뢰(高得賚)·소제(蘇濟)·윤달(尹達)·정여진(丁汝軫) 장군 등이 인솔한 전북 남원 출신의 의병들과 윤눌(潤訥)·해안(海眼) 등이 이끈 구례 화엄사 승병들이 멀리서부터 참전해 왔다. 그러나 이중으로 포위한 적군의 기세에 눌려, 1차 진주성싸움 때와는 달리 그 외 지원군은 거의 없었다.[22] 또한 명군은 대구에 유정(劉綎)·오유충(吳惟忠), 남원에 낙상지(駱尙志)·송대빈(宋大斌), 상주에 왕필적(王必迪) 등이 각각 머물러 있었으나, 조선 조정의 거듭된 요청에도 불구하고 원병을 보내지 않고 방관하였다. 이에 따라 진주성 수성군은 포위된 이후 성 밖 백리 내에 지원군이 전무한 고립무원의 상태에 놓여 외부와의 연락조차 두절되어 버렸다.

6월 21일, 적의 선봉이 진주성 동북쪽으로 접근하여 6월 22일부터 드디어 진주성에 대한 공격이 시작되었다. 왜군은 망루를 가설하고 성을 내려다보며 조총사격을 하는 한편, 귀갑차(龜甲車)라는 새로운 병기로 성을 공격하였다. 이에 성안의 관군과 백성들은 장남과 화살을 쏘고 돌과 쇠붙이, 끓는 물을 부으며 성벽으로 기어오르는 왜군들을 무찔렀다. 그러나 28일 큰비가 내려 성의 일부가 허물어지고, 남원에서 지원온 충청절도사 황진장군이 적탄에 맞아 전사하는 등 점차 수성군에 위기가 다가왔다. 마침내 진주성 내 조선군들은 중과부적의 열세 속에서 조총을 집중사격하며 귀갑차 등으로 성을 뚫고 들어오는 왜군들을 막지 못하였다. 개전 7일 만인 29일, 결국 진주성이 함락되자 지휘관

곡사에서 일본군들에 의하여 순국하였다.
22) 남원문화원,『용성지』, 대흥기획, 1995, pp.265~266. 국립목포대학교 박물관, 전라남도 구례군,『구례군의 문화유적』, 금성인쇄출판사, 1994, p.104.

▲촉석루 앞 남강 변에 있는 의암
논개가 왜장 게다니를 끌어안고 물속에 투신한 바위

▲의기논개 제향(2009.8. 진주성 촉석루)

김천일은 장남 삼건과 함께, 나머지 최경회·장윤·고종후 등 지휘관들도 남강에 몸을 던져 자결하였고, 이하 민·관·군 7만여 명도 전원 순국하면서 임진왜란 최대의 희생자를 내었다.[23] 그러나 진주성이 함락된 후[24] 저부 자석춤시 의기 노개느 왜군들의 슷저 주여에 자진 참석 적장 게다니[毛谷六助]를 촉석루 절벽 아래 남강가로 유인하여 끌어안고 함께 투신, 죽음으로써 마지막 순간까지 항전의지를 보였다. 왜군은 비록 이 2차 진주성 싸움에서 이겼으나 병력손실이 많아 호남지역으로는 끝내 진출하지 못하고 말았다.

1·2차 진주성 싸움의 의의

제1차 진주성전투는 3천8백여 명의 소수병력으로 왜군 3만여 명을 6일 동안의 접전 끝에 물리쳤다. 이에 따라 직접적으로는 진주를 비롯한 경상우도를 온전히 보존할 수 있었고, 간접적으로는 왜군들의 호남지역 진출을 저지시켰다. 또한 당시 수령들이 성을 사지로 여겨 전의가 상실된 상황에서 왜군을 크

---

23) 국립진주박물관 http://jinju.museum.go.kr
24) 진주성 함락 후 왜군은 성을 허물어 평지로 만들었다.

게 이김으로써 조선군의 사기앙양에 큰 기여를 하였다. 그러나 제2차 싸움에서
는 전북 남원 등 멀리 호남지역에서 온 지원군 외에는 별 다른 지원군이 없어
수성군들의 현저한 열세로 패하고 말았다. 그러나 위와 같이 전투불가능 상황
에서도 진주성내 군과 시민들은 전멸을 무릅쓰고 수성의지를 굳게 하여 제1차
진주성전투에 못지않은 큰 의의를 후세에 남겼다.

김시민 목사

김시민의 자는 면오(勉吾), 시호는 충
무(忠武), 본관은 안동이다. 1578년(선
조 11년)에 무과에 급제하였다. 훈련 판
관(訓鍊判官)으로 있으면서 군사에 관
한 일을 병조판서에게 건의하였으나 시
행되지 않자 항의하고 사직하였다. 그 후
1591년(선조 24년) 진주 판관(晉州判
官)에 임명되었다. 이듬해 임진왜란이
일어나 피난하였으나, 초유사 김성일의
지위 아래 목사를 내리하여 신주성을 사
수하고자 제반 준비를 갖추었다. 얼마 후
목사로 승진하여 사천(泗川)·고성(固
城)·진해(鎭海)에서 적을 무찔러 영남
우도 병마절도사로 승진하였다. 이해

▲진주성 내 김시민 목사 동상

10월 5일, 왜군 3만여 명이 진주성을 공격하자 3천8백여 명의 수성군을 이끌며
6일 동안의 공방전 끝에 왜군을 격퇴시켰다. 그러나 전투 끝 무렵 독전 중,
이마에 왜군의 유탄을 맞아 며칠 뒤인 18일 순국하였다. 성내 온 백성들이 대성
통곡하였고, 조정에서는 선무(宣武)공신의 호를 내린 후, 다시 상락군(上洛君)
에 봉하였다. 후에 영의정·상락부원군으로 추증하였고, 진주성 내에 사당을
세워 충렬사(忠烈祠)라는 사액(祠額)을 내린 다음 김시민을 주향(主享)으로
하여 전몰 장병들 모두를 모셨다. 현재 진주성 안에 김시민 장군의 동상이 세워
져 있다.[25]

---

25) 국립진주박물관 http://jinju.museum.go.kr

진주성

진주성[26]은 외적을 막기 위하여 삼국시대부터 축조한 성이다. 1379년(고려 말 우왕 5년)에 진주목사 김중광이 잦은 왜구 침범에 대비하여, 본래 토성이던 것을 석성으로 고쳐 쌓았으며, 임진왜란 직후에는 성의 중앙에 남북으로 내성을 쌓았다.

1592년 10월 왜군은 전라도와 통하는 교통의 요충지인 진주성을 점령하기 위해 3만여 명의 병력으로 공격해오자, 진주목사 김시민은 판관 성수경·이광악과 함께 수성군 3천8백여 명 및 곽재우·최경회·이달 등 의병장들의 지원을 받아 6일간의 격전 끝에 물리쳤다. 이 제1차 진주성대첩에서 김시민은 전사했지만 적을 격퇴시킴으로써 전라도로 진출하려던 왜군의 계획을 좌절시켰다. 그러나 이듬해 6월에는 왜군 9만 3천여 명이 다시 침략해 오자 7만여 민·관·군이 이에 맞서 싸웠으나 모두 순절하였다.

진주성 안에는 임진왜란 때 지휘소로 사용되었던 촉석루, 논개가 왜장을 안고 남강에 떨어져 죽은 의암[27] 및 의기사, 임진왜란 때 전몰한 호국선열들을 모신 창렬사[28]와 호국사, 김시민 장군의 동상과 전공비가 있다. 또 고려시대 문익점으로부터 목화씨를 받아 재배하며, 베틀과 물레를 개발한 문익점 선생의 생신 생신의 신생을 모신 칭세시원과 시민의 2차 김입 때, 그으로 블고기 되어 고려를 구한 하공진 선생을 모신 경절사가 있다. 그리고 정문인 촉석문과 옆문인 공북문 및 영남포정사를 비롯하여 북장대와 서장대가 있다.

촉석문은 1972년 복원되었고, 1975년에는 일정 때 허물어졌던 서쪽 외성 일부와 내성의 성곽을 복원하였다. 1979년부터는 성 안팎의 민가를 모두 철거하는 등 진주성 정화사업을 시작하여 2002년 공북문 복원공사를 마지막으로 현재의 모습을 갖추게 되었다. 성곽의 둘레는 1,760m이고, 높이는 5~8m이며, 성 안에는 임진대첩계사순의단, 국립진주박물관 등이 있다. 사적 제118호로 지정되었다.

---

26) 진주성은 삼국시대 때 거열성(居列城)으로, 고려시대 때는 촉석성(矗石城)으로 불렸다가 조선시대에 진주성으로 바뀌었다.

27) 경상남도 문화재자료 제7호이다.

28) 창렬사는 1593년 7월 29일 제2차 진주성전투에서 순국한 순국선열들을 기리기 위해서 지은 사액서원으로서, 고종 5년 흥선대원군의 서원철폐령에도 철폐되지 않았다. 이 사당 안에는 진주대첩의 주역들인 김시민 장군과 최경회 장군들이 모셔져 있다.

촉석루

진주성 내에 있는 촉석루는 경상남도 문화재자료 제8호로서 일명 남장대라고도 하였다. 1241년(고려 숙종 28년) 목사 김지대가 초건하였고, 1322년(충숙왕 9년) 목사 안신이 재건하였다. 그 후 우왕 5년에 왜구가 불태운 것을 1413년(조선 태종 13년) 목사 권충이 3건하였고, 1491년(성종 22년) 목사 경임이 다시 4건하였다. 그 후 1583년(선조 16년)에 목사 신점이 5건하였고, 1618년(광해군 10년) 병사(兵使) 남이흥이 6건, 1725년(영조 원년) 병사(兵使) 이태망이 7건하였다. 그러나 6·25전쟁 중 피폭되어 다시 불타버리자 1960년에 8번째 중건하였다. 현재의 건물은 정면 5칸, 측면 4칸의 팔작지붕 목조기와 누각이다. 누각의 돌기둥은 창원 촉석산에서 채석한 것이며, 대들보는 오대산에서 베어온 나무로 만든 것으로 알려져 있다.[29]

▲남강변 진주성 안에 있는 촉석루(전시에 지휘소로 쓰였으며 남장대라고도 불렀다.)

3) 남원성전투

임진왜란과 달리 정유재란은 전라도에 대한 침략이라고 할 만큼 호남지역 점령이 주 목표였다. 즉 도요토미 히데요시는 명나라와 대등한 지위향상을 노렸던 임란 강화조건이 결렬되자, 그를 명분 삼아 조선을

---

29) 진주시사편찬위원회, 『진주시사』 하권, 1995, pp.91~92.

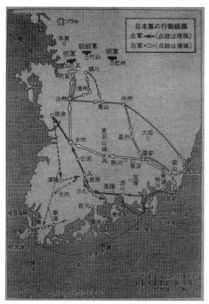

▲ 정유재란 시 왜군의 주요 침입로
(점선은 왜구의 퇴각루이며 남원에서의 점선은 전투 후 부상병 후송로임. 남원문화원, 『정유년 남원성싸움』, p.11)

재침하였다. 그러나 내심으로는 4년여간의 오랜 전쟁, 즉 임진왜란을 치루면서 많은 물적·재정적 손실을 가져온 다이묘(영주)들의 불만해소, 출병을 통한 반란가능 세력들 사전제거, 두 번째 어린 아들에게 대권을 물려줄 수 있는 시간을 버는 데 목적이 있었다. 도요토미는 임란 때 침탈되지 않아 비교적 큰 전화를 입지 않은 전라도에서 군량·무기 등 많은 전쟁물자가 조선군 및 의병들에게 보급되었을 뿐만 아니라, 전라도민들의 적극적인 의병활동 때문에 승리하지 못한다고 판단하였다.[30] 그리하여 정유재란 때에는 식량 등이 풍부한 전라도지역을 우선 점령하여 군수물자를 조달하는 한편, 그 지역에서 의병이 일어나는 것을 사전 진압하기 위하여, 처음부터 주력부대를 호남지역으로 진격시켰다(왼쪽 사진 왜군 침입로 참조). 호남지역으로 진출하기 위해서는 첫 관문인 남원을 먼저 함락시켜야 하였으며, 전라도 남부해안으로 상륙한 왜군들이 전라도-충청도를 거쳐 북상하기 위해서는 구례 석주관과 남원 통과가 필수적이었다.

도요토미는 1597년 1월 14일, 고니시와 가토를 선봉장으로 한 14만여 명을 보내 다시 조선을 재침공하였다(정유재란). 그는 재침을 명령하면서 우선 전라도로 진격하여 전라도 사람들을 모조리 도살하도록 지시

---

30) 이석홍, 「400년 전 정유재란 남원성 싸움」, 남원문화원, 『향토문화 전승과 보존의 발자취』, 그린출판, 1999, pp.377~378.

하였다.[31] 왜군은 우선 이간책으로 이순신 장군을 축출시켰다. 왜군 수군은 7월 거제도 앞 바다에서 이순신 장군 대신 수군통제사가 된 원균을 전사시키며, 그가 이끄는 조선수군을 궤멸시켰다. 한편 왜군 육군은 전라도 지역으로 진격하여 남원성을 함락시킨 후 충청도 지역으로 북진하였다.[32]

즉, 임진왜란(1592년) 때 호남을 점령하지 못하여 실패하였다고 판단한 왜군은 우선 전라도를 점령하기 위하여 우군 5만 4천여 명은 전주성을, 우키다 히데이에[宇喜多秀家]를 대장으로 한 좌군 5만 6천8백여 명은 남원성을 공격하였다. 남원은 전라도와 충청도를 지키는 중요한 전략상의 요충지였기 때문이었다.

조정에서는 남원성을 사수하기 위하여 전라병사 이복남이 이끄는 1천 3백여 명의 군사와 명나라 부총병 양원이 이끄는 3천여 병사로 하여금 남원성을 지키게 하였으나, 명나라 구원병을 보낸 것 말고는 아무것도 한일이 없었다.[33] 8월 7일 마침내 왜군의 선봉부대가 남원 지역에 도착하였고, 12일경에는 왜군의 주력부대가 도착하여 남원성을 포위하였다. 이에 남원성 내 조선군은 동문에는 명군 양원, 남문에는 천총(千摠)·장표(蔣表), 서문에는 모승선(毛承先), 북문에는 조선군 이복남 장군이 수성군을 지휘하며 방어하였다.

---

31) 赤國(全羅道)不殘悉一篇成敗申付…, 풍신수길 고려 재출진 법도 제17항(일본 大阪城 天守閣 소장). 이석홍, 「400년 전 정유재란 남원성 싸움」, 남원문화원, 『향토문화 전승과 보존의 발자취』, 그린출판, 1999, p.379에서 재인용.

32) 진주국립박물관 http://jinju.museum.go.kr. 그러나 조·명 연합군은 충청도 직산 전투에서 왜군을 크게 무찔렀고, 해전에서는 다시 임용된 이순신이 명량해전에서 큰 승리를 거두었다. 1598년 8월 도요토미가 사망하자 왜군의 퇴각명령이 내려졌고, 이 때 이순신장군은 퇴각하는 고니시 군대를 노량 앞 바다에서 크게 이겼으나 유탄에 맞아 전사하였다.

33) 이석홍, 「400년 전 정유재란 남원성 싸움」, 남원문화원 『향토문화 전승과 보존의 발자취』, 그린출판, 1999, p.380.

▲ 만인의총 묘역 전경(남원시청)

  13일부터 왜군의 공격이 개시되어 16일까지 나흘 동안 공방전이 개
시되었다. 10배가 넘는 왜군과 맞서 민·관·군은 합심하여 분전하였으
나, 중과부적으로 16일 남문이 뚫리면서 남원성은 결국 함락되고 말았
다. 성이 함락되기 직전 명나라 장수 양원은 포위망을 뚫고 서문을 통
해 달아났다. 이 싸움에서 접반사 정기원·병사 이복남·방어사 오응
성·소방장 심성노·별장 신호·부사 임현·통판 이덕회·구례현감 이원
춘 등과 주민 6천여 명을 포함한 1만여 장병들이 모두 순절하였다.

  치열한 전투 결과, 피해가 극심하여 성 안에는 겨우 민가 17여 가구만
이 남아 있었다 한다. 나중에 피난에서 돌아온 주민들이 1만여 시신을
한 무덤에 모시고 '만인의총(萬人義塚)'이라 하였다. 1612년(광해군 4년)
에는 충열사를 건립하여 전라병사 이복남 등 8충신을 모셨으며, 1653년
(효종 4년)에는 충열사라 사액하였다. 1675년(숙종 원년)에 남원역 뒤로
이전한 후, 1871년(고종 8년) 제단을 설치하고 춘추로 제사를 지내왔다.
그러나 일정 때 일본인들이 제단을 파괴하고 재산을 압수한 다음 제사
마저 금지시켰다. 해방 후 사우를 재건하고 제사를 다시 지내게 되었다.

  1963년 박정희 대통령의 지시에 따라 허술한 '만인의총' 묘역을 현 위치
로 이전·단장한 다음, 사적 제272호로 지정하였다. 1977년부터 호국선

현 유적 정비사업의 일환으로 시작하여 1979년 사업을 마치고, 매년 9월 26일(음 8월 16일) 만인의사에게 제향을 지내며 충절을 기리고 있다.[34]

▌남원성과 만인의총

남원성은 남원시에 있는 평지 읍성이다. 이 성은 원래 신라 신문왕(681~692) 때 처음 쌓았다. 이 성 안에는 1597년 정유재란 때 왜군에 의해 전멸 당한 1만여 군인과 주민들의 무덤인 만인의총이 조성되어 있다. 한때 이 성의 돌 축대 길이는 2.4㎞가 넘었고, 높이는 약 4m에 이르렀으며, 성 안에는 70여 개의 우물이 있었다. 또 남·북과 동·서로 직선대로가 교차하고, 그 사이에 너비가 좁은 직선도로가 바둑판 모양으로 연결돼 있었다. 그러나 1894년 동학혁명 때 대부분 허물어진데다, 근대에 들어와 도시가 들어서면서 성곽이 거의 헐려 나갔다. 조선시대 읍성으로는 매우 큰 규모였던 이 읍성은 우리나라 다른 성곽에서는 거의 찾아보기 어려운 네모반듯한 구조와 방어에 필요 한 옹성·해자·여장 등이 잘 갖추어져 있었다.

▲ 만인의총(만인의총 관리사업소)

▲ 양금신보 원본 모습
남원문화원, 『양금신보가 음악사에 미친 영향과 문학적 가치』, 2008, p.17

남원성전투와 양금신보

임진왜란 이전부터 남원지역에는 심방곡(心方曲)이라는 가곡형태의 음악이 있었다. 그러나 이 곡은 임·정란이 일어나자 남원지역의 많은 백성들이 희생되면서 사라질 위기에 처하게 되었다.

---

34) 남원지편찬위원회, 『남원지』, 1992, p.1987. 남원문화원 웹사이트.

정유재란 때 마침 남원출신의 장악원 악사 양덕수가 고향 남원으로 피난 와 있었
는데, 이 가곡들이 사라질 것을 염려한 그가 그 가곡들을 채보(採譜)하여 두었다.
이를 친구이자 임실현감으로 있었던 김두남의 도움으로 1610년(광해군 2년)에
만든 거문고 악보집 양금신보(梁琴新譜)가 현재까지 전해져 오고 있다.35)

　　또 남원성전투 패배 후, 남원지역의 많은(43명) 도공들이 일본 가고시마(鹿兒
島) 지역으로 끌려갔었다. 거기서(니에시로가와) 그들은 단군신을 모신 옥산궁
(玉山宮)을 지어놓고, 특히 8월 보름이면 고향에서 불렀던 가곡들을 부르면서
망향의 한을 달랬었다고 한다.36) 이 노래들은 '오늘이 오늘이소서'라는 제목의
노래이며, 남원문화원에서 1994년 만인의총 광장 앞에 그 노래 가사를 새긴
'노래탑'을 세웠다.

4) 석주관 전투

　전남 구례군 토지면 송정리 산 171번지 및 산 65번지 일원 왕시루봉
기슭에 사적 제385호인 고전장(古戰場) 석주관성(石柱關城)과 사적 제
106호인 석주관37) 칠의사묘가 있다. 석주관성은 고려 말부터 왜구가
섬진강을 통해 전라도를 비롯한 내륙에 침입하여 약탈해 가기 시작하
자 이를 막기 위해 쌓았다. 칠의사 묘는 정유재란 때인 조선 1597년(선
조 30년) 왜군들이 충청도로 북상하기 위하여 우선 이곳에 침입하자, 이
지역 선비들이 의병을 일으켜 석주관에서 왜군들과 싸우다 전원 전사
한 칠의사를 모신 묘이다. 석주관 칠의사 묘에는 큰 비석 두 개가 세

---

35) 남원문화원, 『양금신보가 음악사에 미친 영향과 문학적 가치』, 2008, p.31.
36) 이병채, 「양금신보와 '오늘이 오늘이소서' 노래」, 『글의 세계』 2009 봄호, p.73.
37) 석주관은 전라도와 경상도를 연결하는 곳이자 천연요새이다. 섬진강 협곡을 빼고
　　나면 가파른 산자락에 둘러싸여 있다. 이곳을 튼튼히 방어하면 진주에서 남원으로
　　올라오는 적을 막을 수 있는 호남의 전략지이다. 임란직후 방어사 곽영이 운봉 팔랑
　　현과 함께 이곳에 성을 수축하였고, 이듬해 계사년에 전라관찰사 이영암의 건의에
　　따라 구례현감 이원춘이 석주관 만호를 겸임하였다.

▲ 칠의사 묘(좌, 구례군청)
석주관 칠의사 전적지 앞을 흐르는 섬진강(우)
고려 말부터 왜구들은 이 강을 거슬러 올라와 내륙으로 침입하여 수많은 약탈을 하였다.

워져 있고, 그 뒤에 7의사의 위패를 모신 칠의단(七義壇)이 있다.

　정유재란 때인 1597년(선조 30년) 8월 6일, 고니시 유키나가(小西行長) 등이 이끄는 수만 명의 대병이 이곳에 들이닥치자, 석주관에서 성을 지키던 구례현감 이원춘은 중과부적이어 하는 수 없이 남원성으로 후퇴, 명나라 총병 양원과 합세하여 2차 방어선을 구축하고자 하였다. 그러나 8월 16일 남원성전투에서 적군 5만 6천 명의 대공세에 1만여 명의 남원성 방어군과 함께 이원춘도 전사하고 말았다. 남원성 전투에서 현감이 전사했다는 소식이 전해지자, 구례현 주민들은 적극 의병을 조직하여 궐기하였다. 당시 구례지역 선비였던 왕득인은 자기 집 하인 및 마을 사람들과 함께 4백여 명의 의병을 모집하여 석주관으로 출전, 진주로부터 올라온 왜군의 후속부대와 싸웠다. 그러나 대규모의 정규 왜군들과 싸우다 결국 왕득인은 전사하고 말았다. 그의 아들 왕의성은 부친이 전사하자 몸을 보전하여 대를 이으라는 부친의 생전 유언에도 불구하고 이정익·한호성·양응록·고정철·오종 등과 함께 제2차 의병을 일으켰다. 이들은 인근 화엄사에 격문을 보내 승병과 군량미를 요청하

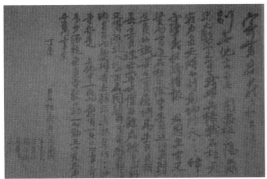

▲6의사가 화엄사에 보낸 격문(좌)과 화엄사 승려가 쓴 정유일기[38](우)
(구례문화원. 『구례 석주관 칠의사』. 2006)

자, 당시 화엄사 주지 설홍(雪泓)대사는 군량미 103석과 함께 자신이 직접 승병 153명을 인솔하고 왔다.

석주관은 좁고 가파른 산자락에 둘러싸인 천연 요새였으나, 의병들은 제대로 된 무기가 없어 몽둥이 등으로 적의 총과 맞섰다. 나무를 베어 길을 막고 절벽에서 바위를 굴려 적의 전진을 막았다. 이정익·고정철·오종 등은 본관을 고수하고, 한호성·양응록 등은 매복하기로 하였으며, 왕의성은 산정에 올라 포진하였다. 의병들은 가파른 곳에서 돌을 굴리거나 활을 쏘면서 왜군들에 대항하였으나, 중과부적으로 5의사를 비롯한 수백여 명의 의병과 화엄사 주지를 포함한 화엄사 승병 153명이 모두 순국하였다. 석주관이 함락되자 왜군들은 화엄사로 침입하여 승병에 대한 보복으로 화엄사를 전소시켰다. 이때 화엄석경을 파손시키고 나머지 귀한 문화재들은 모두 약탈해 갔으며, 큰 종은 일본으로 운반해 가기 위하여 섬진강을 건너려다 용두소(龍頭沼)라는 곳에서 빠뜨렸다.

---

38) 6의사의 요청으로 군량 103석과 함께 주지를 포함한 화엄사 승병 153명이 출동하였고, 전투 결과 주지를 비롯한 화엄사 승병 전원이 순절한 사실을 기록한 이 일기에 의하여 석주관 전투 상황이 세상에 알려지게 되었다.

석주관 전투 사실은, 의병
들은 전멸하고 인근 주민들은
모두 대피하여 석주관 지역이
텅 빈 상태가 되었다. 그래서
세상에 전해 줄 사람이 아무
도 없는 데다 기록조차 없어
세상에 전해지지 못하고 한동
안 잊혀 있었다. 다행히 1798
년(정조 22년) 화엄사 대웅전

▲석주관 칠의사(七義祠)

중수 시 석주관전투를 앞두고 6의사가 화엄사에 보낸 격문과 화엄사
승려가 쓴 정유난일기가 발견되어 세상에 널리 알려지게 되었다.[39]

이에 따라 1804년(순조 4년) 나라에서는 칠의사에게 관직을 추증하는
한편, 국전(國典)으로 표창하고, 이원춘 공과 함께 남전사(藍田祠)에 배
향하였다. 그러나 고종 5년 서원철폐령이 내려 위패를 석주관 옛 자리
로 옮겼다. 그 후 일정 때 칠의각과 영모정이 크게 피폐해진 것을 해방
후인 1949년 구례군민들이 정성을 모아 다시 중수하고 사적비를 세웠
다. 비석이 서 있는 칠의단에서 약 40m 아래쪽 능선에는 일본을 향해
누워있는 칠의사[40] 가묘가 있고, 이 가묘 아래쪽 냇가에는 칠의사를
추모하기 위한 칠의사(七義祠)와 의병들의 넋을 추모하는 영모정과 숭
의각이 있다.[41]

39) 구례문화원, 『구례석주관 칠의사』, 제일인쇄기획, 2006, p.151.
40) 칠의사는 남원성전투에서 전사한 구례현감 이원춘과 석주관 1,2차 싸움에서 전사한
　　왕득인·이정익·한호성·양응록·고정철·오종 여섯 분이다.
41) 구례군지 편찬위원회, 『구례군지』 상, 2005, pp.583~584. 구례군사 편찬위원회,
　　『구례군사』, 1987, pp.133~136. 최화수, 『지리산 365日』 4권, 도서출판 다나, 1992,
　　pp.236~238.

■ **남원성 전투와 석주관 전투의 의의**

　정유재란 때 왜군은 최신무기로 잘 정비·훈련된 10만여 병력을 동원하여, 작정을 하고 점령한 호남지역 주민들에 대하여 극렬하게 살인과 약탈을 자행하였다. 이렇게 왜군들의 기세가 치성(熾盛)한 상황에서 제대로 된 무기도 없이 항전하였던 남원성 시민들과 구례 석주관 의병들을 비롯한 호남지역 의병들의 투지와 용기는 실로 대단한 것이었다.

　뿐만 아니라, 구례 석주관 2차 전투의 주역들(6의사-왕의성·이정익·한호성·양응록·고정철·오종)의 후손들은 정유재란이 끝난 후, 다른 국난이 일어났을 때, 다시 의병활동을 주도하거나 참가하였다. 즉 석주관 전투에서 살아남은 왕의성은 1636년 병자호란이 일어나자 전라도 군량장 및 모의도유사(全羅道 軍糧將 兼 募義都有司)로 추대되어 즉시 군량과 의병을 모아 북진하였다. 그 후 1728년 이인좌의 난[戊申亂]이 일어나자 왕의성의 손자인 지우(之右)와 조카 처삼(處三)·처중(處中), 그리고 이정익의 5대손 동운(東運)·성운(聖運)형제와 양응록의 현손 규(槻)는 다시 의병을 일으킴으로써, 석주관 항전에서 보여준 선조들의 국난극복 정신을 이어 나갔다.[42]

5) 연곡사와 고광순 의병장

가) 연곡사

　연곡사는 서기 543년(신라 진흥왕 4년) 연기조사가 창건한 것으로 추정되나, 확실한 창건 시기는 알 수 없다. 이후 고려 원종 때 종암 진정선사가 중건하였으며, 도선국사·진각국사·현각선사 등 역대 많은 고승들이 수행한 곳으로 알려져 있다. 그리고 임진왜란 때에는 서산대사의 제자였던 청매인오(靑梅印悟 : ?~1623)가 의승장이 되어 이 연곡사를 근거지로 하여 3년여간 왜군과 싸워 많은 공을 세웠다고 한다.[43]

42) 조원래, 『정유재란과 석주관 의병항쟁』, 구례문화원, 『구례 석주관 7의사』, 제일인쇄기획, 2006, pp.109~134. p.154.
43) 하동군, 『서산대사 유적지 복원·정비사업 기본계획 수립』, 2008, p.89.

▲초봄의 연곡사 경내 모습
은신하기 좋은 피아골(사진 뒤편) 입구에 위치하여
수많은 전란 때마다, 연곡사는 거의 빠짐없이 병화를 입었다.

▲연곡사 일

또 정유재란 때에도 연곡사 서남쪽 왕시루봉 너머 석주관을 지키기 위해 연곡사 승병들이 참가하여 일반 의병들과 함께 합세하여 싸웠으나, 중과부족으로 전원 순국하고 연곡사 건물도 왜군들에 의해 모두 소실되었다. 그 후 1627년(인조 5년) 서산대사의 제자 소요대사 태능이 중창하고, 1779년(정조 3년) 동파당(桐坡堂) 정심선사(定心禪師)가 다시 중건하였다. 그러나 구한말이었던 1907년 10월, 의병장 고광순이 연곡사를 본거지로 일본군과 싸우다가 순국하면서 연곡사는 일본군에 의해 또 다시 전소되었다.

이렇게 피아골 연곡사는 애국지사들과 함께 번번이 운명을 같이 하였다. 그 후로 다시 중건하였으나, 근대에 여·순사건이 일어나 반란군 잔여병들이 피아골로 피신하여 들어오자, 그들을 토벌하기 위해 1950년경 아군에 의하여 또 다시 불태워졌다.

나) 고광순 의병장

고광순(高光洵, 1848~1907) 선생은 구한말 의병장으로서 본관은 장흥(長興), 초명은 광욱(光旭), 자는 서백(瑞伯), 호는 녹천(鹿川)으로 전남 담

▲구한말 의병의 모습
(화개면지편찬위원회 『화개』 상권, p.715)

양군 창평에서 태어났다. 그는 임진왜란 때 의병장이었던 고경명 선생의 12세손으로서 연로한 시골 유생이었으나, 구한말 때 그의 문중을 중심으로 국권회복을 위한 의병을 일으킴으로써, 1907년경부터 시작된 호남지역 의병활동의 선구적 역할을 하였다.[44]

1895년 음력 8월, 명성왕후 시해사건이 일어나자, 그는 장성에서 의병을 일으킨 기우만(奇宇萬)과 합세하여 일본군들을 쳐부수기 위해 서울로 올라가던 중 선유사(宣諭使) 신기선의 권고로 북상을 중단하고 의병을 해산하였다. 그 후 1905년 11월, 을사조약이 강제로 체결되자, 고광순은 다시 일본군을 쳐부술 것을 결심하고 의병을 모집하였다. 최익현과 임병찬 등이 전북 태인에서 의병을 일으켰다는 소식을 듣고, 그들과 합류하기 위해 동지들과 함께 순창에 이르렀으나, 최익현은 이미 패하여 서울로 압송된 뒤였다. 1907년 2월 다시 그는 남원의 향리 양한규와 연합하여 남원을 점령하기로 하고, 창평 소재 저산(猪山)에 있는 전주이씨 재실에서 의병을 결성하였다.

의병장으로 추대된 고광순은 고제량을 부장, 고광수를 선봉장, 고광훈을 좌익장, 고광채를 우익장으로 삼았고, 참모에는 박기덕, 호군장에는 윤영기, 종사에는 신덕균·조동규를 각각 뽑았다. 그러나 고광순 의병부대가 남원에 도착하기도 전에 양한규 의병군이 패퇴하자 남원을 점령하려던 계획도 포기할 수밖에 없었다.

창평으로 돌아온 고광순은 1907년 3월(음력), 다시 능주의 양회일, 장

---

44) 김양식, 『지리산에 가련다』, 도서출판 한울, 1998, pp.96~97.

성의 기삼연과 함께 창평·능주·
동복 등지를 중심으로 활동하며 의
병봉기를 계획하였다. 이처럼 그는
60세 노구에 이르도록 오로지 일본
군을 몰아내기 위해 10여 년간 고
군분투하였다. 그로 인해 그는 최
익현·기삼연과 더불어 1906~1907
년 당시 가장 대표적인 의병장으로
꼽혔다.

▲고광순 의병장이 '불원복'이라 쓰고 국권회복결의를
다졌던 태극기. 지리산 연곡사 경내에 걸었으며, 현재는
천안 독립기념관에 소장되어 있다.

　그는 1907년 8월 4일(음 9월 11일) 월봉산 국수봉을 향해 죽음을 맹세
하는 고유제를 지낸 후,[45] 의병들을 이끌고 지리산 피아골 연곡사로
들어왔다. 그는 연곡사를 장기항전의 근거지로 삼고 의병들을 훈련시
키며 머지않아 국권을 회복한다는 의미인 '불원복(不遠復)'이라는 글씨
를 쓴 태극기를 만들어 세웠다. 고광순 의병부대가 연곡사를 본거지로
삼아 항전준비를 하고 있다는 정보를 알게 된 일본군은 연곡사 의병들
을 공격하기 위하여 계획을 세우는 한편, 전남 담양군 창평에 있는 고
광순 의병장의 생가와 가묘를 불태우고, 이에 저항하는 고의병장의 농
아 아들까지 무참히 칼로 찔러 살해하였다.

　일본군들은 연곡사에 있는 의병들을 공격하기 위하여 광주에 주둔해
있던 1개 중대와 진해에 있었던 1개 소대를 출동시켰다. 광주에서 출발
한 병력은 화개 쌍계사를 거쳐 신흥리에 집결하였고, 진해에서 출발한
병력은 산청에서 대성골로 내려와 신흥리에서 합류하여 연곡사를 향해
출발하였다. 이들은 농평재를 넘어 연곡사 뒤편 계곡으로 내려왔다.[46]

---

45) 국민대학교 국사학과, 『지리산 문화권』, 역사공간, 2004, p.134.
46) 앞의 책, p.97.

▲연곡사 경내에 있는 고광순 의병장 순절비 ▲고광순 의병장의 증손자이자 현 고의병장기념사업회 회장인
　　비문 뒷면을 탁본 뜨고 있는 모습(2009)　　　고영준 씨와 본가 모습(전남 담양군 창평면 유천리, 2010)

　이와 같은 적정을 파악하지 못한 고광순 의병장은 그날따라 예하 부
대로 하여금 일본군을 공격하게 하거나, 의병들을 모집하도록 임무를
부여하여 주변 각 지역으로 출동시켰다.

　9월 11일 새벽, 일본군은 야간을 틈타 연곡사를 완전히 포위한 후 먼
동 틀 무렵 기습공격을 시작하였다. 이때 연곡사 본영에는 고광순 의병
장과 부장 고제량 등 몇 명밖에 남아 있지 않았다.47) 일본군이 연곡사
경내까지 기습하여 온 것을 뒤 늦게 안 고광순 의병장은 일본군과 총격
전을 벌이면서 부대장 고제량에게 피신하여 뒷날을 기약하라고 명령했
으나, 고제량은 '주장을 남겨두고 어찌 혼자 살겠느냐'며 같이 싸우다
순사하였다. 이 전투에서 고광순 이하 25명의 의병들이 순국하였다. 일
본군은 전투 종료 후 의병부대의 거점으로 이용된 연곡사를 소각한 후
철수하였다.48)

　참변 소식을 들은 당일, 구례군 유학자 현곡(玄谷) 박태현(朴泰鉉)과
소천(小川)은 마을 장정들을 사서 밤에 연곡사로 올라가 고의병장의 시

---

47) 하동군지편찬위원회, 『하동군지』 하권, 1996, p.1354.
48) 『독립운동사자료집』 3, 1971, pp.287~296.

신을 절 옆에 묻은 다음 매천(梅泉) 황현과 함께 제사를 지내 주었다.[49)]
동생 고광훈은 이듬해 봄, 고의병장의 시신을 고향인 담양군 창평면 유
천리로 옮겨 장례를 지냈다. 이로써 임진왜란 때 호남지역 의병장이었
던 고경명 선생과 그의 두 아들 고종후·고인후[50)] 3부자, 그리고 12세
후손인 고광순 의병장과 형제 등 고의병장의 문중 모두가 일본의 침략
을 물리치기 위하여 의병활동을 하다가 참화를 당하였다.[51)] 1958년 구
례군민은 고광순 의병장이 순절한 연곡사 경내에 순절비를 건립하였
고, 1962년 정부에서는 고광순 의병장에게 건국훈장 독립장을 추서하
였다.[52)]

---

49) 유당 윤종균 저, 진인호·허근 역 편, 『유당시집(酉堂詩集)』, 순천문화원, 2003, p.252.

50) 임진왜란 때 전남 광주 출신 고경명 선생(1558년, 문과 장원 급제)의 의병활동은
곡창지역 호남지역 방어에 큰 기여를 하였다. 이는 이순신 장군으로 하여금 수군의
전비태세를 갖추게 하는데 시간을 벌어주고 물질적 기반을 마련해 주었다. 1592년
8월, 고경명 선생은 장남 종후, 차남 인후와 함께 충남 금산에서 곽영의 관군과 함께
왜군과 싸우다 선생과 차남 인후가 전사하였다. 생존한 장남 종후는 이듬해인 1593년
6월 잔여 의병들을 다시 규합하여 진주성 2차 싸움에 참전하여 진주성 수성군들과
함께 순절하였다.

51) 국민대학교 국사학과, 『지리산문화권』, 역사공간, 2004, p.134.

52) 구례에서 살았던 구한말의 대표적인 시인이자 역사가 매천 황현은 다음과 같은 시
를 지어 고광순 의병장의 죽음을 추도하였다.

연곡의 수많은 봉우리 울창하기 그지없네	千峰燕谷鬱蒼蒼
나라 위해 한평생 싸우다 목숨을 바쳤도다	小劫虫沙也國殤
전장터의 말들은 흩어져 논두렁에 누웠고	戰馬散從禾隴臥
까마귀 떼만이 나무 그늘에 날아와 앉아 있네	神鳥齊下樹陰翔
나같이 글만 아는 선비 무엇에 쓸 것인가	我曹文字終安用
이름난 가문의 명성 따를 길 없다네	名祖家聲不可當
홀로 서풍을 향해 뜨거운 눈물 흘리니	獨向西風彈熱淚
새로 쓴 무덤은 국화 옆에 우뚝 솟아 있구나	新墳突兀菊花傍

2. 한국사상의 계승지

가. 개설

한국사상이라 함은 유교·불교·선교(仙敎)·천주교·기독교와 같은 외래사상 내지는 종교를 제외한 우리 민족 고유의 사상, 즉 한반도에서 우리 민족의 기원과 같이한 사상을 말한다. 대표적인 사상은 단군사상을 들 수 있다. 종교로는 신선도를 비롯하여 고조선과 삼한시대의 천신교(天神敎), 부여의 대천교(代天敎), 고구려의 경천교(敬天敎), 신라의 숭천교(崇天敎), 발해의 진종교(眞倧敎)와 같은 이름의 고유종교들이 있었다.[53]

위와 같은 우리 민족의 고유종교들은 대부분 선(仙)사상을 바탕으로 하고 있다. 초월적이고 탈세속적이면서 동시에 세속적이고 입세간적인 특징을 갖고 있는 이 선교(仙敎)는 조선조 말 이후 부활된 단군사상의 배경이 되고 있는 우리 민족의 근본사상이라 할 수 있다. 그러나 삼국시대가 시작되면서 바로 중국으로부터 불교와 유교가 전래되면서 삼국·고려·조선·일정시대를 거쳐 대한민국에 이르는 동안 유·불 사상 내지는 다른 외래종교가 국가 또는 대중들의 지배적인 사상이나 종교가 되었다. 그에 따라 위와 같은 우리 민족의 고유 사상이나 종교들은 점차 위축되거나 거의 존재조차 희미해지게 되었다. 이후 조선말에 동학[천도교]과 대종교[단군교]라는 이름으로 부활되었으나, 아직은 그 교세가 미미하며,[54] 현대에 들어와서는 사상과 종교의 다원화로 더욱 입지가 좁아져 가고 있다. 이러한 상황 속에서 외래사상들인 유·불·선을 합일하여 우리 민족 고유의 종교로서 부흥시키고, 우리 고유의 단군

---

53) 안창범, 『배달성전』, 도서출판 삼성궁, 1995, p.50.
54) 안창범, 『천지인 사상과 한국 본원사상의 탄생』, 삼진출판사, 2006, p.27.

사상을 계승·발전시키고자 하는 사람들이 있다. 바로 다음과 같은 청학동 내의 도인촌과 삼성궁 사람들이라 할 수 있겠다.

나. 주요지역

1) 청학동

지리산은 크게 동쪽에 천왕봉, 서쪽에 반야봉, 중앙에는 영신봉이 솟아 있다. 영신봉은 다시 남쪽으로 맥을 뻗어 삼신봉을 만들고, 삼신봉은 다시 동서로 신선대·삼성봉·삼선봉·미륵봉·시리봉을 펼쳐 주위 사십 리의 청학동을 만들었다.[55]

여기서 '청학(靑鶴)'이란 상상 속의 새로서 신선이 타고 다니는 푸른 학, 즉 신조(神鳥)를 말한다. 그 외에도 청학은 다음과 같은 의미를 갖고 있다. 첫째 청학은 풍백을 의미한다. 풍백은 환웅의 화신(化身)을 의미한다.[56] 둘째로 청학은 우리의 이상적인 인간상인 선인(仙人)을 가리킨다. 따라서 청학 또는 청학동은 선교(仙敎) 내지는 선교문화를 상징하고 있다. 셋째 청학은 무교(巫敎)[57]에 있어서의 무당, 선교에 있어서의 신선과 국선의 이미지를 동시에 가지고 있다. 넷째로 청학은 고대 우리 민족의 새 토템사상을 반영하고 있다. 새 토템은 샤머니즘, 광명숭배와

---

55) 이 청학동은 신라의 최치원과 고려의 도선국사를 비롯한 역대 선인들이 동방 제일의 명지라 일컬었다.

56) 이 풍백의 후예로서 신라에 최초로 등장하는 인물이 선도성모(仙桃聖母) 혹은 선도산신모(仙桃山神母)이다.

57) 무교(巫敎)란 무속 내지 샤머니즘을 말한다. 샤머니즘은 우랄 알타이어족을 주축으로 하여 주로 아시아에서 시작되어 전 세계로 전파된 민간신앙의 한 형태이다. 주술과 제사를 통하여 기복과 제액(除厄)을 목적으로 하는 자연종교의 한 형태였다. 샤머니즘의 약어(略語) 형태인 '샤먼'은 우리나라의 고대 부족국가이었던 '삼한(三韓)'이 어원이라는 설도 있다. 앞의 책, p.155.

▲삼신봉 자락에 둘러싸인 청학동 마을 전경(정면 삼신봉 너머에는 세석평전과 촛대봉이 있다.)

함께 북방 유목민족의 문화에다 남방 농경민족의 문화인 풍수지리적 명당사상이 융합된 문화이다.

이와 같이 여러 의미를 내포하고 있는 청학은 고조선의 풍백, 즉 봉의 후예로서 우리 민족의 정기와 기상, 그리고 상서로운 기운을 지니고 있다고 보는 길조이다. 따라서 청학사상은 곧 선(仙)사상이자 환웅·단군사상이며, 우리 민족 고유의 한(韓)사상과 연결된다고 할 수 있다. 그리고 청학동이란 신선들이 모여 산다는 전설 속의 길지(吉地)로서 고려 중기 이래 우리 민족의 이상향으로 여겨져 왔다.

우리 민족의 이상향 관념은 『삼국유사』〈단군조선 조〉의 단군신화에 나오는 환웅(桓雄)의 하강(下降)과 홍익인간·재세이화(在世理化)라는 이념에서 잘 드러나고 있다. 그것은 한 마디로 '강하면서도 선한 사회'다.

이러한 사회상은 환웅이 주관한 오사(五事)에서 잘 드러났다. 그것은 주곡(主穀)·주명(主命)·주병(主病)·주형(主刑)·주선악(主善惡)이다. 이 가운데 주곡·주명·주병은 흉년과 전쟁·질병, 특히 돌림병이 없는 사회를 말한다. 즉, 기본적인 생존이 보장되는 사회다. 주형은 법질서와 기강이 바로 선 사회다. 주선악은 선한 사회다. 이 가운데 생존이 보장되고 법질서와 기강이 바로 선 사회가 강한 사회라 하였다. 이 강한 사회를 바탕으로 선한 사회, 즉 근면·정직·성실·검소함이 귀한 가치로 자리매김 되고 자기 양심에 따라서 행동해도 손해 보지 않고 도리어 남으로부터 존중을 받을 수 있는 사회가 이루어질 수 있다고 보았다.

또 청학동은 흔히 삼재불입지지(三災不入之地)로 일컬어졌다. 즉 흉년과 전쟁, 돌림병이 없는 땅, 즉 인간의 생존이 보장되는 땅이라 하였다. 바로 환웅의 하강에 의해서 실현된 이상향인, '강하면서도 선한 사회' 가운데 강한 사회의 두 가지 중요한 요건이 충족되는 곳을 가리켰다. 이처럼 우리 조상들의 이상향 관념이었던 청학동 사상은 생존 보장이라는 요건이 매우 중요함을 시사하였다.[58]

이러한 이상향으로서의 청학동은 현재의 청학동 말고도 지리산 주변 여러 곳이 지목되어 왔었다. 전남 구례군의 문수동과 피아골, 지리산 영신봉 남쪽 세석평전, 삼신봉과 세석 사이의 쇄밭평전, 고운동, 그리고 하동군의 악양골, 덕평의 상·중·하대, 화개동천의 불일폭포 후면, 단천골 등이다.[59] 현재 하동군 청암면 묵계리 삼신봉 자락에 있는 청학동은 위와 같은 이상향이란 믿음을 갖고 대략 400여 년 전부터 사람들이 찾아 들어와 살기 시작한 것으로 추측되고 있다.[60]

---

58) 손병욱, 「하동의 선교(仙敎)·선교문화」, 『하동문화의 정체성 연구』(하동군·하동문화원), 2006.12.
59) 손병욱, 위의 논문.

▲천제당 앞의 청학동 도인들(청학동 도인촌)　▲천제당 앞의 청학동 훈장(서형탁 선생, 좌)과
　　　　　　　　　　　　　　　　　　　　　　　　　도인촌 촌장(김덕준 선생, 우)

2) 도인촌

　현재 청학동이 위치한 행정구역은 경남 하동군 청암면 묵계리로서 삼
신봉 남쪽 해발 800m 지대이다. 원래 '불지(佛地)'라 불렸던 이 청학동
은, 입구가 매우 좁은 데 비해, 입구 안쪽으로 들어서면 사방이 산으로
불러싸이고 비교적 넓은 경사면이 펼쳐져 있어 호리병을 거꾸로 놓은
듯한 분지모양의 지형이다. 이 청학동 내 도인촌[61]에는 '유불선합일갱
정유도(儒佛仙合一更定儒道)'[62]라는 도를 봉행(奉行)하는 사람들이 50여

---

60) 고려 때 이인로(1152~1220)의 『파한집(破閑集)』에 청학동에 관한 기록이 나오는
　　것으로 보아, 고려 때부터 이미 지리산에 사람들이 은거하고 있었고, 청학동이란 존
　　재도 있었던 것으로 추측된다. -최석기, 『남명과 지리산』, 경인문화사, 2006, p.197.
　　이륙 외 지음, 최석기 외 옮김, 『선인들의 지리산 유람록』, 도서출판 돌베개, p.365.
　　인문한국(HK)사업 지리산권문화연구단, 2010년 국제학술대회, 『지리산, 그곳에 길
　　이 있다』, p.343.
61) 이 도인촌에 살고 있는 사람들을 '도인(道人)들'이라 부르고 있는데, '도인'이란 뜻은
　　'득도(得道)한 사람'이란 의미가 아니라 '유불선합일갱정유도'의 맨 끝 글자인 '도(道)'
　　자를 따서, 즉 '그 도를 추구하는 사람들'이라는 뜻이다.
62) 이 명칭의 원래 이름은 이보다 더 길다. 즉 "시운기화(時運氣和) 유불선동서학합일
　　(儒佛仙東西學合一) 대도대명(大道大明) 다경대길(多慶大吉) 유도갱정교화일심(儒道
　　更定敎化一心)"이다. 이는 유교를 근간으로 하되 '유교·불교·선도와 동학·서학을
　　하나로 합하여 큰 도를 크게 밝혀 경사도 많고 크게 길한 유도를 다시 일심으로 교화

▲청학동 주산인 삼신봉 모습-이호신 화백

년 전에 이곳에 찾아들어 초막을 짓고 수도하며 살기 시작하였다. 이들은 『정감록(鄭鑑錄)』, 『동국여지승람(東國與地勝覽)』, 『유운용문집(柳雲龍文集)』 등 여러 가지 문헌에 나오는 이상향이 바로 이곳으로 믿고 있다.

일명 '일심교'라고도 하는 갱정유도의 도조(道祖)는 전북 순창군 구림면 태생의 강대성(姜大成, 1890~1954)이다. 그는 39세 때인 1928년경, 전북 순창 승강산 금강암에서 처자와 함께 수도를 하였는데, 이듬해 7월에 도통(道通)하고 죽었다가 7일 후 소생하였다 한다. 그 후 진안군 운장산과 순창군 회문산·승강산·금강암 등으로 옮겨 다녔는데, 이때부터 신봉자들이 따르기 시작하여 1949년 이후 한때 남원·부안·계룡산·여수·나주·함평·고창·정읍·김제·부여·당진·상월 등 전국으로 도세가 확장되기도 하였다.

그러나 6·25전쟁 기간 중 도주 강대성이 이단으로 몰려 당국에 체포

하는 도'라는 뜻이다.

▲천제당 전경-이호신 화백

되어 전주에서 옥사하자 제자들은 퇴거하여 일부는 다시 전북 부안군에 칩거하였다. 그 후 6·25 전쟁이 끝난 후인 1958년 서계룡을 비롯한 동도일심형제(同道一心兄弟) 20여 가구가 다시 들어와 이곳에 정착하기 시작하였다. 이들은 일상범절·의복·가옥 등 옛 시대의 생활과 풍습을 지키며 천제당(天祭堂)63)에서 네 차례64)의 대제와 24절기마다 하늘에 치성드리고, 멀지않은 장래에 온 세상사람들이 한가족처럼 화목하게 사는 이상세계가 펼쳐질 것이라는 믿음을 갖고 기다리며 살고 있다.

도인촌

천제당 앞 안내문에는 '도인촌'에 대하여 다음과 같이 설명되어 있다.
청학동은 신선이 학을 타고 노닐던 지상선경(地上仙境)이라 하여 중국의 무릉도원과 같이 천하명승지라 일컫는 곳이다. 그리하여 우리 조상들은 청학동이 천하만인을 제도(濟度)하여 지상선경을 건설할 수 있는 발원지이자 이상향이 될 것으로 믿고 있다. 이곳에는 1950년대부터 유불선합일 갱정유도를 실천하는 사람들이 살고 있다. 본 갱정유도는 전라북도 순창군 구림면 봉곡리에서 경인(庚寅) 9월 17일에 탄강(誕降)하신 강대성(단기 4223~4287, 서기 1890~1954년) 도조(道祖:도호 영신당주)에 의하여 창도(創道)된 도로서 '유불선삼도합일지도'라는 유도(儒道)를 실천하는 곳이다.

---

63) 현 천제당은 과거 '진주암'이라는 쌍계사 말사가 있던 자리에 지어졌다.
64) 설과 추석, 그리고 4월과 10월 각 초8일.

이는 도래한 시운에 따라 도조 영신당주께서 39세 되던 해인 무진(戊辰, 단기 4261년, 서기 1928년) 3월 전북 순창 회문산중 승강산에 입산, 작옥삼간(作屋三間)하여 금강암이라 이름하시고, 유·불·선 각 삼방을 마련하여 처자와 함께 수도정진하셨다. 이듬해 7월 도통, 부부자(夫婦子) 삼인이 성도하시어 유·불·선 삼도법을 집대성하여 천명사해(闡明四海)하시었다.

도조 영신당주께서는 천지만물이 종(終)하고 시(始)하는 시운을 당하여, 천하만국에 봄소식을 전하여 세계만방의 도탄창생(塗炭蒼生)을 구제하고, 만고 충효열 도덕선심을 인간에 해원(解冤)시켰다. 신천·신지(新天·新地)를 건설할 도법과 진리를 마련하여 제자들에게 전수하여 지금에 이르고 있다.

그러므로 본 도인촌은 보발정신(保髮精神) 및 의관정제(衣冠整齊)의 예법과 '유불선 동서학 합일 사상'을 이어받아 만방일화 수성단가(萬邦一和 遂成單家)를 구현하려는 사명을 안고 수도, 정진하는 곳이다.

3) 삼성궁

지리산 삼신봉 기슭인 하동군 청암면 묵계리, 일명 청학동에 위치한 삼성궁의 본 명칭은 선국(仙國) 마고성(麻姑城) 삼성궁(三聖宮)이다.[65] 선국이란 신선들이 사는 세상을 말하며, 동방선도의 중심지이다. 이 선국은 크게 마고성·삼신궁·삼선궁·삼성궁·신벌(신시) 등 다섯 구역으로 나뉘어져 있다. 마고성은 태초 인류의 어머니이자 대지의 여신인 마고가 그 주체이며, 삼신궁은 고대 옛 조선인들의 신앙인 삼신사상을 바탕으로 생명을 주관하는 산신·용왕·칠성이 그 주체이다. 삼선궁은 배달나라 시대의 관부로서 농사를 주관하는 고시, 문서와 학문을 주관하는 신지, 병사와 개척을 주관하는 치우가 그 주체이며, 삼성궁은 한민족의

---

65) 삼성궁의 또 다른 명칭은 '지리산 청학선원(仙院) 배달성전 삼성궁'이다. 이 삼성궁은 1997년 1월 24일 당시 내무부에 의하여 '문화시설지구'로 고시되었다.

▲삼성궁 전경-이호신 화백

시조인 환인·환웅·단군이 그 주체이다. 마지막으로 신벌은 배달민족의 신성공간으로서 후대 삼한시대의 소노를 재현하여 놓은 곳이다.

선국은 원시반본(原始返本)과 마고복본(麻姑複本)을 통해 잃어가는 인간의 본성인 자연성을 회복하고, 인류 화합과 평화·생명존중사상을 교육하고자 하고 있으며, 그러한 큰 뜻을 지향하는 사람들의 이상향이기도 하다.

삼성궁의 맥을 거슬러 가면 일정시대 한빛선사(大光仙師)로부터 시작되었다. 한빛선사는 어려서부터 공공진인의 문하에서 신선도(이하 '선도,仙道'라 함)수행을 받았다. 그는 민족혼 보존을 위해 항일운동을 펼쳤는데, 항상 단군영정을 가슴에 품고 서일 장군의 휘하에서 항일 활동을 하였다 한다. 삼성궁이 맨 처음 세워졌던 곳은 황해도 구월산(삼성사)이었다. 그러나 4천 년 동안 면면히 이어져 오던 구월산 삼성사가 1911년 일본인들의 탄압으로 불에 타서 소실되자 한빛선사는 그곳에 모셔져

있었던 삼성의 위패를 지리산 박달평전으
로 모시고 왔다. 그곳에서 삼성사(三聖祠)
를 다시 세우고 삼성의 위패를 모신 다음,
삼법(三法)과 선도를 수련하며 정진하였다.
한빛선사는 이후 지리산 내 화개동·청학
동·고운동·박달평전 등을 다니며 낙천과
동원을 수자로 삼아 지도하였다.

현 설립자 한풀선사는 이 청학동에서 오
래 전부터 거주해 온 주민의 후손으로서,
일찍이 청소년 시절부터 전통·풍습·사상
등 우리 민족의 정체성이 사라져 가고 있

▲건국전에서 참배하는 삼성궁 사람들

음을 통감하였다. 이에 한빛선사의 제자인
낙천선사(樂天仙師, 1902~1984) 문하로 입문하여 선도를 전수 받았다.
'앞으로 민족혼을 샘솟게 하는 우물을 파라'는 스승의 유지(遺志)를 따
르기 위해[66] 1984년 박달평전에 있었던 삼성사를 현재의 청학동으로
옮겨와 '삼성궁'이라 개명한 다음, 지금과 같은 건물들을 건립하여 선
도를 중흥시키고자 하고 있다. 그는 이 삼성궁에 민족의 성조(聖祖)인
환인(桓因)·환웅(桓雄)·단군(檀君)[67]의 위패와 영정들을 모신 다음, 이
곳을 우리 민족의 혼과 정체성을 다시 일으킬 수 있는 도량(道場)으로
가꾸고 있다. 또 나아가 유구한 우리 민족의 전통과 정기를 되찾아 민
족의 자긍심과 기상을 회복시킬 수 있는 민족의 성전으로 삼고자 하고
있다.

---

66) 손병욱, 「하동의 선교(仙教)·선교문화」, 『하동 문화의 정체성 연구』(하동군·하동
   문화원), 2006.12.
67) 이 삼성(三聖)은 우리나라 전래의 신교적(神教的) 삼신사상(三神思想)의 기원이 되
   었다고도 한다.

그리하여 궁극적으로 고려중기 이후 사대주의 시대와 일본의 조선 강점기를 포함, 약 700여 년간 단절되었던 우리 민족의 고유사상인 단군사상을 계승··발전시키고, '홍익인간(弘益人間)'과 '재세이화(在世理化)'라는 단군성조의 큰 치세이념 등 우리 민족의 위대한 얼과 뿌리를 되찾고자 하고 있다.

이를 위해 삼성궁에서는 우리 겨레의 정통 도맥인 천지화랑[68]들의 선도를 수행하고 있다. 또한 고조선시대의 소도(蘇塗)라는 성역을 재현하여 놓고 하늘에 제를 지내고 있다. 그리고 우리 배달민족의 전통 경전인 천부경(天符經)·삼일신고(三一神誥)·참전계경(參佺戒經)과 같은 삼화경과 삼륜(三倫)·오계(五戒)·팔조(八條)·구서(九誓)와 같은 덕목을 공부하고 있다. 또한 충·효·신·용·인 등 오상(五常)의 도를 배우고, 독서·활쏘기·말타기·예절·가악·권박 등 육예(六藝)를 연마하고 있다. 뿐만 아니라 우리민족 고유의 춤과 노래, 선가무예인 선무와 본국검법을 수련하고 있다.

또 매년 봄·가을 천제(개천대제), 청소년과 어른들을 위한 배달민족학교, 청소년 화랑교육센터·민족 선도교육연구소·학술대회 ·청학동 박물관 및 선암 미술관 운영, 학술대회 등 다양한 활동과 문화행사를 개최하고 있다.[69]

신선도(神仙道)와 도교(道敎)

우리나라의 신선도는 '스스로 그러한 것, 즉 자연의 순리적인 이치'를 따르는 우리 민족 고유의 도로서, 중국의 도교와는 성격이 다르다. 중국의 도교는 속세와 유리된 심산유곡에서 특유의 단전·섭생과 같은 양생방법을 통하여 출

---

68) '천지화랑(天指花郎)'이란 고조선시대의 화랑을 말한다.
69) 삼성궁 안내자료.

세간(出世間 또는 脫世間)을 지향하는 데 비해, 우리나라 고유의 전통 신선도는 현세 속에서 심신단련을 통해 입세간(入世間)을 지향하고 있어 수련과정은 유사할 수 있으나 목적은 정반대이다. 위와 같이 현실 참여적인 성격을 갖는 우리나라의 신선도는 신라시대에 이르러 화랑도 내지는 풍류도로 계승되어 적극적인 호국정신으로 승화되었다. 또한 그 기원(발생)에 있어서도 고구려시대 때 중국의 노장(老莊)을 개조(開祖)로 하는 도교가 우리나라에 전래되어 신선도로 발전하였다는 설도 있으나, 중국의 도교 이전에 존재하였던 우리나라의 토착 신선도가 중국에 전래되었다가 고구려 때 도교 형태로 다시 우리나라에 역수입되었다는 설도 있다.

이 신선도는, 중국의 노자(老子)를 개조로 하고, 후한 말 장각(太平道)·장도릉(五斗米道) 등에 의해 발전된 중국의 도교와는 다른, 우리 민족 고유의 사상으로서 '현묘지도(玄妙之道)'라고도 하며, 단군신화와 함께 그 유래를 같이 한다. 이 신선도는 고구려에서는 조의선인(皂衣仙人), 신라에서는 화랑도로 계승되어 각각 호국정신의 바탕이 되었다.

소도와 솟대

소도란 옛날 청동기 또는 부족국가시대(A.D. 2 -3세기경) 때의 신성지역을 말하며, 서양의 어사일럼(Asylum)과 비슷하다. 이 소도에는 법률의 힘이 미치지 않아 죄인이 이곳으로 피신해 들어가더라도 제사장의 허락 없이는 체포하지 못하였던 제정분리의 관습을 알 수 있는 풍습이다. **솟대란** 신성지역임을 알리는 표지로서, 마을의 일정장소에 돌을 쌓아 신단을 만들거나(누석단) 크고 긴 나무로 '솟대'를 세우고, 거기에 신악기(神樂器) 역할을 하는 방울·북 등 을 달아 놓은 다음, 제사 또는 강신(降神)과 같은 종교행사 때 사용하였다. 주로 봄과 가을(10월)에 3경전[70]을 낭송하며 하늘에 제사지내고, 근처에는 긴 나무장대 꼭대기에 새 모양이나 북·방울·깃털 등으로 장식한 솟대를 세워 두었다.[71]

---

70) 천부경·삼일신고·참전계경을 말한다.
71) 돌로 쌓은 것은 '돌솟대'라 하고, 제사장은 '천군(天君)'이라 하였다.

3. 학문(유학)의 고장

가. 개설

지리산권에서 학문에 정진하였던 유학자들은 무수히 많았다. 여기서는 조선조 함양군수를 지냈던 김종직, 함양출신의 정여창, 그리고 61세 때부터 지리산 기슭 덕산으로 들어와 살았던 조식, 구례 출신의 황현 선생에 대하여 알아보기로 한다. 위 네 학자가 정진하였던 유학(儒學)은 중국·한국·일본 등 동아시아 한자문화권에 깊은 영향을 준 사상이었다.[72] 우리나라에 유학이 전래된 이래 수많은 명유(名儒)들이 명멸(明滅)하였으나, 조선유학에서 위 학자들이 차지하는 비중은 막중하였다. 특히 지식의 실천을 중시한 남명 조식의 지행합일(知行合一) 정신은 후일 선생의 제자들로 하여금 임진왜란이라는 국난을 당했을 때, 그 위기를 극복하는 데 가장 먼저 앞장서서 살신성인하는 전범(典範)을 보여 주었다. 우선 지리산권에서 이와 같은 학자들이 몸 담았던 유학이 우리나라에 전래되고 발흥한 과정을 살펴보면 다음과 같다.

기원전 약 560년경 중국 춘추시대 노나라 공자에 의해 창시된 중국의 유학사상과 문화가 우리나라에 언제 처음 전해졌는지, 그 시기와 사정을 정확히 알기는 어렵다.[73] 다만, 삼국시대 때 당나라에 유학생을 보내고 국학을 세운 것을 보면 삼국시대에 이미 유학이 일반화되었음을 알 수 있다. 고구려에서는 372년(소수림왕 2년)에 태학(太學)을 세워 오경(五經)과 사학(史學), 문학 등을 가르쳐 인재를 양성하였고, 율령을

---

72) 유교는 한국사상사에서 첫째, 우리나라에 전래한 최초의 보편적 사상이자 종교였고, 둘째, 사회의 통치이념과 제도 또는 사회도덕 규범으로 점차 뿌리 깊이 내려왔으며, 셋째, 우리 사회에 가장 강하게 전승되어 온 전통사상이었다. 금장태, 『한국종교사상사』, 산청군지편찬위원회, 『산청군지』 상권, 2006, p.815에서 재인용

73) 이병도, 『한국유학사』, 아세아문화사, 1989, p.6.

반포하여 사회의 통치체제를 재정비하게 되었다. 이때의 학제와 법제
는 모두 진한시대 이래로 내려오는 중국의 제도를 도입하여 시행하였
다. 신라도 유학을 수용하고 국학을 건립하였으며, 청년들은 경학연구
와 유학정신의 실천을 위해 노력하였다. 717년(신라 성덕왕 16년)에는 왕
자 수충(守忠)이 당나라에서 귀국하여 공자 · 십철(十哲) · 72제자의 화상
을 갖고 오자, 왕은 국학에 모시도록 하였다.[74] 이때부터 신라에도 본
격적으로 유학이 진흥되기 시작하였을 것으로 보이며, 백제 때에는 경
학에 관한 박사제도를 두고 유학 교육기관을 설치하였다. 이와 같이 삼
국시대에 중국문화와 함께 유학사상을 도입하여 교육과 사회제도의 개
혁정비에 활용하였으며, 유학의 핵심 이념 중의 하나인 충효사상을 국
민윤리로 확립하고자 하였다.

고려 초 문종 때에 이르러서는 최충이 구경(九經)을 설치하고 국자감
이라고 하는 국립대학을 설립하여 경사(經史)와 윤리도덕을 교육시키는
등 유학이 크게 떨쳐졌다. 그러나 그 후 무인의 발호와 전란의 계속으
로 유학이 쇠퇴하다가, 고려 말 안향에 의하여 중국으로부터 처음으로
성리학이 도입됨으로써, 새로운 학풍과 신사조가 형성되었다. 이어 이
색, 정몽주 등 명유석학(名儒碩學)들이 잇달아 나오면서 고려 말의 유학
은 한층 더 깊어졌다.

그리고 지방의 토성이족(土姓吏族) 또는 향리자제들도 과거를 통해 중
앙정계에 진출하여 신흥 사대부계층을 형성하게 되었는데, 이들은 곧
새로운 지배세력으로 등장하게 되었다. 이들 중 일부는 후일 이성계의
역성혁명에 가담하여 고려의 권문세족을 타파하고 조선왕조를 건국하
기에 이르렀으나, 일부 사대부 계층은 불사이군의 충절을 지켜 재야사
림이 되었다.[75]

---

74) 위의 책, p.50.

조선왕조는 고려의 쇠망원인을 불교의 폐단에 돌리고, 유학을 국가의 새로운 지도이념으로 삼았다. 유·불·선(儒·佛·仙) 삼교가 정립되었던 삼국시대 이래 조선왕조에서는 숭유억불정책을 펴 나감에 따라 유학은 지배계층의 통치 이데올로기로서뿐만 아니라 일반 백성들한테는 종교와도 같은 존재가 되어 유학은 크게 융성하였다.[76] 그러나 1498년부터 1545년 사이에 일어난 네 차례의 사화를 겪으면서 많은 인재들이 희생되었고, 1575년경부터 시작된 당쟁의 심화는 국론을 분열시키는 등 조선조의 국정운영에 커다란 폐해를 가져왔다. 이에 사림 학자였던 김종직[77]으로부터 김굉필 등으로 이어지는 도학정신을 계승한 조광조(1482~1519)는 신진학자 겸 정치가로서 도의적인 유학이념을 실현하기 위해 과감한 개혁정책을 추진하고 부패한 구악을 일소하고자 하였으나, 일부 구정치인들의 반목과 질시를 받게 되어 실패하고 말았다.[78] 이어 조선조는 동·서로 분당되고, 이 후 다시 남·북으로 파당이 갈리면서 혼란이 극심해지자, 이이(율곡, 1536~1584)는 '국세의 미진함이 지극하니 10년이 지나지 않아서 나라가 무너지는 환란을 당하리라'라고 하며 국가의 위기가 도래할 것을 경고하였다. 과연 얼마 지나지 않아 조선조는 임진왜란(1592년)을 비롯하여 정유재란(1597년)·인조반정(1623년)·이괄의 난(1624년)·정묘호란(1627년)·병자호란(1636년)·광해군 폭정 등 내

75) 김일곤·이재하·전영권·황홍섭 공저,『지리학의 이해-주제적 접근』, 법문사, 1998, p.342.

76) 배종호,『한국유학의 과제와 전개』(Ⅱ), 범학, 1980, p.265.

77) 김종직으로 이어지는 학자들이 이후 영남지방에서 가장 많이 배출되었다. 그들은 중앙정계에 대거 진출함으로써, 조선을 움직이는 중추세력으로 자리 잡게 되었다. 김일곤·이재하·전영권·황홍섭 공저,『지리학의 이해-주제적 접근』, 법문사, 1998, p.343.

78) 1519년(중종 14년) '위훈삭제' 등을 빌미로 남곤, 심정 등 훈구파가 일으킨 기묘사화로 조광조 등 신진사류 75명이 죽임을 당하였다. 이현종,『고시 한국사』, 법문사, 1981, p.318.

우외환이 계속되어 국기(國基)가 붕괴되다시피 하였다. 이에 따라 조선 조 후기에 와서 조선조의 통치이념이었던 성리학이 지나치게 공리공담 적(空理空談的) 사변(思辨)으로 치우쳤던 데에 대한 각성과 함께 지도이 념으로서의 역할에도 많은 자성이 일어나게 되었다.

16세기 후반부터는 소백산의 이황(李滉)과 지리산의 조식(曺植)을 중 심으로 하는 영남학파가 성립되었는데, 이 두 학자들로 인하여 조선 유 학은 더욱 정치(精緻)해졌으나, 두 사람이 지향하는 학문적 목표는 달랐 다. 즉 이황은 이론위주의 성리학적 철리(哲理)를 지향하였는 데 비해, 조식은 실천위주의 지행합일적 사상에 더 학문적 가치를 두었다. 이와 같이 현실적인 문제에 학문적 역점을 둔 조식의 학문정신은 임진왜란 때 절의와 충렬정신으로 발현되어 정인홍·곽재우 등과 같은 제자들이 의병을 일으킴으로써, 국난을 극복하는 데 큰 기여를 하였다.[79] 지리 산권인 함양군·산청군·구례군과 관련이 깊었던 주요 유학자를 살펴 보면 다음과 같다.

나. 주요인물

1) 김종직(1431~1492)

김종직은 1431년 경남 밀양에서 태어났다. 자는 계온(季昷), 호는 점 필재(占畢齋)이었으며, 아버지는 길재의 문인이었던 김숙자이었다. 김 종직은 천품이 고매하고 어려서부터 경술(經術)과 문장이 뛰어나 후일 영남 사림의 영수가 되었다. 1459년(세조 5년)에 문과에 합격하여 수찬 (修撰), 교리(校理)를 역임하고 감찰(監察)에 전임되었다. 성종이 즉위한 후로는 여러 번 경연 시강(經筵 侍講)에 선임되어 왕의 특별한 대우를

▲조선조 사화의 진원지
-함양군청 앞에 있는 학사루學士樓[80](함양군청)

받았다. 한때 외직인 함양군수, 선산군수를 역임하였으나 후에 형조판서가 되었다. 그의 학문적 계통은 고려 말 성리학의 비조인 정몽주로부터 →길재→김숙자→김종직→정여창, 김굉필→조광조로 이어져 내려왔다.[81] 1473년 어머니 봉양을 위해 자청하였던 함양군수 재직 시에는 향음주례를 행하고, 주자가례에 의해 상례를 권장하는 등 성리학적 실천윤리로 백성을 다스리고자 하였다. 1492년 별세하였으나, 그가 28세 때 지은 조의제문(弔義帝文)을 1498년(연산군 4년) 사관(史官)으로 있었던 그의 제자 김일손이 사초(史草)에 수록함으로써, 무오사화[82]의 빌미가 되었다. 문하생들로는 정여창·김굉필·조위·김일손·유호인 등이 있었고, 저술로는 당후일기(堂後日記)·이존록(彝尊錄)·청구풍아(靑邱風雅)·동문수(東文粹)·경상도지도지지(慶尙道地圖地誌) 등이 있다. 경남 밀양 예림서원에 배향되었다.

---

80) 신라 때 최치원 선생도 자주 올랐다는 이 누각은 1470년(성종 1년), 함양군수로 부임해 온 김종직이 이 학사루에 걸려 있었던 유자광(당시 권력의 실세로서 경상도 관찰사로 재직)의 시를 떼어 불태우게 하였다. 이에 원한을 품은 유자광이 얼마 후 무오사화를 일으킴으로써, 김일손을 비롯한 영남 사림파 거의 모두를 죽음에 이르게 하였다. 이 무오사화를 시작으로 이후 수차례에 걸쳐 사화가 일어나 당시 수많은 인재들이 희생되었다. 이병도, 『한국유학사』, 아세아문화사, 1989, p.155.

81) 위의 책, pp.153~155.

82) 1498년(연산군 4년) 이극돈·유자광 등 훈구파가 일으킨 사화. 세조의 왕위찬탈을 빗댄 김종직의 '조의제문'을 사관 김일손이 사초(史草)에 실자 이를 빌미로 위 훈구파들이 문제 삼아 김일손·권오복·권경유 등 신진사류 수십여 명이 참화를 당하였다. 위의 책, pp.154~159.

▲ 김종직 선생을 배향한 예림서원(함양군청)

2) 정여창(1450~1504)

정여창은 1450년 함양군 지곡면에서 출생하였다. 자는 백욱, 호는 일두(一蠹), 본관은 하동이었다. 그의 증조부인 정지의가 처가 고향인 함양에 와서 살게 되어 함양에서 태어나게 되었다.[83] 18세 때 함길도 병마우후를 지냈던 아버지 정육을 여의고 혼자서 독서하다가 김굉필과 함께 함양군수로 재직 중이던 김종직의 문하로 들어가 공부하였다. 그는 여러 차례 천거되어 벼슬을 받았지만 매번 사양하였다. 1486년에는 모친상을 당하자 장례를 치른 후, 홀로 지리산에 들어가 3년여간 악양동 부근 섬진나루에 집을 짓고 성리학의 연원을 탐구하였다. 1490년(성종 21년) 과거에 급제하고 나서야 한림(翰林)을 역임하고 1495년(연산군 원년) 안음현감으로 부임하는 등 관직생활을 시작하였다.[84] 안음현감

---

83) 자녀 균분상환제가 지켜지던 당시에는 거주지를 흔히 처가나 외가로 옮겨 가 살았던 것으로 알려져 있다.

▲정여창 선생을 배향한 남계서원(함양군청)

재직 시에는 백성들의 과다한 세금부담을 덜어주기 위하여 편의수십조(便宜數十條)를 지어 시행이었느끼 하면, 고을의 총명친 지제들을 뽑아 친히 교육하는 등 주민들의 복지향상에 주력하였다. 뿐만 아니라, 그는 일을 매우 공정하게 처리하여 백성들로부터 많은 칭송을 받았다.

그는 과거 급제 후, 한때 당시 동궁이었던 연산군을 보필할 때, 『대학』을 강론하며 백성은 나라의 근본이라 강조하면서 왕도정치에 입각한 대의정치를 펴나가기를 바랐다.[85] 그러나 1498년(연산군 4년) 스승 김종직의 글 조의제문이 발단이 된 무오사화 때 김종직의 문도라 하여 장형(杖刑)을 당하고 함경도 종성으로 유배되었다가, 1504년 55세 때 유배지에서 별세하였다. 같은 해 가을 갑자사화[86]에 다시 연루되어 부

84) 이병도, 『한국유학사』, 아세아문화사, 1989, p.161.

85) 국민대학교 국사학과, 『지리산문화권』, 역사공간, 2004, pp.194~197.

86) 1504년(연산군 10년) 윤씨폐비사건을 빌미로 임사홍, 신수근 등 궁중파가 주동이 되어 일으킨 사화로서, 훈구파 48명이 죽임을 당하였다. 이현종, 『고시 한국사』, 법

관참시를 당하였다. 1517년(중종 12년)에 대광보국숭록대부 겸 우의정에 추증되었고, 1575년(선조8년)에는 '문헌공'이라는 시호를 받았다. 1610년(광해군 2년)에는 문묘에 종사되었다. 저서는 무오사화 때 모두 소각되어 후손들이 편찬한 『문헌공실기』 등에 몇 편의 글과 시가 전하여지고 있다. 현재 함양 남계서원[87]에 모셔져 있으며, 후일 조식은 정여창을 조선조 도학의 선구자로 꼽았다. 그리고 그는 또 김굉필, 조광조, 이언적, 이황과 함께 동방 5현 및 동국 18현으로 꼽혔다.

> ### 남계서원(灆溪書院)
>
> 남계서원은 1552년(명종7) 개암 강익이 문헌공 일두(文獻公 一蠹) 정여창 선생을 모시기 위해 전국에서 두 번째로 세워진 서원이다. 1566년(명종21) 사액 받았으나, 1597년경 정유재란 때 소실되었다. 그 후 1621년(광해군 2) 재건하여 1677년(숙종3) 동계 정온을 배향하고, 1689년(숙종 15)에는 개암 강익을 배향하였다.
>
> 현재는 '우 함양'의 기틀을 만든 정여창(鄭汝昌) 선생을 모시고 있다. 대원군의 서원 철폐령 때 남은 47개의 서원 가운데 하나로서, 서원 내에는 도유형문화재 제166호인 일두선생 문집책판(369매)과 도 유형문화재 제167호인 개암선생 문집책판(186매)이 있다. 현재 사적 제499호로 지정되었으며, 근처에는 1907년(순종1년)에 세워진, 탁영 김일손을 배향하는 청계서원(문화재 자료 제56호)이 있다.[88]

문사, 1981, p.318.
87) 이 서원은 1543년(중종 38년) 주세붕이 경북 풍기에 세운 백운동서원(후에 소수서원으로 바뀜) 다음 두 번째로 세워졌다.
88) 자료제공: 함양군청 문화관광과.

3) 조식(1501~1572)

조식(曺植)은 1501년 삼가현(三嘉縣 : 지금의 합천) 토골(兎洞) 외가에서 태어났다. 본관은 창녕(昌寧), 자는 건중(楗仲), 호는 남명(南冥), 시호는 문정(文貞)이었다. 문과에 급제하여 승문원 판교에까지 이른 부친 조언형(曺彦亨)을 따라 서울로 올라가 5, 6세경부터 26세 때까지 그곳에서 살았다. 서울에 살면서 성수침(成守琛)·성운(成運) 등과 교제하며 학문에 열중하였다. 그러나 문과에 실패한 후 25세 때『성리대전(性理大全)』을 읽다가 문득 크게 깨닫고 학문의 대전환을 이루었다고 한다.[89]

26세 되던 해에는 부친상을 당해 고향 선영에 장례지낸 뒤 삼년상을 치렀다. 그리고 의령 자굴산 산사에서 독서하다가 30세 때인 1531년에는 처가가 있는 김해 탄동(炭洞)으로 이사하여 산해정(山海亭)을 짓고 살면서 성리학에 침잠하였다.

1538년에는 헌릉참봉(獻陵參奉)에 임명되었지만 사양하였고, 45세 때 모친상을 당해 삼년상을 치른 뒤 삼가 토동에 계부당과 뇌룡정(雷龍亭)[90]을 짓고 제자들을 가르쳤다. 이후 전생서 주부(典牲署 主簿)·단성현감·조지서사지(造紙署司紙) 등 여러 벼슬에 임명되었으나, 모두 사양하고 오로지 학문에만 전념하였다. 55세 때인 1555년 남명은 다시 단성

89) 이륙 외, 최석기 외 옮김,『선인들의 지리산 유람록』, 도서출판 돌베개, p.98. 경북대 퇴계연구소·경상대 남명학연구소 편,『퇴계학과 남명학』, 지식산업사, 2001, pp.81~82.

90) 뇌룡이란 뜻은 장자(莊子) 재유편(在宥篇)에 나오는 '시거이용현(尸居而龍見) 연묵이뢰성(淵默而雷聲)'에서 따온 말이다. 이는 시동(尸童)처럼 가만히 있다가 때가 되면 용처럼 나타나고, 깊은 연못처럼 조용히 있다가 때가 되면 우레처럼 세상을 울린다는 뜻이다.(김학주 역,『장자』, 을유문화사, 1998, p.146) 즉 나중에 세상이 필요로 할 때에 용처럼 일어나 일익을 담당하겠다는 뜻이 담겨있다. 임진왜란 때 왜군들을 저지할 수 있었던 것은 50여 명의 제자들, 즉 곽재우를 위시한 의병장들이 활동하였기 때문이었는데 이는 바로 뇌룡정신이 바탕이 되었다 할 수 있다.

현감에 제수되었으나, 상소문을 올리고 나
아가지 않았다. 그리고 1561년 61세 때에는
천왕봉이 바라보이는 지리산 기슭 진주 덕
천동(德川洞 : 지금의 산청군 시천면)으로 이
거하여 산천재[91]를 지어 별세할 때까지 그
곳에 머물며 강학(講學)하였다. 그리고 1566
년에는 상서원 판관(尙瑞院 判官)을 제수 받
았으나, 왕에게 학문의 방법과 정치의 도리
에 대해 논하고 다시 덕천으로 돌아왔다.

▲ 조식 선생 영정(남명선생기념관)

　남명은 당시의 학문이 이기(理氣)·사칠
(四七) 등 형이상학적 명제 일변도로 경도
된 것을 개탄하며 실천적인 수양을 강조하
였다. 66세 때인 1566년에는 초야의 어진

이를 부르는 소명(召命)이 있어 상경하여 임금을 배알하였다. 1567년 즉
위한 선조가 다시 남명을 불렀으나, 무진봉사(戊辰封事)[92]라는 상소문
을 올리고 사양하였다. 남명은 이 상소문에서 선조에게 명선(明善)과 성
신(誠身)을 통해 국가를 다스려 달라고 진언하였다. 또 그는 공자·안자
(顔子)·정자(程子)·주자(朱子)의 학문을 주로 하되 주자학 일변도에서
벗어나 노장이나 불교라 할지라도 학문에 도움이 되면 이를 적극적으

---

91) '산천(山天)'이란 『주역』 '산천대축괘(山天大畜卦)'에서 따온 말이다. 이는 '강건하고
　　독실하게 수양하여 날마다 그 덕을 새롭게 한다'는 의미를 갖는다. 이륙 외, 최석기
　　외 옮김, 『선인들의 지리산 유람록』, 도서출판 돌베개, p.98.
92) 이 상소문의 내용은 백성을 다스림에 있어서 군왕의 명선(明善)과 성신(誠身), 선비들
　　의 역할 등을 제시하였고, 서리들의 부정부패를 비롯한 현실정치의 문제점들을 지적하
　　였다 -인문한국(HK)사업 지리산권문화연구단, 2010년 국제학술대회, 『지리산, 그곳
　　에 길이 있다』, p.482.

▲덕천서원 남명제에 참석한 제관들(2008, 산청군청)

▲조식 선생이 지녔던 단도 경의검(敬義劍)
(남명선생기념관)

로 수용하고자 하는 학문적 개방성을 지니고 있었다.[93] 또 실천 지향적이어서 공담적(空談的) 성격을 지닌 이론위주의 학문을 싫어하였고, 오직 실천이 따르지 못할까 우려하였으며, 나아가 백성들의 현실생활에 대하여 많은 관심을 가졌다.

남명의 사상은 기본적으로 수기치인(修己治人)의 성리학적 토대 위에 실천궁행을 강조했으며, 실천적 의미를 더욱 부여하기 위해 경(敬)과 의(義)를 강조하였다.[94] 산천재 양쪽 벽에 이 두 자를 써 붙여놓았을 뿐만 아니라, 평소 지니고 있는 단도(短刀)에도 "내명자경(內明者敬:안을 밝히는 것은 경), 외단자의(外斷者義: 밖을 결단하는 것은 의)'라는 글귀를 새겨 수양과 학문의 지표로 삼았다.[95] 이러한 신념을 바탕으로 그는 당시 사회현실과 괴리된 정치적 모순에 대해서 적극적으로 비판하기도

---

93) 최석기, 「남명사상의 본질과 특색」, 경북대 퇴계연구소·경상대 남명학연구소 편, 『퇴계학과 남명학』, 지식산업사, 2001, p.97.

94) 남명 선생의 경의사상(敬義思想)은 북송(北宋)시대 장재(張載)의 경세치용(經世致用) 사상에서 연원한다고 할 수 있다.

95) 그의 가르침을 받은 많은 제자들은 영남우도(嶺南右道) 학파의 정신적 지침이 되었다. 나아가 임진왜란이 일어나자 창의기병(倡義起兵)하여 구국에 앞장섬으로써 그의 경의사상이 발현되었다. 산청군지편찬위원회, 『산청군지』 상권, 2006, p.825.

하였다. 즉 그는 당시의 선비들이 "세상의 학문한다는 사람들이 생활의 절실한 문제는 버려두고 하늘의 이치만 논하고 있다"라고 하여 주자학에 치우친 당시의 학풍(學風)을 비판하였다.[96]

16세기 영남유학의 중심은 조식과 이황이었는데, 두 사람은 각자 수많은 제자들을 양성하여 유학을 전승·발전시켰다. 조식은 136여 명의 문인과 162명의 사숙 제자들을 배출하였고, 이황은 309명의 문도를 양성하여 16세기 후반 이후 근세에 이르기까지 영남유학의 큰 맥을 이루어 나갔다. 즉, 영남의 남부에는 오건(산청)과 정인홍(합천) 등 조식의 문도들이, 영남 북부에는 조목(예안)·김성일(안동)·류성룡(안동) 등 이황의 문도들이 스승들의 학문정신을 이어나갔다.[97] 이 중 조식의 문인들은 경상우도를 중심으로 경상좌도·전라도·충청도는 물론 서울에 이르기까지 학문적으로는 남명학파를, 정치적으로는 북인세력을 형성함으로써, 광해군으로 하여금 현실을 중시하는 내치와 진취적이고도 실리적인 외교를 펼칠 수 있게 하는 외치의 바탕이 되기도 하였다.[98] 그러나 선조대에 이르러 양쪽 문인들이 정치적으로 북인과 남인의 정파로 대립되며, 남명 문인 중 핵심인물 중의 한사람이었던 정인홍이 인조반정 후 몰락하자 남명에 대한 폄하와 함께 그 문인들도 크게 위축되어 남명학은 제대로 계승되지 못하였다.

남명은 72세 때인 1572년 음력 2월 8일 지금의 산청군 시천면에 있는 산천재에서 별세하였다. 운명할 무렵 그는 제자들에게 "우리 집에 이경·의 두 글자가 있는 것은 하늘에 해와 달이 있는 것과 같다. 성현의

---

96) 정진영, 「남명의 현실인식과 대응」, 경북대 퇴계연구소·경상대 남명학연구소, 『퇴계학과 남명학』, 지식산업사, 2001, p.230.

97) 안병걸, 「영남학파에서 퇴계학의 계승 양상」, 「退溪 李滉 특강논문집」, 예술의 전당, 우일출판사, 2001, p.66.

98) 단성향교, 『단성향교지』, 회상사, 2008, p.73.

▲ 남명제에서 제례악을 연주하는 악사들(2008, 산청군청)

온갖 말씀이 이 두 글자를 벗어나지 않는다."라고 하였다. 부음이 전해지자 조정에서는 사간원 대사간에 추증하였다. 그의 사후인 1576년 그의 제자들이 지금의 산청군 시천면 원리에 덕천서원을 건립한 데 이어, 그의 고향 삼가현에 회현서원(晦峴書院, 뒤에 龍巖書院으로 개칭)을,

1578년에는 김해에 신산서원(新山書院)을 세웠다. 광해군대에 대북(大北) 세력이 집권하자 조식의 문인들은 스승에 대한 추존사업을 적극적으로 전개하여 위 세 서원들이 모두 사액되었고, 1615년에는 의정부 영의정에 추증되었으며, '문정(文貞)'이란 시호도 내려졌다.99) 저서로는 문집 『남명집』과 독서하면서 차기(箚記) 형식으로 남긴 『학기유편(學記類編)』이 있고, 작품으로 '남명가', '권선지로가(勸善指路歌)' 등이 있다.

가) 덕천서원

산청군 시천면 원리 222-3번지에 있는 덕천서원은 남명 조식 선생을 향사하는 서원이다. 이 서원은 남명선생 사후 4년 뒤인 1576년(선조 9년)에 선생의 문인인 수우당 최영경·내암 정인홍·영무성 하응도·각재 하항·무송 손천우·조계 유종지 등이 주선하여 세웠다. 서원의 터는 작은 집을 지어놓고 선생을 모시고 노닐던 장소를 하응도가 기증하였고, 경비는 진주목사 구변이 지원하였다. 건립 당시는 덕산서원이라 불렀는데, 삼산서원[덕산(德山)·옥산(玉山)·도산(陶山)] 중 규모가 가장 컸다고

---

99) 이륙 외, 최석기 외 옮김, 『선인들의 지리산 유람록』, 도서출판 돌베개, p.99.

▲덕천서원

한다. 임진왜란 때에 불탄 것을 1602년(선조 35년) 이정·진극경·진주
목사 윤열 등이 중건하였으며,[100] 1609년에는 광해군으로부터 사액을
받아 산청지역 최초의 사액서원이 되었다. 그 후 인조반정(1623년) 등
정치적 정세에 따라 성쇠를 거듭하던 덕천서원은 1871년 대원군의 서
원철폐 때 훼철되었으나, 1920년경 지방 유림들에 의하여 복구되었고,
광복 후에는 국가의 지원으로 도산서원과의 비교 차원에서 확장증설되
었다.

 서원의 배치는 전형적인 대칭형식으로 앞에는 학문을 위한 공간을
두었고, 위에는 제례공간으로 만들었다. 경의당은 서원 내의 여러 행사
와 학문을 논의하는 강당으로 선생의 학문정신을 담고 있는 곳이며, 숭

---

100) 덕천서원 정문 앞 안내문.

덕사에는 선생의 위패를 모시고 있다.[101] 덕천서원은 경상우도 유림과 남명학파의 본산이 되었으며, 원장은 큰 학자나 진주목사·판서·정승들이 맡아 왔다.[102] 또 덕천서원에서는 학문활동이나 문화사업 외에 향촌사회의 문제해결과 향풍순화를 위해 노력하여 향풍을 어지럽힌 자에 대하여는 훼가출향(毁家出鄕)의 벌을 가하기도 하였다.[103] 일 년에 세 차례의 제사를 지내고 있는데, 음력 3월과 9월 초정일(初丁日)에는 춘추향사를, 탄신일에는 '남명선비문화축제'를 지내고 있다. 1974년 2월 16일 경상남도 유형문화재 제89호로 지정되었다.

나) 산천재

산청군 시천면 사리 468-1번지에 있는 산천재[104]는 조식 선생이 61세 때인 1561년부터 기거하며 후학을 가르치고 학문을 하다 일생을 마친 곳이다. 선생의 유적으로는 이외에도 덕천서원·세심정·산천재·묘소·신도비·여재실 등이 있다. 묘소는 산천재 뒷산에 있는데, 선생이 생전에 손수 자리 잡은 곳이다. 신도비는 우암 송시열이 비문을 지었고, 남명기념관 경내에 있다. 여재실(如在室)은 문중에서 제사를 지내는 부조묘인데 별묘(別廟)라고도 한다.[105] 산천재 바로 옆, 길 건너에는 2004년 남명기념관이 건립되어 선생과 문인들의 유품이 전시되어 있으며, 1984년 1월 26일 사적 제305호로 지정되었다.

---

101) 위 안내문.
102) 단성향교, 『단성향교지』, 회상사, 2008, p.666.
103) 산청군지편찬위원회, 『산청군지』 상권, 2006, p.824.
104) 산천재는 풍수지리학상 천왕봉에서 하봉-왕등재를 거쳐 흘러나온 지맥이 다시 조산(祖山)인 천왕봉을 되돌아보는 '회룡고조(回龍顧祖)'의 형국에 자리 잡고 있다고 한다.
105) 단성향교, 『단성향교지』, 회상사, 2008, p.652.

▲산천재-이호신 화백

산천재(山天齋) 정문에는 아래와 같은 안내문이 쓰여 있다.

서북쪽으로 높이 치솟은 지리산(智異山) 천왕봉(天王峯), 그곳에서 발원한 물줄기가 중산(中山)과 삼장(三壯)으로 나누어져 흐르다가 양당에서 다시 만나 덕산(德山)을 이룬다. 덕산에 위치한 산천재는 바로 조선 중기의 큰 선비 남명 조식선생이 61세부터 돌아가실 때까지 평생 동안 갈고 닦은 학문을 제자에게 전수하던 유서 깊은 곳이다. 특히 선생이 표방한 천왕봉 같은 기개와 학문의 실천성은 그 문하생들에 의해 계승되어 임진왜란이 일어나 우리 민족의 명운이 풍전등화(風前燈火)와 같았을 때 의병을 일으켜 왜적을 물리치는 결과로 나타났다. 이 때문에 선생은 우리 역사상 가장 성공한 교육자로 평가받고 있다.

남명 선생은 조선 유학의 종사(宗師)로 경상좌도(慶尙左道)의 퇴계 이황(退溪 李滉)선생과 병칭되기도 하지만 학풍과 출처가 자못 달랐다. 선생의 학문은 당시 주자학 일변도였던 학풍에 비해 개방적 경향을 지니고 있었다. 즉 주자학을 중심에 두면서도 음양(陰陽)·지리(地理)·의약(醫藥)·도류(道流)·관방(關防) 등 현실에 활용되는 것이라면 무엇이라도 탐구하였다. 특히 주돈이(周敦頤)·소옹(邵雍)·장재(張載)·정이(程頤) 등의 학문을 두루 연구한 뒤 원시유학으로 돌아가 공자(孔子)와 안자(顔子)의 고풍(高風)을 체득하여 당면한 현실문제에 대응하려고 했던 선생의 경의정신(敬義精神)과 실천유학은 우리 지성사

▲산천재 내 남명매(박우근)

에 커다란 문제의식을 던져주었다.

선생은 사대사화(四大士禍)로 말미암아 사림(士林)이 극도로 쇠약해진 시대를 살았다. 이 같은 시대를 맞아 선생은 흩어진 사림의 원기(元氣)를 다시 찾으려 하였고, 국가와 민족을 위한 사림의 역할을 통감하면서 직설적으로 잘못된 정치를 비판하기도 하였다. 백성들의 심각한 고충과 이를 외면하면서 가렴주구를 일삼는 관리들의 횡포, 조정 대신들의 무능함, 제대로 마음을 닦지 않은 군왕 등 선생의 비판정신은 그야말로 전방위적이었다. 특히 선생이 올린 을묘사직소(乙卯辭職疏)나 무진봉사(戊辰封事) 등은 그 언어가 절실하고 명쾌하여 조정을 숙연하게 하였으며 이에 사림의 원기도 크게 진작될 수 있었다.

조정에서는 사풍(士風)을 크게 진작시킨 선생의 명망과 은연중에 형성된 재야세력을 흡수하기 위하여 여러 차례 선생에게 벼슬을 내리며 불렀다. 그러나 선생은 끝내 나아가지 않고 산림처사(山林處士)로 자처하면서 학문과 후학양성에만 전념하였다. 또 고고탁절(孤高卓節)한 기상으로 만품(萬品)을 굽어보고 추상열일(秋霜烈日)같은 위엄으로 천지간(天地間)에 우뚝하였다. 위와 같은 선생의 학문과 정신은 만세의 귀감이 되었기에 그 문도(門徒)들은 이를 본받고 또한 후세에 전하기 위하여 서원을 짓고 강학(講學)하였다.

현재 사적지 안에는 남명 선생이 당시 문도들을 가르치던 산천재, 묘소, 위패를 모신 여재실(如在室), 선생의 학덕을 기리기 위해 세운 신도비(神道碑) 등이 있으며, 이곳에서 2㎞ 떨어진 곳에는 강우유림(江右儒林)의 본산으로 선생을 봉향한 덕천서원 등이 있다. 이 서원 안에는 선생의 위패를 모신 숭덕사(崇德祠)가 있어 봄과 가을로 향사를 올리며, 매년 여름에는 선생의 탄신을 기념하기 위하여 선비문화축제의 일환으로 남명제가 열리고 있다. 또한 산천재 옆에는 남명기념관이 건립되어 남명선생의 삶과 사상을 오늘날의 현대인들에게 다양한 방법으로 전하고 있다.

남명선생과 서산대사

임진왜란 때 제자들 또는 본인이 직접 의병 또는 의승군을 일으켜 왜군격퇴에 큰 기여를 한 두 주역인 남명 선생과 서산대사는 동시대에 태어나 생전에 몇 번 만나고 서신도 주고받은 것으로 알려져 있다. 즉 서산대사는 지금의 하동군 악양면 화개동천에 있는 절에, 남명 선생은 지금의 산청군 시천면 덕산에 머무르고 있을 때였다. 공교롭게 같은 시대에 태어나 지리산 삼신봉을 사이에 두고 서로 가까운 지역에 머무르게 된 인연으로 만날 수 있었다.

서산대사가 남명에게 보낸 글 가운데, '남명처사에게 올리는 글'[上南冥處士書]이 있는데, 이 글은 서산대사가 강정(江亭)에서 남명 선생을 만난 지 5일째 되던 어느 해 여름, 남명 선생이 보내온 집자보축(集子寶軸)과 친필 단장(短章) 한 폭을 받고 고마운 뜻을 표하는 답장이었다. 두 사람이 만난 시기는 서산대사가 화개동천 내 어느 절에서 두 번째 지리산 생활을 하게 된 때인 1564~1566년 3년 중의 어느 한 해였을 것으로 보인다.[106] 당시 유림을 대표하는 유학자와 불교계를 대표하는 고승이 국난(임진왜란)을 앞두고 조우하여 서로 존경과 우의를 나누었음은 참으로 절묘한 인연이었다. 약 20여 년 이후 임진왜란이 일어나자, 남명 선생의 제자들은(남명 선생은 임진왜란 발발 전 약 20여 년 전인 1572년 72세로 별세) 의병을 일으켰고, 서산대사는 70대 노구임에도 불구하고 직접 승병을 일으켜 왜군과 싸웠다.

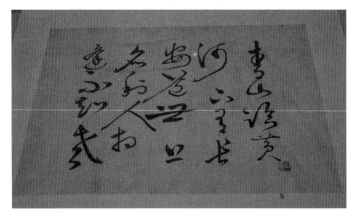

▲조식 선생 친필(五言 漢詩)(남명선생기념관)

---

106) 하동군, 『서산대사 유적지 복원·정비사업 기본계획 수립』, 2008, p.17.

4) 황현(1855~1910)

황현은 1855년(철종 6년) 전남 광양에서 태어났다. 조선 세종 때 황희 정승의 후손이며, 인조반정 후 몰락하여 호남으로 낙향한 집안이다. 본 관은 장수(長水). 자는 운경(雲卿), 호는 매천(梅泉)이었다. 선생의 선조 에는 황희정승 외에도 임진왜란 때 진주성에서 전사한 황진(黃進) 장군, 병자호란 때 의병장을 지낸 황위(黃暐) 장군 등이 있다. 어릴 때부터 총 명하고 학문에 대한 열성이 있었으며, 특히 시와 문장에 능통하여 어른 들을 놀라게 하였다. 선생을 가르친 왕석보(王錫輔)는 일찍부터 매천이 장차 큰 학자가 될 것으로 예언하였다. 아버지는 광양 서석촌(西石村)에 서 어렵게 살고 있었으나, 어려서부터 천재로 소문난 맏아들 매천이 벼 슬길에 나아갈 수 있도록 노력하였다. 이에 따라 1883년(20세) 특설보 거과(特設保擧科)에 응시하여 초시(初試)에서 장원으로 뽑혔으나, 시관 (試官) 한장석(韓章錫)이 매천이 시골사람이라는 이유로 2등으로 내리자 회시(會試)·전시(殿試)를 보지 않고 귀향했다. 그 후 24세 되던 해(1878 년) 다시 서울에 올라가 당시 개혁파의 우두머리이자 문인이었던 강위 (姜瑋)·이건창(李建昌)·김택영(金澤榮) 등과 교유하면서 매천의 글이 장 안에 알려지게 되었다. 이 중 이건창·김택영과 함께 매천은 한말삼재 (韓末三才)라 하여 구한말 시문의 3대가로 뽑혔다. 그 뒤 구례군 만수동 (萬壽洞)으로 내려와 학문에만 전념하다가 아버지의 뜻에 따라 1888년 (34세)에 성균관 회시에 응시, 다시 장원으로 뽑혀 성균관 생원이 되었 다. 그러나 갑신정변 이후 청·일의 극심한 간섭과 민씨정권의 무능과 부패에 환멸을 느낀 데다 마침 부모까지 연달아 돌아가시자 관직생활 을 완전히 단념하고 1890년에 다시 귀향했다. 이후 구례군 간전면 만수 산에 구안실(苟安室)[107]을 짓고, 3천여 권의 서적에 파묻혀 두문불출하 며 학문연구와 후진교육에만 전념했다.

황현의 학문과 사상은 기본적으로 전통적인 유학인 주자학에 바탕을 두었다. 그러나 시대적 변화에 적응하지 못하는 주자학에 만족하지 못하고, 20세 이후부터는 양명학과 실학에 관심을 기울이게 되었다. 그에 따라 후일 특히 정약용의 학문에 대해 깊은 관심을 가지면서 실용주의적 사상을 중시하는 그의 견해를 높이 평가하였다. 또한 서양 신학문의 중요성을 강조하여 1908년 구례 광의면에 호양학교를 비롯한 여러 신학교 설립에 동참함으로써, 시대에 맞는 인재를 육성하고자 하였다. 저서로는 『매천집』·『동비기략(東匪記略)』·『매천야록』·『오하기문(梧下記聞)』[108] 등이 있는데 이 중 『매천야록』·『오하기문』은 1894년 갑오개혁, 청일전쟁 등을 겪으면서 조선왕조 쇠망의 원인과 갑오농민전쟁의 원인·배경·실상 등을 분석·수록하였다. 또한 「갑오평비책(甲午平匪策)」 등의 글을 통하여 국가기강을 바로잡고자 하였으며, 1899년(45세 때)에는 언사소(言事疏)를 지어 조정에 개혁방안을 제시하는 등 구한말의 혼란한 정치를 수습하기 위해 노력하였다.

1905년에는 을사조약이 강제 체결되면서 일제에 의해 조선의 국권이 박탈당하자 당시 중국 회남(淮南)지방에 가 있던 김택영과 국권회복운동을 위해 망명을 시도하였으나 실패하였다. 그리고 1907년에는 구례 연곡사에서 고광순 의병장이 순절하자 추도시를 지어 애도하며 자신의 무력함을 자책하였다. 그 후 1910년 8월, 한일합병 조약이 체결되자 9월 절명시(絶命詩)를 남기고 결국 자결하였다(56세). 그의 유고시집 『매천집』[109]은 1911년 중국 상해에 가 있었던 친우 창강 김택영에게 보내

---

107) 자위자안(自慰自安)한다는 뜻이며 초가 3칸의 서재였다 한다.

108) 하동지역의 동학란을 상세하게 기록한 책.

109) 9권 4책으로 된 연활자본이다. 권두에 묘표(墓表), 김택영이 쓴 본전(本傳), 그리고 화상찬(畵像贊)·사행영록(事行零錄) 등을 수록하였다. 권 1~5는 시 800여 수를 저술 순서대로 수록하였다. 권 6·7은 서(書)·서(序)·기(記)·발(跋)·논(論)·제문(祭

져 상해에서 출판, 배포되었다. 또 1864년부터 1910년까지 혼란스러웠던 구한말 47년간의 역사적 사건들을 정치·경제·사회 등으로 나누어 편년체로 기록한『매천야록』110)은 1955년 국사편찬 위원회 사료총서 제 1권으로 발간되어 한국 최근세사 연구에 귀중한 사료가 되고 있다. 선생을 추모하기 위해 1962년 구례 월곡에 매천사(梅泉祠)를 건립하였으며, 1996년 건국훈장 국민장이 추서되었다.111)

4. 불교와 인물

가. 개설

기원전 약 550년경, 인도에서는 석가모니에 의해 불교가 창시되었다. 이어 B·C 250년경 인도 최초의 통일국가를 이룩한 마가다국 마우리아 왕조 제3대왕 아소카왕(Asoka, B·C 268~232)은 통일과정 중 목격한 전쟁의 참상을 깊이 반성하고 불교에 귀의하게 되었다. 이에 따라 그는 적극

文)·잡문 등 각종 문(文)을 모았다. 참된 개화를 하기 위해서는 우리의 본질을 회복해야 한다고 하였으며, 그 구체적 내용으로 유교의 전통적인 정치덕목인 개언로(開言路)·신법령(信法令)·숙형장(肅刑章)·숭절검(崇節檢)·출척완(黜陟琬) 등을 제시하였다. 속집 권 1에는 서(書) 20편과 함께 서(序)·기(記) 등을 약간씩 실었고 권 2에는 제문·행장·묘문·잡문 등을 수록하였다.

110) 6권 7책으로 된 필사본이다. 한말 위정자의 비리·비행, 외세의 침략과정, 특히 일제의 만행, 우리 민족의 끈질긴 저항 등이 실려 있어 식민통치가 끝날 때까지 세상에 드러낼 수 없었다. 저자도 죽을 때, 바깥사람에게 보이지 말 것을 자손에게 당부하였다. 1910년 8월 22일 한일합병조약이 체결된 후부터 황현이 자결할 때까지의 부분은 문인 고용주(高墉柱)가 추가로 기록하였다.

111) 화개면지편찬위원회,『화개』화개면지 상권, 가람출판사, 2002년, pp.702~704.
http://kin.naver.com/qna/detail.nhn?d1id=6&dirId=
http://enc.daum.net/dic100/contents.do?query1=b25h2850a
http://k.daum.net/qna/view.html?category_id=

적인 불교 포교정책을 펴 불교는 널리 해외에 전파되기 시작하였다.

초기에는 스리랑카–태국–캄보디아–라오스–베트남 등 남방지역으로 먼저 전파되었으나, 석가모니 입적 500여 년 이후, 중국 후한(後漢) 때에는 인도북부의 히말라야 산맥을 넘어 티베트·서안·북경 등 중국으로 전래되어 왔고, 이후 점차 한국, 일본과 같은 북방지역으로 불교가 전파되었다.

우리나라에 불교가 처음 전래된 때는 대략 A·D 372년경(고구려 소수림왕 2년)으로 알려져 있다. 전진(前秦)의 왕 부견(符堅)이 순도라는 승려를 통해 불상과 경전을 보내 왔으며, 그로부터 2년 후에는 진나라의 승려 아도(阿道)가 고구려로 건너오자 조정에서는 성문사(省門寺)와 이불란사(伊弗蘭寺)[112]를 짓고 두 승려를 이곳에 머물게 하였다. 서기 391년에는 광개토대왕이 즉위하면서 백성들로 하여금 널리 불법을 숭상토록 하였다. 백제에서는 384년(침류왕 원년), 동진에서 백제사신으로 파견온 마라난타에 의해서 불교가 전래되었고, 그 후 겸익은 529년(성왕 4년) 인도에 유학하였다가 귀국할 때 많은 율장(律藏)을 가지고 와 우리말로 번역하여 72권으로 엮어 내는 등 불교를 크게 진흥시켰다. 신라는 불교수용에 대하여 처음에는 여러 신하들이 반대하였으나, 이차돈 순교를 계기로 527년(법흥왕 14년) 불교가 공포되었다. 이후 신라 최초의 사원으로 흥륜사가 창건되었고, 원효·의상 등 위대한 학승들의 노력에 의하여 신라 불교는 크게 진흥하면서 초기에 겪었던 외래사상이라는 거부감을 서서히 극복하고, 국민들의 정서 속에 자리 잡기 시작하였다. 또 신라 말엽에는 선종이 도입되어 구산선문(九山禪門)이 일어나 왕실과 백성들은 불교를 통한 이상세계의 건설을 동경하게 되었는데, 선종은 그 실천을 위한 사상적·이론적 기반을 제공하였다.

---

112) 이 두 사찰은 우리나라 최초의 사찰로 알려져 있다.

고려 때에는 태조 왕건이 왕위에 오르면서 고려를 건설하게 된 것은 오직 불법의 힘이라 믿고 깊이 불교에 귀의하였다. 그는 나라의 번영을 위해 더욱 불교를 옹호하는 한편, 많은 사탑을 세우고 불사를 크게 일으켰다. 특히 신불(信佛)의 기준으로 훈요십조를 지어서 팔관회와 연등회 등을 국가적인 대 제전으로 개최하였다. 이와 같이 고려 불교는 국가적인 후원 아래 비약적인 발전을 거듭하여 광종 때는 국가의 최고 고문으로 국사·왕사 제도를 실시하였고, 958년(광종 9년)에는 승과제도를 창설하여 승려들을 등용하였다. 각 종파별로 승과에 응시하여 합격한 승려들은 대선(大選)을 거쳐 대덕(大德)이라는 품계를 받게 되었는데, 교종인 경우 승통(僧統), 선종은 대선사(大禪師)라는 지위를 주었다. 그러나 광종 이후 귀족문화가 발달하면서 불교는 점차 사치와 타락으로 기우는 등 불교의 폐해가 노정되자, 비판의 대상이 되기 시작하였다. 이에 따라 고려 말엽에 이르러서는 배불분위기가 더욱 고조되었다. 주로 유학자들 사이에서 일기 시작한 불교비판은 교리보다는 승려들의 현실적인 타락이 대상이 되었다. 배불사상은 조선의 개국과 더불어 더욱 구체화되어 억불숭유를 국가정책으로 삼기에 이르렀다.

조선 초기의 역대 왕들은 유학을 크게 일으키고 불사를 억제하였다. 불교에 대한 억불책으로 사찰 수를 제한하고 불교종파를 줄이는 정책을 병행해 나갔다. 태종은 11개 불교 종파를 7종으로 강제 통합시켰고, 주요 사찰 242개소 이외의 절은 모두 폐쇄시켰다. 또한 도첩제도를 강화하여 일반인들의 출가를 억제하였다. 그 후 세종은 7종으로 통합된 불교종파를 다시 선·교 양종으로 통합시켰다. 이에 따라 사원의 수는 급격히 줄어들었고, 토지소유도 제한하여 불교는 한때 존폐위기에 처해지기도 하였다.

그러나 세조가 등극하면서 숭불정책이 다시 되살아났다. 그는 원각

사·복천암 등을 복원하고 간경도감을 설치하여 많은 불서를 간행하였다. 그러나 얼마 후 조선의 불교는 큰 전환점을 맞는 사건이 일어났다. 즉, 1592년(선조 25년)에 발발한 임진왜란이었다. 조선은 무방비 상태에서 순식간에 한양까지 점령당하여 왕은 의주로 피신하고 백성들은 도탄에 빠지는 등 나라가 풍전등화의 위기에 처하였다. 이 때 묘향산에서 수도하고 있었던 서산대사는 의승군을 조직하여 왜군들을 격퇴시키는데 큰 기여를 하였다. 또 그의 제자 유정 사명당은 평양성 탈환에 큰 역할을 하였고, 훗날에는 서산대사를 대신하여 8도 16종 도총섭(都摠攝)의 직책을 맡아 승군을 지휘하였다. 그는 임진왜란이 끝난 후 일본으로 건너가 평화조약을 성립시키고, 조선포로 3천여 명을 귀환시키는 등 큰 공을 세웠다. 전란이 끝난 후에도 승군들은 무너진 도성(都城) 복구 사업 등에 적극 동참하는 등 국난극복을 위해 헌신적으로 노력한 결과, 종전의 불교에 대한 부정적인 인식이 바뀌는 계기가 되었다.[113]

이제 지리산과 관련된 주요 불교인물들을 살펴보기로 한다.

선종(禪宗)

선종이란 부처님의 뜻을 인간의 본래 성품에서 찾으려는 사상이다. 선종사상은 영취산에서 석가가 설법 중에 연꽃을 들어 제자들에게 보였을 때, 제자 가섭(迦葉)만이 그 뜻을 알고 미소를 지은 염화미소[拈華示衆]로부터 그 사상의 기원을 찾을 수 있다. 이 선종 사상은 인도 선종 28대 달마가 중국 남·북조시대 때(양무제) 중국으로 넘어 와 개조(開祖)가 되면서 중국의 선종이 시작되었다. 중국의 선종은 제33대조인 육조혜능에 이르러 남종선과 북종선으로 나뉘어졌다. 우리나라에는 신라 제36대 혜공왕 때 신행(神行)과 도의(道義)에 의해서 처음 전래된 것으로 알려져 있다. 도의에 의해 전래된 선사상은 남종선 계통이었는데, 이후 고려 초 홍적·범일·혜철·무염·도윤·도헌·현욱·이엄 등에

---

113) 진주시사편찬위원회, 『진주시사』 하권, 1995, pp.285~292에서 주요내용 참조.

의하여 구산선문(九山禪門)이 개창되었다. 이 중 홍척은 구산선문 최초로 남원 실상사에서 선종을 크게 일으키며 실상학파를 이루었다. 이 선종사상은 좌(참)선에 의하여 돈오(頓悟)할 수 있다고 본다. 그 외로 정법안장(正法眼藏)·열반묘심(涅槃妙心)·실상무상(實相無相)·미소법문(微笑法門)·불립문자(不立文字)·교외별전(敎外別傳)·직지인심(直指人心)·견성성불(見性成佛) 등을 요체로 하고 있다.114)

나. 주요인물

1) 진감국사(774～850)

진감국사는 774년(신라 혜공왕 10년) 전주 금마(金馬)에서 태어났다. 속성(俗姓)은 최씨, 법명은 혜소(慧昭)이었다. 집안이 가난하여 시장 한 모퉁이에서 생선 장사를 하며 부모를 공양하였다. 부모가 돌아가시자 혼자 흙을 져다 무덤을 만드는 등 어려서부터 효성이 지극하였다.

진감은 31세 때(804년, 애장왕 5년) 출가하였다. 출가 후 중국 당나라에서 선풍이 크게 발흥하고 있다는 소식을 듣고, 같은 해 조공사신[歲貢使]을 따라 당나라로 갔다. 창주(滄州)에서 마조(馬祖) 문인 신감(神鑑)115)을 찾아가 그로부터는 심법(心法)을, 또 다른 마조문인 지장(智藏)으로부터는 심인(心印)을 전수받았다.116) 이후 부단한 정진과 수행을 계속하여 810년(헌덕왕 2년) 하남성 숭산(嵩山)에 있는 소림사에서 구족계를 받았다. 또 섬서섬 종남산(終南山)117)에 들어가 3년간 참선하였으며, 그

---

114) 『철학개론』, 연세대출판부, 1983, p.261.

115) 신감은 남종선 경전인 『열반경(涅槃經)』에 뛰어났다 한다. 진감은 그곳에서 같은 신라에서 온 도의(道義)를 만났는데, 도의는 신행(神行)과 함께 중국 선종을 신라에 전해 왔다.

116) 하동군지편찬위원회, 『하동군지』 상권, 1996, p.83.

후에는 현 하남성 함곡관 근처인 자각(紫閣)길
거리에서 짚신을 만들어 3년 동안 오가는 사
람에게 보시·고행하는 등 여러 곳을 다니면
서 실천적이고 독자적인 선 수행을 하였다.

진감은 830년(흥덕왕 5년) 당나라로 유학간
지 27년 만에 귀국, 왕과 신도들을 교화하여
신라 역대 왕들의 존경을 받았다. 처음에는
경북 상주 장백사(長栢寺)에서 주석(駐錫)[118]하
고 있었는데, 장백사에 있는 동안 문도가 급
증하며 사세(寺勢)가 커지자, 지리산 서·남쪽
자락인 하동군 화개면 운수리에 머물며 옥천

▲진감국사 영정(쌍계사 국사암)

사(玉泉寺)[119]란 절을 세워 중국 남종선의 전파도량으로 삼았다.

또 그는 당나라에서 귀국할 때 범패(梵唄)[120]라고 하는 불교음악을
최초로 도입해옴으로써, 한국 불교음악의 선구자가 되었으며, 이에 따
라 쌍계사는 불교음악의 중심지가 되었다. 이후 신라는 종래 화엄경 위
주의 포교방식에서 벗어나 범패, 즉 염불선이라고 하는 또 다른 포교형
태가 나타나게 되었다.

그는 한결같이 소박하고 꾸밈없는 성품으로 대중과 함께 수행하다 850
년(문성왕 12년) 쌍계사에서 세수 77세, 법랍 41세로 입적하였다. 헌강왕
(49대)은 '진감국사(眞鑑國師)'라는 시호를 추증하였다. 그 후 887년 정강
왕은 '대공영탑(大空靈塔)', 즉 '진감선사대공탑비(眞鑑禪師大空塔碑)'[121]

---

117) 현 섬서섬 서안 근처에 있는 산임.

118) 선종에서 승려가 입산하여 안주하거나, 포교하기 위하여 특정 사찰이나 지역에 한
동안 머무르는 것.

119) 현 쌍계사 전신.

120) 부처의 공덕을 찬양하는 노래로서, 인도에서 처음 시작되었다 한다.

를 세워 주어 그의 행장과 사상 등을 후세에 전하게 하였으며, 절 이름도 '쌍계사'라 내려 주었다. 진감은 위 쌍계사외에도 경북 구미시 수다사, 상주시 북장사와 남장사, 전북 익산시 남원사, 전북 임실군 죽림암 등도 창건한 것으로 알려져 있다.

2) 서산대사(1520~1604)

서산대사는 1520년(중종 15년) 3월 평남 안주(安州)에서 태어났다. 여신은 아명, 운학은 일종의 별명이었다. 그는 부모 나이 50세 때 태어났는데, 9세에 어머니를, 10세에 아버지를 여의면서 고아가 되자, 1531년 (12세, 중종 26년) 안주 목사 이사증이 양자로 삼고 서울로 데리고 가 성균관에 입학시켰다.

1534년(15세, 중종 29년) 사마시(司馬試)에 낙방하자, 동학들과 어느 고을 원으고 부임한 스승 빅싱을 만나기 료나으고 떠났다. 그끄기 미킨 스승은 모친상을 당해 서울로 돌아간 바람에 만나지 못하게 되자, 그들은 지리산 유람에 나섰다. 반 년간 지리산의 화엄동(華嚴洞)·연곡동(燕谷洞)·칠불동(七佛洞)·의신동(義神洞)·청학동(靑鶴洞) 등 명소를 구경하며 크고 작은 절들을 찾아보았다. 그러다가 숭인장로(崇仁長老)를 만나게 되어 불교경전을 접하게 되었고, 이어 화개 원통암(圓通庵)에서 출가하게 되었으며, 숭인장로의 소개로 부용영관(芙蓉靈觀, 1485~1571)의 행자가 되었다.[122] 21세가 되던 1540년에는 지리산 삼정산에 있는 도솔암으로 가서 수행한 뒤, 다시 화개로 돌아와 삼철굴암(三鐵窟庵: 상·중·하

---

121) 국보 제47호로서 비문과 글씨 모두 최치원(崔致遠)이 썼다. 자경(字徑) 2, 3cm의 해서체(楷書體)이며, 귀부(龜趺)와 이수(螭首) 및 비신(碑身)을 완전히 갖춘 탑비로서, 최치원의 이른바 사산비명(四山碑銘) 중 하나이다.

122) 하동군,『서산대사 유적지 복원·정비사업 기본계획 수립』, 2008, p.3.

철굴암)에서 세 철을 보내고, 대승암(大乘庵)에서 두 철을 보낸 다음, 의신(義神) · 원통(圓通) · 원적(圓寂) · 은신암(隱神庵) 등의 여러 암자에서 3년을 보냈다.[123] 그리고 어느 날 낮에 닭이 우는 '생명의 소리'를 듣고 깨달았다. 그 후 33세 되던 1552년에는 주위 사람들의 권유로 부활된 승과시험에 응시하여 합격하였다.[124] 합격 후 중선(中禪)을 거쳐 1555년 선교양종판사(禪敎兩宗判事)가 되어 3년을 역임하였고, 1556년부터는 왕실과 인연이 깊은 봉은사(奉恩寺) 주지직을 2년간 겸직하였다.

그러나 얼마 후 모든 직책을 사직하고 금강산으로 들어갔다가, 1560년 지리산으로 다시 돌아와 화개동천 신흥계곡 위에 있는 피폐한 내은적암(內隱寂庵)을 다시 중수하고, 당호를 청허원(淸虛院)이라 지은 다음, 그곳에서 3년여간 머물면서 『삼가귀감(三家龜鑑)』[125]을 집필하였다. 그러나 이 책이 완성된 후 발간하기 위해 산청 단속사로 가져가 목판각을 만들었으나, 1568년 당시 단속사에 머물고 있었던 성여신이란 유생이 불태워버리자 지리산을 떠나 묘향산으로 갔다. 그리고 1589년에는 정여립이 일으킨 반란에 참여했다는 누명을 쓰고 옥에 갇혔다. 그러나 곧 누명이 벗겨져 풀려났으나, 모든 직책을 사양하고 금강산으로 들어갔다. 3년 후 73세 때인 1592년(선조 25년)에 임진왜란이 일어나 평안도 의주로 몽진하였던 선조는 서산대사에게 도움을 청하였다. 이에 대사는 전국의 사찰에 격문을 보내 왜적과 싸울 것을 호소하자, 사명(四溟)과 영규(靈圭) 등 그의 제자들이 부응하여 승군이 궐기하였다. 선조는 대사를 '팔도십육종도총섭(八道十六宗都摠攝)'으로 임명하였다. 대사는

---

123) 위의 책, p.122.
124) 위의 책, p.269.
125) 선가(禪家 · 불교), 유가(儒家 · 유교), 도가(道家 · 선교)에서 귀감이 될 내용들을 뽑아 모아 엮은 책.

▲ 서산대사 영정(전남 해남 대흥사)

노구를 무릅쓰고 송운(松雲)·처영(處英) 등 제자들과 더불어 7천여 명에 달하는 승군을 이끌고 8도 선교 19종 도총섭(都總攝)이 되어 명나라 군과 함께 평양성을 탈환하는 등 통일신라시대부터 시작된 호국불교의 전통을 계승하였다.

1594년 서울이 회복되자, 노구의 대사는 선조에게 제자 유정(사명대사)을 추천하며, 사직의 뜻을 진언하자, 선조는 허락하며 '일국도 대선사 교도총섭 부종수 교보등계 존자(一國都 大禪師 敎都摠攝 扶宗樹 敎普登階 尊者)'라

는 시호를 내렸다. 사직 후 다시 묘향산에 들어 와 있다가 1604년(선조 37년) 원적암(圓寂庵)에서 세수 85세, 법랍 65세로 입적하였다. 그는『선교석(禪敎釋)』·『선가귀감(禪家龜鑑)』 등의 선서(禪書)와『운수단(雲水壇)』·『삼가일지(三家一指)』 각 1권, 시문집인『청허당집(淸虛堂集)』 8권의 저술을 남겼으며, 제자 송운유정(松雲惟政, 1544~1610)·편양언기(鞭羊彦機, 1581~1644)·소요태능(消遙太能, 1562~1649) 등이 대사의 법통을 이어 나갔다.

대사는 생전에 선·교양종[126]을 통합하고자 하였으며, 나아가 불교·유교·도교는 궁극적으로 일치한다는 관점에서 삼교통합론을 주장하기도 하였다.[127] 또 한편으로는 우리 국조인 단군과 국선도를 존중하고

---

126) 서산대사는 선(禪)·교(敎)에 대하여, '선(禪)은 부처님의 마음이고, 교(敎)는 부처님의 말씀이다(禪是佛心 敎是佛語)'라고 하여 선·교에 대한 수많은 정의 중 가장 정곡을 찌르는 정의를 내렸다. 앞의 책, p.606.

127) 하동군, 『서산대사 유적지 복원·정비사업 기본계획 수립』, 2008, p.201.

계승하고자 하였다. 이와 같은 단군사상은 민족 주체의식으로 승화되어 임진왜란을 맞아 적극적인 호국활동을 하게 된 사상적 배경이 되었을 것으로 추측된다.

3) 부휴선수(1543~1615)

부휴선수(浮休善修)는 1543년(중종 38년) 전북 오수(獒樹)에서 태어났다. 속성은 김씨, 호는 부휴(浮休), 법명은 선수(善修)이었다. 15세 때 부모의 허락을 얻어 지리산으로 들어가서 신명(信明)의 제자가 되었고, 그 뒤 부용영관(芙容 靈觀)의 법을 이었다. 그는 유학 등 사상을 구별하지 않고 폭넓은 독서를 하였으며, 학식·덕행·글씨가 뛰어나 당시 사명유정(四溟 惟政)과 함께 '이난(二難)'[128]이라고 불리기도 하였다. 그 뒤 덕유산·가야산·속리산·금강산 등에 있는 명찰에서 더욱 수행·정진하다가, 서울로 가서 당시 시(詩)·서(書)·문(文)에 뛰어났던 노수신(盧守愼)의 장서를 7년에 걸쳐 모두 읽었다 한다.

그가 1584년(선조 17년) 지리산 화엄사에서 대장경을 강설하자, 많은 승도들과 대중들이 모여 법문을 들었으며, 이로 인해 화엄사상이 세상에 크게 발현되었다. 또 화엄사 창건주 인도승 연기존자가 수도한 곳으로 알려진 반야봉(般若峰) 아래 묘향대라는 토굴에서 참선을 하기도 하였다. 그 후 임진왜란 때 덕유산 초암에 머무르고 있는 동안, 칼을 휘두르는 왜적 수십 명을 만났다. 그러나 차수(叉手)하고 태연부동히 서있자 왜적들은 매우 기이하게 여겨 절한 뒤 물러 갔다. 임란 이듬해에는 사명당의 추천으로 승병장이 되어 승군을 지휘하기도 하였으며, 가야산 해인사에 머무르고 있을 때에는 명나라 장군 이종성(李宗城)이 일본으

---

128) 상대하기 어려운 두 고수라는 뜻.

로 가다 해인사에 들러 선사의 법문을 듣고는 큰 감화를 받아 며칠 동
안 해인사에 머무르기도 하였다. 임란 후 1609년 송광사 요청으로 부휴
는 제자 벽암 각성 등 400명의 제자를 거느리고 가 송광사를 대대적으
로 중수하였다. 1612년(광해군 4년)에는 제자 벽암(碧巖)과 함께 지리산
어느 절에서 주석하고 있는 동안 어떤 광승(狂僧)의 무고로 투옥되기도
하였다. 그러나 곧 무죄가 판명되어, 광해군이 내전으로 초빙하여 설법
을 청하여 듣고는 크게 기뻐하였다. 설법이 끝나자, 광해군은 가사와
푸른 비단장삼과 비단바지 각각 한 벌씩과 금강석 염주 하나와 진완(珍
玩)을 하사하였다. 1614년 조계산에서 지리산 칠불암(七佛庵)으로 거처
를 옮겼으며, 다음해 7월 제자 각성(覺性)에게 법통을 전하였다. 그리고
세수 73세, 법랍 54년 때인 그해 11월 1일, 임종게를 남기고 입적하였
다. 나라에서는 '부휴당 부종수교변지 무애추가 홍각대사 선수등계 존
자(浮休堂 扶宗樹敎辨智 無礙追加 弘覺大師 善修登階 尊者)'라는 시호를 내
렸다. 그의 부도는 송광사를 비롯해서 해인사·칠불사·백장사 등에 세
워졌다. 문하에는 7백여 명의 제자가 있었는데, 그 중에서도 벽암 각성
(碧巖 覺性)·뇌정 응묵(雷靜 應默)·대가 희옥(待價 希玉)·송계 성현(松溪
聖賢)·환적 인문(幻寂 印文)·포허 담수(抱虛 淡水)·고한 희언(孤閑 熙彦)
등 7파가 유명하였다. 이들은 후에 스승의 각종 시·기문을 모아『부휴
당집』을 펴냈다.[129] 부용영관에 이르렀던 조선불교의 법맥은 그의 양
제자인 부휴선수와 서산대사가 이어 받았고, 이후 양대 문중으로 계승
되어 나갔다.

---

129) 화개면지편찬위원회,『화개』화개면지 상권, 가람출판사, 2002, pp.640~643.
   http://blog.daum.net/gawggnam. http://image.search.daum.net/dsa/

▲ 겁외사(劫外寺) 근경(겁외사 종무소)

4) 성철스님(1912~1993)

성철스님은 1912년 4월 10일 경남 산청군 단성면 묵곡리에서 출생하였다. 아명은 영주(英柱)였는데, 일찍이 청소년시절부터 신학문에 많은 관심을 가졌다. 그러던 어느 날 우연히 지나가던 노승으로부터 영가(永嘉)대사의 「증도가(證道歌)」를 받아 읽고, 홀연히 심안이 밝아짐을 느꼈다. 이제까지 찾아 헤매던 구도의 길이 거기에 있음을 발견하고 거듭 읽으며, 천착하기 시작하였다. 그 후 스님은 구도의 길은 수행정진에 있다 생각하고 거사의 신분으로 현 산청군 삼장면 유평리에 있는 대원사 탑전에 들어가 불철주야 용맹정진하였다. 그 후 여러 사찰 선원에서 안거하는 등 수도·정진하다가 주위 사람들의 권고로 마침내 가야산 해인사에서 출가하여 백련암의 하동산 스님을 은사로 모시고 수계득도하

▲겁외사 전경과 생전의 성철스님 모습(『산청군지』 하권, 2006)

였다. 이로부터 10여 년간 금강산의 마하연 선원·수덕사의 정혜선원·
천성산의 내원선원·통도사 백련선원·고성의 안정토굴·파계사 성전
암 등에서 수도하였다. 이렇듯 부단한 수행 중 29세가 되던 해 동화사
금당선원에서 정진 하던 중 깨달았다.[130] 오도 후 해인사 초대방장과
제6대 조계종 종정을 역임하였으나, 세속적인 직책과 상관없이 항상
출가 수행자의 본분을 철저하게 지켰다.[131]

　그의 사상은 저서 『선문정로(禪門正路)』에서 피력하였듯이, 깨달음과
수행에 '돈오돈수설(頓悟頓修說)'이란 입장을 견지하였다. 또 광복 이후
성철스님은 청담스님과 함께 정화불사(淨化佛事)[132]를 위해 많은 노력

---

130) 오도송(悟道頌)은 다음과 같다. "황하수 서쪽으로 거슬러 흘러 곤륜산 정상에 치솟
　　아 오르니, 해와 달은 빛을 잃고 땅은 꺼져 내리도다. 문득 한 번 웃고 머리를 돌려
　　서서 보니, 청산은 예와 같이 흰 구름 속에 서 있네(黃河西流崑崙頂 日月無光大地沈
　　遽然一笑回首立 靑山依舊白雲中)."
131) 해인사 웹사이트에서 주요내용 참고.
132) 정화불사는 일정시대부터 시작되었다. 다만 일정시대의 정화불사가 수도승으로서

을 하였으며,[133] 1993년 11월 해인사에서 세수 82세 때 입적하였다. 조계종은 성철스님을 기리기 위해 2001년 3월, 산청군 단성면 묵곡리 생가 자리에 겁외사(劫外寺)를 지었다.

5. 문화·예술의 고장

가. 개설

지리산은 지후물박(地厚物博)하여 인물과 물산(物産)이 풍부한 데다 3개 도에 걸쳐 있어 각 지역마다 독특한 문화와 예술이 발달하였다. 예를 들어 지리산 동·남쪽 산청과 북·서쪽 함양에서는 유학적 학문전통이 옛날부터 이어져 오고 있다. 이 중 산청의 남명 선생은 한국 유학에 대한 인식을 새롭게 하는 데 큰 역할을 하였다. 이는 서산대사기 종교 이전에 '민족'이라는 근본을 우선하여 호국정신과 민족정신을 발현함으로써, 한국불교의 위상을 드높인 일과 같다고 할 수 있다. 현재 산청군 시천면(덕산)에 있는 덕천서원·남명선생기념관과 같은 남명 선생 유적지에서는 여러 기념사업과 문화행사를 통해 남명 선생의 학행일치와 경의정신을 기리고 있다.

서·남쪽 하동에서는 이병주와 같은 수많은 문인들이 배출되었을 뿐만 아니라, 박경리의『토지』와 같은 소설작품의 배경이 되었다. 악양면

의 본분에 충실하여 타락한 승풍을 진작시키는 데 주안점을 두었다면, 광복 후의 정화불사는 일정시대를 통하여 이미 뿌리내린 대처승들을 사찰로부터 몰아내고 비구승들이 수도도량을 되찾기 위한 목적으로 추진되었다. 성철스님과 청담스님은 철저한 수행과 계율의 준수를 통해서 내적인 충실을 기하는 것이 정화불사의 첩경이라고 보아 수행승으로서의 전범을 보여주었다.

133) 산청군지편찬위원회,『산청군지』상권, 2006, pp.850~851.

　평사리를 배경으로 쓰인 박경리의 소설 『토지』는 구한말에서 현대로 넘어 오는 한국사회의 전환기를 배경으로 일가족의 파란만장한 가족사를 엮어내었다.

　북쪽 남원 지역에서는 춘향전·흥부전을 비롯한 귀중한 고전문학과 국악(판소리)·칠기(목기)가 발달하였다. 운봉 지역 송흥록으로부터 시작된 송씨 가문에서는 국악(판소리) 전통이 시작되어 오늘날 한국 판소리의 부흥과 발전에 큰 기여를 하였으며, 같은 남원 산내면 백일리 실상사 앞마을에서 발달한 칠기(목기)공예는 계승자들의 장인정신에 의해 오늘날까지 한국 목공예의 전통이 전승되어 가고 있다.

　이제 지리산권 내에서 발달하였던 문화와 예술을 칠기(목기)공예·지리산 차(茶)·국악·문학 등으로 구분하여 살펴보면 다음과 같다.

니. 무요 시늭

1) 칠기(목기)공예

　칠기(漆器)의 주원료인 옻칠은 낙엽활엽교목인 옻나무 수피에서 채취되는 수액이다. 이 옻칠은 회백색(灰白色) 유상액(乳狀液)으로 단맛과 떫은맛이 난다. 옻칠액의 주성분은 옻산(Urushiol)[134]인데, 이는 공기 중의 산소와 결합하면 효소반응에 의하여 견고하게 굳어지면서 도막(塗膜)을 형성한다. 이것이 곧 옻칠이다.

　옻칠 원액을 얻게 되는 옻나무(Rhus Verniciflua Stokes)는 중앙아시아 티베트 및 히말라야 고원지대가 원산지인 것으로 알려져 있다. 전세계적으로 옻나무과 식물은 약 70속 6백여 종 정도가 있는 것으로 알려져

---

134) 천연칠(天然漆)에 함유되어 있는 우루시올(칠산, 漆酸/Urushiol) 함량이 많을수록 질량이 좋다고 한다.

있으나, 이 중 옻을 채취할 수 있는 수종은 겨우 몇 종에 불과하다.

옻나무는 우리나라에도 함경북도를 제외한 전국에 걸쳐 분포하고 있는데, 옻나무·개옻나무·덩굴 옻나무·붉나무·검양 옻나무·산검양 옻나무 등의 종류로 나뉜다. 옻칠액은 고무나무에서 고무 원액을 채취하듯 옻나무에서 유백색의 진을 얻는데 이것이 옻칠 원액이다. 주로 여름철에 옻나무 줄기 껍질에서 목질(木質)까지 홈을 낸 다음 칠액구(漆液溝)를 만들어 흘러나오게 하여 채취한다. 이 원액을 생칠(生漆)이라 하는데, 이 생칠에서 수분을 제거한 후, 용도에 따라 가공·정제시킨 것을 정칠(精漆) 또는 제칠(製漆)이라 한다.

옻칠의 가장 두드러진 특성은 탁월한 방부성이다. 피도체(被塗體)의 표면에 막(膜)을 형성하는 페인트나 락카와 같은 현대의 도료들과는 달리, 옻칠은 나무의 세포까지 깊이 스며들기 때문에 단단한 막이 형성되어 부식을 방지해 준다. 또 강산이나 강알칼리에도 견뎌내어 피도체가 수천년간 땅속에 묻혀 있어도 썩지 않도록 보호해 준다.

이 외에도 옻칠은 내열·방수·내구·살균·내염·방충·절연·방음·부착성[135]도 뛰어나다. 이러한 특성 때문에 한국과 중국, 일본 등 동양에서는 선사시대부터 식기와 같은 생활도구나 무기류 등에 옻칠을 입혔고,[136] 현대에 들어와서는 각종 가구·금속·미술공예, 악기·불교용

---

135) 옻은 접착성이 강하여 접착제로도 쓰였는데, 낙랑과 가야의 고분에서 옻으로 접착한 돌화살촉이 발견되기도 하였다.

136) 옻칠도 중국에서 처음 시작된 것으로 알려지고 있다. 절강성(浙江省) 하모도유지(河姆渡遺址)에서는 7천여 년 전의 주칠(朱漆)목기가 출토되었는데, 그 시기가 청동기나 도기(陶器)보다도 오래된 것으로 판명되었다. 또 기원전 3세기 춘추시대 초(楚)나라 때 사용되던 것으로 보이는 칠기들이 호남성 장사 부근과 하남성 낙양 교외의 금촌(金村)에서 발굴되었다. 중동에서는 멀리 고대 이집트 제18왕조 제12대 소년왕 투탕카멘(Tutankhamen, 재위: B·C 1361~1352)의 유적(무덤)에서도 옻칠을 한 목재 의자와 옷상자가 발굴되기도 하였다. 한반도에서도 청동기시대 때 토기표면에 옻

▲초갈이 모습(『NEWS TIMES』, 2001), 백기상태의 목기(지리산국립공원 북부사무소), 옻칠하는 모습(『NEWS TIMES』, 2001)

품 등의 도료로 광범위하게 사용하고 있다.

우리나라에는 낙랑시대 때 전래된 것으로 알려진 옻칠은 전북 남원 지역에서 특히 발달하였다. 특히 남원시 산내면 백일리 실상사 앞 마을 에는 인접한 지리산에 목재자원이 풍부하였을 뿐만 아니라, 한때 대가 람이었던 실상사에서 목기 수요가 많았기 때문이었다. 이 지역 주변 지 리산에는 옻칠이 주원료인 옻나무 위에 목기 제조에 적합한 문프레나 무·박달나무·느릅나무·노각나무·오리나무 등 단단한 재질과 독특 한 향, 그리고 아름다운 나무결을 갖고 있는 목재들이 많이 생산되어 이 지역은 조선시대부터 정교하고 질 좋은 칠기 특산지가 되었다.

목기의 자재는 용도에 따라 다르다. 사찰용 바루는 은행나무, 제기는 물푸레나무나 자작나무, 일반 밥그릇은 노각나무, 밥통은 오리나무를 주로 사용한다.

그리고 목기를 만드는 데는 보통 8단계의 제조과정을 거치게 된다. 우선 원목을 초벌깎기 한 다음 '귀도리'를 하게 된다. 이는 원목을 용도 에 따라 자른 뒤 네 귀를 도려내는 것을 말한다. 다음엔 '초갈이'로 나무

칠을 하였으며, 삼국시대 유적에서도 흑칠을 한 토기가 출토되었다. 이어 옻칠은 삼 국시대를 거쳐 고려의 나전칠기, 조선시대 각종 목공품에 사용되었다.

를 깎아 만들고자 하는 목기의 최초 모습을 만든 다음, 다섯 달 이상 음지에 말리는 '음건(陰乾)'을 한다. 잘 마르면 모양을 가다듬어 외형을 완성시키는데, 옻칠을 입히기 전에는 '백기(白器)'라 한다.[137] 그 다음부터 옻칠을 하는데, 초칠에 이어 삽입칠, 사포질을 한 다음, 재칠부터 다섯 번에 걸친 칠과 상매칠을 거쳐 완성된다.

칠기(목기)는 오래될수록 더욱 은은하고 아름다운 색상으로 변하며, 우아한 외양(外樣)으로 오랜 세월 동안 한국인들의 사랑을 받아왔다. 또 품격 있고 고풍스러운 모습 때문에 제사, 잔치 등 격식을 갖춰야 할 자리에 사용되어 왔으며, 현재는 한국의 미를 대표하는 목공예 중의 하나가 되었다. 현재 이 마을에서는 김을생 선생(전라북도 무형문화재 제13호, 옻칠장)을 비롯한 많은 장인들이 칠기의 전통을 이어가고 있다.

2) 지리산 차(茶)

동백나무과 상록 관엽수에 속하는 차는 중생대 말기에서 신생대 초기에 생겨난 것으로 추정되고 있다. 원산지는 미얀마의 이라와디강 상류지역으로 알려지고 있으며, 점차 중국의 남동부·인도차이나·아삼(Aasam) 지역으로 전파되었다.

차는 중국의 남·동부에서 많이 생산되는 잎이 작은 중국계와, 아삼 또는 북 미얀마에서 많이 생산되는 잎이 크고 넓은 아삼계로 나뉜다. 중국계는 온대, 아삼계는 열대를 대표하는 차로서, 동남아시아에서부터 점차 여러 나라에 보급되어, 북·남미지역에서는 아르헨티나·브라질의 산투스 부근·칠레·페루의 안데스 산악지대에서 재배가 되고 있고, 19세기에는 일부 국가의 주요 산업이 되기까지 하였다.[138]

---

137) 뉴스타임즈, 『NEWS TIMES』, 2001, pp.82~83.

▲차 밭(하동군청 웹사이트)

차를 마시기 시작한 유래는 인류 문화만큼이나 오랜 시대로 거슬러 올라간다. 가장 먼저 차를 마시기 시작한 민족은 중국 민족인 것으로 알려지고 있다. 중국은 차의 기원이 매우 오래되어 약 4천 년 이전부터 차를 마셔온 것으로 알려져 있다.139)

차의 성전(聖典)으로 알려진 중국 육우(陸羽, 733~804)가 쓴 책『다경(茶經)』에는, 중국의 전설적인 황제 신농(神農)이 처음 차를 발견하고, 그때부터 마시기 시작했다는 내용이 있다. 신농은 어려서부터 산 속을 돌아다니면서 수많은 잡초를 직접 먹어 보고 몸에 이로운 것과 독이 있는 것을 구별하였다. 독이 있는 잡초를 먹었을 때 그것을 해독하기 위해 여러 가지 풀잎을 먹어 보았는데, 그때 찻잎을 먹고는 찻잎 속에 해독작용이 있음을 알고 세상에 널리 알렸다.

이후 서서히 많은 사람들이 음료로 마시게 되었으며, 독특한 차문화로까지 발전하게 되었을 것으로 보고 있다. 이렇게 유래된 중국의 차문

---

138) 이 차문화는 한때 국제간의 전쟁원인이 되기도 하였다. 즉 18세기(1830년대) 서세동점(西勢東漸)의 시대, 중국 청나라의 차가 영국에까지 유행하면서 차를 수입하여 소비하던 영국이 차 수입대금으로 은이 중국으로 대량 유출되자, 영국은 이를 만회하기 위하여 인도에서 수입한 아편을 대량으로 중국으로 되팔았다. 이에 중국인들의 아편중독이 심화되는 등 전제왕조에 심각한 위기가 되자, 청은 영국상선으로부터 아편을 압수하여 불태우는 등 강력히 수입(밀수)규제를 하자, 양국 간에 아편전쟁이라는 무력(武力)전쟁이 발발하였다.

139) 한족을 포함하여 54개의 민족으로 구성된 중국은 현재 각 민족과 지역마다 고유의 차문화를 가지고 있다. 양자강 이남지역은 녹차나 홍차를, 산동성 이북의 북쪽지역은 자스민차, 복건성과 광동성은 우롱차, 티벳 등의 서쪽지역은 떡차나 벽돌차를 즐겨 마시고 있는 것으로 알려져 있다. http://www.buddhapia.com/_Service/

화는 우리나라와 일본, 또는 멀리 서양에까지 전파되어 각자 독특한 차문화가 형성되었다.

우리나라 차의 기원에 대해서는 ① 우리나라 자생설과 ② A.D. 48년경 신라 김수로왕의 왕비인 허황옥이 인도에서 처음으로 차 종자를 가져와 김해 지역에 심었다는 설(남방 전래설), ③ 신라 흥덕왕 때 대렴이 왕명으로 당나라에서 차 종자를 가져다가 지리산에 심었다는 설(중국 전래설)이 있다.

즉 하나는 가락국(駕洛國) 건국신화와 함께 시작되었다. 서기 48년 가락국 수로왕에게 시집오는 야유타국 허공주가 5월, 리만해류를 타고 인도를 출발하여 7월 27일 김해 별진포에 상륙하였는데, 수행원 20여 명과 같이 비단·금·은 패물 등과 함께 싣고 온 차나무 씨앗을 김해지역에 처음 심었다 한다.

또 하나는 7세기쯤 신라 선덕여왕(632~647) 때 중국으로부터 차가 처음 전래되어 마시기 시작하였으나, 재배는 흥덕왕 때부터 시작된 것으로 보고 있다. 즉 828년(흥덕왕 3년) 당에서 돌아온 사신 대렴(大廉)이 소엽종(小葉種) 차 종자를 가져오자, 그것을 중국의 원산지인 화남지방과 기후조건이 비슷한 지리산에 심게 하였으며, 이때부터 차가 널리 재배되기 시작한 것으로 보고 있다.140)

우리나라는 일본과 함께 세계에서 맨 먼저 차가 전래된 국가로 신라 말기와 고려시대에 차문화가 매우 번성하였다. 고려시대 때 차는 국가 공신들에게 주는 하사품 중의 하나였으며, 또 다방(茶房)이라는 기구를

---

140) 『삼국사기』 신라본기, 서기 828년(흥덕왕 3년)조. 화개면지편찬위원회, 『화개』 화개면지 상권, 가람출판사, 2002년, pp.377~378에서 재인용. 지리산시배지설에 대하여는 현 구례 화엄사 뒤편 장죽전(長竹田)이라는 '화엄사 시배설'과 화개 쌍계사 입구라는 '쌍계사 입구설'이 있다. 위의 책, pp.376~378.

두어 제사·외국사신 영접·태자 책봉·혼례 등 국가적인 행사에 다례를 행하였다고 한다.141) 그리고 일반 백성들도 명절에 조상에게 다례를 지냈는가 하면,142) 불교가 성행함에 따라 사찰에서도 많은 차가 소비되었다. 이와 같이 사회 전반적으로 차를 마시는 풍습이 크게 유행됨에 따라 다구(茶具) 수요가 많아져 고려청자라는 세계적인 도자기 예술이 발달하는 데 영향을 주기도 하였다. 그러나 조선시대에 들어와, 억불정책에 따라 불교와 같이 성행하였던 차 문화도 쇠퇴하여 일부 승려들이나 학자들에 의해 겨우 명맥을 유지하게 되었다. 조선시대 대표적인 다인(茶人)으로는 서산대사·다산 정약용·추사 김정희·초의선사 등을 들 수 있다. 그 중 초의선사(1786~1866)는 대흥사 뒷산 일지암(一枝庵)에 다신전을 짓고, 1837년 오랜 기간 경험해 온 차 맛을 토대로『동다송(東茶頌)』이란 차에 관한 저서를 남겼다.143)

현재 지리산차는, 구례군에서는 피아골과 화엄사 기슭에서, 하동군에서는 화개면과 악양면에서 많이 생산되고 있다. 2005년도 기준 전구 총생산량 3,624톤 중 구례군은 약 7.5%인 270톤을, 하동군은 약 14%인 503톤을 생산하였으며, 하동군 생산량 중 화개면(365톤)과 악양면(120톤)에서 96%가 생산되고 있다.

특히 하동차는 2009년 8월 7일 일본 시즈오카 오차노사토 박물관에서 열린 '세계녹차콘테스트'에서 최고금상과 금상을 수상하여 품질 우수성이 전 세계에 알려졌다. 위 대회는 한국·중국·일본·스리랑카 등 총 117곳이 출품하였는데, 하동 지리산 차천지(대표 이수동-악양면 정서리)의 '유기농 하늘담은 떡차'가 최고 금상을 수상하였고, 하동 선우다

---

141) 우리나라에서 찻집을 다방이라 하게 된 것도 여기에서 유래되었다 한다.

142) 지금의 차례라는 말의 어원.

143) http://www.hgreent.or.kr/

▲2009 세계녹차콘테스트 최고금상작 유기농 하늘담은 떡차(좌)와
심사위원들이 출품된 차를 평가하는 모습(우)

농(대표 김용식–악양면 매계리)의 '선우 우전녹차', 다인산방(대표 김종일
–화개면 용강리)의 '황로담', 조태연가(대표 조윤석–화개면 운수리)의 '죽
로우전'과 '이슬발효 우리차'가 금상을 수상하였다. 이 세계 녹차콘테
스트는 주로 일본에서 개최되는 대규모 명차대회 중이 하나로, 일본·
중국·프랑스 등에서 온 여러 분야의 전문가로 구성된 심사위원들이
차의 품질뿐만 아니라, 창조성·기능성·콘셉트의 명확성 등을 평가한
다. 이 대회는 소비자들에게 차의 매력을 알리는 동시에, 차소비를 세
계적으로 널리 촉진시키고자 하는 목적으로 열리고 있다. 이번에 출품
한 한국차에 대해서는 소비자들에게 구매욕구를 높일 수 있는 독특한
아이디어 등에 많은 점수가 주어졌다. 특히 수제차의 우수성, 한국차
의 특징인 뛰어난 색·향·미, 한국적인 아름다운 포장이 높은 평가를
받았다. 이러한 하동차의 세계대회 수상은 그동안 명품차를 생산하기
위해 하동군이 실시한 하동차 생산자 아카데미 등 꾸준한 교육과 생산
업체들이 노력한 결과였다.[144]

▲녹차화전(하동군청 웹사이트)

◀이수동 씨가 받은 상장 모습(상장표지(좌))

차의 기원

신농씨(神農氏)가 처음으로 차를 알게 된 유래에 대해서는 다음과 같은 전설이 전해지고 있다. 신농시대 때는 의사가 없었기 때문에 병자들은 약초를 구해서 끓여 마시곤 하였다. 신농씨가 하루는 병자들을 치료하기 위해 큰 나무 아래서 불을 지펴 물을 끓이고 있는데, 차나뭇잎 몇 잎이 솥 안으로 떨어지면서 연한 황색을 띠었다. 신농이 그 물을 마셔 보니 맛이 쓰고 떫었으나, 뒷맛이 달며 해갈 작용과 더불어 정신을 맑게 하는 효과가 있음을 알게 되었다. 이때부터 차는 질병치료용이나 음료용으로 마시게 된 것이 차의 기원이 되었다 한다.[145]

일본의 다도

일본은 다도(茶道)라 불리는 일본 고유의 독특한 차 문화가 전해져 오고 있다. 특히 도요토미 히데요시 시대의 고승인 센노리큐라는 사람이 다도를 집대성하여 다도의 보급과 대중화에 큰 기여를 하였다. 일본은 전통적으로 잘 가꾸어진 정원에 다실을 두고, 엄격한 분위기로 다도를 행하고 있다. 보통 주인이 문 앞에 꿇어 앉아 손님을 맞이하는데, 손님이 무사나 군인일 경우에는 반드시

---

144) 하동군-하동녹차연구소. http://www.hgreent.or.kr

145) http://k.daum.net/qna/view.html?category_id

무기를 다실 밖에 설치한 시렁에 걸어두고 들어오게 함으로써, 다실 내는 분위기를 평화롭게 만들고 있다. 또 어떤 집에서는 다실 문 밖에 손님이 손을 씻을 수 있도록 대야에 물을 준비해 두는 경우도 있다. 손님이 다실에 들어온 뒤에는 주인과 손님은 서로 절을 하면서 주인은 손님의 방문에 감사를 하고, 손님은 주인의 초청에 고맙다는 인사를 한다. 그리고 나서 손님은 다실 벽에 걸어둔 그림이나 글씨, 꽃꽂이 등을 감상하고 주인은 차를 끓여 대접한다.[146)

3) 국악

가) 구례 향제줄풍류

전남 구례(求禮) 지방에서 전승되어 지고 있는 현악영산회상(絃樂靈山會相)이란 기악곡을 구례 향제줄풍류라 한다. 영산회상이란 여러 음악이 조곡(組曲)되어 구성된 합주곡을 말하는데, 일명 풍류(風流)[147)라고도 한다. 영산회상은 현악기가 중심이 되어 실내에서 연주하는 것과 관악기가 중심이 되어 실외에서 연주하는 것이 있는데, 전자를 줄풍류 또는 현악영산회상이라 하고, 후자를 대풍류 또는 관악영산회상이라 한다. 영산회상은 본래 조선 초기에 팔관회와 같이 궁중축제에서 궁중악사들이 둥글게 돌며 '영산회상불보살'이라는 노래를 부르던 성악곡이었다. 이것이 기악화 되고 후대로 내려올수록 여러 변주가 생겼으며, 다

---

146) http://www.buddhapia.com/_Service/

147) 풍류라 함은 8~15개의 곡으로 연이어 짜여 있는 영산회상을 말한다. 이는 여러 음악이 연이어서 연주하게끔 짜여 있는, 이를테면 서양음악에서 조곡형식(組曲形式)으로 만들어진 기악곡과 유사한 것이라 할 수 있다. 풍류라는 이름은 옛날 각 지방의 풍류객들이 영산회상을 연주한 곳인 풍류방에서 비롯되었다 한다. 풍류방에 모이는 사람들을 율객(律客)이라고 하는데, 이들은 계조직을 만들어 풍류방을 운영하며 한 번씩 정기적으로 모여 며칠간 풍류음악을 즐기고, 서로 친목을 도모하기도 하였다. 영산회상은 본래 조선 전기에 궁중축제 때 궁중악사들이 부르던 영산회상불보살이라는 성악곡이었으나, 후대로 내려오면서 노래 없이 연주만 하며 다른 곡들이 덧붙여졌다.

른 곡들이 덧붙여지면서 적게는 8개, 많게는 15개의 풍류로 구성되었다. 그리고 이 풍류는 현악기가 중심이 되는 줄풍류와 관악기가 중심이 되는 대풍류로 나뉘었다. 줄풍류는 다시 서울에서 전승되던 줄풍류를 경제(京制)줄풍류, 지방에서 전승되던 줄풍류를 향제(鄕制)줄풍류라 하는데, 연주법에서 약간 달랐다.[148] 향제줄풍류는 또 지방에 따라 영제풍류·완제풍류·내포제풍류 등으로 나뉘며, 약간씩 다른 특성을 갖고 있다.

풍류, 즉 영산회상은 조선 초기 나례(儺禮)라는 궁중 축제에서 영산회상불보살(靈山會相佛菩薩)이라는 불교 교리를 담은 노랫말을 붙여 부르던 성악곡이었으나, 후에 기악곡으로 변하여 조선 후기 우리나라의 대표적인 합주곡이 되었다. 관악 영산회상과 현악 영산회상은 조선 중기쯤에 분화되었으며, 현악 영산회상 즉, 줄풍류는 조선 후기에 와서 다시 겹세줄풍류와 양세줄풍류로 나뉘있다.

줄풍류는 실내에서 조용히 연주하는 음악이므로 거문고·가야금·양금·대금·단소·세(細)피리·해금·장고와 같은 악기들 중 음량이 적은 현악기들이 중심이 되고, 관악기는 현악기를 보조해 주는 역할을 한다. 그래서 관악기도 되도록 음량을 적게 하여 연주하고 피리도 가늘고, 음량이 작은 세피리를 쓴다. 거문고의 "슬기둥" 하는 은은하고 꿋꿋한 음이 드문드문 대점을 쳐주는 가운데 피리·대금·해금이 장식하듯이 선율을 수놓으며 길게 뻗음으로써, 조용하고 우아한 음률을 만들어 나간다.

---

148) 향제줄풍류는 처음에 다스름이 있고 끝에 굿거리가 따르나 경제줄풍류는 그것이 없다. 또 서로 각 장의 장단구분도 약간 다르고 선율이 변주되는 부분이 있다. 경제줄풍류는 염불의 2장 후반부분부터 빠르게 몰아 연주하지만, 향제줄풍류는 약간 느릿하다. 경제줄풍류의 단소가락은 잔가락이 많고 화려하지만, 향제줄풍류의 단소가락은 대금가락과 거의 같다. 또 경제줄풍류 가락은 좀 뻣뻣한 느낌이 있지만, 향제줄풍류 가락은 농현이 더 굵고 흥겹다.

또 구례향제줄풍류는 다스름(調音)·상영산(上靈山=본영산)·중영산(中靈山)·세영산(細靈山=잔영산)·가락덜이·삼현도드리(三絃還入)·잔도드리(細還入)·하현도드리(下絃還入)·염불(念佛)·타령(打令)·군악(軍樂)·계면(界面)·양청(兩淸)·우조(羽調)·굿거리와 같은 15곡으로 구성되어 있다.

줄풍류는 본풍류·잔풍류·뒤풍류로 나뉘는데, 다스름에서 중영산까지를 본풍류, 세영산에서 군악까지를 잔풍류, 계면가락 도드리에서 굿거리까지를 뒷풍류라 한다. 본풍류는 한없이 느려 은은하고 유유자적하며, 잔풍류는 약간 빨라서 유장하고 꿋꿋하며, 뒷풍류는 밝고 화창하다. 이 음악을 모두 연주하는 데는 약 80분 정도가 걸린다.

줄풍류는 우아한 예술을 즐기는 풍류객들이 손수 악기를 타며 즐기던 조용하고 기품 있는 음악으로서, 주로 상류사회에서 즐겼다. 예전에는 고장마다 줄풍류가 연주되었으나, 대부분 맥이 끊어졌고, 현재는 서울의 경제줄풍류와 구례의 구례 향제줄풍류, 그리고 익산·정읍의 익산향제줄풍류로 계승되고 있다.

줄풍류의 대가 전추산(全秋山 : 일명 全用先)제 단소·대금·가야금의 특성이 잘 나타나고 있는 구례 향제줄풍류는 과거, 김무규(金茂圭) 선생이 중심이 된 원불교회주단(圓佛敎會奏團)이 전승·보급했다. 그러나 현재 경제줄풍류는 국립국악원에서 전승시키고 있으나, 향제줄풍류는 전승이 어려워 1985년 9월 1일 중요무형문화재 제83호로 지정하여 보존하고자 하고 있다. 1987년에는 이 구례 향제줄풍류가 중요무형문화재 제83-가호로 지정되어 전남 구례에 사는 김무규 선생과 전북 익산에 사는 강낙승(姜洛昇) 선생이 그 기(예)능 보유자로 지정되었다. 1994년 김무규 선생 타계 후 현재 구례향제줄풍류는 보존회 회장인 단소예능 보유자 이철호 선생을 중심으로 전주조교 5명, 이수자 18명, 전수자 22명이 전승·보급하고자 노력하고 있다.149)

▲제5회 국립민속국악원 학술 향제줄풍류 비교 공연 모습(2005.9, 위)과
구례향제줄풍류보존회원들(아래)

149) 문화재청(http://www.cha.go.kr/korea/heritage/)
　　자료제공 : 구례향제줄풍류보존회.

나) 남원 판소리

남원은, 과거에는 순창·구례 등까지 모두 남원문화권에 속하여 호남지역 '지리산문화권'의 중심이었다. 이 남원에서는 춘향가·흥보가 등 우리나라의 귀중한 고전소설이 만들어졌을 뿐만 아니라, 판소리 동편제가 시작된 예술의 고장이다. 판소리는 노래를 부르는 형식으로 이야기하는 우리 민족 고유의 전통 국악장르 중의 하나로서, 소리·창극(唱劇)·극(劇)·우희(優戲)·극가(劇歌) 등과 같이 여러 가지 명칭으로 불렸다. 이 판소리는 내용이 극적이어서 연극과 유사하나, 대화 및 지문으로 구성되어 있는 데다 사설이 정형화되었다는 점에서는 소설과도 비슷하다.

또 판소리는 일반적으로 한두 사람에 의한 개인 창작이 아니고, 여러 사람에 의해 만들어지고 전해 내려오는 점에서, 구비문학(口碑文學)의 일종이라 할 수 있다. 그러나 민중 모두가 그 창작에 참여할 수 없고, 전문적인 소리꾼에 의해 발전되었다는 점에서는 일반적인 구비문학과 차이점이 있기도 하다.

판소리는 창자(唱者)인 소리꾼이 곧 판소리의 작자층인데, 당시의 신분제 사회에서는 천민층이었기 때문에 서민을 대표하는 예술이었다. 그러나 19세기말 무렵에는 민중뿐만 아니라 좌상객(座上客)이라 부르는 양반 관료층까지 즐겨하는 예술로 발전하였다. 또 판소리 사설에는 고전 한문학에서 유래된 구절과 서민층이 쓰는 일상적 용어들이 함께 등장하며, 정제된 어휘 못지않게 풍자·해학·패러디(parody) 등 골계적인 표현들도 많다.

판소리가 형성된 시기는 대개 18세기 초(숙종 말~영조 초)이며, 최초의 대본은 1754년(영조 30년)경에 쓰인 『만화본 춘향전(晚華本 春香傳)』인 것으로 알려져 있다. 판소리의 역사는 흔히 3시기로 구분된다. 제1기는 형성기인 영·정조시대로서, 사회·경제적 발달과 함께 서민층이 부상하여 12마당 판소리가 만들어졌다. 또 최선달, 하한담 등의 명창이 나와 판소리의 기틀을 다졌다. 그 뒤 제2기는 신재효가 활동했던 19세기 말 무렵의 전성기이다. 이때는 소리꾼들의 사회적 지위가 향상되었으며, 대본이 소설로도 출간되어 널리 읽혔다. 순조 이후에는 권삼득·송흥록150)·모흥갑 등의 명창이 나와 판소리 부흥에 크게 기여하였으며, 조선 말엽 신재효는 체계 없이 불리던 광대소리 12마당을 판소리 6마당으로 정리하였다. 제3기는 쇠퇴기로서, 일정시대가 되면서 판소리도 점차 쇠퇴되기 시작한 20세기 이후이다.

판소리는 창법에 따라 유파를 달리한다. 판소리 창법의 유파를 '대가닥' 또는 '제(制)'라고도 하는데, 창자간의 사승(師承) 관계에 의해 전승되었다. 판소리의 유파는 크게 동편제(東便制)·서편제(西便制)·중고제(中高制)로 구분된다. 가왕(歌王)이라 불린 송흥록의 법제를 기준 삼아 운봉·구례·순창·흥덕 등 주로 섬진강 동쪽 지역에서 흥행하였던 창법을 **동편제**라 한다. 그리고 박유전의 법제를 표준으로 하여 광주·나주·보성 등 섬진강 서쪽 지역에서 불렸던 창법을 **서편제**라 한다. 또 경기도와 충청도를 중심으로 불렸던 염계달·모흥갑의 법제를 **중고제**라 한다. **동편제 창법의 특성**은 뱃속에서 우러나오는 듯한 정중웅건(鄭重雄健)한 우조(羽調)의 특성을 갖고 있어 힘차고 거세다. 이 동편제의 특징은 발성이 무거운 데다 소리의 꼬리를 짧고 분명히 끊어준다. 또한 리듬도 단조로우며 담백하다. 그러나 남성적이고 고졸한 특성을 갖는

---

150) 최초의 남원 소리꾼은 송흥록이다. 송흥록은 19세기 전반기에 활동한 소리꾼인데 가왕이라 일컬어졌다. 송흥록은 남원 운봉 비전에서 태어났으며, 후에 철종으로부터 정삼품 벼슬인 통정대부를 받았다. 이 비전마을은 고려 말 이성계가 왜구를 크게 무찌른 전적지로서, 황산대첩비가 있는 동네이기도 하다. 송흥록이 생존하였던 19세기 전반에는 양반·중인·부호층 등이 판소리의 주요 향유층으로 등장하였다. 송흥록은 진양조를 완성한 우조를 판소리에 도입함으로써, 골계미뿐만 아니라, 장중미와 비장미까지 잘 표현하였다.

동편제에 비해, **서편제**는 맑고 섬세하여 여성적인 맛이 있다. 즉, 동편제의 장중한 맛과는 달리 서편제는 음색이 곱고 부드러운 계면조(界面調)의 특성을 갖고 있으며, 수식과 기교가 많아 듣는 사람의 마음을 애절하게 한다. **중**

▲송홍록선생 생가 모습(남원 문화원)

고제(中古制)는 위 양자의 중간적인 특징을 갖고 있는데, 주로 서울·경기·충청 지역에서 불렸으며, 가볍고 경쾌하며 점잖다. 그러나 이 중고제는 서편제보다 동편제 소리에 가까우며, 첫소리를 평평하게 시작하여 중간을 높이고 끝을 다시 낮추어 끊는다. 이 밖에 **강산제**[151]라고 하는 보성지역 판소리도 있는데, 이는 동편제 소리에다 서편제를 가미하여 좋은 점만을 따서 만들었으나, 대체로 동편제소리에 가깝다.

전북 남원의 운봉지역은 신라 말엽 옥보고가 운봉 옥계동에서 거문고를 연주하면서부터 국악의 고장이라는 전통이 시작되었다. 이 지역은 경상도와 전라도를 잇는 교통 요지인 데다가, 넓은 들이 펼쳐져 있어 풍요롭고 살기 좋았다. 이 마을 중 특히 운봉 읍내와 장교리는 2천여 년의 오랜 마을역사를 가지고 있다. 또 운봉의 비전마을은 이성계의 황산대첩 이후 명소가 되어 많은 사람들이 방문하였다. 자연경관이 좋은 데다 풍요로우며, 사람들이 많이 찾다 보니 삶이 윤택해져 자연히 판소

151) 전북 순창 출신 박유전(1835~1906) 명창이 그 시조이며, 보성군 강산리로 이사하여 살면서 소리를 했다. 따라서 강산리(岡山里)라는 지명을 따서 강산제(岡山制)라고 하기도 하고, 대원군이 그의 소리를 듣고 '천하제일 강산(江山)'이라 칭찬하였다 해서 강산제(江山制)라고도 한다.

리와 같은 풍류음악이 발달하였
다. 뿐만 아니라 운봉 지역 주변
지리산 내에는 정령치 근처의
선유폭포나 구룡폭포, 옥계동
등과 같이 소리공부하기 좋은
곳이 많아 명창들이 많이 배출
될 수 있는 자연적인 조건을 잘
갖추고 있었다.

▲ 운봉에 있는 국악전시관(남원시청)

　그리하여 이 운봉 비전마을
에서는 동편제 판소리의 창시자이자 가왕(歌王)이라 불린 송흥록(宋興
祿)과 인간 문화재였던 박초월(1916~1984) 명창이 태어났다. 송흥록의
소리는 아우이자 자신의 고수였던 송광록—송광록의 아들 송우룡—송우
룡의 아들 송만갑[1865~1939. 송우룡과 송만갑 부자(父子)는 구례 출신]으
로 이어져 우리나라 판소리계의 태두가 되었다. 그들로부터 동편제라
고 하는 창법이 나왔고, 그에 따라 운봉은 동편제의 원고장이 되었다.
이후 김정문·이화중선·장재백·박초월·배설향·강도근·안숙선·강정
숙·전인삼·이난초 등의 명창과, 대금의 명인 강백천, 가야금병창의
명인 강순영·오갑순·강정렬 등 수많은 국악인들이 배출되었다. 이들
은 지리산 북부자락의 이곳 운봉 및 남원을 국악의 고장으로 발전시키
는 데 큰 기여를 하였다.

　현재 운봉마을에는 국악성지가 조성되어 전시체험관·국악 한마당·
납골묘·사당·독공장·야생화 단지 등이 만들어졌고, 2008년에는 옥
보고의 묘역 등이 설치되어 운봉 출신 국악인들을 기리며, 국악의 계
승·발전을 위해 후진들을 양성하는 교육의 장으로 활용하고 있다.[152]
판소리는 현재 중요 무형문화재 제5호로 지정되었다.

4) 문학

우리나라의 유사 이래 수많은 명사들이 유람하거나 은거하기 위하여 지리산을 찾아 들어왔다. 유람 후, 또는 지리산에서 살면서 자연히 그들은 지리산의 풍광을 읊거나 지리산에 대한 감회, 또는 지리산 지역에서의 삶을 시·산문·소설과 같은 형식으로 묘사하였다. 그에 따라 지리산권에서는 오랜 역사가 흐르면서 다양한 문학작품들이 만들어졌다.

우선, 신라 때에는 지리산과 덕유산 중간의 육십령 고개에 기거하고 있었던 도적떼들을 문학적으로 표현한 「영재우적(永才遇賊)」이라는 작품이 『삼국유사』에 실려 있기도 하다. 이후 조선 세조 때 이륙(李陸)이란 사람이 1463년 8월, 지리산을 유람 후 「유지리산록(遊智異山錄)」이란 최초의 기행문을 남긴 것을 비롯하여, 김종직(유두류록, 1472)·남효온(지리산일과, 1487)·조식(유두류록, 1558)·유몽인(유두류산록, 1611)·조위한(유두류산록, 1618)·허목(지리산기, 1640)·김창흡(영남일기, 1708)·유문룡(유천왕봉기, 1799)·황현(유방장산기, 1876)과 같은 수많은 지식인들이 지리산 기행문을 남겨 1969년까지만도 거의 100여 편에 이르는 유산기(遊山記)가 전해져 오고 있다.[153] 지리산 관련 시(詩)는 이루 다 헤아릴 수 없을 정도로 많은 작품이 있으며, 소설로는 조선 초 김시습이 남원 만복사를 배경으로 남녀의 순수한 사랑이야기를 엮어 나간 한문소설 『만복사저포기』가 전해져 오고 있다. 그리고 조선 후기에 와서 지리산 북부, 즉 남원 지역에서 우리나라의 대표적 고전문학으로 꼽히는 『춘향

---

152) 남원시청 http://www.namwon.go.kr. 김해영, 『음반으로 보는 남원동편소리의 전통과 세계』, 남원문화원 자료.
　　http://cafe.daum.net/chmysalang/3rrQ/37.
　　http://cafecj.daum-img.net/flash/copyClipboard.swf
153) 강정화·최석기, 『지리산, 인문학으로 유람하다』, 보고사, 2010, pp.22, 30, 257~262.

전』・『흥부전』・「변강쇠타령」이 만들어지기도 하였다. 또 지리산 북・서부 남원 서봉방(棲鳳坊)154)에서 태어난 김삼의당(金三宜堂, 1769~1823)이란 여류시인은 지리산을 대상으로 한 것은 아니나, 260여 편에 이르는 한시작품을 남겨155) 남원 지역의 혼불문학을 만들기도 하였다.

현대에 들어와 김동리는 『역마』라는 작품을 통해 쌍계사 입구 화개장터를 무대로 역마살이 낀 주인공들의 떠돌이 생활을 그리며, 일본의 자본침탈에 의해 붕괴되어 가는 조선시대 서민들의 모습을 다루었다. 또 뱀사골 마뜰마을을 배경으로 한 오찬식의 『마뜰』, 문순태의 『피아골』과 『철쭉제』, 김주영의 『천둥소리』도 모두 지리산 기슭에서 발생하였던 비극적인 사실들을 테마나 소재로 하였다.

특히 1948년경부터 시작된 지리산 빨치산 사건은 우리나라의 현대사 중 가장 비극적인 사건 중의 하나였다. 1970년대 이병주의 『지리산』은 본격적으로 지리산 빨치산 사건을 형상화하였으며, 1980년대 이태의 소설 『남부군』은 작가 자신이 체험하였던 지리산 빨치산 활동을 소설화 하였다. 1980년대 분단문학의 대표작이었던 조정래의 대하소설 『태백산맥』은 여・순사건부터 휴전 성립 시까지 전남지방과 지리산을 무대로 주인공들의 다양한 삶을 묘사하였다. 그러나 암울하였던 이 빨치산 사건을 배경으로 한 지리산 관련 문학 작품들은 한때 좌・우 이데올로기적 진통을 겪기도 하였다. 또 김성종의 『여명의 눈동자』는 일정시대와 해방, 그리고 6・25전쟁을 시간적 배경으로 하여 일정시대 때 정신대로 끌려간 인물들이 역사의 소용돌이 속에서 겪는 비극적 운명을 그렸다. 작품의 주요 무대는 물론 지리산이었다.156) 박경리는 경남 하

---

154) 현 교룡산성 서남 기슭.

155) 남원문화원, 『김삼의당의 생애와 시문학 연구』, 호남인쇄소, 1991, p.8.

156) 김명수, 『지리산』. http://www.cyworld.com/shocksis/30385에서 주요내용 참고.

동군 악양면 평사리를 지리적 배경으로, 일정을 전·후로 한 한국사회의 전환기를 시대적 배경으로 하여 『토지』라는 장편소설을 썼는데, 우리나라의 현대문학에서 주요한 비중을 차지하는 이 작품이 갖는 문학적 의의는 다음과 같다.

○ 박경리의 『토지』

박경리의 소설 『토지』는 25년에 걸쳐 써서 1994년 탈고한 대하소설로서, 4만여 매의 원고지에 6백만여 자로 쓰였다. 줄거리는 갑오 동학난 등이 일어나 수백년간 유지되어 온 조선시대의 봉건질서가 뿌리부터 흔들려 혼란스러웠던 구한말로부터 시작하여 일정의 식민지를 거쳐 해방에 이르기까지 60여 년간을 시간적 배경으로 하였고, 경남 하동군 악양면에 있는 평사리라는 작은 마을을 공간적 배경으로 하였다. 이 평사리 마을에서 시작된 이야기의 발단은 이후 지리산·진주·통영·서울·간도·만주·일본·중국 등지로 활동무대를 넓히면서 이야기 줄기와 가지를 뻗었다. 물론 『토지』보다 더 길고 넓은 시·공간을 무대로 한 작품들은 국내·외에 얼마든지 있겠으나, 『토지』처럼 격동시대 한 가족의 삶의 모습을 온축한 작품은 흔치 않다. 이 『토지』는 분량 면에서 장편이었을 뿐만 아니라, 우리나라 근대 역사를 웅대한 스케일로 펼쳐 나갔다. 이 작품은 가족사 소설로서, 문벌 겸 재벌로 1백여 년 넘게 평사리에서 군림하였던 대지주이자, 양반이었던 최참판댁의 몰락 과정을 그렸다. 4대에 걸쳐 일어난 최참판댁 가족의 가정사 묘사를 통해, 구한말 혼란스러웠던 우리 민족의 비애를 대변하였다.

▲소설 『토지』의 가상공간인 최참판댁 앞에서 바라본 평사리 들판 모습(하동군청 웹사이트)

▲최참판댁 전경(하동군청 웹사이트)

이『토지』는 작가의 상상력에 의해 내용이 전개되었으나, 인간의 근원적이고 보편적인 삶의 본질과 일제의 억압에 의해 굴절되었던 당시 우리 민족의 현실들을 담아내었다. 뿐만 아니라 각 지방 사투리와 속담, 격언 등을 다양하게 구사함으로써, 우리말의 정서를 풍부하게 살려[157] 국어학에서도 큰 의의를 남겼다.

▌박경리『토지』의 줄거리

하동군 악양면 평사리라고 하는 전형적인 한국 농촌을 공간적 배경으로 하고, 조선 말을 시간적 배경으로 하였다. 이 소설은 개인의 본질적이고 내면적인 갈등과 인간관계를 다루면서 나아가 당시 우리 민족 전체의 공통적인 문제를 서사적이고 종합적으로 엮어나갔다. 구한말 흉년·동학란·경술국치·의병 활동 등 다양한 시대적 상황들을 배경으로, 양반이자 지주이었던 최참판댁과 그와 관련된 친지·소작인·노비들 사이에서 일어난 살인·간음·전염병 등의 사건을 다룸으로써, 전환기 우리나라 전통사회의 갈등을 파노라마처럼 엮어나갔다. 줄거리는 다음과 같다.[158]

제1부는 1897년부터 1910년 경술국치 직전까지 13년간 경남 하동군 악양면 평사리라는 마을을 무대로 하여 대지주 최참판댁과 마을 농민들의 생활을 연대기적으로 다루었다. 이야기의 발단은 5대째 대지주로 내려오는 최참판댁에서 며느리인 별당아씨가 하인 구천이(일명 김환)와 눈이 맞아 도망친 데에서 시작한다.

제2부는 제1부의 끝에서 약 3~4년을 건너뛴 1911년부터 약 6~7년간의 간도 생활을 서술하고 있다. 평사리로부터 간도의 용정으로 옮겨 간 최서희·김길상·이용·김영팔·월선이·임이네·관술네·김훈장·이상현 등의 간도 생활과 이들보다 먼저 와서 독립운동에 가담한 이동진, 김평산의 아들로서 일제의 앞잡이 노릇을 하고 있었던 김두수 등의 생활을 그렸다. 그리고 평사리에서 가져온 금괴를 판 돈으로 장사하여 어렵지 않게 간도의 용정에서 자리 잡고 거부가 된 얼마 후, 조준구에게 빼앗긴 재산과 잃어버린 명예를 되찾기 위해

---

157) 최참판댁 정문 안내문 참조.
158) http://cafe.daum.net/bkm47에서 주요내용 참고.

▲하동군에서 2001년 악양면 평사리에 건축한
소설『토지』의 가상공간 최참판댁 내 사랑채

온갖 어려움을 무릅쓰고 귀국한 최서희의 이야기를 엮었다.

제3부는 최서희 일행이 간도에서 고향으로 돌아간 이후의 사건을 묘사하였다. 즉 3·1운동이 일어난 해인 1919년 가을부터 이후 몇 년 동안의 사건들을 전개시켰는데, 네 가지 부류의 인물들을 주 대상으로 하였다. 첫째는 평사리와 진주를 중심 무대로 삼고 있는 옛날(1부) 주요 인물들의 후일담이고, 둘째는 서울을 주요 무대로 하며, 이상현과 교우관계에 있었던 지식인들의 삶이다. 셋째는 김환과 혜관스님을 주축으로 지리산 이남에서 활약하고 있었던 독립운동가들의 생활이고, 넷째는 길상이와 공노인의 활동무대인 간도와 만주로 간 망명객들의 생활이었다.

제4부는 1939년 태평양전쟁을 일으키기 위해 일본이 식민지 조선에 지원병제 실시계획을 발표하고, 장고봉에서 일·소 국경분쟁이 일어나기까지 수년간의 역사를 엮어 나갔다. 황도과 청년장교들의 국가개조 요구사건, 만주에서의 한·중 농민 충돌사건이었던 만보산 사건, 윤봉길의사의 천장절 폭탄투척 사건, 괴뢰정부 만주국의 건국, 중국의 국·공 합작, 일본군에 의한 중국 남경 대학살사건 등을 배경으로 이야기가 펼쳐졌다.

제5부는 1940년부터 1945년까지의 일본의 식민지 말기상황을 배경으로, 일정의 말기적 폭압과 전쟁 속에서 초로를 맞이한 세대들의 회의와 침잠, 그리고 지혜와 품격을 여러 인물을 통해 묘사하였다. 또 유장하게 흐르는 세월의 무게와 혼란스러운 시대의 힘에 떠밀려 힘겹게 살아 온 세대들의 현실을 폭넓게 그려 나갔다.

6. 역사유적지

가. 개설

지리산은 넓은 지역이라는 공간과 오랜 세월이라는 시간과 맞물려 단일 산으로서는 다음 〈표 1〉과 같이 전국 최대의 역사유적지가 분포되어 있다. 이 책에 수록한 지리산권 내 역사유적은 크게 왕릉(구형왕릉)·불교유적지(사찰)·목화시배유지(문익점 선생 유적지)·남사 고가마을(예담촌)·고택(운조루)·남악사로 분류할 수 있다. 이 중 지리산 북·동쪽 산청군 금서면 화계리 왕산 기슭에 있는 구형왕릉은 거의 1천여 년 가까이 무엇인지 모른 채, 전해내려오다 조선 중기쯤에 와서야 가락국 마지막 왕 구형왕릉이라는 사실이 밝혀졌다. 또 1천여 년 이상 된, 지리산 내 유서 깊은 주요 사찰들은 건물 자체뿐만 아니라, 경내에 귀중한 문화재(국보, 보물)들을 간직하고 있다. 이 사찰들은 한국 불교에서 차지하는 비중이 막중할 뿐만 아니라, 한국인들의 정서에 깊은 영향을 끼쳤다. 그리고 지리산 동·남쪽 산청군 단성면 사월리에 있는 목화시배유지는 우리나라 백성들에게 의류혁명을 가져다 준 문익점 선생의 유적지이다. 문익점 선생은 고려 말 원나라에 갔다가 목화의 중요성을 알고 귀국할 때, 원나라 국외반출 금지품목이었던 목화씨를 위험을 무릅쓰고 들여와 전국에 보급함으로써, 수천 년 동안 겨울 추위에 떨었던 백성들에게 따뜻한 '솜옷'을 입히는 커다란 공헌을 하였다. 이에 대한 보답으로 태종을 비롯한 조선조 왕들은 높은 벼슬과 시호를 추증함으로써, 백성들을 대신하여 선생의 공덕을 기렸다. 마지막으로 구례군 토지면에 있는 조선시대 고택 운조루는 우리나라의 건축사에서 귀중한 사료가 되고 있다. 무엇보다 그곳에는 운조루 주인이 어려운 이웃들에게 온정을 베풀었던 아름다운 나눔의 정신이 깃들어 있는 곳이다.

위와 같은 지리산 내 문화유산은 주로 불교유산이 큰 비중을 차지하고 있다. 특히 화개동천과 왕시루봉, 그리고 현재의 화엄사 계곡에 이르는 지리산 서·남자락에는 수많은 사찰이 있었던 것으로 알려지고 있다. 예를 들어 화엄사만 해도 신라 말 창건 당시에는 8원(院) 81암(庵) 규모의 대사찰이었다 하나, 임진왜란 때 왜군들의 방화로 일시에 모두 소실되었다. 우리나라 건축물들의 주요 자재는 목재이기 때문에 화재에 취약한 데다, 수많은 내전과 이민족의 침입으로 인하여 귀중한 건축물과 보물들이 파괴되거나 약탈되었다. 그 중 칠불사·연곡사·화엄사·대원사·쌍계사·실상사와 같은 사찰들은 복원되었으나, 나머지 수많은 사찰들은 복구되지 못한 채, 절터 등 흔적마저 잊혀 가고 있으며,159) 국보급 보물들은 외국(예: 일본)이 더 많이 소장하고 있는 실정이다. 이제 지리산권 내에 분포한 역사·문화 유적을 살펴보면 다음과 같다.

〈표 1〉 지리산권 역사·문화자원 현황(2010. 9. 30 기준)160)

구분		수량	문화자원
지정	국 보	7	화엄사 각황전앞석등(12), 화엄사 사사자3층석탑(35), 쌍계사 진감선사대공탑비(47), 연곡사 동부도(53), 연곡사 북부도(54), 구례 화엄사 각황전(67), 화엄사 영산회괘불탱(301)
	보 물	34	실상사 수철화상능가보월탑(33), 실상사 수철화상능가보월탑비(34), 실상사 석등(35), 실상사 3층석탑(37), 실상사 증각대사응료탑(38), 실상사 증각대사응료탑비(39), 남원 실상사 철조여래좌상(41), 화엄사 동5층석탑(132), 화엄사 서5층석탑(133), 연곡사 3층석탑(151), 연곡사현각선사탑비(152), 연곡사 동부도비(153), 구례 연곡사 소요대사부도(154), 구례 화

159) 서산대사가 처음 출가하고 수도한 곳으로 알려진 화개동천 내 원통암이나 내은적암 등이 그와 같은 경우이다.

160) 국립공원관리공단 자원보전팀-2047, 「국립공원 역사·문화자원 현황(2010, 3/4분기)」, 2010. 10. 4.

		엄사 대웅전(299), 화엄사 원통전전사자탑(300), 쌍계사부도 (380), 법계사 3층석탑(473), 하동 쌍계사 대웅전(500), 천은 사 극락전 아미타후불탱화(924), 쌍계사 팔상전 영산회상도 (925), 석남암수석조비로자나불좌상(1021), 구례 화엄사 화엄 석경(1040), 대원사 다층석탑(1112), 내원사 3층석탑(1113), 산 청 대포리 3층석탑(1114), 개령암지마애불상군(1123), 천은사 괘불탱(1340), 화엄사서5층석탑사리장엄구(1348), 쌍계사 대 웅전삼세불탱(1364), 쌍계사 팔상전 팔상탱(1365), 화엄사 대 웅전 삼신불탱(1369), 하동 쌍계사 목조석가여래삼불좌상 및 사보살입상(1378), 구례 천은사 금동불감(1546), 구례 화엄사 목조비로자나삼신불좌상(1548)
사 적	2	실상사일원(309), 구례 화엄사(505)
명 승	2	지리산 화엄사일원(64), 지리산한신계곡일원(72)
중요민속자료	1	남원 실상사 석장승(15)
천연기념물	9	구례 화엄사 올벚나무(38), 매류[323, 붉은배매새(323- 2), 새매(323-4), 매(323-7), 황조롱이(323-8)], 올빼미·부엉 이류[324, 올빼미(324-1), 솔부엉이(324-3), 소쩍새(324 -6)], 하늘다람쥐(328), 반달가슴곰(329), 수달(330), 지리 산천년송(424), 두견(447), 구례 화엄사 매화(485)
시도 유형문화재	24	쌍계사 석등(28), 쌍계사 일주문(86), 쌍계사 팔상전(87), 쌍계사 명부전(123), 쌍계사 나한전(124), 쌍계사 육조정상 탑전(125), 쌍계사 천왕문(126), 쌍계사 금강문(127), 쌍계 사소장불경책판(185), 쌍계사 삼장보살탱(384), 쌍계사 팔 상전신중탱(385), 쌍계사 국수암 아미타후불탱(386), 하동 쌍계사 사천왕상(413), 하동 쌍계사 범종(479), 하동 쌍계사 감로탱(480), 산청 대원사 신중도(361), 산청 대원사 강희신 사명반자(362), 칠불사 아자방지(144), 화엄사보제루(49), 화엄사 구층암 석등(132), 천은사 극락보전(50), 천은사 삼 장탱화(268) 실상사 극락전(45), 실상사 동종(137)
시도 기념물	3	지리산 쌍계사(21), 지리산 대원사일원(114), 구례 장죽전녹 차시배지(138)
문화재자료	7	청학루(45), 쌍계사 적묵당(46), 쌍계사 마애불(48), 팔영루 (74), 쌍계사 설선당(153), 천은사(35), 남악사(36)

| 비지정 | 유형 | 58 (21) | 의신사지부도, 영신사지, 대원사부도, 대원사맷돌, 대원사 석등, 석각1, 석각2, 추성리궁궐터, 방광사리탑, 필단사리3 층석탑, 화엄사구층암아미타여래좌상, 화엄사원통전관음보 살좌상, 화엄사명부전지장보살좌상, 화엄사사천왕상, 화엄 사동자상, 화엄사인왕상, 천은사명부전지장보살상, 천은사 응진당석가여래좌상, 천은사팔상전석가여래좌상, 천은사극 락보전삼존불, 화엄사삼신불회도, 화엄사삼불회도, 화엄사 각황전신중태화, 화엄사응봉당대화상진영, 화엄사지장탱 화, 화엄사시왕탱화, 화엄사관음탱화, 화엄사산신탱화, 화 엄사독성탱화, 화엄사칠성탱화, 화엄사아미타탱화, 천은사 백의관음도, 천은사신중탱화, 천은사아미타불화, 화엄사부 도군, 천은사부도군, 천은사용담당부도, 연곡사부도군, 화 엄사벽암대선사비, 화엄사호은대율사비, 화엄사금봉당비, 화엄사사과공공덕비, 천은사월봉당비, 화엄사구층암3층석 탑, 화엄사구층암탑재, 화엄사효대석등, 화엄사구층암동종, 화엄사종루동종, 천은사동종, 달궁터, 개령암지, 황령암지, 정령치차단성, 용호서원, 춘향묘, 육모정, 용호정, 국창권삼 득유적비 |
| | 무형 | 22 (17) | 환학대, 마족대, 용추쌀바위 칙북암과아자서바 치불사스 님을사랑한사하촌처녀들, 칠불사중건과예쁜소년상좌의죽 음, 지리산성모상, 영낭대와소년대, 뱀사골유래, 실상사종 의호국전설, 마한별궁설이전하는달궁, 세석평전의 음양수, 강장군이야기, 아미선녀의사랑터선유정, 모내기, 서마지기 논배미는, 백설같은흰나비, 시집가는사흘만에, 사랑가, 지 리산남악제, 와운마을당산제, 판소리수련구룡계곡 |

나. 주요지역

1) 성모석상

우리 민족의 삼신(三神)사상에 바탕을 둔 큰할머니의 상징으로서, 오 랜 세월동안 지리산 천왕봉 성모사(聖母祠)에 안치되어 있었던 석상이 다. 이 성모석상(聖母石像)은 지리산신의 상징이자, 고대로부터 이어져

온 우리 민족의 민속신앙의 상징이었
다.[161] 높이 74cm, 얼굴 너비 46cm,
몸 너비 43cm의 화강암으로 만들어
진 성모석상은 틀어 올린 머리를 하
고 있고 얼굴은 통통하다. 눈은 움푹
들어갔으며, 오똑한 코 밑으로 작은
입이 조각되어 있다. 상반신에는 저
고리를 입고 있는 듯하고, 가슴께로
손을 모아 마주잡고 있는데, 석상 전
체는 청색을 띠고 있으며, 40대 신라
여인상으로 추측되고 있다.

▲ 성모석상(소재: 중산리 천왕사)

지리산은 신라시대에는 삼산오악
신(三山五嶽神)의 하나로, 고려시대 때에는 남악(南嶽)으로, 조선시대 때
에는 사악신(四嶽神)의 하나로 숭배되어 나라차원에서 제사를 지냈다.
이와 같은 지리산에서 이 성모석상은 지리산을 지키고 상징하는 여산신
(女山神)으로 간주되어 여러 왕조에 걸쳐 제사를 지냈다. 예를 들어 신라
시조 박혁거세는 이 성모석상을 어머니 성모로 여기고, 지리산신으로
봉안한 다음, 국가 수호신으로 숭상하여 춘추에 중사(中祀)의 예로 제사
를 지냈다.[162]

그러나 이후 성모석상은 수난을 겪기 시작하였다. 첫 번째 수난은
1380년(고려 우왕 6년)에 일어났다. 이성계가 지리산 북쪽 관문인 인월에

---

161) 성모석상에 대하여는 위숙왕후설·마야부인설·무당참배설·법우-천왕부부설 등
   이 있으나, 모두 근거 없이 꾸며낸 이야기라는 주장도 있다. 김영수, 「지리산 성모사
   (聖母祠)에 취(就)하야」, 『진단학보』 11, 진단학회, 1939. pp.343~344.
162) 산청군, 『산청문화재 길잡이』, p.21.

▲산청군 시천면 주민들이 새로 만든 성모 석상
(2000. 8. 중산리 지역)

서 2천여 명의 왜구를 섬멸하였는데, 이때 왜구 패잔병들이 지리산으로 도망가 천왕봉 성모석상을 칼로 쳤고,[163] 이어 2km 남쪽의 법계사를 불태웠다. 이때 성모석상은 왜구들의 칼에 목이 잘려 머리와 몸통이 절벽 아래로 내던져졌다고 한다. 외국인에 의한 첫 수난이었다.[164] 그 다음에는 조선시대인 1558년 음력 4월, 천연(天然)이라는 승려가 성모석상이 사람들을 현혹시킨다고 하여 주먹으로 부수었다.[165] 이 사건은 성모석상이

고려 말 왜구에 의해 일본도로 훼손된 이후, 내국인에 의한 첫 번째 수난이었다.[166] 세 번째 수난은 일정(日政) 때 다시 일본인들에 의해서였다. 그들은 사당을 부수고 성모상을 절벽 아래로 굴려 떨어뜨렸다. 다행히 성모석상은 산청에 사는 한 처녀의 노력으로 천왕봉 본래의 자리로 되돌아올 수 있었다. 그러나 1945년 11월 성모상은 네 번째 수난, 즉

---

163) 이륙 외, 최석기 외 옮김, 『선인들의 지리산 유람록』, 도서출판 돌베개, p.356.
164) 화개면지편찬위원회, 『화개』 화개면지 상권, 가람출판사, 2002년, pp.630~631.
165) 민족문화추진회 국역본 13, 『대동야승』 54, 1983, p.577. 인문한국(HK)사업 지리산 권문화연구단, 2010년 국제학술대회, 『지리산, 그곳에 길이 있다』, p.160에서 재 인용. 천연은 기대승의 제자이기도 하였다. 천연이 성모석상을 부수게 된 직접적인 계기는 그 가 말을 타고 천왕봉 근처를 지나다 말이 쓰러져 죽자, 성모석상의 탓이라 여겨 분개하여 부수었다고 하나, 성모석상에 대한 무속행위를 둘러싼 불교계와 유학계의 반감을 대변하였다고도 보는 견해도 있다.(위의 책, p.159~160, 359~360 참조)
166) 김양식, 『지리산에 가련다』, 도서출판 한울, 1998, p.129.

보쌈을 당하였다.

> "그해 겨울 지리산 자락에는 초겨울 눈이 내려 두꺼운 이불처럼 덮여졌
> 다. 너와지붕 사이로 날아든 눈은 성모석상의 머리에도 쌓였다. 그때 난
> 데없이 이불 보자기 같은 것이 성모석상에 덮여 씌워지더니 두툼한 짚가
> 마니가 또 한 번 씌워지고 새끼줄로 온몸이 감겼다. 그리고 굵은 밧줄이
> 당겨졌다. 성모석상은, 해방된 나라에서 자신의 권위가 이렇게 떨어지는
> 가를 슬퍼하였겠지만, 그녀는 말 한 마디, 몸부림 한 번 치지 않았다."
> 김경열, 다큐멘터리 르포『지리산』1권[167]

그 후 한때, 천왕봉에 있었던 원래의 성모석상은 없어지고 말았다.
이에 뜻있는 사람들이 모조 성모석상을 만들어 그를 대신 천왕봉에 안
치해 놓았다. 그러나 그것도 잠시뿐, 그 모조석상에게 다섯 번째 수난
이 또 일어났다. 1977년 5월경 천왕봉에서 모 행사를 마친 사람들이
성모석상(모조)을 우상과 미신이라며 제단을 파괴하고, 자리에서 끌어
내려 산 밑으로 굴려 넘어뜨려 버렸다. 한편, 천왕봉 아래 중산리에 있
는 현 천왕사 주지인 혜범스님은 원래의 성모석상을 찾고자 오랜 기간
동안 노력한 끝에 1987년경, 머리 부분은 진주지역 어느 과수원에서,
몸통은 천왕봉 동·남쪽기슭 통신골에서 각각 찾아내어 봉합한 뒤, 그
가 주지로 있는 현 천왕사에 안치해 놓았다.[168]

과거 이 석상 앞에서는 소원을 비는 사람들의 발길이 늘 끊이지 않는
등, 민중들과 애환을 같이 해 왔었다.[169] 그리고 왕조가 거듭 바뀌면서
조선시대 말에는 남악사가 구례 쪽으로 옮겨지고, 국가 차원의 제사가
점점 없어져 가는 동안에도 남루한 판잣집에서나마 천왕봉 자리를 지켜

---

167) 최화수, 『지리산 365日』1권, 도서출판 다나, 1992, p.142에서 재인용.
168) 화개면지편찬위원회, 『화개』화개면지 상권, 가람출판사, 2002년, pp.412~413.
169) 김양식, 『지리산에 가련다』, 도서출판 한울, 1998, p.125.

▲ 천왕봉에 있을 때의 성모석상에 기도하는 기도객들
(1960년대)

왔었다. 그러나 이처럼 오랜 기간 동안 지리산 산신의 상징이자, 민족신앙의 근원이 되어 왔었던 지리산 성모석상도 유구한 세월이 흐르면서 모진 풍상(風霜)을 많이 겪었다. 위처럼 시대 상황이 바뀌면서 석모석상을 해치는 데는 내·외국인이 따로 없었으며, 해치는 방법도 칼·주먹·밧줄·보쌈·밀어 넘어뜨리기 등 가지가지였다. 그리고 이제는 20세기에 들어와 밀물처럼 밀려들어 온 외래문화의 물결과 풍랑으로 복잡해진 상황이 되어, 기구한 이 성모석상은 원래 자기자리였던 천왕봉으로 되돌아가지 못하고 있다. 1991년 12월 23일 경남 민속자료 제14호로 지정되었다.

2) 전 구형왕릉

산청군 금서면 화계리 산16번지 일원에 있는 돌 무덤이다. 가락국 마지막(10대) 왕 구형왕(仇衡王)의 무덤인 것으로 전해지고 있어 '전(傳) 구형왕릉'이라고도 한다. 구형왕은 구해(仇玹) 또는 양왕(讓王)이라고도 하며, 521년 가야의 왕이 되어 532년 신라 법흥왕에게 영토를 넘겨줄 때까지 11년간 가락국 왕으로 재위하였다.[170] 구형왕은 겸지왕(鉗知王)과 각간(角干) 무력(武力)의 아들이며, 김유신(金庾信)의 증조부(曾祖父)였다. 서기 532년(신라 법흥왕 19년) 신라에 항복하여 상등(上等)의 벼슬과 가

---

170) 산청군, 『산청문화재 길잡이』, p.70.

락국을 식읍(食邑)으로 받았다.

구형왕릉이라고 전해지는 이 돌무덤은 일반 분묘들의 형식과는 달리 각 층이 단을 이루고 있는 방형(方形)으로서, 서쪽에서 동쪽으로 흘러내리는 경사면에 잡석으로 축조하였다. 전면은 7단의 기단식 석단을 이루고 있으나, 후면은 갈수록 경사가 커져서 각 층의 단이 높이에 따라 줄어들고 있다. 석렬 전면도 약간 곡선을 이루고 있으며, 모퉁이는 뚜렷하지 않다. 정상은 봉분과 같이 타원의 반구형을 이루고 있다. 전면 중앙의 높이는 7.15m이며, 제4단의 동쪽에는 폭 40cm, 높이 40cm, 깊이 68cm의 용도미상의 감실이 설치되어 있다.

이 돌무덤을 중심으로, 같은 잡석으로 높이 1m 내외의 담을 쌓고, 전면 중앙에는 '가락국 양왕릉'이라고 새긴 비석이 서 있다. 그 앞에는 상석이, 좌우에는 문인석·무인석·석수가 각각 1쌍씩 있으나, 모두 최근에 설치된 석물들이다.[171]

구형왕릉 정면에 있는 암벽 한 가운데에는 직경 약 1m 50㎝, 깊이 약 2m 정도 되는 정사각형 석굴[172]이 있는데, 석굴 앞에는 두 짝의 문이 있다. 그 문 옆에는 '김해 김씨 석장암'이라는 글이 돌에 새겨져 있다. 이 구형왕릉은 돌무덤으로 된 희귀한 왕릉으로서, 석릉 바로 위로는 절대 새가 날아가지 않기 때문에 능 주변에는 새 똥을 발견할 수 없으며, 아무리 강한 태풍이 불어와도 석릉 위로는 나뭇잎 하나 떨어지지 않고, 또 각종 풀 넝쿨들이 석릉 밖에서 안으로 들어오더라도 끝이 말라 죽거나, 넝쿨이 되돌려져 돌담 밖으로 나간다고 한다. 왕릉을 돌로 쌓은 유래에 대하여 여러 가지 설이 있으나, 구형왕이 임종할 때

171) 산청군지편찬위원회, 『산청군지』 상권, 2006, pp.608~609.
172) 김해 김씨 족보가 이 석굴에서 나왔다고 하여 김해 김씨 족보를 '석장보'라고도 한다.

▲전 구형왕릉 전경

"내 대에 와서 사직을 잃은 죄인의 몸이므로 편히 흙에 묻힐 수가 없으니, 자갈이나 잡석으로 무덤을 만들어달라"라 유언하여 돌로 능을 쌓았다는 설이 있다.

구형왕릉 옆에 있었던 왕산사는 원래 가락국 시조인 김수로왕의 별궁으로서 태황궁이라 하였다. 그러나 가락국 마지막 왕인 양왕이 양위를 하고, 이곳에 와서 5년여 동안 머물다가 일생을 마쳤는데, 양왕이 죽고 난 다음 태황궁이라는 이름을 왕산사로 바꾸었다 한다.

왕산[173] 아래 있는 이 돌무덤은 1천여 년이 지나는 동안 누구의 무덤

---

173) 왕산은 그 이름이 태왕산이었고, 옛 궁궐도 태왕궁이라 하여 수로왕이 만년에 이곳으로 와서 휴양하였다고 한다(가락국 양왕 신도비). 구형왕은 서기 521년에 즉위하였는데, 그때 신라가 강성하여 옥백(玉帛)을 바쳐도 감당하지 못하고 있었다. 532년경 연자루가 울어서 헐어보니, 그 가운데 시조왕의 옥새(玉璽) 서찰이 있어 이르기를 "연자(燕子)는 임자년을 말함이니, 신라왕에게 나라를 전하여 천명을 거역치 말라"라고

이었는지 몰랐었다. 그러나 1798년 민경원이라는 사람에 의해 구형왕릉이라는 사실이 밝혀졌다. 이곳의 좌수였던 그가 어느 해 여름 날, 날씨가 가물어 근처 모락산에 올라 기우제를 지내고 내려오자, 비가 쏟아져 근처 왕산사로 피신하였다. 절에 들어가 법당 위 들보 위에 이상한 목함이 있는 것을 보았다. 열어보면 액운이 따를 수 있으므로 열어보지 말라는 왕산사 승려의 만류에도 불구하고, 그가 목함을 개봉해 보자, 거기에는 고려시대의 명승 탄영(坦瑛)이 쓴 가락국 왕산사기(王山寺記)와 수정왕기·구형왕과 왕비의 영정, 그리고 녹슨 칼과 좀 먹은 비단 옷과 함께 활이 나왔다. 이 왕산사기를 읽어본 민경원에 의해서 왕산사에서 1㎞ 위쪽에 위치한 이 돌무덤이 구형왕릉이었음이 밝혀졌다.[174] 1971년 2월 9일, 사적 제214호로 지정되었다.

○ 덕양전

왕산사에서 발견된 구형왕의 유물들을 보전하기 위하여 1793년(조선 정조 17년) 산청군 금서면 화계리 370번지 일원(구형왕릉 진입로 입구)에 사당을 지은 것이 이 덕양전이다. 구형왕과 왕비(계화황후)의 위패를 모신 덕양전을 돌아 올라가면[175] 제일 먼저 오른쪽 계곡 옆에 망경루라는 정자가 있으며, 조금 더 올라가면 왼쪽에 가락국기 비문, 다시 오른쪽으로 구형왕릉의 증손자인 김유신 장군이 활을 쏘았다는 사대비(射臺碑)가 있다.

쓰여져 있었다 한다. 그래서 구형왕은 "국토 때문에 사람을 해치고 싶지 않으나, 나로 말미암아 종사(宗社)가 끊어짐을 차마 볼 수 없다."라 하고 인끈을 풀어 아우인 구해(仇玹)에게 양위한 다음, 이곳 태왕산 태왕궁에 들어와서 여생을 마쳤다고 한다.

174) 산청군지편찬위원회, 『산청군지』 상권, 2006, pp.696~697.

175) 구형왕릉 입구에서 왼쪽으로 왕산으로 올라가는 등산로를 따라 1.8㎞ 올라가면 허준의 스승으로 알려진 유의태 샘터가 있다. 이곳 산청 상정마을 출신인 유의태가 이곳 샘터에서 물을 길어 약재를 달였다고 전해지고 있다.

▲덕양전 정문

 구형왕은 532년 나라를 신라에 선양(신라 법흥왕 19년, 가락기원 491년)
한 후, 이곳 왕산에 있는 왕릉 가까운 수정궁으로 옮겨 살다가 5년 후에
별세하였다고 한다. 1798년에는 능 밑에 능침을 짓고 향례를 올렸는데,
1898년(조선 고종 15년) 덕양전으로 개칭되었다. 1930년 현 위치로 이
건되었다가, 1991년 문화재 정화사업에 의하여 중건되었다. 덕양전은
제사공간과 관리공간으로 구분되어 있는데, 홍전문·외삼문을 들어서
면 오른편에 가락국 양왕 신도비각이 있다. 누각문인 해산루(海山樓)를
지나면 양편에 동재와 서재가 있으며, 덕양전 앞에는 연신문(延神門)이
있다. 덕양전 오른편에 영정각(影幀閣)이 있는데, 영정각에는 구형왕과
왕비의 영정이 모셔져 있다. 덕양전을 중심으로 왼편에는 안향각(安香
閣), 오른편에는 수정궁(水晶宮)이 있다. 관리공간으로는 왕산숙(王山塾)
이 있으며, 오른편에 관사가 있다.[176] 1807년에 전각을 지어 봉안하였

▲덕양전 경내 모습

다가, 1928년에 수해로 무너진 것을 이듬해에 현 위치로 이건하였다. 이후 10,900여㎡의 부지에 덕양전을 비롯한 건물들이 1989년에 다시 중수·완공되었다. 매년 3월과 9월 두 차례 제사를 지내고 있으며, 1983년 8월 6일, 경상남도 문화재자료 제50호로 지정되었다.[177]

3) 추성산성지

추성산성지(楸城山城址)는 함양군 마천면 추성리 산 87-2번지 일원, 해발 667m에 위치한 포곡식(包谷式) 산성이다. 이 성은 성안 마을의 동쪽편 구릉에서 시작하여 반대편 구릉까지 연결하여 쌓은 흔적(성벽)이

176) 산청문화원, 『산청군 문화재 편람』, 2007, p.134.
177) 손성모, 『산청의 명소와 이야기』, 경상대학교 경남문화연구소, 2000, p.204.

남아 있다. 이 추성은 삼국시대에는 마천성(馬川城)이라 하였으나, 고려 시대에 들어와 추성(楸城)으로 바뀌어진 것으로 보인다.[178] 현재 잔여 산성의 주위는 약 1㎞에 이르며, 면적은 4,300㎡ 정도이고, 남쪽 성벽 은 가로 30cm, 세로 20cm, 높이 35cm 정도 크기의 할석(割石)들을 사 용하여 쌓았다.

축성 시기는 확실치 않으나, 두 가지 시기로 추정되고 있다. 하나는 가락국 양왕 때 신라의 공격으로부터 도피장소 겸 군마(軍馬) 훈련장소 로 쓰기 위해 축성되었을 것으로 보는 설이 있다.[179] 이는 인근 산청군 금서면 화계리에 있는 전 구형왕릉과 관련된 일련의 유적지로 보는 견 해이다. 또 하나는 삼국시대 신라가 백제와의 싸움을 위해 쌓았다고 보 는 설이 있다. 산성지역 위에는 신라군들 또는 화랑들의 군마 훈련장이 었던으로 추정되는 '말달린평전'이 있다. 또 석성의 통로이었던 동문과 북문의 흔적도 남아 있다. 성의 내부에는 군마 조련길을 비롯하여, 수 비군의 초소 내지는 망루터로 보이는 유적지 등이 남아 있다. 또 서쪽 끝에는 "망바위"라 불리는 높이 약 10m 정도의 바위가 있다. 이 바위는 함양·산청에서 마천을 거쳐 남원으로 이르는 도로의 상황을 살피는 장 소였을 것으로 추정된다.

이 추성산성지는 천혜의 요새와 같은 지형을 갖고 있다. 성의 서·남 방향으로는 험난한 국골과 초암능선이 성의 위치를 숨겨 주고 있으며, 그 뒤에는 창암산 줄기가 외곽으로 둘러쳐져 있다. 또한 성의 동·북쪽

---

178) 인근에 호두나무가 많이 자생한 연유로 추성(楸城)으로 불린 것으로 보인다. 산성아 래 외곽 마을 이름도 추성리이다. 추성이 속한 현재의 마천(馬川)면이란 지명은 '말달 린평전'과 관련 있을 것으로 보인다. 백제 무왕 때(633년)와 의자왕 때(656년) 각각 마천성(馬川城)을 중수하였다고 하는데, 백제가 모산성 전투에서 승리한 후, 추성까지 점령한 다음 이 산성을 보수한 것으로 보인다. 『삼국사기』 「백제본기」.

179) 『신증동국여지승람』 권31 「함양군 산천조」, 문화유적총람, 함양군 『문화재도록』 (1996년).

▲추성산성지 원경
(사진 가운데 산록 정상 부분 반대편)

▲추성산성지 근경
(현재 잡초와 잡목들로 우거져 있다)

으로는 벽송사능선이 막아주고 있고, 그 능선 너머에는 엄천강이 흐르고 있다. 사방에 트인 곳이라고는 오직 마천에서 운봉으로 나가는 길뿐이다. 트인 길 끝으로는 신라와 백제가 수차례 혈전을 치렀던 운봉지역이 보인다.

지리산 북쪽, 현재의 남원 운봉지역과 아영면 아영고원에 위치한 아막산성지(阿莫山城址)[180]는 삼국시대 신라와 백제의 국경지역으로서, 서로 차지하기 위해 여러 번 치열한 전투가 있었던 격전장이었다. 즉, 남원지역은 백제 땅이었고, 함양은 신라 땅이었기에 국경 경계에 있었던 운봉과 아영지역은 공방전투가 끊임없이 일어났다. 따라서 수도가 멀리 경주에 있었던 신라에서는 유사시 신라군들을 즉시 출동시킬 수 있는 이 추성지역에 산성을 쌓고 군사들을 주둔시키거나, 군사훈련장으로 쓸 수 있는 시설이 필요하였을 것으로 짐작되고 있다. 그러나 624년경, 백제는 지금의 함양인 신라의 속함성(速含城)을 비롯한 5성을 공격하여 결국 추성을 비롯한 지리산 일대를 점령하게 되었다.

---

180) 아막산성은 백제가 부르는 이름이었고, 신라는 이곳을 모산성(母山城)이라고 하였다.

■ 추성산성지와 신라·백제 간 격전지 모산성(아막산성)

　삼국사기에 의하면, 모산성에서는 AD 189년에서 624년까지 5세기에 걸쳐 신라 백제 간 뺏고 빼앗기는 치열한 전투가 여러 번 벌어졌다. 특히 제26대 진평왕(眞平王 579~632) 때에 이르러 무려 다섯 차례의 전쟁을 치루는 과정에서 수많은 신라 군사들이 전사하였다. 당시 최고의 명장인 김서현 장군(김유신의 아버지)도 전쟁에 출전하였지만, 백제 무왕이 보낸 8천여 명의 군사들에 의해 모산성이 함락되면서 함양의 마천과 수동, 산청의 생초 등 지리산 동·북부지역이 백제한테 점령당하였다. 여러 번에 걸친 모산성 전투에서 신라가 백제에 패한 원인 중 가장 큰 이유는, 당시 모산성이 신라 수도인 경주에서 너무 멀었던 것이 원인 중의 하나였을 것으로 추정된다. 신라 입장에서 모산성 전투에 신속히 군대를 출동시키기 위하여 운봉 지역 인근에 군사주둔지가 필요하였을 것인데, 그 군사 주둔지가 이 추성과 말달린평전이었을 것으로 보인다.[181]

4) 사찰

　지리산은 큰 봉우리와 깊고 넓은 계곡이 많아 불교 전래 이래 수많은 사암(寺庵)이 창건되었다. 그 중 칠불사는 한국불교의 남방전래설이 추정되는 귀중한 불교사적 가치를 갖고 있고, 화엄사는 화엄사상의 종찰이 되었다. 또 쌍계사에는 중국 남종선과 범패라고 하는 한국불교음악의 발상지가 되었고, 실상사에서는 구산선문 중 최초로 선종이 개창되었다. 그리고 현재는 폐사된 산청군 단성면에 있는 단속사에서는 신라 말 최초로 북종선이 전래되어 자리 잡았다. 또한 삼국시대 이래 지리산권 내 사암에서 수많은 대선사들이 배출되는 등 우리나라 불교사에서 차지하는 지리산권 내 사찰들의 비중은 막중하였다.

---

181) http://www.sansan.pe.kr/ilgi/ijkl/jirisan-1/chu-sanseang-he-gong071021. htm에서 주요 내용참고.

　이제 주요 사찰들을 살펴보기 전에, 우선 사찰의 어원과 기본 구조들을 참고로 알아보면 다음과 같다.

▌사찰의 이해

　○인도에서의 사찰 어원

　정사(精舍)·가람(伽藍)·사원·사찰·절·절간·산사 등으로 다양하게 불린 사찰은 부처님의 모습을 형상화한 불상이나 불화 등을 모신 곳이다. 더불어 스님들의 수행처이자, 불교를 믿는 사람들이 찾아가 수행을 하고 설법을 듣는 곳이다. 이렇게 여러 단어로 불리는 까닭은 불교가 인도에서 건너오면서 중국을 거쳐 한자로 음역되고, 다시 우리나라로 전래되어 오면서 단어가 상황에 맞게 변용되었기 때문이다. 하지만 불리는 이름만 달라졌을 뿐, 사찰이 갖고 있는 본연의 기능과 의미는 달라지지 않았다. 정사라는 말은 인도에서 사찰을 가리키는 단어로 사용되었다. 인도에 있어서 최초의 사찰은 죽림정사(竹林精舍)이었다. 부처님이 녹야원(鹿野院)에서 처음으로 설법한 다음, 마갈타국 수도인 왕사성을 향하여 떠났다 그 당시 마갈타국의 빈비사라왕이 왕사성 북쪽, 가란타의 장자 소유인 죽림(竹林)을 희사 받아 그곳에 집을 지어 부처님을 모시게 되었다. 이것이 불교 역사상 최초의 정사인 죽림정사로 알려져 있다.

　또한 사찰을 범어로 상가라마(samgharama)라고도 하는데, 이것을 한자로 음역하면서 승가람마(僧伽藍摩), 또는 가람이라 불리게 되면서 사찰이 '가람'이란 말로 바뀐 것으로 추측되고 있다. 중원(衆園)이라고 의역되기도 하는데, 이 모두를 총칭하여 '정사'라고도 번역한다. 중원이라는 말은 불교를 신봉하고 수행하는 사부대중(四部大衆)이 사는 집이라는 뜻이다. 그러므로 정사는 주로 부처님이 제자들을 거느리고 있었던 곳을 말하고, 상가라마는 부처님이 입멸한 후 그의 제자들이 거처하던 곳을 말하고 있다. 따라서 인도에서의 정사나 가람이란 말은 우리 말 '사찰'의 어원이라 할 수 있겠다. 이처럼 사찰은 다양한 단어로 불리지만, 기본적인 의미는 '부처님과 스님, 불자들의 도량'이란 뜻이다. 즉, '부처님을 상(象)이나 그림으로 모셔 놓은 다음, 부처님의 설법을 들으며, 승려들이 수행·정진하는 곳'이란 의미가 가장 본연의 의미라 할 수 있다.

　○중국에서의 사찰 어원

　인도에서 정사나 가람(상가라마)이라고 불리던 것이 중국에 들어오면서 사

▲ 사찰의 일반적인 기본 배치도

(寺)라고 불리게 되었다. 한자의 '사'는 공공기관의 뜻이 있어서, 중국에서는 사찰이라는 의미로 사용하기 이전에 관아에 붙여 쓰던 말이었다. 유래는 서기67년[후한 명제(後漢 明帝) 때인 연평(永平) 10년] 인도의 가섭마등(迦葉摩騰)과 축법란(竺法蘭)이라는 두 승려가 흰 말에다 장경(藏經)을 싣고 후한의 서울인 낙양에 왔다. 후한에서는 두 승려가 외국인이었으므로 관례에 의해 외국인을 위한 외무부 소속 관아(官衙)인 홍려사(鴻臚寺)에 머물도록 하였다. 그러나 그 후 두 승려가 거처할 만한 곳이 없어 그대로 그곳에 머물도록 하였다. 이때 이 절 이름을 두 승려가 타고 온 흰 말을 기념하여 백마사(白馬寺)라고 고쳐 부르게 되었다 한다. 이것이 중국에 있어서 최초의 사찰이다. 그 후로 중국에서는 불도를 수행하는 승려들의 거처를 '사'로 부르게 되었다. 이 시기는 많지 대부분의 원(院)이라는 말은 인체 주위에 둘러친 담을 말하는데, 이것이 변하여 주원(周垣), 회랑(回廊)이 있는 건물을 의미하였으며, 관사의 이름에도 쓰였다고 한다. 당나라 시대 칙명에 의하여 대자은사(大慈恩寺) 등에 번경원을 세웠는데, 이것이 불교와 관련된 건물에 원(院)이라는 이름을 붙이게 된 시초라고 한다.

○ 사찰의 구조

우리나라 가람배치의 대표적인 형식은 탑원(塔院)·금당원(金堂院)·승원(僧院)의 복합배치 형식이다. 이는 탑을 모신 곳과 불상을 모신 곳, 그리고 스님이 거주하는 곳으로 나누어 구분하기도 하고, 탑과 금당의 배치형식에 따라 다르게 구분하기도 한다. 1탑 1금당·2탑 1금당·1탑 3금당의 형식이 대표적인 예이다. 또 탑이 없는 예배원과 승원의 복합 배치형식도 있는데, 드물기는 하나 조선시대의 가람배치에서 찾아볼 수 있다. 그러나 실제로 여러 전각(殿閣)과 종루(鐘樓)·고루(高樓)·경루(經樓)를 포함한 수많은 부속 건물 및 천왕문·일주문 등이 어우러져 다양하게 배치되어 있다.

사찰경내로 들어가는 문들로는 일주문·불이문·천왕문·금강문 등이 있다. 일주문이란 사찰 경계가 시작되는 곳에 서있어 맨 처음 들어가게 된다. 양쪽에 기둥 하나씩으로 세워져 있어 일주문(一柱門)이라 하는데 산문이라고도 한다. 이 문 정면에는 대부분 사찰이름이 적힌 현판이 걸려 있다. 다음의 불이문(不二門)이 있는데, 여기서 '불이(不二)'란 둘이 아닌 경계를 말하며, 절대적인 차별이 없는 이치를 말한다. 즉 승속(僧俗)이 둘이 아니요, 세간과 출세간이 둘이 아니며, 중생계와 열반계 역시 둘이 아니니, 일체중생이 개유불성(皆有佛性)하여 이 문을 들어서면서 부처님의 이치를 깨우치게 된다는 뜻이다. 그래서 이 문을 해탈문(解脫門)이라고도 한다. 천왕문(天王門)은 불국토를 지키는 동서남북의 사천왕을 모시는 문으로 불법을 수호하고, 사악한 마군들을 물리친다는 뜻으로 세워졌다. 금강문(金剛門)은 사찰에 따라 인왕문(仁王門)이라고도 하는데, 가람과 불법을 수호하는 역사(力士)들이 지키고 있는 문이다. 왼쪽에는 입을 다문, 오른쪽에는 입을 벌린 두 금강역사가 지키고 있다. 이러한 문들을 모두 통과하면 법당을 비롯한 여러 전각들이 위치한다. 법당에는 불상이나 불화가 모셔져 있는데, 'OO殿', 또는 'OO閣'이라고 한다. 전(殿)은 각(閣)보다 계위가 높은 건물을 가리킨다.

석가모니 본존불을 모신 전각은 대웅보전(大雄寶殿)·대웅전(大雄殿)·팔상전(八相殿)·영산전(靈山殿)·나한전(羅漢殿)·응진전(應眞殿)이라고 하고, 비로자나 부처님이나 삼신불·삼세불을 모신 전각은 대적광전(大寂光殿)·비로전(毘盧殿)·화엄전(華嚴殿)이라 한다. 아미타 부처님을 모신 전각은 극락전(極樂殿)·무량수전(無量壽殿)·미타전(彌陀殿)이라고 하며, 약사여래를 모신 전각은 약사전(藥師殿)이라 한다. 보살(菩薩)을 모신 전각으로서, 관음보살을 모신 건물은 관음전(觀音殿) 또는 원통전(圓通殿)이라 하고, 지장보살을 모신 건물은 명부전(冥府殿) 또는 지장전(地藏殿)이라 한다. 각(閣)으로는 나반존자를 모신 독성각(獨聖閣), 치성광여래를 모신 북극전(北極殿)이 있으며, 칠성신을 모신 칠성각(七星閣), 산신이나 가람신을 모신 산신각(山神閣)과 가람각(伽藍閣), 지공(指空)·나옹(懶翁)·무학(無學) 등의 고승을 모신 삼성각(三聖閣), 스님들의 영정을 모신 영각(影閣) 등이 있다. 그 외에도 경전을 보관하고 있는 장경각(藏經閣)과 판전(板殿) 등이 있다. 또한 법당이나 금당의 의미인 전각 말고도 스님들의 수행처이자 거주처가 있는데, 수행처는 선원(禪院)·강원(講院)·율원(律院)이라 하고, 거주처는 흔히 요사채, 또는 노전(爐殿)·향로전(香爐殿)이라 한다.[182]

---

182) 대한불교조계종 웹사이트 http://www.buddhism.or.kr/에서 발췌, 요약.

▲칠불사 전경-이호신 화백

가) 공국세일신원 칠불사

경남 하동군 화개면 범왕리 1605번지에 위치하고 있는 칠불사(七佛寺)[183]는 다음과 같은 창건 유래가 전해져 온다. 경남 김해 지방을 중심으로 낙동강 유역에 있었던 가락국[184]의 태조이자, 김해김씨 시조인 김수로왕은 인도 갠지스강 상류 아유타국의 공주 허황옥(許黃玉)을 왕비로 맞아들여 10남 2녀를 두었다. 큰아들 거등(巨燈)은 왕위를 계승하도록 하였고, 차남 석(錫)과 삼남 명(明)은 모후의 성씨를 따라 김해 허(許)의 시조가 되었다. 나머지 일곱 왕자는 외삼촌이자 허황옥의 오빠인 인도스님 장유보옥(長遊寶玉)선사를 따라 출가하였다. 처음에는 가야산에서 3년간 수도하다가 의령 수도산·사천 와룡산 등을 거쳐 서기

---

183) 칠불사는 우리나라의 대표적인 문수보살의 중심도량으로 알려져 있다.
184) 일명 '伽倻國'이라고도 한다.

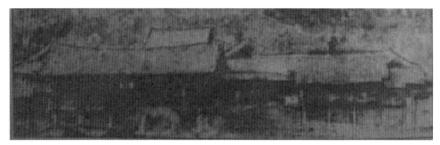

▲1948년 여·순사건으로 불타기 전의 칠불사 모습(화개면지편찬위원회, 『화개』 상권, p.342)

101년 지리산 반야봉—토끼봉 아래에 절을 짓고 수도하였다.[185] 처음에는 절 이름을 운상원(雲上院)이라 하였으나, 이후 이 절에서 일곱 왕자가 모두 성불하자 칠불사라 고쳐 부르게 되었다 한다.[186]

일곱 왕자들의 도의 경지가 깊어가던 서기 103년(수로왕 62년) 음력 8월 15일 밤, 보옥선사는 유난히 밝은 보름달을 바라보면서 즉흥시를 지었다. 이에 한 왕자가 화답하기를 "달은 중추를 맞아 제대로 보름달이고, 바람은 8월이라 더욱 시원하네."라고 하자, 둘째 왕자는 "푸른 하늘 삼경, 밝은 달이 심담(心膽)을 환히 비추네."라고 하였다. 셋째 왕자는 땅위에 일원상을 그리고는 지워 버렸다. 나머지 왕자들은 아무 말 없이 고요히 바라보았다. 이때 선사가 지팡이로 땅을 힘껏 내리치자 일곱 왕자는 함께 손뼉을 치고 크게 웃으며 현지(玄旨)를 깨달았다 한다. 이들 일곱 왕자 혜진(慧眞)·각초(覺初)·지감(智鑑)·등연(等演)·주순(柱淳)·정

---

185) 이는 우리나라 불교가 처음 전해졌다고 하는 고구려 소수림왕 2년(서기 372년)보다 약 270여 년 앞선 기록이며, 가락국이 바다를 통해 인도로부터 직접 불교를 받아들였다는, 즉 중국을 통한 북방 전래설과는 다른 남방불교 전래설의 근거가 될 수 있는 설화이다.

186) 신라 신문왕(681~691) 때 이 운상원에서 옥보선인이 부는 피리소리(玉笛)를 듣고 신문왕의 일곱 왕자가 이 절에 출가·수도하여 도를 깨친 후, '칠불사'라 하였다는 설도 있다.

▲현재의 칠불사 모습(화개면지편찬위원회, 『화개』 상권, p.19)

영(淨英)·계영(戒英)은 성불한 후, 각각 금왕광불(金王光佛)·금왕당불(金王幢佛)·금왕상불(金王相佛)·금왕행불(金王行佛)·금왕향불(金王香佛)·금왕성불(金王性佛)·금왕공불(金王空佛)이라 불렸다.[187]

칠불사는 통일신라 이후 동국제일선원이라 불리며, 금강산 마하연(摩訶衍) 선원과 더불어 각각 우리나라 남·북을 대표하는 참선도량(參禪道場)이었다 한다. 그러나 고려시대 몽고의 침입으로 한때 불타버린 것을 1371년(공민왕 20년) 복원하였고, 그 후 소선소에 서산·부휴선사가 중수한 후, 벽송(碧松)·조능(祖能)·벽암각성(碧巖覺性)·백암성총(栢巖性聰)·백곡처능(白谷處能)·무가(無價)·인허(印虛)·월송(月松)·이봉(离峰) 선사 등이 칠불사에서 수도한 것으로 알려져 있다. 또 대은(大隱), 금담(錦潭) 두 율사는 이곳에서 수도 후 서상수계(瑞相受戒)를 받아 지리산 계맥인 해동계맥(海東戒脈)을 이었다 한다.

또 근세 선·교·율(禪·敎·律)을 겸한 용성(龍城)선사[188]는 이 칠불사에서 귀원정종(歸源正宗)을 저술하였고, 해방 이후에는 석우(石牛)·효봉(曉峰)·금오(金烏)·서암(西庵)·도천(道泉)·자운(慈雲)·지옹(智翁)·일각선사 등이 이곳에서 수선안거(修禪安居)하였다.

---

187) 화개면지편찬위원회, 『화개』 화개면지 상권, 가람출판사, 2002년, pp.476~478.
188) 기미독립선언 33인 중 1인.

▲여·순사건 때 불타 무너진 아자방 모습　　　　　▲복구된 아자방 모습(2009)
(화개면지 편찬위원회, 『화개』 상권. p.343)

　그러나 이 칠불사는 임진왜란 때 왜병의 방화로 전소된 데 이어, 1820년 실화로 보광전·약사전 등 10여 동의 건물이 소실되었다. 후일 금담·대은 두 율사에 의해 복원되었으나, 여·순사건 관련 빨치산 토벌을 위해 1948년 12월경, 아군이 대웅전인 보광전과 아자방(亞字房)·벽안당 등 모든 건물들을 또 전소시켰다. 이후 30여 년 동안 폐사상태로 있었던 것을, 현 주지인 제월통광(霽月通光, 속명: 우춘성)선사가 1978년부터 20여 년 동안 중창하여 현재와 같은 모습을 갖추었다.

　○ 아자방(亞字房)

　아자방은 신라 효공왕(897~911) 때 김해에서 온 담공(曇空)선사가 선방인 벽안당 건물에 '아자(亞字)' 형으로 구들을 놓았는데, 방모양이 '아자(亞字)'와 같다 해서 아자방이라 이름 지었다.

　정면 3칸, 측면 2칸의 맞배지붕 건물로서, 정면 우측 2칸은 부엌이고, 좌측 3칸은 온돌방이다. 내부는 트여져 있는 하나의 공간(가로 8.7m, 세로 6m, 52.8㎡)이나, 높이가 다른 이중 온돌 구조로 되어 있다.

방안 네 모퉁이와 앞·뒤 가장자리 쪽의 높은 곳은 좌선처이고, 가운데 십자형으로 된 낮은 곳은 좌선하다가 다리를 푸는 곳이다. 이중 구조의 온돌방은 높고 낮은 구조와 상관없이 방안 전체가 모두 똑같은 온도로 유지되어, 건축하였던 당시에는 일곱 짐 정도의 장작을 넣고 불을 때면 석 달 이상 따뜻하였다고 한다. 이와 같이 건축기법의 탁월한 과학성이 인정되어 1979년 발간된 『세계 건축사전』에도 수록되었다. 이 아자방도 여·순사건 관련 빨치산 토벌을 위해 1948년 12월경, 아군에 의해 불태워졌는데, 1982년 제월통광선사가 폐허된 칠불사를 복원하면서 아자방도 다시 복구되었다. 경상남도 문화재 제144호로 지정되었다.

○ 영지(影池)

칠불사경 내 바로 앞에 둥근 연못을 말하는데, 일명 영담(影潭)이라고도 한다. 가락국 시조 김수로왕과 왕비는 출가한 아들들을 보고 싶어 김해에서 배를 타고 남해를 거쳐 섬진강을 거슬러 올라와 이곳 칠불사 골짜기까지 찾아왔다. 그러나 일곱 왕자들의 스승인 장유보옥선사는 수도 중인 왕자들의 마음이 흐트러질까봐 상봉을 허락하지 않았다.

칠불사 아래[189]에 임시숙소를 마련하고 머물면서 왕비는 계속해서 아들들을 만나고자 찾아왔으나, 오빠인 장유화상은 매번 왕비를 꾸짖어 되돌려보냈다 한다. 그러던 어느 날, 장유화상으로부터 일곱 왕자가 성불했다는 소식을 듣고 운상원을 찾아와 왕자들을 만나보았으나 옛 모습 그대로이라 의아해 하며 실망하였다. 이에 일곱 왕자가 "연못 아래로 저희를 보세요."라고 외치길래, 왕비가 연못 속을 보니 과연 일곱 왕자가 금빛(金身)의 부처님 모습으로 변하여 물속에 비쳤었다 한다. 그

---

189) 현 하동군 화개면 범왕리.

▲영지(影池)의 옛 모습
(화개면지편찬위원회. 『화개』 상권. p.344)

▲최근의 영지 모습
(2009)

연못이 바로 지금의 이 영지이다. 소식을 들은 수로왕도 크게 기뻐하며, 왕이 머물던 곳에는 범왕사(梵王寺)를, 대비가 머물렀다는 곳에는 대비사(大妃寺)를 지었다 한다.[190]

운상원과 옥보고(玉寶高)

신라 진평왕 때 옥보고는 거문고를 메고 이곳 운상원에 들어와 50여 년간 수도하며, 거문고를 공부하여 30여 곡을 지었다 한다. 어느 날 경덕왕이 길가 정자에서 달을 감상하고 꽃을 구경하다가 문득 옥보고가 연주하는 거문고 소리를 들었다. 왕이 악사(樂師)인 안장(安長 : 일명 문복, 聞福)과 청장(請長 : 일명 견복, 見福)에게 "이게 무슨 소리인가?"라고 묻자, 두 사람은 "이는 인간세상에서 들리는 소리가 아닙니다. 바로 옥보선인(玉寶仙人)이 거문고를 타는 소리입니다."라고 대답하였다. 왕이 7일 동안 재계하고 그를 부르자 비로소 나와 30곡을 연주하였다. 왕은 크게 기뻐하고 안장과 청장으로 하여금 그 소리를 배우게 하여 악부[191]에 전하게 하였다. 그리고 옥보고가 머무르던 이 운상원 자리에 큰 가람을 세우니, 주변 37국이 모두 이 절을 원당(願堂)[192]으로

190) 화개면지편찬위원회, 『화개』 화개면지 상권, 가람출판사, 2002년, p.478.
191) 음악을 관장하던 관청.
192) 왕실에서 나라의 안녕을 축원하는 법당.

삼았다.[193] 운상원을 일명 옥보대(玉寶臺)라 부르기도 하였는데, 신라 임금들은 거문고의 맥을 잇기 위해 나라 차원에서 지원하여 이곳 운상원을 크게 일으키고 거문고를 널리 보급시켰다 한다. 옥보고는 이곳에서 왕산악 이후의 금법(琴法)을 정리함으로써, 우륵의 가야금과 더불어 우리나라 현악의 쌍벽을 이루게 되었다.

나) 애국지사와 운명을 같이 한 연곡사

전남 구례군 토지면 내동리 1017번지, 피아골 입구에 위치한 지리산 연곡사(燕谷寺)는 대한불교조계종 제19교구 화엄사 말사로서, 543년경 연기조사가 창건한 것으로 알려져 있다. 창건 초기에는 인근 화엄사의 영향으로 화엄종의 성격을 많이 갖고 있었으나, 점차 화엄사의 영향권에서 벗어나 참선도량(선종사찰)으로의 독자적인 위치를 갖게 되었다고 한다.

고려 원종 때 종암 진정선사가 중건하였으며, 도선국사·진각국사·현각선사 등 역내 많은 고승들이 이 절에서 수행한 것으로 알려져 있다. 그러나 조선 임진·정유왜란 때, 왜군들에 의하여 연곡사는 전소되었다. 특히 정유재란 때인 1598년(선조 31년) 하동 악양을 거쳐 침입한 왜군 4백여 명은 쌍계·칠불사와 이 연곡사 등을 불태우며 약탈과 살인을 자행하였다.[194] 그 후 1627년(인조 5년) 서산대사의 제자 소요(逍遙)대사가 중창하였고, 1655년(효종 6년)에는 석가여래성도기(釋迦如來成道記) 목판을 개판(改板)하였다. 1745년(영조 21년) 10월 21일 봉상시(奉常寺) 율목으로 봉산(封山)하였고, 1779년(정조 3년) 동파당(桐坡堂) 정심선사(定心禪師)가 대웅전을 중수하였다. 그러나 구한말인 1907년 9월, 고

---

193) 이륙 외, 최석기 외 옮김, 『선인들의 지리산 유람록』, 도서출판 돌베개, p.54.
194) 국립목포대학교 박물관, 전라남도 구례군, 『구례군의 문화유적』, 금성인쇄출판사, 1994, p.110.

▲연곡사 전경-이호신 화백

광순 의병장이 연곡사를 본거지로 일본군들과 싸울 준비를 하던 중, 일본군들의 기습공격을 받아 순국하자, 일본군에 의해 연곡사는 또 다시 전소되었다. 그 후 1924년 신도 박승봉이 다시 심우암(尋牛庵) 등을 중건하였으나, 이번에는 여·순사건 관련 패잔병들이 지리산 피아골로 피신해 들어오자, 그들을 토벌하기 위해 국군이 1950년경 다시 불태웠다.

이후 1965년에 대웅전을 다시 중건하였고, 1981년 종인스님이 대적광전과 관음전을 지었다. 1994년경에는 현 주지 종지(宗智) 스님이 부임하여 일주문·삼성각·명부전·설선당·무설전·요사채 등을 10여 년 동안 복원함으로써 현재와 같은 모습이 갖추어졌다.

이처럼 연곡사는 피아골이라는 전략적 요충지에 위치해 있어 전란이 있을 때마다, 많은 애국지사들과 함께 운명을 같이 하였다. 경내에는

▲연곡사 대적광전

고광순 의병장 순절비와 국보(연곡사 동부도·연곡사 북부도) 2점과 보물
(3층석탑·연곡사서부도·현각국사탑비·동부도비) 4점이 있다.[195]

○ 연곡사 동부도

국보 53호이며 연곡사 위편에 있다. 이 동부도[196]는 통일신라시대
후기에 만들어진 것으로 보인다. 이 부도는 네모난 바닥돌 위로 세워져
있으며, 전체적으로 8각형 구도를 하고 있다. 기단(基壇)은 세 층으로
아래 받침돌, 가운데 받침돌, 위 받침돌로 이루어졌다. 아래 받침돌은
두 단인데 구름에 휩싸인 용과 사자 모양을 각각 조각해 놓았다. 가운데
받침돌에는 둥근 테두리를 두르고 부처님의 설법을 들으러 몰려든다는

---

195) 구례군지편찬위원회, 『구례군지』 중권, 2005, pp.502~503.
196) 탑이 부처의 사리를 모시는 곳이라면, 부도는 유명했던 스님들의 사리를 두는 곳이
다. 부도의 구성은 석탑과 같아서 기단 위에 사리를 모시는 탑신(塔身)을 두고 그 위
에 머리장식을 얹는다.

8부 중상(八部 衆像)을 새겼다. 위 받침돌 역시 두 단으로 나뉘어 두 겹의 연꽃잎과 기둥 모양을 세밀하게 새겼는데, 둥근 테를 두르고 불교의 낙원에 산다는 극락조 가릉빈가(伽陵頻迦)를 조각하였다.

▲ 연곡사 동부도

탑신은 몸돌 각 면에 테두리를 두르고, 그 속에 향로와 불법을 수호하는 방위신인 사천왕상(四天王像)을 양각하였다. 지붕돌에는 서까래와 기와골을 새겼으며, 기와를 마무리할 때 두는 막새기와까지 정교하게 조각하였다. 머리장식으로는 날개를 활짝 편 봉황과 연꽃무늬를 새겨 아래위로 쌓아 놓았다.

이 부도는 기단이 좀 높아 보이기는 하나 전체적으로 안정된 비례감을 잃지 않으면서 훌륭한 예술성을 보이고 있어 통일신라 후기를 대표할 만한 우수한 작품으로 평가받고 있다. 이 부도는 도선국사의 부도라고 전해지고 있으나 확실한 것은 알 수 없다. 연곡사는 유서 깊은 참선 도량이어서인지 이 부도 외에도 북부도(국보 제54호)와 서부도(보물 제154호) 등 2기가 더 있다. 이 동부도는 그 중 형태가 가장 아름답고 우아한 작품이다.[197]

○ 연곡사 북부도

국보 제54호이며, 동부도 위쪽 약 50m 지점에 있다. 이 북부도는 동

---

197) 문화재청 http://www.ocp.go.kr.

▲연곡사 북부도

부도를 본떠 고려 전기 때 만든 것으로 보인다. 구조와 크기 등 형태는 동부도와 거의 같고, 단지 세부적인 꾸밈에서만 약간의 차이가 있다. 기단은 동부도와 마찬가지로 역시 세 층으로 아래 받침돌, 가운데 받침돌, 윗받침돌을 올렸다. 아래 받침돌은 2단으로, 아래에는 구름무늬를, 위에는 두 겹으로 된 16잎의 연꽃무늬를 각각 새겼다. 윗받침돌 역시 두 단으로 나누어 연꽃과 돌난간을 아래위로 꾸몄다. 특히 윗단에는 둥근 테를 두르고 탑신의 몸돌 각 면에는 향로와 불법을 수호하는 방위신인 사천왕상 등을 꾸며 놓았다.

얇고 잘록한 중대석 각 면 안상(眼象)에도 조각하여 장식하였다. 상대석에는 꽃무늬를 넣은 앙련을 둘러 새겼으며, 윗면에는 가운데 둥근 마디가 있는 난간을 모서리마다 세우고, 그 사이 안에는 동부도와 마찬가지로 극락세계에 산다는 극락조인 가릉빈가(伽陵頻迦)를 양각하였다. 8각탑신 각 면에는 문짝(門扉)과 향로를 모서리에는 기둥을 양각하였다. 옥개석(지붕돌)에는 목조건물의 지붕을 모방하여 서까래·기왓골·막새 등을 세밀하게 새겼으며, 아랫부분에는 비천상(飛天像)을 조각하였다. 상륜부는 보주만 없을 뿐, 앙련의 대석 위에 날개를 편 봉황의 모습을 새긴 돌을 얹고 다시 보륜 등을 올렸다. 기록이 남아 있지 않아 동부도와 마찬가지로 역시 누구의 부도인지는 알 수 없어 '북부도'라고만 부르고 있으며, 8각형 부도를 대표할 만한 훌륭한 작품으로 평가되고 있다.198)

다) 운상(雲上)고찰 법계사

법계사(法界寺)는 경남 산청
군 시천면 중산리 873번지,
지리산 천왕봉 동쪽 기슭에 있
는 사찰이다. 대한불교조계종
제12교구 본사 쌍계사의 말사
이며, 한국에서 가장 높은 해
발 1,450m쯤에 위치하고 있

▲법계사의 옛 모습(1940년경)

다.[199] 법계사는 544년경 연기조사가 구례 화엄사에 이어 세운 사찰로
서, 1천5백여 년 가까운 오랜 역사를 지니고 있다. 그는 전국을 두루
다녀본 후, 천하의 승지가 이곳이라 하여 여기에 이 절을 창건하였다고
한다.

신라 말에는 최치원이 이 절에 머무르며, 법당 남쪽에 있는 바위에
자주 들렀다 하는데 이 바위를 문창대(文昌臺)라 하고[200] 그 문창대 넓
은 반석 앞에는 '고운최선생장구지소(孤雲崔先生杖屨之所)'[201]란 글귀가
새겨져 있다. 그러나 이 절은 수난도 많이 겪었다. 1380년(고려 우왕 6
년) 왜구의 방화로 소실[202]되었고, 이어 1405년(태종 5년)에 정심선사가
중창하였으나, 1908년 의병들의 근거지였다는 이유로 일본군에 의하여

---

198) 앞의 웹사이트 참고.

199) 중산리의 등산로 입구에서 5.4km 정도 천왕봉을 오르는 길의 3분의 2지점(천왕봉
  에서 아래 중산리 쪽으로 약 2km 지점)에 있다.

200) '문창대'라는 이름은, 고려 현종이 내린 최치원의 시호 '문창후(文昌候)'에서 유래
  한 것으로 추측되고 있다.

201) 고운 최치원 선생이 노닐던 곳, 또는 고운 선생이 지팡이와 짚신을 벗어 놓은 곳이
  란 뜻이다.

202) 고려 말 왜적 아지발도가 이 절에 불을 지르고 운봉전투에서 이성계의 활에 맞아
  죽었다는 일화도 있다.

▲현재의 법계사 모습(2009)

다시 화염속으로 사라졌다.[203] 그 후 1938년 신덕순이라는 신도가 복구하였으나, 1948년 10월 19일 여·순사거 때 다시 불태워졌다 이후 불자들의 원력으로 중창되어 현재에 이르고 있다.

용이 서리고 범이 웅크린 듯한 산세가 좌우로 급박하게 둘러싸고 있으며, 오직 동남쪽으로만 트인 이 절은 춘분과 추분에 남극성인 노인성(老人星)이 잘 보인다고 한다. 문화재로는 보물 제473호인 법계사3층 석탑이 있다.

○ 법계사 3층석탑

법당 왼쪽에 보물 제473호로 지정되어 있는 3층 석탑이 있다. 이 탑

---

203) 1910년 경술국치 때 일인들이 법계사의 혈맥을 끊어놓는다며, 천왕봉 아래 마당바위 옆과 법계사 뒤편 도솔봉에 거대한 쇠말뚝(혈침)을 박아 놓았다. 이 혈침들은 천왕봉에서 제를 지내고 내려오던 사람들에 의해 우연히 발견되어 2005년 5월 1일(음력)과 2006년 10월 3일 각각 제거되어 현재 법계사 경내에 전시되어 있다.
『월간 불광 2008년 10월호』, 불광출판, p.91.

은 자연암석 위에 3층의 탑신
(塔身)을 올린 모습이다. 탑신
부의 몸돌과 지붕돌은 각각 하
나의 돌로 만들었으며, 몸돌
각 모서리에는 기둥을 넓게 새
겼다. 각 층의 지붕돌은 두터
운 편이며, 지붕돌 밑면 받침
은 3단이다. 이 석탑은 높이가

▲법계사 3층석탑

2.5m이며, 탑의 구조는 기단부로 이용된 자연암석에 상면 중앙에 탑신
을 받치기 위하여 2단의 굄을 마련하였고, 그 위에다 별석으로 3층 탑
신을 얹었다. 각 옥신에는 우주를 모각한 외에는 별 다른 장식이 없다.
옥개석은 하면에 3단의 받침을 모각하고, 상면에는 옥신을 받치기 위
한 굄이 1단 모각되었다. 1층의 탑 몸체는 매우 높고 2층과 3층은 급격
히 줄어들어 낙수면 경사가 심하다. 옥개는 둔후한 편으로 받침은 각층
3단이고, 추녀는 전각(轉角)부분에 이르러 약간 휘어졌다. 옥개석의 전
각은 약간 반전(反轉)되었으며, 전체적으로 중후한 감을 주고 있다.[204]
　탑의 머리장식 부분인 상륜부에는 포탄 모양의 돌이 얹혀있는데 나
중에 보충한 것으로 여겨진다. 이처럼 바위를 기단으로 이용한 탑은 신
라 이후로 유행하였는데, 이 탑처럼 아래 기단부를 간략하게 처리한 경
우는 드물다. 양식이 간략하고 투박한 느낌을 주고 있어서 전형적인 신
라석탑 양식에서 벗어난 고려시대의 석탑으로 추정된다.[205]

---

204) 경상남도자연학습원, 『지리산의 메아리』(제10집), 2008, p.24.
205) 문화재청 http://www.ocp.go.kr/.

라) 화엄종찰 화엄사

지리산 노고단 서쪽, 전남 구례군 마산면 황전리 12번지 일원에 있는 화엄사(華嚴寺)는 대한불교조계종 31본산 중 제19교구 본사이다. 서기 544년(백제 성왕 22년, 진흥왕 5년)에 인도승 연기조사가 창건하였다 하며, 절의 이름은 화엄경에서 ‘화엄’ 두 글자를 따서 지었다. 처음에는 해회당(海會堂)과 대웅상적광전(大雄常寂光殿)만 세워졌으나, 그 후 643년(선덕여왕 12년) 자장율사에 의해 증축되었다. 645년(선덕여왕 14년)에는 자장율사가 당나라에서 부처님 진신사리 73과를 모셔와 4사자 3층 사리석탑을 세운 다음 그 안에 봉양하였으며, 원효대사는 해회당에서 화랑도들에게 화엄사상을 가르쳤다고 한다. 또 677년(신라 문무왕 17년)에는 해동 화엄종 시조인 의상대사가 당나라에서 돌아와 법장(중국 화엄종 제3조)의 화엄경수현기를 국내 화엄 10찰(華嚴 十刹)[206]에 나눠줬는데, 이 절도 그 중의 하나였다. 이후 3층의 장육전(丈六殿, 현 각황전)을 짓고, 그 안에 황금장육불상을 모신 다음 사방벽면에 화엄경을 돌에 새긴 석경(石經)을 두르는 등 이 화엄사를 크게 중창하면서 화엄종 전파 도량으로 삼았다.

경덕왕(742~764) 때에 이르러서는 8원(院) 81암(庵) 규모의 대사찰로 이른바 화엄불국 연화장세계를 이루었다고 하며, 875년(신라 헌강왕 1년)에는 도선국사가 다시 중창하면서, 동·서 5층석탑을 만들고 화엄사를 대총림으로 승격시켰다.

---

206) 의상대사는 전국에 화엄십찰(華嚴十刹)을 두어 화엄사상 선양에 많은 노력을 기울였다. 화엄십찰은 지리산 화엄사(智利山 華嚴寺)·소백산 부석사(小白山 浮石寺)·원주 비마라사(原州 毘麻羅寺)·가야산 해인사(伽倻山 海印寺)·비슬산 옥천사(毘瑟山 玉泉寺)·금정산 범어사(金井山 梵魚寺)·팔공산 미리사(八公山 美理寺)·계룡산 갑사(鷄龍山 岬寺)·웅주 가야협보원사(熊州伽倻峽普願寺)·삼각산 청담사(三角山 清潭寺)이다.

▲화엄사 전경-이호신 화백

고려시대 때인 943년(태조 26년)에는 왕명으로 다시 화엄사를 중수하였고, 광종 때에는 홍경선사가 퇴락한 당우외 암지를 보수히였다. 문종(1047~1083) 때에는 대각국사 의천이, 인종(1126~1146) 때에는 정인왕사가 중수하였다. 그리고 1172년(명종 2년)에는 도선국사비가 세워졌고, 충렬왕(1236~1308) 때에는 원소암(圓炤庵)이 중건되었으며, 충숙왕(1313~1330) 때에도 조형왕사에 의하여 전면적인 보수가 있었다 한다.

조선시대인 1426년(세종 6년)에 선종 대본산으로 승격된 화엄사는 배불정책의 와중에도 설응·숭인·부휴·중관·무렴 등의 고승대덕들에 의해 크게 중창되었다. 1592년 임진왜란이 일어나자 화엄사 승려들은 승병을 일으켜 왜군들에 대항하였다. 화엄대선 겸 선교판(華嚴大選 兼 禪敎判)을 맡고 있었던 윤눌(潤訥)은 수군에 입대하여 이순신 장군의 부장(副將)으로 발탁되었고, 후에는 제2차 진주성전투에도 참가하였다. 또 해안(海眼)도 의병을 모집하여 진주성전투에 참가하였으며, 정유재

▲화엄사 대웅전과 동5층석탑(지리산국립공원 남부사무소)

란 때에는 주지 설홍(雪泓)이 화엄사 승병 153명을 조직, 인솔하여 군량미 103석과 함께 석주관 방어전투에 참가하였으나, 주지를 포함하여 화엄사 승병 전원이 순절하였다.207) 왜장 가토 기요마사는 이에 대한 보복으로 8원 81암자에 이르는 화엄사의 모든 당우(堂宇)를 불태우고 화엄석경 등 보물들은 깨뜨리거나 약탈해 갔다.208) 왜란이 끝난 후 선조는 화엄사 승군들의 공적을 치하하고, 어필서책(御筆書冊)을 하사하는 등 화엄사 복구에 각별한 관심을 가졌다.209)

그 후 1630년(인조 8년) 벽암선사가 절을 다시 세우기 시작하여 6년만인 1636년(인조 14년)에 완성하였다. 1649년(효종 원년) 화엄사가 선종 대가람으로 승격된 후, 숙종(1699~1703) 때에는 계파선사와 문도들에 의하여 장육전210) 자리에 각황전이 건립되었고,211) 선교 양종 대가람이 된

---

207) 이 사실은 1798년(정조 22년) 대웅전 중수 시, 석주관 6의사가 화엄사에게 보낸 군량 및 승병 지원을 요청한 격문과 화엄사 승려가 쓴 「정유란 일기」가 발견되어 세상에 알려지게 되었다. 관련 내용 pp.92~93 참조.

208) 왜군들은 화엄사 범종을 일본으로 가져가려고 섬진강을 건너다가 배가 전복되어 강에 빠뜨린 것으로 알려지고 있다. 그들은 또 장육전을 두르고 있던 석경들을 파괴하였으며, 그 파편들은 현재 각황전 안에 일부가 보관되어 있다.
대한전통불교연구원·삼각산도선사 공동주최, 제12회 국제불교학술회의, 『도선국사와 한국』, 1996, p.176.

209) 국립목포대학교 박물관, 전라남도·구례군, 『구례군의 문화유적』, 금성인쇄출판사, 1994, pp.104~105.

210) 장육이란 부처님의 몸(16자)을 일컬으며 장육금신(丈六金身)이라 한다. 각황전 2층 4면 7칸의 사방 벽에 화엄경을 돌에 새기고 황금장육불상(黃金丈六佛像)을 모셨다고

이후 근세에는 도광(導光)
선사의 대대적인 중창에
의하여 지금과 같은 규
모로 중흥되었다.

▲화엄사 각황전

그러나 화엄사는 현대
에 들어와서 또 한 번 연
진(煙塵) 속으로 사라질
뻔하였다. 즉 6·25전쟁
이 발발한 이듬해인 1951
년, 지리산 빨치산 토벌
작전을 위하여 아군은 화엄사를 소각시키도록 지시하였다. 그러나 당
시 화엄사지구 관할 전투경찰대 제2연대장이었던 차일혁 총경212)이 이
를 거부함으로써, 화엄사는 보존되어 현재와 같이 전해져 오고 있다.
최근에 들어와서는 종원선사(宗源禪師)가 1989년부터 대석광선·분수선
·관음전·적멸당·원응당·일맥당(一麥堂) 등을 중창하여 오늘에 이르
고 있다.

한다. 이 화엄경은 팔십화엄(八十華嚴)으로서 이를 새겼던 석경(石經)들은 임진왜란
때 왜군들에 의해 파손되어 현재 파편조각 상태로 전해져 오고 있다.

211) 장육전이 각황전으로 중건되자, 숙종은 친히 각황전이라 사액하였다.

212) 차일혁 총경은 1920년생으로, 당시 지리산 빨치산 토벌을 위해 화엄사를 소각시키
라는 상부의 명령을 거부하고 불태우지 않았다. 결국 빨치산들은 진압됐고, 화엄사도
온전히 보존되어 지금과 같이 전해져 오고 있다. 그는 또 후일 대성리 빗점골에서
피살되어 나중에 버려지다시피 한 빨치산(남부군)사령관 이현상의 시신을 수습하여
화장하여 주기도 하였다 한다. 빨치산 토벌완료 후, 유서 깊은 문화재 '화엄사'를 보
호해준 데 대해 대한불교조계종 초대종정은 1958년에, 문화재청은 1998년에 각각 감
사장을 수여하였다(문화재청 감사장은 본인 유고로 그의 아들 차길진 씨에게 전달).
그는 1958년 충남 금강에서 사고사 하였다. 이후 아들인 불교 포교사 차길진이 1990
년 아버지의 수기를 엮어 출간함으로써, 당시 지리산일대 빨치산들의 행적을 추적하
는 데 큰 도움을 주었다.

▲화엄사 원통전앞 사자탑(圓通殿前 獅子塔. 좌)과 석등(우)

　화엄사 일주문을 지나 들어가면 금강역사(金剛力士)·문수보살·보현
보살상을 안치한 금강문에 다다른다. 그리고 대개의 절은 대웅전을 중
심으로 가람이 배치되어 있으나, 화엄사는 대웅전과 함께 각황전이 중
심을 이루고 있다. 대웅전에는 비로자나불(毘盧遮那佛)[213]을, 각황전에
는 석가모니불을 주불(主佛)로 하고 있다. 화엄사 경내 주요 문화재로는
국보 제12호인 석등, 국보 제35호인 사사자3층석탑(四獅子三層石塔), 국
보 제67호인 각황전이 있으며, 보물 제132호인 동5층석탑(東五層石塔),
보물 제133호인 서5층석탑, 보물 제300호인 원통전앞 사자탑(圓通殿前
獅子塔), 보물 제299호인 대웅전 등이 있다. 그 외로 천연기념물 2점(올
벚나무, 매화)·지방문화재 2점(보제루, 구층암석등) 등 많은 문화재와 20
여 동의 부속건물이 있다. 부속 암자로는 구층암(九層庵)·금정암(金井
庵)·지장암(地藏庵) 등이 있다. 지난 1995년에는 서5층석탑 보수공사 도
중에 부처님 진신사리 22과와 성보 유물 16종 72점이 발굴되어 화엄사
는 선교 양종 대본산으로서의 품격을 더욱 높이게 되었다.[214]

---

213) 석가의 진신(眞身)을 높여 부르는 칭호로서, 화엄종에서 본존불(本尊佛)로 하고 있다.

화엄사상

화엄사상은 세상 삼라만상 모두가 끝없는 시간과 공간 속에서 서로 대립하지 않고, 서로의 원인이 되며, 각자 초월하여 융합하고 있다는 사상이다. 이와 같은 화엄사상은 신라가 삼국통일 후, 고구려와 백제유민들을 포섭하고, 왕을 중심으로 귀족과 백성들을 하나로 융합·조화시키는데 이념적·이론적인 뒷받침을 하였다.[215]

이 화엄종은 중국 수·당시대 때, 인도불교의 성격에서 벗어나 중국적 특색을 갖는 불교 종파들이 발생하였는데, 화엄종도 이때 시초되었다 한다. 초조(初祖)는 두순(杜順, A.D 557~640), 제2조는 지엄(智嚴), 제3조는 법장(法藏 A.D (643~·712)으로 이어지며, 화엄종은 체계화되고 크게 발전하였다. 우리나라에는 신라시대(중대) 때 원효와 의상에 의하여 화엄종이 수입되고 발전하였다.[216] 그리고 이 화엄종은 대방광불(大方廣佛) 화엄경을 소의(所依)로 하고, 5교 10종을 교판으로 하며,[217] 중

▲ 화엄사 영산회괘불탱(상),
화엄사 화엄석경(하, 지리산국립공원 남부사무소)

중무진(重重無盡)의 법계연기(法界緣起)를 교설(敎說)로 한다. 이 교설을 펴기 위하여 십현연기[十玄緣起: 동시구족상응문-同時具足相應門, 광협자재무애문-廣狹自在無碍門- 등]와 육상원화(六相圓和), 그리고 사법(四法)을 설한다.[218] 또 F. Capra는 '우주본체의 진리는 영원불변한 것으로서, 우주의 본성

---

214) 화엄사 웹사이트에서 주요 내용 참고.

215) 국민대학교 국사학과, 『지리산문화권』, 역사공간, 2004, p.49.

216) 『철학대사전』, 학원사, 1976, p.128.

217) 『철학개론』, 연세대출판부, 1983, p.60.

은 항상 역동적으로 움직이고 살아있다고 보는 것이 화엄 중심사상 중의 하나'라고 하였다.[219]

그리고 화엄경이란 화엄종의 기본경전으로서, 『대방광불화엄경(大方廣佛華嚴經)』의 약칭이다. 이는 '크고 방정하며, 넓은 이치를 깨달은 부처님의 장엄한 글(經)'이라는 뜻이다.

마) 영남제일선원 대원사

대원사(大源寺)는 산청군 삼장면 유평리 2번지에 있는 사찰로서, 548년(신라 진흥왕 9년)에 연기조사가 창건하고, 처음에는 평원사(平原寺)라 하였다. 그 뒤 1천여 년 동안 폐사되어 왔던 것을, 1685년(조선 숙종 11년) 운권(雲捲)선사가 문도들을 데려와 평원사 옛 절터에 사찰을 건립한 뒤 대원암(大原庵)이라 개칭하였고, 선불 간경도량을 개설하여 영남 제일의 강원이 되었다. 그 후 서쪽에 조사영당(祖師影堂)을 보수하고, 동쪽에는 방장실과 강당을 건립하여 현재의 절 이름인 대원사로 바꾸었다. 1914년 1월 12일 밤 화재로 또 절이 모두 불타버린 것을 1917년경부터 여러 스님들이 다시 중창하여 전(殿)·누(樓)·당(堂)·각(閣)·요사채 등 12동 184칸의 건물을 지었다. 그러나 여·순사건과 한국전쟁 때 또다시 파괴되어 방치되었다가, 1955년경부터 김법일스님이 대웅전·사리전·천광전·원통보전·봉상루·범종각·명부전 등을 중창하여 현재에 이르고 있다.[220] 대원사에는 보물 제1112호인 대원사다층석탑과 시·도유형문화재 제362호인 대원사강희신사명반자가 있고, 대원사가 소재한 계곡일원은 시·도기념물 제114호로 지정되어 있다.

218) 한국동서철학연구회, 『동서철학통론』, 문경출판사, 1993, pp.381~382.
219) F. Capra 저, 이성범·김용정 역, 『현대물리학과 동양사상-The TAO of Physics-』, 1987, p.233.
220) 경상남도자연학습원, 『지리산의 메아리』(제10집), 2008, pp.24~25.

▲ 대원사 경내 모습(박우근)

▲ 대원사 전경-이호신 화백

○ 대원사 다층석탑(大源寺 多層石塔)

▲ 대원사 다층석탑(『산청군지』 상권, 2006)

대원사다층석탑은 646년(신라 선덕여왕 15년) 자장율사(慈藏律師)가 부처님의 진신사리를 봉안하기 위하여 처음 건립한 것으로 알려지고 있다. 현재의 이 탑은 조선 전기에 다시 건립된 것이나, 임진왜란 때 파괴되어 1784년(정조 8년)에 중건하였다. 탑 구성은 2층 기단위에 8층의 탑신부(塔身部)를 만들었고, 탑 꼭대기에 상륜(相輪)을 장식하였으나, 현재는 그 일부만 남아 있다. 상층기단 각 면에는 두 손을 모아 합장한 공양상(供養像)이 새겨져 있다. 2단의 기단 위층 네 귀퉁이에는 기둥 모양을 본떠 새긴 우주(隅柱)대신 인물상이 새겨져 있으며, 4면에는 사천왕상(四天王像)을 각각 조각해 놓았다. 탑신 각 지붕돌은 처마는 두꺼우며, 네 귀퉁이에서 약간 올렸고, 8층 각 지붕돌에는 풍경을 달아 놓았다. 이 탑은 소박하나 전체적인 체감비율이 뛰어나다. 나라에 경사가 났을 때에는 이 탑에서 서광이 나고 향기가 경내에 가득하였다고 한다. 또 마음이 맑은 사람은 과거 근처에 있었다던 연못 속에 비친 탑 그림자 속에서 탑 안의 사리를 볼 수 있었다고 한다.[221]

바) 최고(最古)의 비로자나불과 내원사

산청군 삼장면 대포리 583번지, 장당계곡과 내원계곡이 합류하는 지점에 자리한 내원사(內院寺)는 대한불교조계종 제12교구 본사인 해인사

---

221) 문화재청 http://www.cha.go.kr/korea/heritage/search.

▲내원사 전경

말사이다. 이 절은 657년(신라 태종 무열왕 4년) 무염(無染, 801~888)국사
가 창건하고 처음에는 덕산사(德山寺)라 하였다. 창건 초기에는 무염국
사가 상주하고 많은 대중들이 수행한 것으로 알려져 있다. 이후 자세한
사력(寺歷)은 없으나, 1609년경 원인모를 큰 화재[222]로 전소된 후 오랫
동안 폐사되어 절터가 마을 주민들의 전·답으로 사용되었다. 그 후
1959년경부터 원경(圓鏡, 속명: 홍진식)스님이 대웅전을 비롯하여 심우
당·비로전·산신각·칠성각·요사채 등을 중창하여 현재에 이르고 있
다. 절 이름도 이때 내원사로 바꾼 것으로 추정되나 확실치는 않다.

　경내에는 석남암수석조 비로자나불좌상(石南巖藪石造 毘盧舍那佛坐像,
보물 제1021호)과 내원사 3층석탑(보물 제1113호) 두 점의 보물이 있는데

---

222) 내원사 화재에 관한 전설은 p.293 참조.

▲내원사 3층석탑

이 두 보물은 우리나라에 불교문화가 융성하였던 8세기의 불상과 석탑 양식을 갖고 있는 귀중한 유물이다.[223] 이 중 비로자나불상은 우리나라 최초의 비로자나불상으로서, 1980년대에 경상남도 유형문화재 제76호로 지정되었다가, 1990년 3월 5일 보물 제1021호로 승격되었다. 그리고 이 불상 대좌에서 나온 '영태이년명납석제호(永泰二年銘蠟石製壺)'라 새겨진 사리함은 1986년 10월 국보 제233호로 지정되어 현재 부산광역시립 박물관에 소장되어 있다.

O 내원사 3층석탑

내원사 경내에 있는 이 탑은 원래 사리와 보물을 간직할 목적으로 657년(신라 무열왕 4년)에 세워진 것으로 알려져 있다. 높이 4.8m 가량의 이 3층 석탑은 2단의 기단(基壇) 위에 3층 탑신(塔身)을 얹은 후 꼭대기에는 상륜(相輪)을 장식하였다. 기단 각 면에는 모서리와 가운데 부분에 기둥 모양을 본떠 새긴 조각이 있었으나 화재로 심하게 손상되었다. 특히 아래층 기단은 가운데 기둥을 2개씩 만들었고, 탑신은 각 층의 몸돌과 지붕돌을 각각 하나의 돌로 새겨 차례로 쌓아 올렸으며, 1층에 비해 2·3층은 대폭 줄어들었다. 얇고 평평한 지붕돌은 밑면의 받침을 4단씩 만들었으며, 윗면은 약간 경사지게 하였다. 처마는 수평을 이루고 있으나, 네 귀퉁이는 살짝 들어올렸다. 그러나 탑의 머리 부분은 아무 장식이 남아 있지 않아 아래에서 올라오던 탑의 흐름이 갑자기 단절된 것처럼 보인다. 그리고 아래층 기단에서 보이는 2개씩의 가운데 기둥은 이 지역에서는 흔치 않은 예로, 일부 파손되긴 하였으나 대체로 원형을 잘 유지하고 있다.[224) 이 석탑 북쪽에 옛 법당지가 있고, 주변에 석등부재와 석탑의 상륜부재, 각종 조각석의 파편들이 높여 있는 것으로 보아, 본래 남향한 1탑 가람이었고, 현재의 위치가 원 위치였을 것으로 추정되고 있다. 지대석(地臺石)과 하층기단 면석(面石)은 같은 돌 4매로 구성되었는데, 하층 기단 각 면에는 두 개의 우주(隅柱)와 두 개의 탱주(撑柱)가 모각되어 있다. 탑신부(塔身部)에는 탑신과 옥개석이 각각 한 돌로 조성되었고, 옥개석(屋蓋石) 받침은 4단씩이며, 물매는 얕고 추녀는 직선이다.[225) 2단으로 구성된 기단이나 지붕돌 밑면의 받침을 4단으로 만든 점 등으로 보아 통일신라 후기에 만들어진 탑으로 추정된다. 그러나 이 탑은 1950년경 도굴꾼에 의하여 사리장치가 있던 1층 몸돌과 맨 위쪽 옥개석, 그리고 상륜부가 크게 파손됐다.[226) 1961년경 원경스님이 당시 주지로 있을 때, 이 탑을 복원하면서 사리함도 새로 만들어 끼워놓았다. 현재 보물 제1113호로 지정돼 있다.

○ 석남암수석조 비로자나불좌상(石南巖藪石造 毘盧舍那佛坐像)

이 불상은 원래 지리산 동쪽 중턱 석남암사지에 있다가 현재 내원사로 옮겨 놓은 석조 비로자나불상이다. 석남사지는 지금의 내원사에서 위쪽으로 약 6㎞쯤 떨어진 장당골 상류쯤에 있는데, 현재는 절터와 2기

---

224) 문화재청 http://www.cha.go.kr/korea/heritage/search .
225) http://cafe.daum.net/geosalim/51ZH/206?docid=.
226) http://san.chosun.com/site/data/html_ .

▲내원사 석남암수석조 비로자나불좌상

의 석탑만이 도괴(倒壞)된 채 남아 있다. 1945년 이 마을의 이성호 형제가 이 석남사지로 나무하러 갔다가 이 불상을 발견하고 지게로 지고 와 집안에 보관하였던 것을 1965년 이곳 내원사로 옮겼다. 그러나 이들 형제가 석남사지에서 마을로 불상을 지고 올 때 무게를 줄이기 위하여 무릎 밑과 등 부분을 깨뜨려 내어 원형이 크게 훼손된 데다가, 입자가 매우 거친 화강암으로 만들어져 풍우로 인해 심하게 마멸되어 있다. 눈·코·입 등 자세한 얼굴모습은 마멸되어 남아 있지 않으나, 전체모습은 당당하고 세련되어 있다. 머리 위에 있는 상투 모양의 머리(육계)는 높고 큼직한 편이나 약간 파손되었으며, 둥근 얼굴은 부피감이 풍부하여 8세기 불상의 특징을 잘 보여주고 있다. 상체는 건장한 모습으로 자연스러운 가슴·허리의 굴곡·어깨나 팔의 부피감 등을 사실적으로 잘 표현하고 있다. 전신을 감싸고 있는 옷은 얇아서 신체의 굴곡을 잘 드러내고 있으며, 옷주름 역시 촘촘하고 부드럽게 표현하였다. 손모양은 왼손 검지를 오른손으로 감싸 쥐고 있어 비로자나불임을 알려주고 있다.

불상이 앉아있는 대좌(臺座)는 상대·중대·하대로 이루어졌는데, 8각의 하대에는 아래를 향한 연꽃무늬를 새겼다. 중대는 8각의 각 모서리마다 기둥을 새겼으며, 상대에는 2겹의 연꽃무늬를 새겼다. 부처의 몸에서 나오는 빛을 형상화한 광배(光背)에는 연꽃무늬와 불꽃무늬가 새겨져 있었는데, 운반과정에서 위에서 오른쪽으로 비스듬히 하단까지 파손시켜 약 3분의 1정도가 없어져 버렸다.

▲쌍계사 전경-이호신 화백

이 불상의 대좌 중앙 중대석 안에 보관되어 있었던 사리호(舍利壺) 표면에 신라 혜공왕 2년(766) 이 불상을 조성하여 석남암사에 모셨다는 내용을 새겼다.[227] 즉, 영태(永泰) 2년(776년, 신라 혜공왕 2년) 두온애랑(豆溫愛郎)이라는 화랑이 젊은 나이에 요절하자, 그의 부모가 죽은 자식을 위해 불상을 제작하여 석남사(石南寺) 관음암(觀音庵)에 모시고, 법승(法勝)·법연(法緣)이라는 두 스님으로 하여금 명복을 빌어 주게 하였다는 내용을 136자의 이두문으로 새겨 놓았다. 이로서 이 불상은 조성연대와 동기가 확실하게 새겨져 있어, 우리나라 비로자나불 중 가장 오래된 불상임이 밝혀졌다.

사) 설리갈화처 쌍계사

경남 하동군 화개면 운수리 207번지에 있는 쌍계사(雙磎寺)는 대한불

---

227) 문화재청 http://www.cha.go.kr/korea/heritage/search .

▲쌍계사 전경(쌍계사 순원스님)

교조계종 제13교구 본사이다. 쌍계사는 723년(신라 성덕왕 22년) 대비(大悲)·삼법(三法) 두 화상이 중국 남종선(南宗禪)을 창시한 육조혜능의 정상(頂上)을 모시고 귀국하여 "지리산 설리갈화처(雪裏葛花處)228)에 봉안하라."는 꿈의 계시를 받고, 호랑이의 인도로 이곳에 이르러 절을 지었다고 한다. 그 후 이 절은 한때 퇴락하였으나, 843년 중국 남종선의 법맥을 잇고 귀국한 혜소 진감(眞鑑)선사(774~850)가 대가람으로 중창한 후, 선(禪)과 범패(梵唄)를 널리 보급하였다.

쌍계사는 두 계곡 가운데 위치하고 있어 쌍계사229)라 불린다. 처음에는 이름을 '옥천사'라 하였으나, '옥천사'라는 절 이름이 당시 근처(고성,

---

228) '눈 속에 칡꽃이 피어있는 곳'이란 뜻.
229) 쌍계사 대웅전의 현판 글씨는 조선 선조의 여덟째 왕자인 이광이 쓴 화엄사 글씨를 복각한 것으로 전해지고 있다. 또 혜능(惠能)의 정상을 봉안한 육조정상탑이 있는 금당의 '육조정상탑(六祖頂相塔)'과 '세계일화조종육엽(世界一化祖宗六葉)'이란 글은 추사 김정희의 글씨다. 또 일주문에 쓰인 '삼신산 쌍계사'라는 예서 편액은 근대 서예가 해강 김규진이 썼다.

▲쌍계사 대웅전   ▲쌍계사 일주문

固城)에 또 있었기 때문에, 887년(정강왕 2년) 쌍계사로 바꾸었다. 쌍계
사를 크게 중창한 혜소가 입적하자, 헌강왕(875~886)은 그에게 '진감선
사(眞鑑禪師)'라는 시호를 내렸다. 이어서 정강왕(886~887)은 쌍계사라
제호를 내리고, 최치원에게 대공영탑(大空靈塔) 비문을 짓고 쓰도록 하
였다. 그리하여 최치원이 31세 때 위 비문을 써서 887년(정강왕 2년)에
세웠는데, 이것이 '진감선사대공탑비'이다.[230]

일주문·금강문·천왕문을 지나면 1990년에 준공된 8각 9층 석탑이
있다. 그 탑 뒤에는 팔영루(八泳樓)가 있는데, 진감선사 혜소가 중국의
여산에 있는 동림사를 모방하여 지은 다음, 여기서 섬진강에 뛰노는
물고기를 보고 여덟 음률로 된 범패를 작곡하였다고 한다. 쌍계사 대
웅전은 쌍계사의 본당으로서, 조선 선조 때 벽암선사가 쌍계사 승군

---

230) 이 탑은 대웅전 바로 아래 경내에 세워져 있다. 쌍계사를 크게 중창한 진감선사를
기리기 위해 세운 비로서, 그의 일대기가 적혀 있다. 이 탑은 우리나라 고유의 불교특
색이 나타나기 시작한 신라 말기의 대표적인 비석이다. 우리나라에 현존하는 금문석
가운데 으뜸이며, 신라시대의 불교연구에 귀중한 사료가 되는 비석이기도 하다. 이
비석은 임진왜란 때 왜병에 의해 일부 파괴되어 금이 간 것을 1936년 지진 때 또 일부
손상을 입었다. 그 후 6·25전쟁 때 총탄을 맞아 그 흔적이 남아 있다.

▲쌍계사 진감선사 대공탑비

▲중국 광동성 샤오관시 남화선사에 있는
조전(祖殿). 한때 이절에서 주석하였던 육조
혜능의 등신불이 모셔져 있다.
(화개면지편찬위원회, 『화개』 상권, p.372)

5천여 명을 동원하여 남한산성을 축조한 공에 대한 보답으로 나라에서
지어 주었다.[231]

쌍계사도 다른 사찰들과 마찬가지로 창건 이래 소실과 중건을 거듭하
였다. 그 중 1506년 진주목사 한사개가 크게 중수하였고, 1549년(명종
4년)에는 서산대사가 중창기를 썼다. 그러나 1593년 임진왜란 때 왜군
들이 침입하여 불을 질러 소실된 것을 1601년(선조 34년) 다시 중건하였
다. 그 후 1623년 전후로 다시 여섯 차례의 큰 화재가 있었는데, 1640년
학명(學名)과 의오(義俉)가 중수하였다. 그 후 1850년의 대화재에 이어,
1968년 2월 19일에는 적묵당이 불타는 등 여러 번 소실되었으나, 1975
년부터 고산(杲山)스님에 의해 크게 중창되어 현재와 같은 사격을 갖추
고 있다.

쌍계사에는 국보 1점(진감선사대공탑비, 국보 제47호), 보물 6점(대웅전

231) 1620년(광해군 12년) 착공하여 1623년(인조 1년)에 완공되었다.

-보물 제500호, 쌍계사 부도-보물 제380호, 팔상전 영산회상도-보물 제925호 등)의 국가지정 문화재와 지방문화재 22점이 있다. 그리고 일주문·금강문·천왕문·청학루·마애불·명부전·나한전 등의 부속 건물과 칠불암·국사암·불일암·도원암 등의 부속암자가 있다. 쌍계사는 차(茶)와도 인연이 깊어 쌍계사 입구 계곡주변에서는 차(茶)가 많이 생산되고 있으며, 근처에는 '차시배추원비(茶始培追遠碑)'와 '차시배지(茶始培地)' 기념비가 있다.

아) 구산선문 최초가람 실상사

전북 남원시 산내면 입석리 50번지 일원에 있는 실상사(實相寺)[232]는 대한불교조계종 제17교구 본산인 금산사(金山寺) 말사이다. 실상사는 서기 828년(신라 흥덕왕 3년) 증각대사 홍척(洪陟)이 당나라에 유학, 마주 두임선사의 제자인 서당 지장선사의 선맥을 이어받고 귀국하여 2년여 동안 전국의 산을 다닌 끝에 그의 고향인 이 자리에 창건하였는데,[233] 구산선문(九山禪門) 가운데 최초의 사찰이 되었다.

이후 증각대사의 불심을 높게 기린 흥덕왕[234]은 후일 태자 선광(宣光)과 함께 이 절에 귀의하였다. 증각은 실상사를 창건하고 선종을 크게 일으켜, 이른바 실상학파(實相學派)를 이루었다. 그의 문하인 제2대 수철화상(秀徹和尙: 817~893)을 거쳐 3대 편운대사(片雲大師: 생몰연대 미상)에 이르러 이 실상사는 크게 중창되었으며, 그들이 가르친 수많은 제자들

---

232) 실상사는 산청군에 있는 단속사와 함께 평지사찰이다. 단속사는 폐허가 된 채 석탑만 남겨져 있으나, 실상사는 현재와 같이 일부 중건되어 있다.
233) "실상사가 잘 되어야 나라가 부흥하고 일본을 제압하게 된다"라는 도선국사의 비기에 의하여 실상사를 지었다는 설도 있다. 『실상사』, 선우도량 출판부, 2000, p.12.
234) 흥덕왕은 그 무렵 당나라에 사절로 갔던 대렴(大廉)이 가져온 차(茶) 씨를 지리산에 심게 한 왕이다.

▲실상사 경내 모습(지리산국립공원 북부사무소)

은 전국에 선풍(禪風)을 일으켰다. 그러나 신라 불교의 선풍을 일으키며
면상했던 실상사는 여발선소의 잦은 병화로 쇠퇴를 거듭하나 소선 세소
때인 1468년 원인 모를 화재로 전소되며 폐사되었다. 이후 실상사의
승려들은 1679년(숙종 5년)까지 약 200여 년간 방치되어 있는 동안 백장
암에서 기거하였다. 그러다가 1690년(숙종 16년) 300여 명의 수도승들과
함께 침허대사가 상소문을 올려 36채의 대가람을 중건하였다. 1821년
(순조 21년) 의암대사가 두 번째 중건하였으나, 1883년(고종 20년) 실상사
땅을 차지하려는 속인들의 방화로 또 전소된 것을[235] 1884년(고종 21년)
에 월송대사가 세 번째 중건하여 오늘에 이르고 있다.[236] 또한 현대에
들어와 6·25전쟁 중 실상사는 낮에는 국군, 밤에는 빨치산들이 점거하

---

235) 『실상사』, 선우도량 출판부, 2000, p.32.

236) 실상사는 현재 사적지로 지정된 사역(寺域)만도 10만여 평이 넘는다. 아마도 초창
기엔 남문·중문·탑·금당이 일직선상으로 놓이고, 그 주변으로 전각과 당우들이 배
치되어 있었을 것으로 추측된다. 현재의 실상사는 옛날에 비해 훨씬 작은 규모이다.

는 등 수난을 겪기도 하였으나 다행히
전화는 입지 않았다.

실상사에는 백장암·서진암·약수암 등
의 암자가 있으며, 신라시대 때의 많은
문화유산들이 있다. 국보 제10호로 지
정된 실상사 백장암 3층석탑은 전형에
구애받지 않고 자유롭게 설계되어 있으
며, 당시의 대표적인 석탑이기도 하다.
실상사 내 문화유적 중 보물급으로는 수
철화상 능가보월탑(제33호, 905년)·수철

▲약수암 아미타 목조탱화
진품은 금산사 박물관에 보관되어 있다.
(http://www.silsangsa.or.kr)

화상 능가보월탑비(제34호)·석등(제35호,
개산당시)·부도(제36호, 고려)·3층석탑(제37호, 887년)·증각대사 응료탑
(제38호, 861년 이후)·증각대사 응료탑비(제39호)·백장암 석등(제40호, 9세
기 중엽)·철조여래좌상(제41호, 개산당시)·청동은입사향로(제420호, 1584
년)·약수암 목조탱화(제421호, 1782년) 등 11점이 있다. 지방 유형문화재
로는 극락전(제45호, 1684년)·위토개량성책(제88호, 토지대장)·보광전 범
종(제137호, 1694년)·백장암 보살좌상(제166호, 고려)·백장암 범종(제211
호, 1743년) 등 5점이 있다.

중요민속자료로는 실상사 입구 만수천을 가로지르는 해탈교 양쪽에
1725년(영조 1년)에 세워진 것으로 보이는 석장승 3기(중요 민속자료 제15
호)가 있다.[237] 절을 향해 건너기 전에 세워진 한 쌍의 돌장승 중 오른

---

237) 대장군 대석에 '옹정3년을사3월입동변(雍正三年乙巳三月立東邊)'이라 적혀 있어
이 돌장승들이 세워진 시기를 알 수 있다(이병채, 「장승의 태자리, 남원」). 장승은
벅수라고도 하는데 보통 한 쌍으로 세우나, 이곳 실상사 장승은 만수천 양쪽에 원래
4기가 세워져 있었다고 한다.

▲실상사 보광전 범종   ▲백장암 3층석탑   ▲실상사 철조여래좌상
　　　　　　　　　　　　(지리산국립공원 북부사무소)

편 장승은 1936년 홍수 때 떠내려갔다. 잡귀를 막기 위해 세워진 상원
주장군(上元周將軍)은 두 눈과 코가 크고 둥글며, 머리에는 모자를 쓰고
손에는 창을 들고 있는 모습이다.[238]

자) 남방제일선찰 천은사

　지리산 서남쪽, 전남 구례군 광의면 방광리 70번지 일원에 있는 천은
사(泉隱寺)는 대한불교조계종 제19교구 본사 화엄사의 말사로서, 화엄
사·쌍계사와 함께 지리산 3대 사찰 중의 하나로 꼽히고 있다. 지리산
가운데서도 특히 아늑하고 따뜻한 곳에 자리 잡고 있는 이 절은 신라
중기인 서기 828년(흥덕왕 3년) 인도의 덕운(德雲)대사가 우리나라에 들
어와 명산을 두루 살핀 후, 이 터에 지었는데 처음에는 '감로사'라 하였
다.[239] 그 뒤 875년(헌강왕 원년) 전남 장흥 가지산 보림사를 개창한 보

---

238) 실상사 웹사이트 참고.
239) 조선시대 천은사 중건 당시 지어진 극락보전 상량문에 의하면 창건과 관련하여

▲천은사 전경-이호신 화백

조선사가 증축하였으나, 정유재란 때 소실되었다. 그 후 1610년(광해군 2년) 혜정대사가, 1679년(숙종 5년)에는 단유대사(袒裕大師)가 중창하였는데, 1773년(영조 49년) 화재로 또 소실되었다. 그 이듬해부터 혜암이 다시 복원한 후, 현재와 같은 천은사로 이름을 바꾸었다.[240]

다음과 같이 기록이 있다고 한다. "당 희종 건부2년(875년)에 연기(도선국사)가 가람을 창건하였고 후에 덕운이 증수하였다."(唐 僖宗 乾符二載 緣起相形而建設 德雲因勢而增修…).

240) 절 이름이 바뀐 데에는 다음과 같은 일화가 전한다. "감로천에는 샘을 수호하는 이무기가 살고 있었는데, 단유선사가 절을 중수할 무렵, 밖에 나온 것을 마을 아이들이 발견하고 돌팔매질로 죽이고 말았다. 놀란 스님들이 정성스럽게 구렁이를 묻고 재를 올렸으나, 그 이후로는 샘에서 물이 솟지 않아 '샘이 숨었다'는 뜻으로 천은사라는 이름을 붙였다고 한다." 그런데 절 이름을 바꾸고 가람을 크게 중창은 했지만, 자꾸 화재가 발생하는 등 불상사가 계속 일어났다.

이는 절의 수기(水氣)를 지켜주던 이무기가 죽은 탓이라 여겨지게 되었다. 얼마 뒤 조선시대 4대 명필 중의 한 사람이었던 원교 이광사(李匡師, 1705~1777)가 이 절에

▲천은사 경내 모습

　고려시대에 들어와 절은 크게 번성하였으며, 충렬왕 때(1275~1308)
에는 사격(寺格)이 높아져 남방제일선찰이라 하였다. 그 후 많은 수도자
들이 이 절에서 수행·정진한 것으로 알려져 있으나, 절의 역사 가운데
많은 부분이 공백으로 되어 있다. 더욱이 조선시대에 들어와서는 임진
왜란 등의 병화를 겪으면서 대부분 소실되는 등 점차 쇠퇴의 길로 접어
들었다. 이후 1610년(광해군 2년) 혜정선사(惠淨禪師)가 폐사된 가람을
중창하고 선찰로서의 명맥을 이어왔다. 1715년(숙종 41년)에는 팔상전
에 영산회상도를 조성하였고, 1749년(영조 25년)에는 칠성탱화를 그렸
다. 또 1774년(영조 50년) 5월에는 혜암선사(惠庵禪師)가 소실되었던 전

　들렸다가 이런 이야기를 듣고 마치 물이 흘러 떨어지는 듯한 필체로 '지리산 천은사'
라는 글씨를 써 주면서, 이 글씨를 현판으로 만들어 일주문에 걸면 다시는 화재가
생기지 않을 것이라 하였다. 절에서 그와 같이 하였더니 과연 그 이후로는 화재가
발생하지 않았다고 한다.″(다음 일주문 사진 참조).

각 등을 중창하였다. 그는 당시 남원부사 이경륜과 지리산 내 여러 사찰들의 도움을 받아 2년간에 걸친 중창불사 끝에 지금과 같은 모습의 가람을 이루었다.

▲천은사 일주문

현존하는 건물은 극락보전·팔상전·응진전·수홍루 등 20여 동의 건물이 있다. 현 법당인 천은사 극락보전(전남 유형문화재 제50호)은 앞면 3칸, 옆면 3칸 규모이며, 지붕은 옆면에서 볼 때, '여덟 팔(八)' 자 모양인 팔작지붕이다. 또한 기둥 위와 기둥사이에 지붕 처마의 무게를 받치기 위한 공포를 여러 개 겹쳐 다포형식으로 꾸몄다. 18세기쯤에 그려진 것으로 추정되는 법당 내 아미타후불탱화(보물 제924호)는 우리나라 불화 연구에 귀중한 자료가 되고 있다. 현 법당인 극락보전은 다포양식을 갖춘 화려한 건물로 조선 후기의 대표적인 건물로 꼽힌다. 경내에는 금동불감(보물 제1546호)·괘불탱(보물 제1340호)·삼장탱화(전남유형문화재 제268호)가 있으며, 현재 사찰 일원은 전남 문화재자료 제35호로 지정되어 있다.

차) 백팔조사 행화도량 벽송사

지리산 북쪽, 경남 함양군 마천면 추성리 259번지, 칠선계곡 입구에 있는 벽송사(碧松寺)는 대한불교조계종 제12교구 본사인 해인사의 말사이며, 경남 전통사찰 제12호로 지정된 사찰이다. 발굴된 유물이나 절 뒤편 창건 당시 세워진 것으로 보이는 3층 석탑으로 미루어보아, 신라 말이나 고려 초에 창건된 것으로 보이나, 사적지가 전하지 않아 확실한 역사는 알 수 없다. 1520년(중종 15년) 벽송지엄(碧松智嚴, 1464~1534)이 중창한 뒤 현재의 명칭으로 바꾼 것으로 알려져 있으며, 이 절에서 조선시대 불교 선맥인 벽계정심·벽송지엄·부용영관·경선일선·서산휴정·부휴선수·사명유정·청매인오·환성지안·호암체정·회암정혜·경암응윤·서룡상민 등과 같은 조사들이 수행하였고, 또 선교를 겸수한 대종장들을 108분이나 배출하여 벽송사는 일명 '백팔조사 행화도량(百八祖師 行化道場)'이라 불리기도 하였다.241)

벽송사 제2대 조사는 부용영관(芙蓉靈觀)선사인데, 그의 문하에서 가장 뛰어났던 제자는 서산대사인 청허휴정(淸虛休靜)과 부휴선수(浮休善修)이었다. 서산대사는 벽송사에서 깨달음을 얻은 뒤 벽송산문의 제3대 조사가 되었으며, 서산대사의 제자인 사명대사와 청매조사242)도 이곳 벽송사에서 오도하여 크게 불법을 떨쳤다 한다. 1704년(숙종 30년)에 선교겸수의 대종장인 환성지안(喚醒志安)대사가 벽송사를 크게 중수하여 불당·법당·선당·강당·요사 등 30여 동의 전각을 지었는데, 상주하는 스님은 300여 명에 이르렀고, 부속 암자는 10여 개가 넘었다고 한다. 이로부터 선교를 겸한 큰스님들이 벽송사에 주석하였으며, 강주(講主)를 역임한 스님만도 약 100여 명이나 되었다. 그리고 근대 선지식인 경허선사도 벽송사에서 주석하며 서룡선사 행적기를 집필하였으며, 벽송사 강원의 마지막 강주를 역임한 초월동조(初月東照)대사는 일정 때 동국대학교 전신인 혜화전문학교의 교장을 역임하였고, 이후 독립운동에 투신하여 옥고를 치르다 서대문형무소에서 옥사하였다.

---

241) 이렇게 벽송사 선방에서 수많은 도인들이 배출되어 "벽송사 선방 문고리만 잡아도 성불한다"는 말이 생겨났다고 한다.

242) 함양 넘어가는 오도(悟道)재는 청매조사의 설화가 깃든 곳이다.

▲벽송사 전경

그러나 400여 년간 참선 수행처로 지속되어 왔던 벽송사는 1950년 한국전쟁 중 지리산 빨치산 토벌과정에서 국군에 의해 방화되어 완전 소실되고 말았다.[243] 이렇게 6·25전쟁으로 황폐해진 벽송사를 1960 년대에 이르러 원응구한(元應久閑)대사의 원력으로 선원·법당·요사채 등 건물들이 중건되어 오늘에 이르고 있다.[244]

벽송사 경내에는 신라양식을 계승한 벽송사 3층 석탑(보물 제474호)과 벽송사 목장승(경남 민속자료 제2호)이 있다. 유물로는 묘법연화경 책판 (경남 유형문화재 제315호)과 벽송당지엄영정·화엄경 금자사경 등이 전해 오고 있다. 현존하는 당우(堂宇)로는 법당인 보광전(寶光殿)을 중심으로 좌우에 방장선원(方丈禪院)·간월루(看月樓)·청허당(淸虛堂)·안국당(安 國堂) 등이 있으며, 선방 뒤 탑전 앞에는 도인송(道人松)과 미인송(美人松)

---

243) 당시 벽송사는 빨치산의 야전병원으로 이용되었다.
244) 벽송사 정문 앞 안내문 참조.

▲벽송사 청허당

이 서 있다. 그리고 벽송사 입구에 서 있는 목장승 2기는 해학스러운 표정으로 민중미학을 잘 표현하고 있으며, 이 장승들에서 변강쇠와 옹녀의 전설이 유래되었다고 한다. 이 목장승들은 순천 선암사 앞에 있었던 목장승과 쌍벽을 이룰 만큼 조각솜씨가 뛰어나다. 전체 높이는 4m 정도인데 예전에는 지하에 1m 정도만 묻혀 있었으나, 썩은 몸통을 지탱하기 위해 1m 정도를 더 흙으로 북돋아 현재는 2m 정도만 드러나 있다. 왼쪽 장승은 몸통 부분에 '금호장군', 오른쪽 장승에는 '호법대장군'이라 음각돼 있다. 두 장승에 새겨진 명문으로 미루어 보아 사찰 입구에 세워져 사천왕이나 인왕을 대신하여 잡귀의 출입을 막는 수문장 역할을 하였을 것으로 추정된다.

타) 석굴도량 서암정사

함양군 마천면 추성리 산15번지에 있는 서암정사(瑞嵓精舍)는 벽송사 복원불사를 한 원응구한스님이 50여 년간에 걸쳐, 전쟁의 참화로 지리산에서 희생된 원혼들을 위로하고, 나아가 모든 인류가 부처님의 대자비 안에서 이상사회가 실현되기를 발원하면서 불사한 도량이다. 석굴법당은 1989년부터 자연암반에 조각을 시작하여 10여 년 만인 2001년 완공되었고, 사경법보전내에는 원응스님이 평생을 걸쳐 사경한 화엄경 금니사경본과 기타 작품들이 전시되어 있다.

▲서암 극락전(좌)과 안양문(우) 석굴 입구　　　▲서암입구에 조각된 사천왕상

사찰입구에는 불교 진리의 세계로 들어간다는 대방광문이 있고, 바위에 조각된 사천왕상을 지나 도량 안으로 들어서면 극락세계를 형상화한 석굴법당이 있는데, 아미타여래를 주불로 하고 있다. 도량 위편에는 많은 보살들이 상주하는 광명운대, 그리고 스님들의 수행장소인 사자굴 등이 있다. 모두 자연암석에다 굴을 파거나 조각하였다.

5) 목면시배유지

산청군 단성면 사월리 106-1번지에 있는 목면시배지(木棉始培地, 사적 제108호)는 서기 1367년(고려 공민왕 16년) 문익점 선생이 우리나라에서 처음으로 면화를 들여와 시험 재배한 곳이다. 1331년(충혜왕 1년) 이 마을에서 태어난 문익점 선생은 30세 때 동당시(東堂試)에 합격하여 벼슬에 오르게 되었다. 1363년(공민왕 12년) 서장관자격으로 원나라에 가는 사신을 따라 갔다가 1366년 귀국하면서 목화씨를 몰래 가져왔다. 이듬해 이곳에서 시배하여 3년 만에 널리 퍼지게 하였다.[245] 장인 정천익과

245) 단성향교, 『단성향교지』, 회상사, 2008, p.651.

▲문익점 선생 목면시배유지기념관

함께 심어 보았는데, 처음에는 재배기술을 몰라 한 그루만을 겨우 살렸다. 그러다가 3년간의 노력 끝에 성공하여 전국에 널리 퍼지게 하였다. 처음 목화를 수확하였을 때에는 목화에서 씨를 제거하고 실을 뽑는 방법을 몰랐으나, 정천익이 호승(胡僧) 홍원(弘願)에게 씨를 빼는 기계인 씨아(취자차, 取子車)와 실을 뽑는 물레(사차, 絲車)를 만드는 방법을 배워 이를 보급시켰다 한다.

목화가 널리 보급되면서 일반 백성들의 의복재료는 종래의 삼베(麻布)에서 무명(綿布)으로 바뀌게 되었다. 목면을 보급한 공으로 그는 1375년(우왕 1년) 전의주부(典儀注簿)에 임명되었다. 이에 대해 후일 남명 조식선생은 삼우당 문익점 선생을 가리켜 '백성에게 옷을 입힌 것이 농사를 시작한 옛 중국의 후직씨와 같다(依被生民后稷同)'라고 하며 그의 공적을 높였다. 목화를 처음 심은 이 마을을 '배양(培養)마을'이라 불렀으며, '삼우당 문선생 면화시배 사적비(三憂堂 文先生 棉花始培 事跡碑)'가 박정희 대통령의 지시로 1965년 4월 24일에 세워졌다. 시배유지 안에는 문익점 선생의 효행을 기리는 효자리(孝子里) 비각과 전시관, 부민관이 있으며, 면적은 약 1,131㎡이다.246) 이곳에서는 지금도 문익점 선생의 업적을 기리기 위하여, 해마다 옛 터에 밭을 일구어 면화를 재배하고 있다.

○ 문익점 선생

문익점 선생은 1331년 2월 8일 고려 강성현(지금의 산청군 단성면) 사월리 둔철산 어귀인 배양에서 남평문씨 숙선(충정공)의 둘째 아들로 태어났다. 자는 일신(日新), 호는 삼우당[247]이었다. 12세 때부터 이곡 선생의 문하에서 수학하여 1350년(공민왕 2년) 정동성 과거에 급제하였고, 23세 때에는 목은 이색과 함께 다시 정동향시에 합격하였다. 그 후 좌정언으로 있을 때인 1363년(공민왕 12년) 서장관 자격으로 원나라로 갔다.[248] 원나라에 있는 동안 선생은 고려 왕위 음모사건에 연루되어 원나라 순제의 미움을 받아 1364년 11월 지금의 월남 땅으로 귀양 가 다음해 3월에 적소에 이르렀다.

1366년(공민왕 15년)에 귀양이 풀리면서 원 순제는 선생에게 높은 벼슬을 주겠으니 신하가 되기를 원했다. 그러나 선생은 본국 고향에 노부모가 기다리고 있어 원나라에 머무를 수 없음을 설명하고 귀국하자, 공민왕은 선생의 충의에 감동하여 중현대부 예문관 제학을 제수하였다. 그리고 그해 가을에는 성균관 학관이 되고, 그 다음 해에는 동관 사성이 되었다. 1385년(우왕 11년) 전의주부가 되고, 1389년에는 좌사의대부

---

246) 위의 책, p.651.

247) 삼우당(三憂堂)이란 뜻은 첫째 나라의 운수가 부진한 근심, 둘째 성학의 발달이 부진한 근심, 셋째 자신의 학문이 부진한 근심이라 한다. 선생은 평생 동안 충·효를 실천하여 나라에서 '효자리'라는 정려를 내렸다. 생전에 선생이 거주하던 지금의 배양(培養)마을에 그 정려각이 세워져 있다. 산청군, 『아름다운 산청의 명산』, 이산미디어, 2002, p.155.

248) 목면시배유지·도천서원, 『삼우당 문익점 선생』.

▲문익점 선생 유허비

로서 시학이 되어 학문을 위하는 길을 상소하였다. 이때 이성계·조준·이정 등이 전제개혁을 강력히 추진하였는데, 선생은 반대하다가 조준의 탄핵을 받아 파직되었다. 그때 선생의 나이 59세였다. 이후 60세에 종2품 경연동지사에 임명되었으나, 공양왕에게 시무8조를 올리고 관직을 떠났다. 1392년 섬기던 고려가 망하고 이성계가 정권을 잡자 문을 닫고 나가지 않았다. 이후 태조인 이성계의 부름 등 여러 차례의 관직 제의에 응하지 않고 두문불출하다 70세 때인 1400년 2월 8일에 별세하였다.

선생은 원나라에서의 귀양살이가 끝나고 1366년 귀국할 때, 원나라 국외 반출 금지품목이었던 목화씨를 시동으로 하여금 따오게 하여 위험을 무릅쓰고 붓대롱에 넣어 갖고 와 보급시킴으로써, 백성들이 겨울 추위를 면하게 하는 데 큰 역할을 하였다.

목화씨를 가져온 선생은 1367년(공민왕 16년) 정월 지금의 산청군 단성면 사월리에서 시배하였다. 시배에 성공하자 목화종자를 선생의 장인 정천익에게도 재배하게 하여 해마다 많은 목화를 거두었다. 그리고 얼마 지나지 않아 목화는 전국적으로도 널리 보급되었다.[249]

---

249) 목화는 면화·목면·각패·고종·고패 등으로 불려 왔다. 목화의 원산지는 인도로 알려져 있는데, 인도에서는 기원전 15세기경부터 재배되어 기원전 6세기경에는 면업이 크게 발달되었다. 이후 이 인도 목화는 세계 각국으로 전파되었으며, 중국에는 13세기경 송나라 때에 전래된 것으로 알려져 있다.

수확된 목화는 씨아(취자차, 取子車)에 넣어 종자를 뺀 다음 물레(사차, 絲車)에 돌려 실을 뽑고 베틀에 올려져서 면포를 생산하게 되었다. 당시 부유층은 명주나 모시로 옷을 입을 수 있었으나, 평민들은 갈포나 삼베로 옷을 입고 추운 겨울을 지내는 고통을 겪었다. 그런데 목화솜으로 옷을 입게 됨으로써, 서민들은 겨울추위를 면하여 의류생활에 일대 큰 혁명을 가져왔다. 이후 목면재배는 농공으로 병행하게 되어 조선왕조의 경제구조에 큰 몫을 담당하게 되었다. 농촌은 면화생산으로 농가의 결손을 메웠고, 조정에서는 면포를 군포, 즉 세금으로 받아들였으며, 대외수출품목에서 큰 비중을 차지하는 등 면직은 조선의 중요한 산업자본이 되었다.

선생 사후에 태종은 예문관 제학·동지춘추관사 등을 추증하고 강성군으로 봉하였으며, 시호를 충선이라 한 다음 부조묘를 세우도록 하였다. 이후 1440년(세종 22년) 세종대왕은 대광보국 숭록대부 의정부 영의정을 추서하고 부민후로 추봉하였다.[250] 태종 때 산청군 신안면에 건립하고, 정종 때 사액한 도천서원에서 매년 제사를 지내고 있다.[251]

▌ 목화(면직)의 역사

목화의 기원은 매우 오래된 것으로 알려져 있다. B.C. 2500~1500년경 인도 모헨조다로 유적(현 파키스탄領) 지층에서 면사가 발굴된 것으로 보아, 인도에서는 이미 고대부터 목화가 재배되어 왔음을 추측할 수 있게 되었다. 이후 이 인도 목화는 점차 유럽과 동남아시아·아라비아·아프리카 등지로 퍼졌다. 이집트에서는 기원전부터, 남미지역에서는 페루에서 B.C. 1,500년경부터 목화가 재배되어 온 것으로 알려지고 있다. 또 중국에서는 13세기경부터, 중미지역에서는 콜럼버스가 건너오기 이전부터 서인도제도 일대에서 목화가 재배되

---

250) 목면시배유지·도천서원, 『삼우당 문익점 선생』.
251) 산청군, 『아름다운 산청의 명산』, 이산미디어, 2002, p.155.

어 왔다. 미국에서는, 파나마지역에서 인도목화를 재배하던 영국이 1740년경 미국 버지니아 지방으로 목화를 전하면서 재배되기 시작하였다. 1993년경 조면기 발명으로 영국 랭커셔 지방에서 방적산업이 일어나자, 미국은 원면(原綿) 공급지로서 대규모 기업형 목화가 재배되기도 하였다.

6) 남사 고가마을(예담촌)[252]

지리산 동쪽 산청군 단성면 남사리에 있는 남사 고가(古家)마을은 경남지역의 대표적인 고가마을이다. 예담촌이라고도 불리는 이 남사 고가마을은 500년 전쯤 진양 하씨 사람들이 맨 처음 들어와 살기 시작하면서부터 마을이 시작된 것으로 알려져 있다. 대부분의 오래된 마을이 한 성씨로 이루어진 집성촌인 것과는 달리, 이 마을은 성주 이씨·밀양 박씨·진양 하씨·전주 최씨·연일 정씨·재령 이씨 등 여러 성씨가 이주해 와서 살고 있다. 이 마을은 비록 작은 규모이나 역사상 다음과 같이 많은 인물들이 배출되었으며, 이에 따라 다수의 정사(精舍)와 재실(齋室)·고가(古家)·고목(古木) 등이 보존되어 전해오고 있다. 그 중에서도 연일 정씨와 전주 최씨 가옥은 남부지방 양반가옥의 특징이 잘 나타나 있으며, 이상택 씨 가옥은 지은 지 200여 년이 넘었으나, 안채 등이 잘 보존되어 있다.[253]

역사상 이 마을 출신 인물로는 강희백(姜淮伯, 1357~1402)[254]·이제

---

252) 주요 참고자료-남사 예담촌 리플렛과 웹사이트, 이호신, 『산청에서 띄우는 그림편지』, 뜨란, 2009, pp.15~35.

253) http://san.chosun.com/site/data/htm_.

254) 고려 말 사람으로서 호는 통정(通亭)이다. 한때 근처 단속사에서 공부하여 우왕 때 등과(登科) 하였는데, 벼슬이 점차 높아져 공양왕 때에는 정당문학(政堂文學) 겸 대사헌(大司憲)이 되었다. 그가 단속사에서 공부할 때 심은 매화나무가 정당매(政堂梅)라고 불리며 현재까지 단속사지에서 자라고 있다.

▲단성면 남사리 고가마을(예담촌) 전경(박우근)

▲예담촌 내 이씨고가 회화나무와
2006. 12. 등록문화재 제281호로 지정된 남사 고가마을 옛 담장(박우근)

(?~1398)[255] · 하연(1376~1453)[256] · 이윤현[257] · 박래오(1713~?)[258] · 곽
종석(1846~1919)[259] 등이 있고, 서당 · 정사(精舍) 및 재실로는 이동서당
(尼東書堂)[260] · 사양정사(泗陽精舍)[261] · 초포정사(草浦精舍)[262] · 니사재
(尼泗齋)[263] · 내현재(乃見齋)[264] · 망추정(望楸亭)[265] · 사효재(思孝齋)[266]

---

255) 고려 말 조선 초의 문신으로 시호는 경무(景武)이다. 조선의 건국을 도와 개국공
신 1등으로 흥안군(興安君)에 봉해졌다. 태조 이성계에게서 받은 개국공신교서는
1999년 6월 19일 보물 제1294호로 지정되어 보호되고 있다. 이는 유일하게 전해지고
있는 개국공신교서로서, 조선시대 최초의 공신 교서형식을 알 수 있게 하는 귀중한
문서이다.

256) 조선 전기의 문신으로 정몽주의 문인이었다. 1396년(태조 5년) 식년문과(式年文
科)에 급제, 세종 즉위 후 예조참판을 거쳐 1425년 경상도관찰사, 그 후 평안도관찰
사, 1431년 대제학, 1445년 좌찬성에 이르렀으며, 70세 때 궤장(杖)을 하사받고 우의
정 · 좌의정을 거쳐 1449년 영의정에 올랐으며, 후일 문효(文孝)라는 시호를 받았다.

257) 영모당(永慕堂) 이윤현은 아버지를 해치려는 화적의 칼을 자신의 몸으로 막아내고
줄곧 아버지의 병석을 지키고 있다가 숨을 거두었다. 1706(숙종 32)년 나라에서 그
효심을 칭찬하여 정려를 세워 주었으며, 마을에 있는 사효재는 그를 기리기 위해 만
들어진 재실이다.

258) 1713년(숙종 39년) 6월에 태어난 그는 얼마 안 되어 문리를 터득하였다 한다. 8세
때 대나무숲에 부는 바람소리를 듣고 '깨끗한 바람, 대숲에서 불어오니 나는 만현금
을 가진 듯하네'라고 읊어 주위를 놀라게 할 정도로 학문적 자질이 뛰어났다.

259) 1905년 을사조약이 체결되자 조약의 폐기와 조약 체결에 참여한 매국노를 처형하
라고 상소하였다. 1919년 3 · 1운동이 일어나자 전국 유림(儒林)들의 궐기를 호소하였
고, 거창(居昌)에서 김창숙(金昌淑)과 협의하여 파리의 만국평화회의에 독립호소문을
보냈으며, 이 사건으로 후일 옥고를 치렀다. 1963년 건국훈장 독립장이 추서되었다.

260) 일제 강점기 때 파리장서 등을 통하여 우리나라의 독립을 위해 노력한 면우 곽종석
선생을 기리기 위하여 제자 등 유림들이 1920년에 건립한 서당이다. 경남 문화재자료
제196호.

261) 연일 정씨문중의 재실로서 '사수천의 남쪽'이라는 뜻으로 이름이 지어졌다.

262) 월포(月浦) 이우빈(1792~1855) 선생의 학덕을 기리기 위한 정사로서, 후일 성주
이씨 후손들이 건립하였다.

263) 호조판서를 지냈던 송월당 박호원을 기리고 후손들이 공부하는 장소로 사용되었
다. 난중일기에 이순신장군이 여기서 하룻밤 유숙한 것으로 기록되어 있다고 한다.
경남 문화재자료 제328호.

264) 이숙순의 분암으로서, 마을의 앞서재라고도 하였다. 문중의 후손들이 공부하던,

가 있다. 고가로는 이상택씨 고가[267] · 최씨 고가[268]가 있고, 고목으로
는 원정매[269] · 하씨 고가 감나무[270] · 이상택씨 고가 회화나무[271] 등이
있다.

이 마을은 2003년 농촌진흥청에 의해 테마마을로 지정되었다.

7) 고택(운조루)

구례군 토지면[272] 오미리 103번지에 있는 운조루(雲鳥樓)[273]는 1776

남사 예담촌의 중요한 학문터였다.

265) 밀양박씨 문중 재실로서, 송월당 박호원의 모친 황씨묘소 옆 분암이었으며, 망추
정은 지금까지 5번 중건되었다.

266) 아버지를 해치려는 화적들의 칼을 자신의 몸으로 막아 낸 영모당 이윤현의 효심을
기리기 위한 재실이다.

267) 지은 지 200여 년이 되었으며, 담장에서 자란 회화나무 2그루가 X자형으로 교차되
어 자라고 있다. 경남 문화재자료 제118호.

268) 현 세대주인 최재기 씨의 부친이 1920년에 지은 집이다. 경남 문화재자료 제117호.

269) 분양고가에 심어져 있는 매화나무로서, 고려 말 문신 원정공 하즙이 심었다. 수령
은 700여 년쯤 된 것으로 알려져 있다.

270) 하씨 고가인 분양고가 뜰 안에 있는 노거수(老巨樹) 감나무로서, 수령은 600여 년
정도 되었다. 조선 세종 때 영의정을 지낸 하연이 7세 때 심은 것으로 알려져 있으며,
나무의 상태에 따라 마을의 길흉화복을 예측할 수 있었다 한다.

271) 마을 초입 이상택 씨 고가 입구에 있는 나무로서, 한 쌍이 서로 X자로 교차하며
자라고 있다. 수령은 300여 년 된 것으로 알려져 있다.

272) 운조루 집터는 '금귀몰니(金龜沒泥)'형, 운조루가 있는 오미리 마을은 '금환낙지(金環
落地)'형이라는 명당자리라 한다. 금귀몰니란 '금거북이 진흙 속에 숨어있는 형국', '금
환낙지'란 '노고단의 옥녀가 형제봉에서 놀다가 땅에 금가락지를 떨어뜨린 형국'이라
한다. 이 금환낙지 형국의 오미리 마을은 남한의 3대 명당 중의 하나로 알려져 있다(운
조루 안내판. 신정일, 『다시 쓰는 택리지』 2권, 휴머니스트, 2004, p.159). 토지면의
토지(土旨)라는 이름도 원래 금가락지를 토해 냈다는 뜻의 '토지(吐指)'였으며, 이 토지
면 오미리 일대는 풍요와 부귀가 샘물처럼 마르지 않는 길지라 알려져 왔다.

273) 운조루라는 집 이름은 '구름 속의 새처럼 숨어사는 집' 또는 '구름 위를 날으는 새
가 사는 빼어난 집'이란 뜻을 가지고 있다 한다. 이는 본래 중국의 도연명(陶淵明)이
지은 귀거래사(歸去來辭)에서 따온 글귀이다. 유이주는 이 글 가운데서 "구름은 무심

년(영조 52년) 함경남도 삼수부사와 낙안군수를 역임했던 유이주가 건립하였다. 무과에 급제하였던 대구출신의 그는 오랜 관직생활을 하며 전라도·경기도·함경도·평안도 등 전국을 다녀본 후, 이곳이 길지 임을 알고 운조루를 지어 말년을 보내는 한편, 세거지지(世居之地)로 삼고자 하였다.274)

운조루는 연면적 약 372㎡에 55칸(건축 당시는 78칸)의 나무 기와집으로 ㄷ자형 건물이다. 이 집은 안채·사랑채·행랑채·누마루 등 여러 채가 연결되어 있는데, 방마다 당호와 방의 별칭이 붙어 있다. 6년여간 지어진 이 운조루의 건축양식은 조선시대 후기 전형적인 호남지역 양반가로서, 1968년 11월 23일 중요 민속자료 제8호로 지정되었다.

집의 구성은 총 55칸의 목조 기와집으로 대문·행랑채·큰 사랑채·아래 사랑채·안채·사당으로 구성되어 있다. 운조루의 큰 사랑채와 아래 사랑채는 잡석으로 쌓은 1.5m 가량의 축대 위에 지었는데, 일반 대청을 겸할 수 있는 누마루 형식으로 지어졌다. 그리고 다른 일반 가옥들과는 달리, 이 운조루는 안채로 들어가는 통로까지 겸한 큰 부엌이 연결되어 있다. 큰 사랑채 서쪽에는 세 방향으로 트인 누마루가 있는데, 주로 여름 거처로 쓰였으며, 이산루(二山樓)·족한정(足閒亭)·귀만

히 산골짜기에서 피어오르고, 새들은 날기에 지쳐 둥우리로 돌아오네"(雲無心以出峀 鳥倦飛而知還)의 문구에서 첫머리 두 글자인 '雲과 鳥'를 취해 집 이름을 지었다. 이는 벼슬을 버리고 오미동을 찾아 와 집을 지을 당시의 심정을 나타낸 이름이라 할 수 있다. 그리고 운조루 집터를 잡고 주춧돌을 세우기 위해 땅을 파는 도중 부엌자리에서 어린아이의 머리 크기만한 돌거북이 출토되었다. 이 돌거북은 이 집의 가보로 전해 내려왔으나, 1989년에 도난당했다고 한다. 이 돌거북 출토는 '금귀몰니'라는 명당이 입증되는 근거로 해석되기도 하였다.

274) 유이주가 이곳에 들어오게 된 풍수적인 이유는 ①강 건너 오봉산이 아름답고, ②산들이 다섯 가지 모양을 모두 갖추고 있으며, ③물이 풍부하고, ④풍토가 후덕하며, ⑤대기가 사람이 살기에 좋다는 다섯 가지였다 한다.

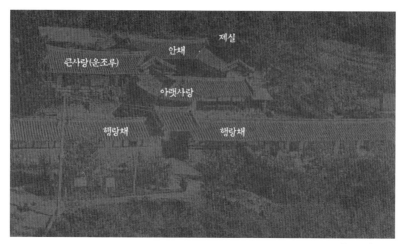

▲운조루의 구조

와(歸晩窩) 등의 현판이 걸려있다. 큰 사랑채에 잇대 ㄱ자형으로 대문 쪽으로 뻗은 아래 사랑채(농월헌, 弄月軒)에도 누마루가 있는데, 이 누마루는 귀래정(歸來亭)이라 한다.

안채는 큰 사랑채의 오른쪽에 있는 건물로서, 규모가 매우 크며, 평면이 트인 口자형이다. 중심부분은 대청이며, 좌우로 큰방과 작은방이 자리 잡고 있다. 안채에는 안주인, 자식들과 며느리가 거주하였으며, 부엌·찬간·곡간·대청들이 ㄷ자 모양으로 배치되어 있다. 사당은 안채 동북쪽에 있는 건물로서, 따로 담장이 둘러쳐져 있으며, 지붕은 옆면이 사람 인(人)자 모양인 맞배지붕이다. 그리고 옛날에는 사당 앞에 신문(神門)이 있었던 것으로 알려져 있으나 지금은 없다. 행랑채는 대문을 중심으로 남쪽 담장 대신 18칸이 일직선을 이루고 있다. 지금은 헛간·창고·마구간 등으로 쓰이고 있지만, 옛날에는 노복들이 살았다. 대문 동쪽에는 작은 문이 있는데 당시 안주인이 주로 출입하였다.

그리고 운조루의 지붕은 민도리집 형식으로 팔작지붕을 이루고 있으

▲운조루 큰 사랑채

며, 벽은 이중으로 안팎에서 발라 외부온도 변화에 적응하도록 하였다. 대문 앞으로는 도랑을 내어 맑은 물이 흐르도록 하였고, 마당 앞에는 만은 물어 두는 차마서도 있었다. 문이 형태는 솟은 대문이며, 문 위에 는 홍살을 만들었다.[275]

운조루에는 경치를 감상하는 누(樓)가 3개나 있었다. 큰 사랑채에는 할아버지가 사용하던 누가 있었고, 아래 사랑채에는 아버지, 오른쪽 안 채에는 할머니와 여자들이 사용하던 누가 있었다. 한 집에 3개의 누를 설치한 경우는 전통 고택에선 좀처럼 찾아 볼 수 없는데, 이 운조루에 서는 뛰어난 경관을 남자들이 독점하지 않고 여성들도 같이 감상할 수 있도록 배려한 것이었다.

이 운조루에는 당시 쓰던 여러 가지 살림살이뿐만 아니라, 청주성과 상당산성의 지도, 이 집을 처음 건축할 당시의 모습을 그린 계화도(界畵

275) 전국적으로 150년 이상 된 30칸 이상의 고가는 19채밖에 없는 것으로 알려져 있다. 이 운조루는 그 중에서도 건물 구조와 잘 전해져 내려오는 당시 주인들의 유물 등에 비추어 볼 때, 한국 건축사에서 매우 귀중한 고택이다.

圖)인 '전라구례오미동가도(全羅求禮 五美洞家圖)' 등과 같은 귀중한 유물 들이 많이 보존되어 있다. 그러나 일 정시대와 6·25전쟁 등 격동기를 거 치면서도 230년이 넘은 가옥이 처음 건축한 당시의 원형대로 잘 보존되 어 있는 이 운조루에는 무엇보다도 더 값진 유물이 있다. 즉 사랑채와 안채의 중간에 있는 곳간에 쌀이 3 가마나 들어가는 쌀 뒤주가 있는데, 200여 년 된 이 원통형 뒤주 아래 부 분의 마개(가로 5cm×세로 10cm 정도) 에 '타인능해(他人能解)'276)라 써 붙 여 놓고, 한 해 쌀 수확량의 20% 정

▲노블레스 오블리주(Noblesse oblige) 정신의 상징 운조루 쌀 뒤주

도를 동네 가난한 사람들이 필요할 때 가져 갈 수 있도록 주인 유이주가 보여 준, 한국판 노블레스 오블리주 정신이 바로 그것이다.

뿐만 아니라, 운조루 주인은 오랜 전통이었던 노비들을 해방직전 해 인 1944년 모두 해방시켜 주었다. 운조루에는 대략 백여 명이 넘는 노 비들이 소속되어 있었으나, 운조루 주인은 국가의 노비 해방조치 이전 에 스스로 그들을 방면하여 양민으로 살도록 하였다. 재산·인력상의 손실을 감수하면서까지 내린 운조루 주인의 대단한 결단이었다. 일생 노예로 살다가 자유를 얻은 이 노비들은 운조루 주인에 대하여 두고

276) 타인능해(他人能解)란 "누구든지 이 쌀 뒤주의 마개를 빼고 쌀을 가져갈 수 있다" 라는 뜻으로서, 동네 가난한 이웃들이 쌀이 떨어졌을 때 굶지 않도록 언제든지, 마음 대로 쌀을 퍼갈 수 있도록 써 붙여 놓았다. 즉 주인 유이주는 쌀이 떨어진 이웃들이 자존심을 잃지 않고 쌀을 가져갈 수 있도록 배려해 주었다.

▲운조루가 있는 구례군 토지면 오미리 구만들 모습

두고 고마워하였다.

　이어 8·15해방과 함께 우리나라는 격동의 시대가 펼쳐졌다. 특히 6·25전쟁이 발발하자 전국의 대지주들은 참혹한 변란을 당했다. 특히 지리산주변은 피해가 더욱 혹심하였다. 인민군 치하가 되자 이들 노비·농민 출신의 일부 젊은 사람들과 후손들은 좌익에 가담하여 지주와 부자들을 타도하는 데에 앞장섰다. 평소 지주들에 대한 울분과 개인감정을 보복하고자 인민재판 형식으로 지주들을 무참하게 살해하고, 재산을 몰수하였으며, 가옥을 불태우거나 파괴하였다. 그러나 이 운조루만큼은 온전하였다. 가해자 계층으로 변한 이들은 호남지역의 대표적 지주라고도 할 수 있는 이 운조루만큼은 피해를 주지 않았다. 살상 등 보복을 당한 가족도 없었고, 운조루 고택은 불타지도 않았다. 평소 운조루 주인이 가난한 동네 이웃들에게 베푼 덕에 대하여 고마움을 잊

▲안채에 걸려 있는 운조루 현판(2009)

지 않고 있었던 그들은 운조루에게 피해를 입히기는커녕 적극적으로 옹호하기도 하였다고 한다.277)

이렇게 격동과 혼돈의 시대에도 운조루가 온전하게 보존된 것은 운조루의 명당터 영향 못지않게 평소 주인이 베풀어준 나눔의 정신, 즉 노블레스 오블리주 정신이 더 큰 역할을 하였을 것이다. 명당은 그 터에 걸맞는 인물이 차지해야만 지켜질 수 있다는 풍수이론에 수긍이 간다.

유이주

운조루를 지은 유이주는 1726년(영조 2년) 경상도 대구에서 출생하였다. 그는 힘이 장사여서 '새재'에서 호랑이를 채찍으로 잡은 일도 있었다 한다. 청운의 꿈을 품고 서울에 올라간 그는 당시 훈련도감 김성응(1699~1744)의 눈에 띄어 스물여덟 살 때인 1753년(영조 29년)에 무과에 급제하였다. 1755년(영조 31년) 홍봉한(1713~1778)의 천거로 특채되었고, 마흔두 살 때인 1767년에는 수어청 파총 성기별장이 되어 남한산성을 쌓는 일에도 참여하였다. 그는 이듬해 전라도

---

277) http://blog.joins.com/media/folderlistslide.asp?uid=pts47&folder=11&list_id =11528303에서 주요내용 참조.

병마우후가 되어 1771년(46살) 낙안군수가 되었다. 낙안군수를 역임하였을 때
인 1773년 조운선박의 침몰이 문제 되어 함경도 삼수(三水)로 유배가게 되었다.
1774년 유배가 풀려나 가족을 거느리고 구례군 문척면 월평으로 왔다가 토지면
구룡정리로 이사하였다. 그가 구례로 몸을 피해 살던 시절인 1775년 그의 조카
인 덕호(1756~1815)를 이곳 토호였던 이시화(1725~1784)의 딸과 성혼시켜
사돈간이 되었다. 이듬해인 1776년부터 현재의 자리에 집터를 닦고 이 운조루를
짓기 시작하였는데, 1776년 9월 16일 상량식을 가진 후, 6년 만인 1782년 유이주
가 용천(龍川)부사로 있을 때 완공되었다. 집을 착공하자마자 정권이 바뀌면서
유이주는 바로 사면이 되어 정삼품인 오위장에 발탁되어 함흥으로 부임하였다.
이듬해 상주영장을 거쳐 1782년(57세) 평북 용천부사·풍천부사 등으로 근무하
였으므로, 운조루 집짓는 일은 그의 조카인 덕호가 거의 맡았다. 덕호는 유이주
의 사촌 유이익(1737~1792)의 9남 1녀 중 차남이었다. 그의 아버지와 함께
종백부인 유이주를 따라 구례로 와 살다가 결혼도 하고 집짓는 감독을 맡은
뒤, 뒷날 양자가 되어 운조루 등 재산을 물려받았다.

　유이주의 후손들은 유이주를 '삼수공'이라고도 불렀으며, 그의 산소는 현재
운조루 뒤편 베틀봉에 있는 거북모양의 산자락에 자리 잡고 있다.

8) 남악사와 남악제

　우리나라는 전통적으로 통일신라 때부터 고려·조선에 이르기까지
국태민안을 위해 나라의 동서남북과 중앙을 대표하는 주요 명산을 5악
으로 정하여 국가 차원의 산신제를 지냈다. 통일신라시대 때는 주변 국
가들을 정복한 뒤 토함산을 동악, 지리산을 남악, 계룡산을 서악, 태백
산을 북악, 팔공산을 중악으로 정하였다. 특히 이때는 확장된 영토를
효과적으로 관할 할 목적으로 5악을 정하여 숭배하고, 그 주재자인 산
신에 대하여 제사를 지냈다. 동악인 토함산신은 왜적을, 북악인 태백산
신은 고구려 지역을, 서악인 계룡산신은 백제 지역을, 남악인 지리산신
은 가야 지역을 지키는 호국신의 역할을 맡고 있는 것으로 믿었다.

고려 때에도 5악을 정해 나
라 차원의 제사를 지냈다. 태
조 왕건은 산신신앙을 적극
받들어 민심을 포용하는 한
편, 왕실수호와 국가안녕을
기원하였다. 그리하여 지리산
을 비롯해 덕적산·백악·목
멱산(남산)·금강산을 5악으로
삼아 산신제를 지내고, 천신

▲ 남악사(구례 화엄사입구에 있다.)

(天神)·오악·명산·대천을 섬기는 팔관회를 성대하게 거행하였다. 조
선시대에도 지리산은 빠지지 않고 오악[278] 중의 하나로 지정되었다.
1393년(태조 2년)에는 지리산을 호국백으로 정하였고, 1456년(세조 2년)
에는 5악의 하나인 남악으로 삼은 뒤 매년 나라가 주도하여 남악제를
지냈다.[279] 이렇게 지리산은 왕조와 영토·수도가 바뀌어도 항상 남녘
을 대표하는 남악으로 지정되어 중사(中祀)가 지내졌다. 지리산 산신제,
즉 남악제는 삼국시대 때는 천왕봉에서 지냈으나, 고려시대 때에는 노
고단으로 옮겨졌고,[280] 1456년(세조 2년)에는 갈뫼봉 북쪽 구례군 산동
면 좌사리 당동이란 곳에 남악사(南嶽祠)를 짓고 남악제를 지냈다.[281]

---

278) 조선시대 5악은 동악 금강산·남악 지리산·중악 삼각산·서악 구월산·북악 장백
산(백두산)이었는데, 대한제국시대인 1899년 서악만 구월산을 묘향산으로 바뀌었다.
김양식, 『지리산에 가련다』, 도서출판 한울, 1998, p.115.

279) 위의 책, pp.114~115.

280) 지리산 노고단에 있는 돌무더기 탑은 오랜 옛날부터 지리산신 마고할미에게 제사
지내던 풍속이 있었음을 추측할 수 있게 하는 흔적이다. 신라시대부터 고려 때까지
노고단에 신단을 만들고 나라에서 제관을 보내어 제사를 지내다가, 조선 세조 때부터
는 노고단 남쪽 갈미봉 아래 남악사를 짓고 제사를 지내왔다.

281) 해마다 봄과 가을, 설날에는 정기적으로, 재난이 발생하였을 경우에는 별도로 제사

▲남악제 모습(화개면지편찬위원회, 『화개』 상권, p.412)

그런데 당동에 있었던 남악사는 3칸뿐이어서 제사지내기에 매우 불편하였으므로, 영조 13년 남원부사의 적극적인 지원으로 여러 부속 건물들을 새로 짓는 등 규모를 확장하였다. 그러나 구한말인 1908년경 일본인들에 의해 남악사가 헐리고 남악제도 폐지되었다. 나중에는 아예 폐사된 채로 터만 남아 있다가, 1969년 뜻있는 인사들과 구례군민들의 노력으로 현 위치인 전남 구례군 마산면 황전리 12번지 화엄사 옆에 33㎡ 규모(정면 3칸, 측면 2칸, 맞배지붕)로 다시 지어졌다. 현재는 매년 구례 군민들이 '남악제'로 이름을 바꿔 곡우절 전·후에 각종 민속행사와 함께 이어가고 있다. 1984년 2월 29일 전남 문화재자료 제36호로 지정되었다.

7. 사건

가. 개설

우리 민족은 한반도 내 통일국가가 등장한 이래 약 8차례의 전쟁에

를 지냈다고 한다.

의해 전국적인 대재앙을 겪었다. 고려시대에는 거란과 몽고의 침입에 의해, 조선시대에는 청나라에 의한 병자호란·정묘호란, 왜국에 의한 임진왜란·정유재란 및 일본에 의한 강점, 그리고 대한민국 정부가 수립된 이후의 6·25전쟁 등이다. 그러나 7차례의 병화는 모두 이민족의 침입에 의한 재앙이었으나, 마지막 6·25전쟁은 우리 동족끼리의 상쟁에 의한 참화였다. 그러면서도 이 6·25전쟁은 우리 민족 유사 이래 최대재앙 중의 하나였으며,[282] 좌·우 이데올로기의 두 종주국이자 강대국인 미·소의 대리전 성격을 갖는 내전에 의한 재앙이었다.

그러나 3년여간 한반도 전역에서 펼쳐졌던 이 남·북간, 즉, 좌·우익 정부 간 전쟁과는 별도로 남한 지리산 내에서 또 다른 별개의 축소판 좌·우익 간 전투가 있었다. 바로 다음과 같은 '지리산 빨치산' 사건이었다. 만약 지리산을 감성을 갖고 있는 인간으로 의제한다면, 지리산은 전혀 예상치 않게, 자신의 품안에서 서로 극악하게 싸우는 동족상잔의 비극을 아프게 지켜본 것이다.

또 1998년 8월에는 지리산 일대에 사상 최악의 수해사건이 발생하였다. 같은 날 지리산 동쪽, 산청군 삼장면 유평리에 있는 대원사 계곡에서도 대규모 수해사건이 발생하여 많은 야영객들이 급류에 휩쓸려 내려가 죽거나 실종됐다.

나. 주요 사건

1) 정치적 사건(지리산 빨치산 사건)

전통사회에서 형성되었던 자본주의적·계급적 사회구조 속에 잠재되

---

[282] 6·25전쟁은 한국 현대사에 있어 가장 참혹한 전쟁이었다. 정부의 공식발표에 의하면 남·북한 군인과 민간인을 합하여 4백만 정도가 사망하였다. 이 숫자는 당시 남·북한 총 인구 2천5백만 명의 약 16%에 해당된다.

어 있었던 우리 사회 계층간의 갈등은 일정(日政)으로부터 해방이 되면서 큰 혼란이 발생하였다. 더구나 해방 후 공산주의 이념이 유입되면서 우리 사회는 한때 계층간 정치적·사상적·계급적·군사적 충돌이 일어나 같은 고향의 주민들이 서로 죽이는 비참한 사건이 발생하였다. 바로 지리산 빨치산사건이었다.

일정으로부터의 해방과 함께 한국사회의 국민들에게 새로운 사회와 국가에 대한 희망이 일어나자, 민중들은 사회변혁의 전면에 나서게 되었다. 즉, 해방은 당시 민중들에게 광복이라는 의미뿐만 아니라, 전통사회와 일정하에서 구조화되었던 사회·경제구조의 개혁을 기대하게 되었다. 친일파 처벌·토지개혁·부의 재분배·새로운 국가의 건설 등을 민중들은 원했다. 그리고 이 요구들은 일정하에서 항일운동을 통하여 정통성을 인정받은 좌익세력의 요구들과 부합하였다. 그러나 남한에서 좌익세력들을 강력히 제거하려는 미군정이 들어서면서 이 모든 요구들은 거부되었다. 각 지역에서 결성되었던 인민위원회는 탄압받았으며, 미군정은 일정 때의 총독부 관료체제를 이용하여 그들의 지배체제를 구축하고자 하였다.

한편, 민중들은 일정에 투쟁해 왔던 사회주의자들과 결합하면서 건국준비위원회, 인민위원회를 비롯한 자신들의 조직을 키워 나갔다. 그러나 이러한 좌익성향의 조직들은 반공정책을 최우선 과제로 삼은 미군정 및 이승만 정권과 부딪칠 수밖에 없었다. 해방 후 초기 좌익조직들의 투쟁은 1946년 10월 1일 일어난 인민항쟁에서 비롯되었다. 그러나 그 항쟁이 실패하자 잔존세력들은 지리산과 같은 산악지대로 들어가 '구빨치'라 불리던 기존의 야산대와 합류하였다.

1948년 1월 16일, 유엔 소총회에서 남한만의 단독선거를 추진하기로 결정됨에 따라, 유엔 한국임시위원단이 입국하면서 국토양단의 위기가 오자, 이를 저지하기 위해 한국에서는 다음 달 2·7사건[283])이 일어났다. 이 투쟁에는 노동자·학생·농민들이 적극 참여하여 남한 대부분 지역에 일제히 번져 나갔고, 그 참여 인원은 무려 2백여 만 명에 달하였다. 2·7사건은 1946년의 10·1 대구폭동 사건과는 달리 사전에 충분히 준비되고 계획되었으며, 조직적이고 폭력적인 투쟁이었다. 이 2·7사건에 고무된 북한의 남로당은 이를 계기로 대남전략을 무력투쟁으로 바꾸기 시작하였다.

북한으로 하여금 대남전략을 무력투쟁으로 전환토록 고무시킨 또 다른 사건은, 같은 해 일어난 제주도 4·3사건과 10월 여·순사건이었다. 제주 4·3사건의 도화선은 전 해인 1947년 3월 1일 제주 읍내에서 3·1절 시위 군중에게 경찰이 무차별 발포함으로써, 14명의 사상자가 발생되면서 비롯되었다. 당시의 제주도민들은 해방에 따른 기대감이 점차 무너지고 군정당국에 대하여 불만이 확산되고 있었다. 이러한 분위기 속에서 일어난 '3·1발포사건'은 제주도민들을 격분시켰다. 그러나 군정당국은 이 발포사건을 정당방위로 주장하고, 민심수습을 위한 아무런 조치도 취하지 않았다. 이윽고 사건발생 열흘 뒤인 3월 10일부터 제주에서는 민·관 합동 대규모 총파업이 시작되었다. 그러나 미군정은 이를 무력으로 진압하기 시작했다. 진압 한 달 만에 5백여 명이 체포되고, 1948년 4·3사건 발발 직전까지 1년간 2천5백여 명이 구금되었다. 특히 바로 전달인 1948년 3월 조천·모슬포 지서 등지에서 잇따라 3건의 고문치사 사건이 발생하자 제주도의 분위기는 더욱 긴장되어갔다.

이때 당국은 일반 주민들이나 군조직에 침투되어 있었던 북한의 남로

---

283) 북한 남로당의 지령에 의해 일어난 것으로 알려져 있으며, 밀양에 있는 조선모직 직원들의 파업으로 시작되었다. 이 2·7사건과 5·10선거 반대투쟁은 남한에서 좌익 무장봉기 투쟁이 시작되는 시초가 되었다.

당 지하조직을 철저히 색출하여 소탕하기 시작하였다. 이에 따라 제주도 내 남로당 지하조직들은 생사의 기로에 서 있게 되자, 무장봉기하여 1948년 4월 3일 제주도내 경찰관서를 습격하면서 4·3사건이 일어났다. 이에 10월 15일경, 국방경비대 사령부는 전남 여수에 있었던 제14연대에 10월 19일 오후 8시를 기해 1개 대대를 제주도로 출동하라는 명령을 내렸다. 10월 19일 밤, 제주도로 출발하는 해군 상륙정에 승선하기 직전, 이 연대의 좌익세포 책임자 지창수 상사 등 핵심요원 40여 명은 1대대 사병 전원이 연병장에 집결한 가운데 '동족상잔의 제주도 출동 반대·경찰타도' 그리고 '남북통일을 위해 민중의 군대로 행동할 것'을 호소하자, 대다수 사병들이 이에 적극 동조하였다. 이리하여 출동부대는 반란군으로 돌변하여 여수 읍내로 진격, 순식간에 여수경찰서를 포함한 여수 읍내 주요 관공서와 기관들을 점거하였다. 이어 익일 오후 3시경에는 순천 읍 방어부대원들까지 합류한 가운데 순천까지 점령하였다.

그러나 초기에는 여수·순천 지역 일대 타 부대원들의 동조를 받아 급속히 주변 지역을 장악했으나, 곧 진압되기 시작하자, 반란 주도자 김지회 중위는 그 해 10월 말경 약 1천여 명의 패잔 부대원들을 데리고 지리산으로 들어가 지리산 내 기존 빨치산[284] 요원들과 합류하였다.

---

284) 당원·동지·당파를 의미하는 프랑스어 'Parti'가 어원으로서 '비정규 유격대'를 말한다. 2차 대전 때 나치 독일의 프랑스 점령당시 친 나치 프랑스정권이었던 비시(Vichy)정권하에서 독일군의 징용을 피해 산으로 들어간 프랑스 국민들이 나치 독일에 저항한 것이 빨치산의 시초가 되었다. 한국의 빨치산(유격대)은 크게 6·25전쟁을 전후하여, 이전의 구빨치와 이후의 신빨치로 나뉜다. 원래 빨치산은 일정 때부터 있었는데, 국내에서는 일정 말 항일활동을 하거나 징병·징용 등을 피해서 산으로 들어갔던 사람들이 일정에 대항하기 위해 만든 집단이 시초가 되었다. 그러나 이 집단은 규모가 작은 데다 조직적인 것이 아니었으나, 국외에서는 조직적인 빨치산이 있었다. 즉, 우리나라 동북지역(만주)에서 주로 활동하던 항일독립군과 당시 사회주의자들로 간주되었던 조선의용군들이 그들이었다. 이들은 일정에 적극적으로 싸우며, 때로는 국내 진공작전까지 세웠다.

▲대 빨치산 심리작전에 사용된 아군 삐라들

그리고 다음 달 11월에는 북에서 내려 온 남로당 제3인자 이현상 역시 6백여 명의 여·순사건 패잔병들을 이끌고 백운산에서 섬진강을 건너 지리산 문수골로 들어왔다. 정규군이었던 여·순사건 패잔병들이 들어오면서 지리산 빨치산들의 활동은 새로운 국면을 맞게 되었다. 이들은 곧 바로 보강된 조직을 정비하여 지리산은 빨치산들의 거점이 되었다. 이들 세력은 일부 지역을 장악하여 '해방구'로 선언하여 무기를 수리하고 폭탄을 만드는 철공장까지 운영했다. 이에 고무된 남로당 서울 지도부에서는 지리산 지구에 문화공작대를 파견하기도 하였다.

그러나 1949년 4월, 지리산 유격대장이었던 김지회가 뱀사골전투에서 피살되었으나, 6월 말 지리산 빨치산들은 조국전선이란 조직을 결성하고, 7월에는 무장투쟁을 보다 조직적이며 대규모로 전개하기 위하여 북한의 지령에 따라 조선인민유격대를 재편하였다. 이들은 인민유격대를 각 지구별 3개 병단으로 편성하였는데, 오대산 지구를 제1병단, 지리산 지구를 제2병단, 태백산 지구를 제3병단으로 하였다. 이 중 지리산 지구 제2병단은 총사령부(사령관 이현상) 밑에 4개 연대를 편성하고, 각 연대별로 활동지역을 분할하였다. 이후 주로 경남·경북, 전남·전북을 중심으로 한 빨치산들은 강동정치학원[285] 출신 유격대들과 합

류하여 이른바 '아성공격'[286]을 전개하였다. 그러나 겨울철에 들어서
면서 추위가 닥치고, 유격대 거점인 산악지대와 민간마을과의 협력이
원활히 되지 않자, 빨치산들은 어려운 처지에 놓이게 되었다.

　이윽고 1950년 6월 북한은 전면적인 남침을 하였다. 북한군은 신속
히 진격하여 순식간에 부산을 제외한 남한지역 대부분을 점령하였다.
북한은 남한 각 점령지역에서 인민위원회를 조직하고 통치하기 시작하
였다. 과거 빨치산과 인민위원회 출신 세력과 북한에서 파견된 간부들
이 주도하는 인민위원회를 통하여 가장 먼저 북한식 농지개혁(토지몰수,
무상분배)을 실시하였다.

　그러나 1950년 9월 미군이 인천상륙작전을 성공시키자, 남한 내 인
민군들은 북으로 후퇴할 수밖에 없었다. 이때 퇴로가 막힌 정규군, 좌
익세력 및 우익의 보복이 두려웠던 사람들은 남한 내 주요 산악으로
잠입하였다. 이때 후퇴하는 인민군들과 함께 월북하기 위해 강원도 후
평까지 올라갔던 이현상도 '남조선 인민유격대(통칭 남부군)'의 전권을
부여받고 다시 지리산으로 내려왔다. 이들은 지리산 일대에서 북한 체
제를 모방한 통치기구를 조직하여 사회주의 국가 실현을 위한 본격적
인 빨치산 활동을 시작하였다. 이 때문에 일부 지역에서는 '밤에는 빨
치산이, 낮에는 국군'이 지배하는 상황이 반복되었다. 이 과정에서 지
리산 주변 일부 주민들이 억울한 희생을 당하는 등 서로 간에 수많은

285) 1947년 평남 강동군에 설치하였던 대남 공작원 및 유격전 요원 양성소이다. 북한
　은 당시, 남한의 미군정이 공산당 활동을 불법화하자, 월북한 좌익(남로당)요원들을
　이곳에 수용하여 대남 공작과 유격(군사)훈련을 시킨 다음 남파시켰다. 1949년 신의
　주로 이전하였다가, 1950년 6·25전쟁 발발과 동시에 폐쇄하였다.
286) '아성공격'이란 남한 내 경찰서·군부대·관공서 등을 직접 정면공격하는 조선인민
　유격대의 활동을 말한다. 이와 같은 적극적이고 공세적인 전략은 조선인민유격대의
　존재를 부각시키는 효과가 있었으나, 자신들의 전력이 노출되어 토벌을 유도한 역작
　용도 있었다.

사람들이 목숨을 잃었다.[287]

빨치산은 1951년 8월, 제2차 6개 도당회의(전남·전북, 경남·경북, 충남·충북)를 개최하여 부대를 개편, 남부군(제5지구당)이라는 명칭으로 바꾼 후, 이현상을 사령관으로 임명하였다. 그러나 전세는 남부군에게 자꾸 불리하게 되어 갔다. 즉 지리산 빨치산 활동에 큰 위기감을 느낀 정부와 유엔군사령부는 당시 전방에 있던 수도사단과 8사단을 주축으로 하여 1951년 11월, 백선엽을 사령관으로 하는 통합전투사령부(백선엽 야전전투사령부. 이하 '백야사'라 함)[288]를 남원에 창설하였다. 이어 다음 달인 12월부터 이듬해인 1952년 2월까지, 일명 '쥐잡이 작전'이라 불렸던 수도사단과 백야사의 1차 동계 토벌작전[289]과 같은 해 12월 1일부터 1953년 3월 31일까지 8사단의 2차 동계작전으로 남부군은 사실상 거의 전멸되고 말았다.

1953년 7월에는 휴전협정이 체결되었다. 이로 인하여 북한과의 연계가 완전히 단절됨으로써, 남부군은 서서히 종말을 맞을 수밖에 없는 상황이 되어 갔다. 뿐만 아니라, 휴전협정이 체결된 다음 달인 8월 초, 북

---

287) 대표적인 사건으로는 거창사건을 들 수 있다. 이는 당시 지리산지구 빨치산 토벌군이었던 육군 제11사단 제9연대(연대장 오익경) 제3대대(대대장 한동석)병력이 1951년 2월 10일~11일에 걸쳐, 거창군 신원면 주민 720여 명을 마을 앞 논에 모아놓고 집단으로 총살시킨 사건이다.

288) 사령관이었던 '백선엽 장군'의 이름을 따 '백야전전투사령부(白野戰戰鬪司令部)'라고도 하였다. 또는 미 8군의 작전명령에 따라 'Task Force Paik'이라고도 하였다. 이 부대는 전방 2개 보병사단(수도사단과 8사단)과 전남·북, 경남에서 빨치산 토벌작전을 벌이던 후방부대 및 전투경찰대를 통합하여 창설하였으며, 토벌작전 종료 직후에는 국군 제2군단의 모체가 되었다.

289) 정부는 1951년 12월 1일을 기해 경상·전라·충청일원에 비상계엄령을 선포하였다. 그리고 같은 달, 하동에 주둔하고 있었던 국군 수도사단은 1천7백여 명의 남부군들을 화개면 대성골에 몰아넣고 포위한 다음, 10여 일간 각종 포와 폭격기까지 동원하여 대대적인 집중공격으로 그들을 거의 전멸시켰다.

▲남부군과의 최후격전지

한에서 남부군의 실질적인 배우세력이었던 박헌영과, 소선인민유격대 지도부였던 이승엽과 배철 등 남로당계 간부들이 간첩 및 정부전복 음모혐의로 전격 처형됨으로써, 남부군은 더욱 고립무원의 상태가 되었다. 이에 따라 지리산 남부군도 조직을 다시 개편하였으나, 이현상에게는 불운이 다가오고 있었다. 같은 달 26일, 조선인민유격대 최후 사령부였던 제5지구당은 지리산 빗점골에서 회의를 열고 결정서 제9호를 채택하였다. 이 회의에서 박헌영과 이승엽 숙청을 지지하고, 경남 유격대 전멸을 불러온 자신들의 전술상의 과오를 자성하였다. 9월 5일에는 다시 결정서 제10호를 채택하여, 제5지구당을 스스로 해체하고, 이현상은 평당원으로 강등되었다. 그러나 며칠 후인 15일, 이현상은 대성리 빗점골에서 토벌군의 총격으로 피살되었다(위 사진 참조).290)

---

290) 이현상은 국군에 의해 피살되기 직전, 북한의 지령에 따라 이현상을 암살하기 위

이에 따라 1953년 1월 박영발의 죽음에
이어, 같은 해 9월 제5지구당 해체와 이현
상 피살, 1954년 1월 방준표의 자살, 같은
해 4월 전남총사령부 사령관 김선우가 백
운산에서 사망하면서 전남총사령부가 붕
괴되자, 남부군은 지도부를 거의 잃고 사
실상 와해되고 말았다.

이에 따라 지리산을 중심으로 활동하였
던 남부군 요원들은 대부분 소탕되었고,

▲마지막 남부군 요원 정순덕 씨
1963년 생포된 29세 때의 모습
(화개면지편찬위원회, 『화개』 상권, p.196)

잔존 요원들은 남은 공비라는 의미로 '잔비(殘匪)'라 불렸다. 1955년 4월
1일부터는 지리산에 대한 입산 통제조치도 해제되었다. 그리고 1963년
11월, 경남 산청군 지리산 내원사골에서 마지막 남부군 요원이었던 이홍
이가 사살되고, 정순덕[291]은 생포되면서, 1949년 이래 5년여에 걸쳐
피차 2만여 명의 희생자를 가져 온 지리산 빨치산사건은 종식되었다.

■ 이현상

이현상은 1905년 충남 금산군 군북면 외부리에서 태어났다. 그는 서울 중앙
고보 재학 중이던 1925년부터 박헌영 등과 함께 공산당운동에 적극 가담하여
활동하였다. 보성전문에 진학하여 조선공산당·고려 공산청년회 등에서 상무
위원·책임비서 등으로 활동하였으며, 1927년 휴학 중 상해로 건너가 망명청
년들의 모임인 '한인청년회'에 가입하여 활동하였다. 다시 학교로 돌아온 그는

해 이현상의 측근 요원들이 먼저 총격하여 살해하려는 기도가 있었다는 주장도 있다.
291) 1934년 산청군 삼장면 내원사골에서 태어난 정순덕은 1963년 생가근처에서 체포
되어 무기징역을 선고 받은 후, 23년간 복역하다 1985년 8·15특사로 가석방되었다.
서울 봉천동 등지에서 지내다가, 2004년 4월 인천에 있는 한 병원에서 뇌일혈로 70
세를 일기로 별세하였다.

▲남부군 사령관 이현상
(지리산국립공원 북부사무소)

동맹휴학을 주도하다 1928년 8월 구속되었다. 이를 시작으로 그는 이후 일제 식민치하에서 총 12년간의 감옥생활을 하였다. 일제 탄압으로 조선공산당이 와해되자 경성 꼬뮈니케클럽(경성컴)을 결성하기도 하였으며, 해방직전 일본경찰의 검거를 피해 지리산으로 입산하였다. 해방되자 지리산에서 나와 조선공산당 재건에 적극 가담하여 남로당 연락부장, 간부부장을 맡았다. 미군정에 의해 공산당 활동이 불가능해지자 박헌영 등과 함께 월북 후, 모스크바로 유학을 떠났다. 1948년 서울로 내려온 그는 지리산 빨치산투쟁을 이끌기 위해 그해 11월 지리산으로 다시 내려왔다. 이후 그는 '조선 인민유격대 남부군 사령관'으로서 지리산 등지에서 치열한 빨치산 투쟁을 전개하였다.

그러나 1951년 12월부터 대대적으로 전개한 토벌군의 '동계 빨치산토벌작전'에 의해 지리산 빨치산(남부군)은 거의 궤멸된 데다, 1953년 휴전과 함께 북하에서 남부군 직계 배후인물이자 남로당을 이끌었던 박헌영·이승엽 등이 숙청됨으로써, 지원세력을 모두 상실하였다. 이어 같은 해 9월, 이현상이 위원장으로 있었던 제5지구당도 해체되고 그는 평당원으로 강등되면서 남부군 지도자로서의 모든 권한도 박탈당하였다. 그리고는 며칠 후인 9월 15일, 지리산 대성리 빗점골에서 토벌군에 의해 피살되었다(48세).[292]

그는 생존 시인 1951년, 북한에서 국기훈장 제1급을 받았고, 1952년에는 자유독립훈장 제1급을, 1953년 2월에는 영웅칭호를 받았다. 김일성은 지리산에 있는 이현상에게 영웅훈장 약장을 보내기도 하였다. 이현상이 죽은 후인 1968년, 북한은 정식으로 '혁명 애국열사'로 선정하고, '열사증 000001번'의 첫 열사증을 추서하였다. 후에 북한 내 혁명열사릉에 안장(가묘)되었으며, 1990년 8월에는 조국통일상이 추서되었다.

---

292) 피살된 이현상의 품 속에서는 다음과 같은 시(漢詩)가 나와 감성을 갖고 있는 그의 또 다른 일면을 보여 주었다. "지리산의 풍운이 당홍동에 감도는데, 검을 품고 남주 넘어오길 천리로다. 언제 내 마음속에서 조국을 떠난 적이 있었을까? 가슴에 단단한 각오가 있고, 마음엔 끓는 피가 있도다.(원문: 地異風雲堂演洞 伐劍千里南州越 一念向時非祖國 胸有萬甲心有血)"

▲ 지리산 빨치산토벌 충혼탑[293]

남부군 패배원인[294]

○ 북한의 지원 불능

북한과 지리산은 서로 멀리 떨어져 있어, 북한 지도부는 지리산 남부군에게 지원병력과 무기·식량 등 보급품을 적시에 원활히 지원해 줄 수 없었다. 예를 들어 남한 내 유격대를 지원하기 위하여, 1950년 3월까지 총 10여 차례에 걸쳐 연병력 3천여 명을 태백산맥을 통해 남파하였으나, 남한 군·경에 의해 대부분 피살되어 지리산까지 도착한 것은 불과 몇십 명에 지나지 않았다.

○ 군·경의 적극적인 토벌작전

1953년 휴전 협정이 체결되자, 정부는 후방을 교란하는 남부군 진압을 최우선 과제로 삼아 적극적인 토벌작전을 펼쳤다. 이에 따라 고립된 좁은 지역에 갇혀 있었던 남부군은 궤멸될 수밖에 없었다.

---

293) 6·25전쟁 전·후 지리산지역 빨치산과 인민군 잔당들을 토벌하다가 목숨을 잃은 민·경·군 7,283명(군인 1,231위, 경찰 3,340위, 민간 2,712위)의 영령들을 모셨다. 처음(1955년 5월)에는 남원시 광한루원 옆에 건립하였으나, 1987년 6월, 현 위치(남원시 산내면 부운리 산 94-3번지. 국립공원 지리산 북부사무소 옆)로 이전하였다(자료 : 남원문화원 제공). 당시 빨치산의 최대 거점이자, 남로당 전남·전북 및 경남도당과 통신대가 주둔하였던 뱀사골 입구에 있는 이 자리는 원래 뱀사골 전설과 관련된 송림사(松林寺)란 절이 있었다 한다.

294) 위키백과 http://ko.wikipedia.org 참조.

○ 주한 미군의 적극적인 토벌지원

미국 정부의 공산주의 확산 저지방침에 따라 주한미군은 남부군 섬멸을 위해 현대식 무기와 병력을 적극 지원하였다.

○ 돌림병 피해

1951년 봄부터 남부군 병사들 사이에 '재귀열병'이라는 유행병이 돌면서 전투력이 급속히 약화되었다. "재귀열병과의 투쟁은 조국을 위한 투쟁이다."라는 구호가 나왔을 만큼 남부군에게는 큰 장애였다. 말라리아와 유사한 증상을 일으키는 이 병은, 미국의 생물학 무기 실험에 의한 것이라는 주장이 있었으나, 정부와 미군 측은 전면 부인하였다.

○ 북한과의 연락불능

특히 1951년 9월, 국군의 서울 수복이후 남부군과 배후세력인 북한 조선로동당 간의 연락이 원활하지 못하였다. 중앙당에서 내려오는 지령은 통신수단 미비로 제대로 전달되지 못하였고, 인편을 통해 오가던 지령과 답신은 이미 때가 지난 뒤 전달되거나, 연락원이 체포되는 일이 많았다.

○ 보급 단절

남부군들은 북한과 먼 거리에서 활동하였기 때문에, 식량 등 필요한 보급품을 자체식으로 조달할 수밖에 없었다. 초기에는 좌익을 지지하는 주민들로부터 자발적인 지원을 받았으나, 토벌 군·경들의 강력한 차단으로 지역주민들과의 협력이 없어져, 차츰 식량을 훔쳐오거나 강제로 탈취할 수밖에 없었다. 이에 따라 주민들과 적대감이 커졌고, 청야(淸野)작전[295]에 따라 보급품 조달은 더욱 어려워졌다.

○ 불리한 자연조건

험준한 산과 깊은 계곡이 많은 지리산도 늦가을부터 초봄까지는 나뭇잎이 떨어져 남부군은 은신처를 마련하기 어려웠다. 또 겨울철 혹한기 추위를 견디

---

295) '청야작전'이란 원래 '견벽청야(堅壁淸野)'작전이라는 단어에서 유래된 말이다. 이는 공격해 오는 적이 군량미로 사용하지 못하도록 들판에 있는 곡식을 모조리 없앤 다음, 지켜야 할 곳은 성벽을 굳게 닫고 수비하는 전략으로서, 고대 동·서양에서 사용되어 왔다. 나폴레옹군과 히틀러군의 침략을 받았던 러시아, 수·당·거란의 침략을 받았던 고구려와 고려에서도 이 작전을 썼다. 지리산 빨치산 토벌작전 때도 이 작전을 써서 빨치산들이 숙소로 쓰거나 식량을 조달받을 수 있는 지리산 내 모든 민가를 산 밖으로 이주시키고, 주요 사찰들은 불태움으로써, 빨치산 요원들은 겨울 동안 추위와 굶주림에 전력을 유지할 수 없었다.

기 어려운 데다가, 눈이 내리면 발자
국 때문에 이동할 수도 없어 상호연
락, 식량조달 등을 할 수 없었다. 국
군은 이와 같은 겨울철을 이용하여
1, 2차에 걸쳐 대대적인 토벌작전을
전개하였다.

○ 전향자의 토벌대 보조

체포된 남부군 요원들 중 전향자
를 중심으로 일명 '보아라부대'가 창
설되었는데, 이들은 군·경의 토벌작

▲ 국군과 남부군이 화해하는 모습의 조각상
지리산 빨치산토벌전시관 입구(산청군 시천면 중산리)

전을 적극 도와주었다. 이들은 아지트 위치와 이동경로 등 남부군의 활동현황
을 잘 알고 있어 토벌작전에 큰 도움이 되었다.

2) 재해 사건(지리산 수해사건)

지리산은 높고 험준한 산악지형에 기류가 막혀 국지성 호우가 자주
발생한다. 1년 강수량이 1천3백mm가 넘는 대표적인 다우(多雨)지역으
로서, 특히 여름철에 많은 비가 내릴 때가 있다.

1998년 7월 31일(금) 밤 10시경부터 8월 1일(토) 오전까지 영·호남지
역에 여름철 집중호우가 쏟아졌다. 이 폭우로 지리산 일대, 특히 피아골
·뱀사골·대원사 계곡과 같은 주요 계곡에서 산악지역 재해사상 최대
의 수해사건이 일어났다. 이때 영·호남에 최고 2백26mm의 폭우가 쏟
아져, 8월 2일 오후 9시까지 44명이 숨지고, 61명이 실종되는 등 1백5명
의 인명 피해가 발생하였다. 농경지 침수·도로 및 교량 유실·가옥 파손
등이 잇따라 농경지 4천1백94ha 침수, 도로 및 교량 1백29개소 파손,
하천 1백55개소 유실 등 4백14억 원의 재산피해가 일어났다. 이때 폭우
로 지리산에서만 27명의 사망자와 60여 명의 실종자가 발생하였다. 그

▲대원사계곡에서 구조되고 있는 야영객   ▲실종자들을 찾기 위해 출동하는 구조대원들

날은 주말인데다 여름 최성수기 휴가철이어, 가족단위의 수많은 피서객들이 지리산 계곡에 몰려 야영하다 참변을 당했다.

8월 1일 밤 0시쯤, 지리산 뱀사골의 싸리골 계곡 주변 간이 야영장에는 1시간 동안 1백mm 이상의 폭우가 내리면서 계곡물이 급격이 불어나 많은 야영객들이 사망하거나 실종됐다. 폭우로 불어난 급류는 피아골·뱀사골 등 지리산 주요 계곡들을 휩쓸고 지나가 지형까지 바꿔 놓았다. 사고 후 며칠간 사망 및 물에 떠내려간 실종자들을 찾느라 소방대원과 자원봉사자, 의용소방대원 등 4백30여 명은 헬기 등을 동원하여 남강·섬진강·엄천강·진주 진양호 등 지리산일대에서 흘러 내려오는 하천들을 모두 수색하였다.[296]

○ 1998년 대원사계곡 수해와 의상자(義傷者) 서적렬

산청군 삼장면 유평리에 살던 서적렬 씨(당시 39세)는 1998년 7월 31일(금) 밤 10시쯤 이장으로부터 다급한 연락을 받았다. 지리산 일대에 내린 폭우로 대원사계곡에 엄청난 수해사건이 발생하여 가랑잎 초등학교 수련원 뒤편에 4명의 피서객이 고립되어 있다는 소식이었다. 연락

---

[296] 조선, 동아일보, 1998년 8월 3일자 참조.

을 받은 서적렬 씨는 급히 동네 청년 5~6명을 불러 모아 가장 먼저 대원사계곡 현장으로 달려가 보았다. 도착해 보니 대원사계곡 일대는 이미 엄청나게 물이 불어나 폭류가 되어 흐르고 있었다. 사람·승용차·텐트·담요·옷가지·부서진 각종 건물잔해 등을 휩쓸어 내려가는 계곡 물 모습은 마치 악마, 또는 아수라장 지옥과도 같았다. 서적렬 씨는 정신차릴 겨를도 없이 우선 수련원 뒤편 4명의 조난객들을 구조해 주었다. 그리고는 작열하는 천둥과 벼락 불빛을 통해 주변을 보니, 계곡 건너편에 6~7세 정도 되는 아이가 나뭇가지에 탈진상태로 걸려 있는 모습이 희미하게 보였다. 그는 급히 주변 현수막을 뜯어 로프를 만들어 갖고 위험한 물살을 헤쳐 건너가 아이를 구조해 왔다. 이 과정에서 워낙 물살이 거세 서적렬 씨는 3번이나 급류에 휩쓸려 떠내려갔다. 이때 바위에 부딪쳐 무릎 인대가 끊어지는 등 부상으로 자신부터 먼저 익사할 뻔하였으나, 간신히 다시 올라와 결국 아이를 구해냈다. 숨 고를 사이도 없이, 계속 쏟아지는 폭우 속에서 번갯불이 조명탄처럼 비춰지는 사이로 주변을 보니, 다른 계곡 건너편 바위 위에 또 여러 명의 조난객들(26명)이 꼼짝 못한 채 구조를 기다리고 있었다. 서적렬 씨는 자신의 위급함은 잊은 채, 다시 현수막을 뜯어 로프를 만들어 자신의 몸과 근처 소나무를 서로 묶어 연결한 다음 계곡을 건너갔다. 계곡물을 건너는 과정에서 그는 2~3차례 또 급류에 떠내려갔으나, 다행히 로프로 소나무와 자신을 묶어 연결해 놓은 바람에 살아 나와 왕래를 계속하였다. 어린이부터 한 사람씩 차례차례 구조해 와 결국 마지막까지 26명 전원을 무사히 구출해 주었다. 무릎 부상도 잊은 채, 여기 저기 조난객들을 구조하다 보니, 어느새 밤이 새며 8월 1일(토) 날이 밝았다. 그는 익일 낮에도 이미 숨진 시신들을 수습하는 한편, 119 등 재난구조대원들과 함께 실종자들을 수색하느라 하루가 갔다.

▲국립공원관리공단 동·식물보호단 직원으로서
지리산 내 야생동물 보호를 위해
불법 밀렵도구를 수거하고 있는 서적렬 씨

이와 같이 자신의 생명위험조차 무릅쓴 채, 살신성인의 마음으로 조난객들을 구조해 준 그에게 이듬해(1999년) 정부는 국민포장을, 보건복지부는 의상자 처리를 해 주어 국민들을 대신하여 작으나마 감사표시를 해 주었다. 또 그의 희생정신을 높이 사 2001년도에는 국립공원관리공단 동·식물보호단 창단 시 직원으로 채용되어 2010년 11월 현재, 지리산 국립공원사무소 유평팀에서 근무하고 있다.

8. 소실된 문화유산

가. 개설

지리산은 지역이 넓은 데다, 우리 민족의 역사와 같이 시작되어 옴으로써 수많은 역사·문화유산들이 만들어져 왔었다. 그러나 그 동안 잦은 전쟁, 문화재에 대한 인식 부족, 건축자재상의 문제 등으로 귀중한 문화유산들이 소실되었다. 특히 사찰의 경우, 주요 자재가 목조이어서 화재에 취약할 뿐만 아니라, 숱한 전란으로 여러 번 불탔거나 소실되고 말았다. 예를 들어 지리산 화개동천은 차(茶)의 성지였을 뿐만 아니라 불교의 성지였다. 이 화개동천 안에만도 신라·고려시대에는 50여 개가, 조선시대에는 1백여 개의 사찰과 암자가 있었던 것으로 알려지고 있다. 이렇게 이 골짜기에서는 오랜 역사와 함께 찬란한 불교문화가 꽃피워졌었고, 그 에 따라 수많은 문화유산이 전해져 왔었다. 그러나 아래 〈표 2〉에서와 같이 쌍계사·칠불사·불일암·상무주암과 같이 일부 사찰만 중건되었고 나머지는 흔적조차 사라져 가고 있다. 한때 화개동천 위 의신지역이 '삼신동(三神洞)'이라 불린 이유도 과거 신흥사(神興寺)·영신사(靈神寺)·의신사(義神寺)와 같은 큰 사찰이 있었기 때문이라고 한다. 그러나 현재 이 세 사찰 모두 사라지고 없다. 신흥사 자리에는 화개초등학교 왕성분교가 들어서 있으며, 영신사·의신사도 절터만 남아있다.[297]

지리산 전체로 볼 때, 더욱 많은 유산이 존재하였겠으나, 오랜 세월이 흐르는 동안 많은 귀중한 유산들이 파손·마모·인멸되었다. 여기서는 소실된 주요 유산 중 지리산 서·남쪽 화개 지역에 있었던 신흥사지(新興寺址)와 내은적암지(內隱寂庵址), 동쪽 산청군 단성면 운리에 있었던 단속사지(斷俗寺址), 그리고 남원 지역의 대표적 사찰이었던 만복사지(萬福寺址)에 대하여 알아본다.

〈표 2〉 조선시대 지리산 내 주요 절과 암자현황[298]

사찰(암자)명	위 치	1530년경	1760년경	2010년 현재
파근사波根寺	남원군 주천면 덕치리	▲	▲	없어짐
천은사泉隱寺	구례군 광의면 방광리		▲	▲
연관사烟觀寺	남원	▲		없어짐
화엄사華嚴寺	구례군 마산면 황전리	▲	▲	▲
연곡사燕谷寺	구례군 토지면 내동리	▲	▲	▲
적기암赤旗庵	구례군 토지면 내동리		▲	없어짐
원수사源水寺	운봉	▲		없어짐
장계사長溪寺	운봉	▲		없어짐
실상사實相寺	하동군 화개면 입석리	(고적)	▲	▲

---

297) 최화수, 『지리산 365日』 3권, 도서출판 다나, 1992, p.153.
298) 출전: 『신증동국여지승람』과 『여지도서』. 김양식, 『지리산에 가련다』, 도서출판 한울, 1998, pp.135~136에서 재인용.

쌍계사雙磎寺	하동군 화개면 운수리	▲	▲	▲
신흥사新興寺	하동군 화개면 신흥리	▲	▲	없어짐
신흥암長興庵	하동군 화개면			없어짐
불일암佛日庵	하동군 화개면 운수리		▲	▲
칠불암七佛庵	하동군 화개면 범왕리		▲	▲
영신사靈神寺	하동군 화개면 대성리	▲	▲	없어짐
단속사斷俗寺	산청군 단성면 운리	▲		없어짐
천불암千佛庵	산청 천왕봉 아래	▲	▲	없어짐
향적사香積寺	산청 천왕봉 아래	▲	▲	없어짐
지거사智居寺	산청	▲	▲	없어짐
영대사靈臺寺	산청	▲	▲	없어짐
삼장사三壯寺	산청군 삼장면 평촌리		▲	없어짐
대원암大源庵	산청군 삼장면 유평리		▲	▲
청암사青巖寺	산청		▲	없어짐
남대암南臺庵	산청 천왕봉 남쪽		▲	없어짐
지곡사智谷寺	산청군·유 내리	▲	▲	없어짐
견불사見佛寺	함양	▲	▲	없어짐
군자사君子寺	함양군 마천면 군자리	▲	▲	없어짐
마적사馬迹寺	함양	▲	▲	없어짐
안국사安國寺	함양군 마천면 가흥리	▲	▲	▲
선열암先涅庵	함양	▲	▲	없어짐
고열암古涅庵	함양	▲	▲	없어짐
신열암新涅庵	함양	▲	▲	없어짐
금대암金臺庵	함양군 마천면 가흥리	▲	▲	▲
보월암寶月庵	함양	▲	▲	없어짐
상무주암上無住庵	함양	▲	▲	▲
문수사文殊寺	함양군 마천면 군자리		▲	▲
벽송암碧松庵	함양군 마천면 추성리		▲	▲
법화암法華庵	함양		▲	없어짐

나. 주요 유산

1) 신흥사지

신흥사지(新興寺址)[299]는 화개면 범왕리 51번지 일원에 있다. 1915년경
이 절터에서 통일신라시대에 만들어진 것으로 보이는 약 1.35m 크기의
철조여래좌상(鐵造如來坐像)이 발견[300]된 것으로 보아 그 이전에 창건된
것으로 추측되나, 확실한 창건 및 폐사 시기는 알려지지 않고 있다. 지금
도 절터에는 부도밭 흔적이 있으며, 한때 수홍교(垂虹橋)[301]라는 다리,
수각(水閣)[302], 능파각(凌波閣)과 같은 건물들이 있었던 것으로 알려지고
있다. 또 최치원이 쓴 것으로 전해지고 있는 '삼신동(三神洞)'과 '세이암
(洗耳嵒)', 조선 중기 김일손(1464~1498)이 이 절에 머물고 있을 때 새긴
것으로 알려진 '탁영대(濯纓臺)'라는 암각글씨들이 남아 있다.

또 과거 조선시대에 여러 명사들이 이 절에 다녀간 후, 신흥사의 아름
다움을 기록으로 남겼다. 김일손은 "섬 앞에 밝은 못(池)과 반석이 있었
다. 절은 시냇가에 지어져 (지리산 내) 여러 절 중에서 풍경이 가장 뛰어
났다."라고 하였고, 조식은 "진실로 하늘나라 장인의 빼어난 솜씨를 숨
김없이 발휘한 곳이라 하겠다."라고 하였다. 서산대사는 "맑은 시내와
꽃다운 물은 학이 노니는 것 같고, 물에 떨어진 꽃이 흘러가는 모습은
무릉도원의 정취가 있으며, 가을에는 비단에 수놓은 듯한 단풍의 아름
다움이 있다."라고 하였다. 또 능파각에 대하여 쓴 『능파각기』에서는

---

299) 이 절의 이름은 사세(寺勢)에 따라 --사(寺), 또는 --암(庵) 등 여러 가지로 불렸
　　다 한다. 따라서 신응사(新凝寺)·신응암·내원암이라는 이름도 같은 절이었던 것으
　　로 추측된다.
300) 현재 국립중앙박물관에 보관.
301) '무지개다리'라는 뜻으로서, 홍류교(紅流橋)라고도 하였다. 칠불사 방향 시내 위에
　　놓여 있었으며, 현재 바위위에 기둥을 세웠던 홈 흔적이 남아 있다.
302) 수홍교 다리 위에 세워졌었던 누각.

▲신흥사지 전경(현재 초등학교가 들어서 있다.)

"이름따스 □□에 구름 날리고, 디리는 물 위에 누 있네. 신속 소년은 매일 긴 무지개 다리를 밟는구나"라고 하였다.

또 진양지에는 신흥사에 관하여 "삼신동에 있는데, 일명 내원암이라고도 하며, 임란 후에 중창하였다. 옛날에는 칠불암 쪽 시내 위편에 가로 놓여 있는 수홍교 위에 수각(水閣)이 있었다. 또 이 수각에서 수백보를 올라가면 능파각이 있는데, 매우 상쾌하다.303) 절 앞 시내 한복판에는 10여 명이 앉을 만큼 넓고 편평한 돌이 있는데, '세이암(洗耳嵒)'이라 새겨져 있다."라 쓰여 있다. 이 절은 오랜 기간 동안 폐사되어 있다가 일정 때인 1942년, 남아 있는 건물을 헐고 그 자리에 초등학교(현 화개 초등학교 왕성분교)가 들어섬으로써 완전 폐사되고 말았다.304)

---

303) 각각 다른 건물로 묘사하였으나, 서산대사는 같은 건물로 기록하였다.

304) 화개면지편찬위원회, 『화개』 화개면지 상권, 가람출판사, 2002, pp.337~340.

2) 내은적암지

내은적암지(內隱寂庵址)는 현 신흥사지 뒤편 산 중턱에 있다. 신라시대 때 창건된 것으로 추측되나, 역시 확실한 창건 및 폐사 시기는 알수 없다. 다만 조선 때 서산대사가 보수, 중건하였다는 사실로 미루어 보아 조선 중기 이전에 퇴락되어 있었음을 짐작할 수 있다. 서산대사는 1560년(41세) 이곳으로 돌아와 3평 정도의 작은 내은적암을 다시 짓고 삼가귀감(三家龜鑑)을 저술하였다.

서산대사는 이 내은적암을 중창하고자 "이 암자는 신라말엽 거설한305)이 초창하였고, 삼한 중엽에 정변지(正遍知)가 중창하였는데, 천년 세월이 지나는 동안 건물은 낡고 사람은 갔습니다. … 그런데 빈도(貧徒)가 지금(1560년 여름, 명종 15년) 지팡이와 신 하나로 여기 와서 보니, 기와와 서까래는 모두 허물어지고 없어졌습니다. 이를 수리하고자 이 글을 지어 인연을 구합니다."라는 모연문(募緣文)306)을 지어 돌렸다. 그러나 호응(시주)이 적어 불사진행이 잘 안되자, 얼마 후 다시 "아아, 마음이란 모든 법의 거울이요, 선악은 그 거울의 그림자입니다. 탐욕의 악은 반드시 지옥의 화를 받고, 보시의 선은 반드시 천당의 복을 누립니다. … 무릇 신도님들은 이 글에 이름 좀 적어주십시오."라는 두 번째 모연문인 「내은적 개와 모연문(內隱寂 蓋瓦 募緣文)」을 지어 신도들에게 호소하였다.

이렇게 3칸 정도의 내은적암을 간신히 중창한 후, 서산대사는 무척 기뻐하며 청허원(淸虛院)이라 당호를 지었다. 그리고 3년여간 머무르며 일생의 가장 큰 역작이었다는 삼가귀감을 저술하고, 때때로 운수(雲水)와 음다(飮茶)에 관한 시를 짓기도 하였다.307) 위 책은 3년여의 집필

305) 신라시대 때 쓰인 왕을 의미하는 우리 말. 삼국사기에는 거서간(居西干)이라 하였다.
306) 정식이름은 「두류산 내은적 신구 모연문(頭流山 內隱寂 新構 募緣文)」이다.

▲내은적암지 원경(가운데 원 안)　　　　　　　　▲내은적암지 근경
신흥사지 뒤편에 있다.

끝에 1564년 여름쯤 완성되었다. 그리고 발간을 위한 판각을 만들기
위해, 1568년 산청 단속사로 가져갔다. 그런데 마침 그 절에 기거하고
있던 23세의 성여신(成汝信)이란 유생이 책의 편제를 트집 잡아 불태우
게 하였다. 6년여에 걸쳐 완성한 저작이 한 순간에 불꽃 속에 사라졌다.
이 사건 후 서산대사는 처음 출가한 데다, 18여 년간 머무르며[308] 선승
으로서의 경지를 온축한 지리산을 떠나 묘향산으로 간 이후, 두 번 다
시 지리산을 찾아오지 않았다고 한다.

　이 내은적암지에는 현재 12개의 원형 주춧돌과, 서북쪽 뒤편 큰 바위
아래 우물터가 남아 있다. 주춧돌로 미루어보아 3칸 정도의 아주 작은
암자였을 것으로 추측된다.[309]

---

307) 서산대사는 이 내은적암에 머무르는 동안 「인경구탈(人境俱奪)」이란 제목으로 다
　음과 같은 시를 지었다. "수많은 배꽃 잎들이 청허원으로 날아드네, 목동의 피리소리
　는 앞 산으로 지나가건만, 사람과 소, 모두 보이지는 않는구나(梨花千萬片 飛入淸虛
　院 牧笛過前山 人牛俱不見)." 하동군, 『서산대사 유적지 복원·정비사업 기본계획 수
　립』, 2008, p.127.

308) 위의 책, p.269.

309) 화개면지편찬위원회, 『화개』 화개면지 상권, 가람출판사, 2002, pp.340, 615~
　620, 같은 책 하권, p.781.

▲단속사지(현재 민가가 들어서 있다.
이 자리는 원래 금당터(金堂址)였던 것으로 추정되고 있다.)

3) 단속사지

난속사시(斷俗寺址)는 산청군 난성면 운리의 옥녀봉 아래에 위치하고 있다. 단속사[310]의 창건에 대하여는 여러 설이 있다. 하나는 748년(경덕왕 7년) 이순(李純)이 조연소사를 고쳐 짓고 단속사라 하였다는 설과, 또 하나는 763년경 경덕왕 때 신충(信忠)이 지었다는 설이 있다. 이 절은 신라 때 신행(704~779)이 당나라에서 처음으로 북종선(北宗禪)을 전래시킨 사찰로 알려져 있으나,[311] 현재는 절터만 남아 있다.[312] 이 절터에는

---

310) 단속사의 원래이름은 금계사(錦溪寺)였다고 한다. 금계사라 불리던 때는 신도들의 발길이 끊이지 않아 2㎞나 떨어진 산문에서 절까지 신도들이 줄을 이었다. 신도들 때문에 하루도 조용할 날이 없어 싫증 난 주지스님이 금강산 유점사에서 왔다는 한 도승에게, 어떻게 하면 신도들이 덜 오게 할 수 있겠느냐고 물어봤다. 주지승의 마음 자세가 잘못됐다고 생각한 그 도승은, 절 이름을 단속사(斷俗寺)로 바꿔 보라고 가르쳐 주고 떠났다. 그렇게 하였더니 과연 신도들의 발길이 점차 줄어들고, 얼마 가지 않아 절에 큰 불까지 나서 그만 단속사는 망하고 말았다는 전설이 있다.

311) 국민대학교 국사학과, 『지리산문화권』, 역사공간, 2004, p.161.

현재 보물로 지정된 단속사지 동·서 3층석탑(각각 보물 제72호, 제73호)
과 윗부분이 떨어져나간 당간지주(幢竿支柱),[313] 그리고 몇몇 비신단편
(碑身斷片)의 탑본(搨本)들이 남아 있다.

　과거에는 금당 뒷벽에 경덕왕의 진영(眞影)을 봉안하고, 신라 때의 솔
거(率居)가 그린 유마상(維摩像)이 있었다고 한다. 현재 금당지(金堂址)와
그 앞 좌우에 서 있는 2기의 석탑으로 미루어보아 통일신라시대의 전형
적인 가람배치였던 1금당 2탑식 가람이었을 것으로 추정된다. 그 외에
강당지(講堂址)로 보이는 넓은 건물터에 초석들이 남아 있고, 신라 병부
령 김헌정이 지은 신행선사비(神行禪師碑) 단편과 1159년에 입적한 고려
시대 탄연의 대감국사비(大鑑國師碑) 조각 등이 발견되었다. 이 절은 한
동안 워낙 규모가 커서 전성기 때에는 찾아오는 방문객들이 산문 입구
인 광제암문(廣濟嵒門)[314]에서 미투리를 갈아 신고 절을 한 바퀴 돌아
여러 암자를 거쳐 나오면, 벗어둔 미투리 짚신이 썩어 있었다는 일화도
있다.

　이 단속사에는 다음과 같은 많은 기행문들이 전해져 오고 있다. 우선
1489년(성종 20년), 탁영 김일손은 그의 지리산 기행문인「두류기행록」
에서 "절문 앞에 대감국사의 행적비가 있었는데, 고려의 평장사 이지무
가 비문을 짓고, 560년경에 세웠다. 절 안으로 들어가니 고색창연한 불
전 벽에 면류관을 쓴 두 사람의 그림이 그려져 있다. 설명하기를 신라

---

312) 단속사가 소실된 시기·원인 등에 관한 정확한 기록은 없으나, 1568년경 성여신이
　　란 유생의 방화로 인해 소실되었다는 설과, 1597년(선조 30년)경 정유재란 때 왜군의
　　방화로 소실되었다는 설이 있다.

313) 2기의 당간주지는 윗부분이 떨어져 나간 것을 1983년에 복원하였다.

314) 단속사로 들어가는 산문 옆 바위에 '광제암문(廣濟嵒門)'이라 새긴 암각글씨가 있
　　다. 이 글씨는 서기 995년(성종 14년)경 이 절의 스님이 쓴 것이라는 설과 신라 때
　　최치원 선생이 쓴 것이라는 설이 있다.

때 이순이라는 사람이 벼슬을 사직하고 이 절을 세워 단속사라 하였고, 그림은 그 주인공의 상이라고 한다. 스님의 설명을 듣고 행랑채를 돌아긴 집의 추녀를 끼고 아래로 50보쯤 내려가 보니 매우 웅대한 누각이 있다. 누각은 오래되어 기둥과 대들보가 썩어 위태로워 보였으나 올라가 볼 수는 있었다. 누각의 난간에 기대어 앞뜰을 내려다보니 매화나무가 한 그루 있는데, 이름이 정당매315)라고 하였다."316)라고 썼다. 또 『속두류록』에는 "단성에서 서쪽으로 향해 갔다. 15리에 뻗친 길이 꺾이고 울퉁불퉁하였으나, 그곳을 벗어나니 평지가 나오고, 맑고 차가운 물이 서쪽으로 들을 끼고 흘렀다. 내를 건너 1리쯤 더 가니 감나무가 둘러서 있으며, 뒷산에는 온통 밤나무가 무성해 있다. 길 옆에 높고 견고한 담이 둘러쳐졌는데, 담 안의 건물은 장경판각(藏經板閣)이었다. 담 서쪽으로 다시 1백 보쯤 걸어가니 울밀한 숲속에 절이 자리 잡고 있는데, '지리산 단속사'라고 쓴 편액(扁額)이 있었다.……"라 적었다.317)

후일 서산대사는 1568년, 화개동 내은적암에서 심혈을 기울여 만든 『삼가귀감(三家龜鑑)』318)이라는 책 원고를 완성한 후, 목판으로 만들기 위해 이 단속사로 가져왔다. 그런데 마침, 그때 이 절에 공부하러 와

---

315) 고려 말 이 고장(현 산청군 단성면 남사리 고가마을)에 통정 강회백이란 사람이 있었는데, 한때 이 단속사에서 공부하였다고 한다. 그는 우왕 때 등과하여 벼슬이 점차 높아져, 공양왕 때에는 정당문학(政堂文學) 겸 대사헌이 되었다. 그가 단속사에서 글을 읽을 때 심은 매화나무가 이 나무인데, 그 후 잘 자라므로 세상 사람들이 정당매(政堂梅)라고 불렀다. 그 뒤에 증손되는 강용휴가 이를 가꾸었고, 후손들이 그것을 기념하기 위하여 비각과 비를 세워 오늘 날까지 전하여 오고 있다. 수령 600년쯤으로 추정되는 이 나무는 높이 8m, 둘레 1.5m로서 근간(根幹)에서 4본의 지간(枝幹)이 뻗어 있다. 경상남도 나무로 지정되었다. 산청군지편찬위원회, 『산청군지』 상권, 2006, p.861.

316) 위의 책, pp.845~846에서 재인용.

317) 최화수, 『지리산 365日』 4권, 도서출판 다나, 1992, pp.284~286에서 재인용.

318) 유·불·선 삼가(三家)에서 귀감이 될 내용들을 뽑아 엮은 책.

있었던 '성여신'이라는 유생이 이 원고의 편집순서에 유가가 맨 나중에 들어 있음을 보았다. 이를 트집 잡아 단속사 승려에게 목판을 불태우라고 하였으나 듣지 않자, 자기가 직접 목판은 물론 단속사까지 불을 질러 버렸다는 설도 있다.[319]

이 23세의 서생 성여신은, 남명 선생과도 친분이 있는 데다, 선·교 양종판사를 지냈고, 나이도 자신보다 26세나 많은 고승 서산대사의 판각을 서슴없이 불태웠다. 뿐만 아니라, 성여신은 단속사 내 천년문화재인 사천왕상과 오백나한상까지 그 모습이 괴이하다 하여 모두 끌어내어 불태우도록 하였다고 한다. 이 단속사는 임진왜란 때 진주성 2차 싸움에서의 패배 직후 크게 훼손·약탈된 이후, 1597년경 정유재란 때 모두 소실된 것으로 추정되나, 그 이전에 이미 성여신은 대가람 단속사 몰락에 결정적인 역할을 한 인물로 추측된다.[320]

○ 단속사지 동·서 3층석탑

단속사 금당지 앞에 있는 통일신라시대의 3층석탑이다. 동탑은 보물 제72호, 서탑은 보물 제73호이며, 높이는 모두 530㎝ 정도이다. 두 탑 모두 2층 기단 위에 3층 탑신으로 이루어진 전형적인 3층 석탑이다. 하층기단은 지대석과 면석이 붙은 석재로 이루어졌으며, 각 면마다 우주(隅柱)와 2개의 탱주(撑柱)를 모각하였다. 갑석(甲石)의 윗면은 약간의 물매를 잡고 중앙에 2단 굄을 만들어 상층기단을 받치도록 했다. 상층 기단 각 면에는 2개의 우주와 1개의 탱주를 모각하였고, 그 위에는 밑

---

319) 하동군, 『서산대사 유적지 복원·정비사업 기본계획 수립』, 2008, p.196.

320) 화개면지편찬위원회, 『화개』 화개면지 상권, 가람출판사, 2002년, pp.622~625.
박용국 저, 최석기 감수, 『지리산 단속사, 그 끊지 못한 천년의 이야기』, 보고사, 2010, pp.220~222.

에 부연(附椽)이 있는 갑석을 놓았
다. 탑신부의 옥신(屋身)과 옥개(屋
蓋)는 각각 하나의 돌로 되어 있는
데, 옥신에는 우주만 새겨져 있다.
옥개석 받침은 5단이며, 합각(合角)
부분에 약간의 반전이 있다. 동탑
의 상륜부는 노반(露盤)·복발(覆鉢)
·앙화(仰花)만, 서탑은 노반·복발
만 남아 있다. 전체적으로 두 탑은
균형이 잘 잡혀 안정감이 있다.321)

▲단속사지 동(좌)·서(우) 3층 석탑

4) 만복사지

만복사지(萬福寺址)322)는 남원시 왕정동에 있다. 덕유산에서 뻗어내
린 교룡산 줄기인 기린봉 산자락이 절터를 나지막하게 감싸고, 앞으로
는 요천이 흐르는 전형적인 배산임수터다. 이 절은 고려 초기인 문종
(1046~1083) 때 처음 창건된 것으로 알려져 있는데, 옛날에는 남원 시
가지가 이 사찰을 중심으로 형성되어 있었다 한다.

동쪽에는 5층전(五層殿)과 5층목탑이, 서쪽에는 이층법당과 금당(金堂)
이 배치되었던 전형적인 서전동탑(西殿東塔)의 가람이었던 것으로 추정
되고 있다. 또 대웅전 외에도 약사전(藥師殿)·천불전(千佛殿)·영산전(靈
山殿)·보응전(普應殿)·나한전(羅漢殿)·명부전(冥府殿)·종각(鐘閣) 등이
있었으며, 5층전각에는 10m가 넘는 불상이 안치되었던 것으로 알려져

---

321) 한국 브리태니커 온라인 http://preview.britannica.co.kr/bol/topic.

322) '만복사'란 부처님께 정성으로 기원하면 누구나 복을 받을 수 있다는 대중적인 뜻
    을 담고 있다.

▲만복사지 전경(남원문화원)　　▲만복사지 5층 석탑(남원문화원)

있다. 상주 승려도 수백 명이어서 탁발 후 저녁 때, 이 절로 돌아가는 승려들의 모습323)이 남원팔경의 하나로 꼽힐 만큼 장관이었다고 한다.

이 절은 1597년(선조 30년) 정유재란 때 왜구에 의해 불타버린 것으로 알려져 있다. 이를 1678년(숙종 4년) 남원부사였던 정동설이 중창하려 하였으나, 워낙 규모가 커서 예전처럼 복원하지 못하고 승방 1동만 지었을 뿐, 이후 3백여 년 동안 폐사상태로 있었다. 1979년부터 7년간 전북대 박물관팀에 의한 발굴조사 결과, 만복사는 창건 후 몇 차례 중창되면서 탑을 중심으로 동·서·북쪽에 각각 금당이 들어선 1탑 3금당식의 독특한 가람배치였던 것으로 추정되었다. 현재 절터에는 여러 금당지(金堂址)와 보물로 지정된 5층석탑·석불입상·석대좌·당간지주·석인석상 등이 남아 있어 고려시대의 가람배치를 추정해 볼 수 있게 하는 귀중한 절터이다.

절터 맨 앞쪽에는 보물 제32호로 지정된 당간지주가 있고, 그 위 좌측에는 얼굴을 돌려 우측 후방을 바라보고 있는 특이한 석인석상 하나가 서 있다. 당간지주 뒤쪽에는 정면 5칸 측면 2칸으로 추정되는 중문

───────────────

323) '만복사귀승(萬福寺 歸僧)'이라 하였다.

▲만복사지 석인석상(남원문화원)　　▲만복사지 석불입상(남원문화원)

터가 있으나, 토층 조사 결과 이 중문터에 있었던 중문은 창건 당시의
건물은 아니었던 것으로 밝혀졌다. 중문터 뒤에는 창건 당시의 동쪽 5
층 전각(정면과 측면이 각각 5칸 정도)이었던 목탑터가 있다. 또 남북변에
는 계단 일부가 남아 있으며, 둥글게 다듬은 초석과 지대석·기단석 등
이 남아 있다. 그리고 중문터와 목탑터의 사이에는 네모난 지대석 위에
복엽 연화문을 양각한 하대석과 석등이 남아 있다.

　목탑터 왼쪽에 불상대좌(보물 제31호)가 있는 건물터는 창건 당시의
서쪽 2층 전각, 곧 서금당터인 것으로 추측되고 있다. 서금당터는 외둘
레가 1칸이고, 정면 5칸 측면 4칸 정도의 규모이다. 목탑터 뒤쪽에는
정면 5칸 측면 4칸의 북금당터가 있는데, 외둘레는 역시 1칸이며 초석
은 비교적 온전한 상태이다. 하대석 윗면 중심에는 지름 30cm의 홈이
파여져 있으며, 그 바깥쪽에는 팔각구획이 있어 간주를 받치도록 되어
있다. 목탑터 오른쪽 뒤쪽에는 동금당터가 있는데, 남아 있는 초석과
적심석 등으로 미루어 보아 정면과 측면이 각각 3칸 정도였던 건물로
추정된다. 북금당터와 동금당터는 출토된 기와조각으로 미루어 보아

1463년(세조 9년) 이후 세워진 건물이었을 것으로 보인다. 동금당터 뒤쪽에는 5층석탑(보물 제30호)이 있으며, 5층석탑 뒤쪽에는 보호각안에 석불입상(보물 제43호)이 있고, 북금당터 뒤쪽에는 정면 7칸 측면 5칸의 강당터가 있다.

이 만복사는 조선 세조 때 김시습이 쓴 설화소설『만복사저포기(萬福寺樗蒲記)』[324]의 배경이 되었던 절이기도 하며, 만복사지 부근에는 백들·썩은 밥배미·중상골 등 당시의 사찰 규모를 추정해 볼 수 있는 지명들이 남아 있다. '백들'은 만복사지 앞 제방을 말하는데, 승려들이 널어놓은 빨래 때문에 제방 주변이 온통 하얗게 됐다고 해서 붙은 지명이다. 또 '썩은 밥배미'는 절에서 나온 음식 찌꺼기를 처리하던 장소로서, 당시 만복사 승려들이 엄청나게 많았음을 짐작할 수 있다.[325] 현재이 만복사지는 사적 제349호로 지정되어 있다.

9. 지리산 이인(異人)들

가. 개설

지리산에서는 지난 2천여 년간 다양한 인물 군상(群像)들이 명멸(明

---

324) 만복사저포기의 줄거리: 남원의 떠돌이 노총각 양생(梁生)이라는 사람이 만복사 부처와 저포놀이(나무로 만든 주사위 놀이)를 하여 이겼다. 내기에 진 부처가 양생의 평소 소원을 이루게 해 주어 양생은 배필을 만나 잠시 동안 행복한 시간을 보냈다. 그러나 그 여자는 실제 사람이 아니라, 왜란 때 죽은 어느 귀인의 딸이 현신한 영혼이었다. 그러나 양생은 나중에 그 사실을 알고 헤어진 후에도, 끝까지 그녀의 명복을 빌어 준 후, 자신은 다시 장가를 들지 않고 지리산으로 들어가 약초를 캐며 살았다는 이야기. 이 소설은 우리나라 최초의 한문소설집 김시습의 금오신화(金鰲新話)에 수록된 5편 중 하나이다.

325) 자료제공: 남원문화원.

滅)하였다. 지리산 동쪽 단속사에서 공부하였던 고려 말의 강희백과 조선 세조 때의 이륙과 같이 나중에 지리산 밖으로 나가서 영달한 사람들이 있었는가 하면, 반대로 삼국시대 이전 진한의 난을 피하여 지리산 성삼재 북쪽 달궁터 기슭으로 피신하여 들어 온 마한의 왕과, 지리산 동북쪽 왕산에 들어와 망국의 한을 삭이었던 구형왕과 같은 사람들도 있었다. 또 천왕봉이 바라다 보이는 덕천강 가에서 처사로 살면서 학문에 정진하며 살았던 남명 선생과 같은 학자가 있었는가 하면, 이성계(남원 운봉)·서산대사(연곡사)·고광순(연곡사)처럼 이민족 침입자들과 싸운 인물들도 있었다.

여기서는 경세의 재능이 있었으나, 뜻을 펼칠 수 없어 한때 지방 여러 곳을 유람하다 쌍계사·법계사·청학동·고운동 등 지리산 기슭에서 머물렀었던 신라 말의 최치원, 산청에서 탁월한 의술을 배워 후일 질병의 고통에 신음하는 백성들을 치료해 주었던 조선시대의 명의 허준, 한때 칠불사에 머무르며 차(茶)에 관한 책『다신전(茶神傳)』을 저술하고, 차(茶)에 대하여 다선일미(茶禪一味)의 경지로 승화시킨 조선말기 초의선사(草衣禪師), 그리고 현대와 들어와 가족보다도 지리산을 더 사랑하여 지리산 속에서 살며, 지리산을 보호하다 일생을 마친 허만수와 같은 이인(異人)들에 대하여 알아본다.

나. 주요 인물

1) 최치원(857~915)

최치원은 서기 857년 사량부(현 경주)에서 태어났다. 본관은 경주, 자는 고운(孤雲) 또는 해운(海雲)이었으며, 경주최씨의 시조이기도 하다. 868년(신라 경문왕 8년) 12세 때 당나라에 유학하여 7년 만에 18세의 나이로 예부시랑(禮部侍郎) 배찬(裵瓚)이 주시(主試)한 빈공과(賓貢科)에 장원으로 급제하였다.

　그러나 최치원은 당나라에서 과거에 급제하긴 하였으나 빈곤한 생활을 한 것으로 알려져 있다. 과거에 합격하였음에도 특별한 보직을 받지 못해, 2년여간 낙양 등지를 떠돌면서 서류 대필로 생계를 꾸려나가는 등 가난한 생활을 계속하다가 876년경 현위 자리 하나를 겨우 얻었다. 그러나 그것도 사정이 여의치 못해 1년 만에 사직하고, 다시 그 후 또 끼니마저 걱정해야 하는 가난 속에 지낸 것으로 알려져 있다. 하는 수 없이 879년 회남절도사 고변(高騈)에게 편지를 보낸 끝에 겨우 그의 식객으로 받아들여졌다. 이후 879년 황소(黃巢)의 난이 일어나자, 고변의 종사관이 되어 4년간 전쟁터를 전전하며, 표(表)·장(狀)·서계(書啓)·격문(檄文) 등을 지었다.326) 황소의 난 종사와 관련하여 '승무랑시어사내공봉(承務郎侍御使內供奉)이라는 직위'327)에 임명되었으나, 자신의 역량을 펼칠 수 있는 지책이 아니어 얼마 후 사직하고 885년 신라로 귀국하였다.

　귀국 후 10여 년 동안 한림학사(翰林學士) 등 중앙과 지방의 관직을 역임하였으나, '토황소격문' 등으로 문명(文名)이 알려진 그를 고위직에 있었던 신라의 기존 관료들은 은근히 시기와 배척을 하였다. 더구나 당시 신라사회는 중앙 귀족들의 권력쟁탈로 지배체제가 흔들리고 지방 호족세력들의 반란이 진행되고 있었다. 특히 889년(진성왕 3년)경 재정이 궁핍하여 주군(州郡)에 조세를 독촉한 것이 계기가 되어 농민봉기가 일어

---

326) 이병도, 『한국유학사』, 아세아문화사, 1989, p.54. 이 중 황소의 난 토벌을 위해 쓴 「토황소격문(討黃巢檄文)」은 명문장으로 유명하였다.

327) 이는 정식 관직이라기보다 토벌군이 편성되었을 때, 사기 앙양을 위해 내리는 표창과 같은 성격이었다고 한다. 그나마 882년 고변이 파직되자, 최치원은 그 뒤 28세(885) 때 신라로 귀국할 때까지 3년 동안은 생계대책이 없어 더욱 어렵게 지낸 것으로 알려져 있다.

나면서, 신라사회는 이미 붕괴되기 시작하였다. 이에 최치원은 894년경 시무책(時務策) 10여 조를 진성여왕에게 올렸다. 이것이 받아들여져, 그는 6두품 신분으로서 올라갈 수 있는 최고 관등인 아찬에 임명되어 국정을 바로 잡아 보고자 하였으나, 이미 신라는 기울어져 가고 있었다.

이와 같이 당나라 있을 때에는 약소국 변방인이란 이유로, 고국 신라에서는 출신성분의 한계로 인하여 그의 능력을 펼칠 기회가 주어지지 않았다.[328] 이렇게 신분제 한계와 말기적 국가 상황, 기존 관료들의 배척 등으로 중앙관직에서의 한계를 느낀 그는 외직을 자원하여 태인·정읍·서산과 대산군(大山郡)·부성군(富城郡)·천령군(天嶺郡-현 함양군) 등의 태수를 지내기도 하였으나, 결국 관직에서 물러나 산천을 소요하며 지냈다. 이후 만년에는 가족을 데리고 가야산으로 들어가 선화(仙化)하였다고 한다. 결국 자신의 뜻을 펼쳐 볼 수 없는 신라에 충성할 이유도 없었고,[329] 그렇다고 고려를 택할 용단도 내리지 못한 채, 최치원은 불운한 일생을 마치게 되었다.[330] 그는 사후 1020년(고려 현종 11년) 내사령(內史令)에 추증되었다.

---

328) http://100.naver.com/100.nhn?docid=148195 참조.

329) 일찍이 신라의 국정을 개탄했던 고운은 "계림(신라)은 누른 잎과 같고, 송도(고려)는 푸른 소나무와 같다(鷄林黃葉 鵠嶺靑松)"이라 하여 고려가 장차 신흥국가로 일어나리라는 것을 암시하였다 한다. 이렇게 고려건국을 은근히 동조해 준 결과, 후일 고려 조정으로부터 시호를 받는 등 예우를 받았으며, 그의 자손들과 문하생들은 고려조정에 출사하여 벼슬을 지냈다. 또 조선조에서도 인조·명종·선조는 "최치원은 우리 동방의 이학시조(理學始祖)이니, 그의 자손들은 귀천이나 적서를 막론하고, 비록 먼 시골에 사는 사람까지라도 군역에 동원하지 말라"고 전교(傳敎)하였다 한다.

330) 최치원은 다음과 같은 '추야음(秋夜吟)'이란 제목의 시를 지었는데, 이 시에는 그의 실의(失意)가 잘 나타나 있다.

가을 바람에 괴로이 읊나니	秋風唯苦吟
세상엔 나를 알아주는 이가 없구나.	擧世少知音
창 밖엔 한밤 중 비가 내리는데	窓外三更雨
등불을 대하여 만고를 회고 해 보노라.	燈前萬古心.

▲ 최치원이 천령(현 함양군)태수로 있을 때 조성한 함양 상림(함양군청)

1023년에는 문창후(文昌侯)에 추봉된 후 문묘에 배향되었고, 조선시대에 들어와 태인(泰仁) 무성서원(武成書院)·경주 서악서원(西嶽書院)·함양 백연서원(柏淵書院)·영평(永平) 고운영당(孤雲影堂)·대구 계림사(桂林祠) 등에 제향되었다. 저서로는 『계원필경(桂苑筆耕)』[331]·『중산복궤집(中山 覆簀集)』·『석순응전(釋順應傳)』·『법장화상전(法藏和尙傳)』 등이 있다.[332]

---

331) 이 책은 당나라에서 황소의 난 토벌을 위한 군무(軍務)에 종사하면서 지은 글들로 서 20권으로 알려져 있다.

332) http://100.naver.com/100.nhn?docid=148195 참조.

그는 관직을 사직한 후 전국 명승지를 유람할 때, 특히 지리산 주변에 많은 발자취를 남겼다. 우선 지리산 북·동쪽 천령(현 함양군)태수 재직 시에는 함양군 내 위천이 자주 범람하자, 지금 '상림(上林)'이라 불리는 숲을 조성하여 풍수해를 막고자 하였다. 또 쌍계사에 머무르는 동안 쓴 '쌍계석문'이라는 암각글씨가 현재 쌍계사 입구에 전하여 지고 있으며, 31세 때에는 쌍계사에서 입적한 혜소[333]의 비인 '쌍계사 진감선사대공탑비명(眞鑑禪師大空塔碑銘)'을 짓고 썼다. 또 그는 천왕봉 아래 법계사에

▲최치원의 글씨로 전해지는 '쌍계' 쌍계사 입구에 세워져 있다.(쌍계사 순원스님)

도 머물렀었는데, 머무르는 동안 법당 남쪽에 있는 바위에 자주 들렀다 한다. 이 바위를 문창대(文昌臺)[334]라 하며, 문창대 반석 앞에는 '고운최선생장구지소(孤雲崔先生杖屨之所)'란 글귀가 남겨져 있다. 그리고 현재의 청학동·고운동[335]에서도 머물렀던 것으로 알려져 있으며, 지리산 동·남쪽 현 산청군 단성면 운리에 있는 단속사지 입구 바위에 '광제암문(廣濟嵒門)'이란 양각 글씨[336]를 남기기도 하였다.

---

333) 후에 헌강왕이 '진감국사(眞鑑國師)'라는 시호를 내림.
334) 문창대라는 이름은, 고려 현종이 내린 최치원의 시호 '문창후(文昌候)'에서 유래한 것으로 알려지고 있다.
335) 현 지명인 고운동(孤雲洞) 유래.
336) 이 '광제암문' 암각 글씨는 단속사 승려가 쓴 글씨라는 설도 있다.

▲ 상림 4계(함양군청)(상 : 왼쪽부터 봄 · 가을 · 겨울, 하 : 여름)

함양 상림(咸陽 上林)

함양읍 서쪽을 흐르고 있는 위천가에 인공 호안림 상림(上林)이 있다. 이 숲은 신라 진성여왕 때, 고운 최치원 선생이 함양태수로 있을 때 조성한 것으로 전하여지고 있다. 당시에는 지금의 위천수가 함양읍의 중앙을 흐르고 있어 홍수의 피해가 극심하여, 최치원선생이 둑을 쌓아 강물을 지금의 위치로 돌리고 그 둑을 따라 나무를 심어 현재의 이 숲을 조성하였다, 당시에는 이 숲을 대관림(大館林)이라고 하였는데, 그 후 중간 부분이 파괴되고, 지금같이 상림과 하림으로 갈라졌다. 하림에는 마을이 형성되면서 대부분의 숲이 훼손되고 현재에는 몇 그루 만 남아 있어 흔적만을 알 수 있다. 총 면적 약 208천여㎡의 이 상림은 우리나라에서 가장 오래된 역사적인 인공림으로서, 현재 120여 종 2만여 그루의 활엽수들이 울창하게 자라고 있다. 이 상림은 현재 '천년의 숲'이 라 하여 국가에서 천연기념물 제154호로 지정하여 관리하고 있다. 이 숲 속에 는 이은리 석불(유형문화재 제32호)과 함화루(유형문화재 제258호) 및 문창후 최선생신도비(문화재자료 제75호)·척화비(문화재자료 제264호) 그리고 사운 정·초선정 등과 만세기념비·독립투사들의 기념비와 동상 등이 있다.[337]

▲만추의 상림모습(함양군청)

2) 허준(1539~1615)

허준은 1539년 경기도 양천현 파릉리[338]에서 태어났다. 자는 청원(淸 源), 호는 구암(龜岩), 본관은 양천(陽川)이다. 할아버지 허곤(許琨)은 무

---

337) 자료제공: 함양군청 문화관광과.
338) 현재의 서울시 강서구 등촌 2동 능안마을. 허준의 생·몰년도는 현재 서울시 강서 구 가양동에 있는 구암(龜岩)공원 내 안내문을 따랐다.

관으로 경상우수사를 지냈고, 아버지 허윤(許崙) 역시 무관으로 용천부사를 지냈다.

허준은 어릴 때 고향(서울)을 떠나 경남 산청으로 이사, 그곳에서 성장하면서 당시 산청의 명의 유의태에게 의학을 배웠다 한다.[339] 어려서부터 총명하고 영특하였지만, 서자 출신이었기 때문에 벼슬길로 나가지 못하고, 당시 중인이나 서얼들의 업이었던 의업을 택하게 된 것으로 추측되나, 의원이 된 확실한 계기는 알려지지 않고 있다.

그는 찾아오는 환자들에 대하여, 신분에 상관없이 모두 친절하게 치료해 주어 이름이 널리 알려졌으며, 20대에는 이미 전국적으로 유명하여졌다고 한다. 1569년 6월 그의 나이 24세 되던 해, 부제학 유희춘의 부인을 치료하기 위해 서울로 초치되었고, 이듬해에는 유희춘의 병까지 치료하여 주었다. 같은 해 이조판서 홍담과 유희춘의 천거로 내의원에 들어가 궁중 의원, 곧 의관으로서 출사하였다. 이후 자신만의 뛰어난 의술로 궁중에서 갖가지 병을 고쳐 내의(內醫)로서의 명성이 높아 졌다. 1575년에는 선조의 중병을 고쳐 신망을 얻어 어의(御醫)로 임명되었다. 1587년 10월에는 태의 양예수 등과 함께 다시 선조의 질병을 치료하여 호피(虎皮)를 상으로 받기도 하였다. 또 1590년에는 왕자 광해군의 두창(痘瘡)을 치료하여 그 공으로 이듬해 가의대부(嘉義大夫)를 제수받았다. 그리고 1592년(선조 25년)에 임진왜란이 일어나자, 선조를 끝까지 호종하여 그 공로로 1604년 호성공신(扈聖功臣) 3등에 책훈되고, 양평군(陽平君)으로 봉작되었다. 1605년에는 정1품인 보국숭록대부로 승진하였으나, 숭록대부는 당상관인 문관이 받는 위계인 데다, 중인 신분으로는 과도한 벼슬이라 하여 대간(臺諫)들의 반대로 보류되었다.

---

339) 한편, 유의태란 이름의 의원은 허준보다 100년 이상 늦은 시대의 사람으로서, 허준과는 전혀 관계없다는 설도 있다.

1608년 2월, 선조의 병세가 급박하다가 갑자기 사망하게 되자, 종래의 예에 따라 조정 신하들에 의하여 갖가지 책임 추궁을 당한 끝에 결국 파직 당하고 의주로 문외출송(門外黜送)340)되었다. 그러나 광해군은 그 해가 가기 전 허준에게 내린 벌을

▲산청군 금서면에 있는 전통한방휴양관광지 정문

해제하여 주고, 자신의 어의로 다시 부르는 등 총애하였다.

그는 이후 주로 의서를 편찬하는 데 많은 시간을 보냈다.341) 1596년부터 선조의 명을 받아 양예수 등 여러 의원들과 함께 조선의 실정에 맞는 의서인『동의보감(東醫寶鑑)』342) 편찬에 착수하였다. 그러나 정유재란의 발발로 보류되었다가, 1600년부터 다시 시작하여 1610년(광해군 2년) 마침내 14년 만에 25권의 한의서『동의보감』을 완성하였다. 그 뒤

---

340) '문외출송'이란 유배의 일종으로, 죄 지은 사람을 한성부 사대문 밖, 곧 지방으로 추방하는 형벌이었다.

341) http://enc.daum.net/dic100/contents.do?query1=b25h0221b 참조.

342) 이 책은 우리나라 사람의 체질에 맞는 치료법과, 우리나라에서 나는 약초 등을 연구하여 조선 한방의학 발전에 커다란 공헌을 하였다. 18세기에 이르러서는 일본과 청나라에서도 간행되었을 만큼 의학적 가치가 뛰어나 조선의학 내지 동양의학의 성전이 되었다. 이 책은 총 25권 25책으로, 당시 국내의서였던 의방유취(醫方類聚)·향약집성방(鄕藥集成方)·의림촬요(醫林撮要)를 비롯하여 중국의서 86종을 참고하는 등 당시의 의학지식을 총 망라하였다. 그 내용은 내경(內景)·외형(外形)·잡병(雜病)·탕액(湯液)·침구(鍼灸) 등 5편으로 구성되었으며, 병의 근본적인 치료방법뿐만 아니라, 정신수양·섭생방법까지 수록하였다. 조선 한의학 백과전서로서, 오늘날에도 활용되고 있는 이 책은 국가지정문화재인 보물로 지정되었고, 2009년 7월 31일 세계 기록유산으로 등재되었다.

▲전통한방휴양관광지 조감도

허준은 후진양성과 의서편찬 등에 전념하다가 1615년(광해군 7년) 8월 17일 77세를 일기로 별세하였다. 다음 달 광해군은 생전에 보류하였던, 숭록대부보다 더 높은 관작인 양평부원군으로 추증하였다.

그의 묘는 경기도 파주시 진동면 하포리 산 129번지 일원 민간인통제 구역(DMZ) 안에 있다. 이 묘소는 6·25전쟁 이후 방치되어 있다가, 1991년 역사학자 이양재 교수와 종친회, 그리고 허준선생 기념사업회에 의하여 다시 정비되었다. 2006년 5월 군사안보 관광구역으로 공개되었으며, 현재 서울 강서구 가양동에는 그를 추모하기 위한 공원인 구암공원이 조성되어 있다.[343]

그는 대표작인『동의보감』외에 의서의 대중화에도 힘써『언해구급방(諺解救急方)』·『언해두창집요(諺解痘瘡集要)』등을 간행하였다. 그리고 현재 산청군 금서면 특리 일원에는 명의 유의태와 허준 선생을 기리고 한의학 발전과 이 지역 약초산업을 부흥시키기 위해, 전통한방휴양 관광지를 조성하여 2010년경 완공하였다. 이 단지에는 한방을 테마로 한

---

343) http://ko.wikipedia.org/wiki/%ED%97%88%EC%A4%80 참조.

건강체험 관광지로서, 한의학 박물관·전통 의학실·약초 판매장 등 한 방관련 시설들을 건립하여 우리나라 한의학의 우수성과 전통요법, 그리 고 각종 약초에 대한 지식과 정보를 제공하고, 휴양시설도 갖춰 놓았다.

3) 초의선사(1786~1866)

초의는 1786년(정조 10년) 4월 전남 무안군 삼향면 왕산리[344]에서 태 어났다. 속성(俗姓)은 장(張)씨, 본관은 흥성(興城)이다. 자는 중부(中孚), 법명(法名)은 의순(意恂), 호는 초의(草衣)이었으나,[345] 속명은 알려지지 않고 있다. 15세 때쯤인 1800년 나주군 다도면(茶道面) 운흥사(雲興寺)로 출가하여 벽봉민성(碧蜂敏性)의 제자가 되었다.[346]

초의선사는 범자(梵字) 및 신상(神像)에 능했으며, 금담(金潭)에게서는 선(禪)을, 윤우(倫佑)로부터는 법을 이어받았다. 신위·김정희 등과 사귀 면서, 해남 두륜사에 일지암(一枝庵)을 짓고 40여 년간 지관(止觀)을 닦았 다. 또 서울 봉은사에서 화엄경을 새길 때 증사(證師)가 되었고, 달마산 (達摩山) 무량회(無量會)가 창립되자 강석(講席)을 주재하기도 하였다.[347]

혼란과 격변의 시대였던 조선 후기 대흥사 13대 종사의 한 사람이었 던 그는 침체된 조선 불교의 선풍을 크게 진작시켰을 뿐만 아니라, 겨 우 명맥만 유지해 오던 한국 다도를 중흥시켜 우리나라의 차문화 발전 에 큰 기여를 하였다.[348] 범패·서예·시·문장에도 능했던 그는 불문

---

344) 후일, 초의는 백마를 타고 고향에 성묘를 다녀가 곤 하였다고 한다.

345) 법명 의순은 스승 벽봉 민성으로부터, 호 초의는 대흥사 완호(玩虎 倫佑, 1758~ 1826)로부터 받은 것으로 알려지고 있다.

346) 어렸을 때 강가에서 놀다 물에 빠진 것을 지나가던 스님이 건져준 일이 인연이 되어, 6세 때쯤 출가했다는 설도 있다.

347) http://enc.daum.net/dic100/contents.do?query1=10XX269616 참조.

348) 초의의 행적을 기록한 문헌은 여러 가지가 있는데, 그 중 신헌이 지은 '사호보제존

▲초의선사가 『다신전』을 초록한 곳으로 알려진 칠불사 아자방(좌측 건물)

에 몸담고 있었으면서도, 유학·도교 등 당대의 여러 지식을 섭렵하였
고, 정약용·김정희·신위와 같은 사대부들과도 폭넓게 사귀었는데, 이
교류에는 차가 큰 촉매제 역할을 하였다. 그 중 강진에서 유배생활을
하고 있었던 24세 연상의 정약용은 스승으로 모시면서 유학과 시·문
을 배웠고, 동갑이었던 김정희와는 승·속과 유·불의 경계를 넘어 각
별한 우정을 나누었다.

추사가 제주도에서 유배생활하고 있는 동안, 초의는 여러 번 손수 만
든 차를 보냈으며, 추사는 이에 대한 답례로 초의에게 '명선(茗禪)'이라

자 초의대종사 의순탑비명(賜號普濟尊者 艸衣大宗師 意恂塔碑銘)'이 주로 기준이 되
고 있다. 이 비는 현재 대흥사 입구에 있는데, 비문은 추사 제자였던 강위가 짓고,
글씨는 신헌 아들인 신정희가 썼으며, 일제 때 석전 영호가 세웠다.
  http://choyee.muan.go.kr/.

는 글씨를 써 보내기도 하였다.[349] 또 한 번은 직접 제주도로 가서 6개월 동안 추사와 같이 지내다 오는 등 우의가 두터웠다. 그러나 1856년 10월, 추사가 과천 청계산 아래서 별세하자, 초의는 '완당 김공제문(阮堂 金公祭文)'을 지어 추사 영전에 올리고 일지암에 돌아와 지관에 전념하며 쓸쓸히 만년을 보내다가, 1866년 81세로 입적하였다.[350]

초의선사는 현실과 일상생활 속에서 선을 수행하고 진리를 찾고자 하였다. 그는 조용한 곳에서 가부좌 틀고 앉는 것만이 선이 아니며, 현실의 일상생활과 선이 서로 멀리 떨어져 있는 것이 아니라고 하였다. 특히 차에 대하여는 그의 저서『동다송(東茶頌)』[351]에서 '다선일미(茶禪一味)[352]'라 하여 차와 선을 같은 경지로 보았다. 즉 차와 선이 둘이 아니고, 나아가 시와 그림이 둘이 아니며, 시와 선이 둘이 아니라는 등의 제법불이 사상을 강조하였다. 그 사상을 바탕으로 다선삼매(茶禪三昧)의 경지에서 차를 마시며, 차에 관한 이론을 정리함으로써, 우리나라 전래의 차 문화를 선의 경지로까지 끌어올렸다.

그의 저서로는『초의집(草衣集)』·『선문사변만어(禪門四辨漫語)』·『이선내의(二禪來義)』와 1828년 지리산 칠불사에 머물면서 지은 다서(茶書)

---

349) 이 글씨는 현재 서울 간송미술관에 소장되어 있다.

350) http://cafe.daum.net/haenam-114/5RAz/53?docid 참조.

351) 이 '동다송'이란 책은 동다(東茶), 즉 우리나라 차에 대한 예찬을 담고 있는 책으로서, 차 효능과 산지에 따른 품질, 만들고 마시는 법 등을 적었다. 이 책은 차에 관한 우리나라 최초의 책인데, 다신전(茶神傳)을 초록한 지 약 9년 후 정조의 사위인 홍현주가 진도 부사인 변지화로 하여금 초의선사에게 다도에 대해 물어와 그 청을 받아들여 썼다고 한다.

352) 초의선사의 사상은 '다선일미' 사상으로 집약된다. '다선일미'란 차 속에 부처님의 진리와 명상의 기쁨이 녹아있다는 뜻이라 하였다. 차 한 잔을 마시는 데서도 법희선열(法喜禪悅)이 있으며, 차는 그 성품에 속됨이 없어 어떠한 욕심에도 사로잡히지 않고, 때 묻지 않은 원천과 같은 것이라 하여 '무착바라밀(無着波羅蜜)'이라 부르기도 하였다.

인『다신전(茶神傳)』이 있다. 『다신전』의 내용은 찻잎 따기·차 만들기·
차 식별법·차 보관방법·차물 끓이는 법·차 끓이는 법·차 마시는 법·
차 향기·차의 색 등 20여 가지 목차로 상세하게 다루었다. 이 책은
1828년(순조 28년) 43세 때 스승을 따라 지리산 화개동 칠불암 아자방에
기거하면서 참선하는 여가에 청나라의 모환문(毛煥文)이 엮은 백과전서
격인『경당증정만보전서(敬堂增訂萬寶全書)』중『다경채요(茶經採要)』에
서 초록한 것인데, 시자인 수홍(修洪)의 부탁으로 1830년 대흥사 일지
암에서 정서하였다.[353] 전남 무안군은 초의선사 출생지인 삼향면 왕산
리에 초의선원을 개관하였다.

4) 허만수

대략 1980년대에 들어와 향상되기 시작한 우리나라 서민들의 경제
적·시가적 여유는 각종 레저활동 추구로 이어져 다양한 여가문화가 발
달하였다. 이 중 등산은 비용이 적게 들어 대부분의 국민들이 선호하는
운동이 되었다. 그 에 따라 전국의 주요 명산들은 매주 수많은 탐방객
들로 크게 붐비기 시작하였으며, 자연히 자연환경은 훼손되고 오염되
기 시작하였다. 특히 명산인 지리산에는 전국 각지에서 수많은 탐방객
들이 찾아와 수목과 토양은 훼손되고, 산과 계곡에는 많은 쓰레기들이
버려졌다.

그러나 지리산을 찾는 모든 이들이 지리산을 훼손하거나 오염시키는
사람들은 아니었다. 일부 뜻있는 사람들은 오히려 많은 탐방객들로 인
하여 지리산이 훼손, 오염되는 것을 안타깝게 여겨 지리산을 보호하고
자 하였다. 그 중 허만수는 지리산을 보호하고자 개인의 안락과 가족과

---

353) http://choyee.muan.go.kr/.

의 단란한 생활을 희생하며, 지리산 속에서 수십 년간 살면서 헌신하였다. 그는 지리산을 보호하기 위한 국가기관의 손길이 미치기 전까지 주인의식을 갖고 지리산을 아끼고 사랑하였다.

그는 1916년 진주시 옥봉동에서 태어났다. 10세 때쯤에는 일본으로 건너가 그곳에서 입명관(立命館) 중학교와 교토(京都) 전문대학교를 졸업하였다. 재학 때부터 이미 산을 가까이 하고자 하는 열정이 남달라 산악회를 만들어 일본 내 유명산을 찾아다녔다. 일제 때에는 일제에 강제징집 당하였다가 29세 때쯤 해방 되자 귀국하여 진주에서 서점을 운영하면서 평범하게 살았다. 그러나 31세 때쯤 산을 향한 집념 때문에 2년 만에 서점 문을 닫고 산으로 떠났다. 그는 의령 자굴산 산정 가까운 곳에 토굴을 파고 산사람으로 지냈다. 이곳에서 2년을 보낸 그는 33세 때쯤인 1949년경부터 지리산 세석평전에 올라 토담 움막을 짓고 생활하며, 그때부터 30년 가까이 지리산을 떠나지 않았다.

그는 스스로 '우천(宇天)'이라 자호하고, 가끔 진주에 다녀오는 일 외에는 지리산 사람으로서 일생을 살았다. 지리산에 살면서 산을 찾는 사람들의 안전을 위해 등산로를 만들기도 하고, 험난한 곳에는 나무 사다리를 만들어 놓아 오르내리기 편하도록 하였다. 또 지리산을 잘 모르고 찾았다가 길을 잃은 조난객들을 구조하여 주기도 하였다. 그는 입산 후 여러 차례에 걸친 부인의 귀가 종용에도 불구하고, 끝내 지리산에 머무르다 1976년쯤 홀연히 지리산에서 행방불명되었다.[354] 산악인들은 그를 추모하여 1980년 6월, 천왕봉으로 오르는 중산리 등산로 입구 법계교 옆 바위 위에 그의 추모비를 세워 주었다.

---

354) 최화수, 『지리산 365日』 1권, 도서출판 다나, 1992, pp.156~158.

10. 설화(전설)

가. 개설

설화는 특정지역이나 문화권에서 구전되어 오는 이야기의 총칭이다. 이 설화는 자연발생적이고 집단적이며, 평민적이어 특정 지역 주민들의 생활·감정·풍습·신념 등을 반영하고 있다. 또 설화는 신화와는 달리 구체적인 지역성과 역사성(시대성)을 가지고 있다. 즉, 신화가 까마득한 태초, 즉 역사시대 이전의 이야기라면, 전설은 멀지 않은 시대에, 특정지역에서 발생한 이야기들이다. 또 신화가 국가나 민족전체에 해당되는 이야기라면, 설화는 특정 장소에 해당되는 이야기이며, 구비(口碑)·전승되는 특징이 있다. 또한 설화는 한 개인의 창작이기보다는 특정 집단이나 지역에서 자연스럽게 발생하였으며, 그 당시 민중들의 생활과 정서를 담고 있다. 지리산은 넓은 지역에서 다양한 사람들이 오랜 기간 동안 생활해 온 결과, 다음과 같이 많은 설화(전설)들이 만들어 졌다. 지리산권에서 전해 내려오고 있는 설화는 다음과 같다.

나. 주요사례[355]

1) 내원사

지리산 동쪽 기슭 산청군 삼장면 대포리 583번지에 있는 내원사는 창건 후, 한때 전국에서 수많은 신도들과 관람객들이 찾아와 이 절의 스님들이 수도하는 데 지장이 많았다. 주지스님이 이를 걱정하였더니, 어느 노승이 말하기를, "남쪽 산봉우리 아래까지 길을 내고 앞으로 흐르는 개울에 다리를 놓으면 해결될 것이다"라 일러주고 떠났다. 이튿날부

---

[355] 본 설화에 관한 내용은 http://cafe.naver.com/shinenuri/86에서 주로 참고하였음.

터 대중스님들이 총동원되어 개울에 통나무 다리를 놓고, 남쪽 산봉우리 아래까지 길을 내었다. 작업 후 모두 쉬고 있는데 홀연히 고양이 울음소리가 세 번 들려왔다. 이상히 여긴 사람들은 무슨 징조인지 궁금하게 생각하였다. 이에 어느 풍수가 설명하기를 "앞에 있는 봉우리는 고양이 형국(形局)이고, 절 뒤에 있는 봉우리는 쥐의 형국인데 여기에 길을 내고 다리를 놓았으니, 고양이가 다리를 건너 절 뒤 봉우리로 와 쥐를 잡아먹게 될 것이다"라고 하였다. 이런 일이 있고 나자 그렇게 많이 찾아오던 신도들이 점차 줄어들어 스님들이 조용히 수도에 정진할 수 있게는 되었지만, 절은 점차 쇠락하기 시작하였다. 또 후일에는 이 절에 원인을 알 수 없는 큰 불이 일어났다. 절이 불타고 있을 때, 이 절에 기거하던 세 분의 장사스님이 개울에서 커다란 통나무에 물을 길어 불을 끄는데, 어찌된 영문인지 왼쪽에서 길어 쏟는 물은 오른편 개울에 떨어지고, 오른편에서 쏟은 물은 왼편 개울에 떨어지며, 앞에서 쏟은 물은 뒷산 봉우리에 떨어져 불길을 잡지 못하고 결국 절은 전소되었다고 한다.

그리고 이 절에는 과거 '장군수'라고 불렸던 약수터, 두부를 만들 때 사용했다는 큰 맷돌, 그리고 여름이면 김칫독을 보관해 두었던 개울 옆 큰 웅덩이가 지금도 전해져 오고 있다.[356] 이 절은 1959년경부터 원경(圓鏡)스님에 의하여 대웅전을 비롯하여 심우당·비로전·산신각·칠성각·요사채 등이 중창되었다.

2) 노고단

노고단(老姑壇)의 어원은 다양하나, 일반적으로 한자표기와 같이 '큰 할머니 신위를 숭배하는 제단이 있는 봉우리'라는 의미로 알려져 있다.[357] 이와 같은 노고는 대체로 오랜 기간 동안 '민중들의 어머니'라는

---

356) http://cafe.daum.net/geosalim/51ZH/206?docid=.

▲노고단에 있었던 외국인 선교사들의 수양시설 수양촌　　▲노고할매 목각상[358]
　　　　　　　　　　　　　　　　　　　　　　　　(지리산국립공원 남부사무소)

상징적인 의미를 갖고 있었다. 우선 맨 먼저 신라 때 박혁거세는 이 노고가 자신의 어머니인 선도성모(仙桃聖母)라 하여 지리산 산신으로 모시고 제사를 정기적으로 지냈다고 한다. 신라 때부터 지리산은 전략적 요충지의 하나였기 때문에, 여기에 국가의 수호신으로서 선도성모를 섬긴 것이다.[359]

　신라시대 이래 민족 신앙의 성스러운 장소로 여겨져 온 이 노고단은 한여름에도 시원하고 맑은 물이 솟아나, 일제 때 외국인 선교사들이 여기에 수양관들을 지어 놓고, 우리나라의 무더운 여름철에 혹서와 풍토병을 피하면서 휴식도 취할 수 있는 장소로도 이용되었다. 그러나 1948

---

357) '노고'란 이름이 붙은 산은 지리산뿐만 아니라 다른 지역에도 흔히 있다. 노고산(老姑山)이란 지명이 '할미봉'이라는 토착지명의 의미를 한자로 옮겨 적은 것일 수도 있기 때문이다. 실제로 전국 각지에서 할미봉이나 노고산으로 불리는 산들을 보면 공통적으로 크고 높은 봉우리로 되어 있다. 그러므로 지리산의 노고단은 '크고 높은 봉우리에 쌓은 제단'을 가리키는 명칭이라고 볼 수 있다. 류재헌, 『한국문화지리』, 살림출판사, 2002, p.137.

358) 우리의 어머니 모습을 담은 노고할매를 2006년 지리산국립공원 남부사무소가 의뢰하여 향토조각가 최천권 선생이 조각하였다.

359) 그 후 선도성모는 '마고(麻姑)'라고 하는 다른 이름으로도 불렸다.

년 10월 여순사건이 발발하면서, 이 수양관들은 반란군들의 근거지로 이용되기도 하여, 국군토벌대에 의해 모두 불태워지고 이후 철거됐다. 이때 당시 노고단 주변의 울창한 수목들도 불탔다.[360]

3) 달궁

마한·진한·변한의 삼한시대에 부족 간에 큰 전쟁이 일어났다. 진한군에 쫓기던 마한의 왕이 전쟁을 피해 문무백관과 궁녀들을 이끌고 지리산내 현 달궁계곡으로 들어와 오랫동안 피난생활을 하게 되었다. 그때 임시 도성이 있던 자리가 지금의 달궁이라 한다. 달궁계곡은 지리산에서도 가장 깊은 곳에 자리 잡고 있어, 적을 피하거나 방어하기에 적합한 위치였다. 마한왕은 달궁을 방어하기 위해 서쪽 10리 밖의 산마루에는 정장군을, 동쪽 20리 밖의 산마루에는 황장군을, 남쪽 20리 밖의 산마루에는 성이 가기 다른 3명의 장군을, 북쪽 30리 밖의 산마루에는 8명의 젊은 장군을 배치하여 지키도록 하였다. 그래서 각각 현재의 정령재·황령재·성삼재·팔랑재라는 이름이 되었다 한다. 그러나 지금은 당시의 궁성터 흔적은 보이지 않는다.

4) 두지바우

문수리 밤재 입구에 있는 '두지바우'(뒤주바위)는 현재 여러 조각으로 갈라져 있는데, 이 바위가 갈라진 사유에 대하여 다음과 같은 이야기가 전해온다. 옛날 두지바우 근처에 노부부가 외아들과 함께 살고 있었다. 그런 어느 날 아들이 돌연 병에 걸려 죽고 말았다. 갑자기 불행을 당한 부부는 아들이 죽은 뒤 7일이 되도록 시체를 땅에 묻지 않았다. 7일째

---

360) 구례군지 편찬위원회, 『구례군지』 상, 2005, p.41.

되는 날 부부는 깜박 잠이 들었는데, 이상한 꿈을 꾸었다. 꿈속에서 낯선 이가 찾아와 배가 고프니 밥을 달라고 하는 것이었다. 이들 부부는 나그네에게 밥을 차려 주었다. 밥을 먹고 난 나그네는 부부에게 슬퍼하는 연유를 물었다. 외아들이 죽어서 그렇다는 연유를 말하자, 나그네는 죽은 아들의 시체를 보자며 이렇게 말했다. "이 아이의 무덤을 큰 바위 위에 만드시오. 그러면 저 세상에서 이 아이는 큰 복을 받게 될 것이오."라고 하고는 사라져 버렸다. 꿈에서 깬 노부부는 나그네의 말대로 이튿날 두지바위 위에 죽은 아들의 묘를 만들었다. 바위 위에 아들의 시체를 올려놓고 흙과 잔디를 날라다 무덤을 만들었다. 묘를 다 만들고 부부가 돌아가려는 순간, 갑자기 하늘이 무너지는 듯한 큰 소리가 나더니 바위가 반으로 갈라졌다. 그리고 갈라진 틈으로 아들의 무덤이 내려앉으며 푸르스름한 안개가 퍼져 나왔다. 잠시 후 그 안개에 휩싸여 하얀 말 한 마리가 뛰어 나왔다. 말은 부부에게로 가까이 다가 왔고 부부는 그 말을 아들로 여겨 데려다가 정성껏 길렀다. 이후 바위가 다시 여러 갈래로 갈라져 지금과 같이 되었다고 한다.

5) 마야고

지리산 여신(女神) 마야고(麻耶姑)는 남신(男神) 반야(般若)를 사모하였다. 여신은 고운 옷 한 벌을 만든 후 남신을 만나 전해 줄 기회를 찾고 있었다. 그러나 그 기회가 오지 않아 마음을 태웠다. 달 밝은 어느 날 밤, 마야고는 지리산 중턱에 앉아 반야의 옷을 품에 안고 남신을 생각하고 있었다. 그런데 그때 꿈에도 기다리던 반야가 자기 쪽으로 손짓하며 걸어오고 있었다. 마야고는 바람에 나부끼는 꽃잎의 물결 속으로 반야의 옷을 든 채 달려갔다. 그리고 정신없이 손으로 반야를 잡으려

하였으나 이상하게도 잡히지 않았다. 정신을 차려 보니, 반야는 보이지 않고 쇠별꽃[361]들만 달빛 아래서 바람에 흐느적거릴 뿐이었다.

쇠별꽃의 흐느적거림을 반야가 걸어오는 것으로 착각한 것을 알게 된 마야고는 너무나 실망하여 한없이 울었다. 마야고는 그 뒤로 쇠별꽃을 다시는 피지 못하게 했다. 남신 반야를 만날 가망이 없다고 생각한 마야고는 정성껏 지어 두었던 반야의 옷도 갈기갈기 찢어 숲 속 여기저기에 흩날려 버렸다. 또 매일같이 얼굴을 비춰보던 산상의 연못도 메워 없앴다. 마야고가 갈기갈기 찢어 날려버린 반야의 옷은 소나무 가지에 흰 실오라기처럼 걸려 기생하는 풍란(風蘭)으로 되살아났다. 그리하여 지리산 풍란은 마야고 전설로 인하여 환란(幻蘭)이라 부르기도 한다.

6) 백무동

지리산 북쪽자락 경남 함양군 마천면 강청리에 있는 백무동은 지리산 남쪽의 중산리처럼 천왕봉에 오르는 길이 가까워 지리산 북쪽관문 역할을 하고 있다. 지금처럼 불교·유학·천주교·기독교 등 다양한 외래종교가 존재하기 이전에 우리나라의 민중들한테는 무속신앙이 지배적이었다. 따라서 과거 백무동지역은 전국 무속신앙의 원조로 받들어져 있었던 천왕봉 성모상에 기도하러 가는 기도객들이 많았다. 이에 따라 이 백무동 지역은 전국에서 온 수많은 무당들이나 기도객들이 출입하거나 거주하는 등 무속신앙이 크게 번성하였다. 그리하여 백무동 계곡에는 언제나 1백여 명의 무당이 살고 있어 한때 이 마을 이름이 ‘백무동(百巫洞)’이었다고도 한다.[362]

---

361) 나도개미자리과의 다년생 풀. 줄기가 연약하여 땅에 눕고, 흰 판화가 여러 꽃대에서 피어난다.

362) 그러나 이 ‘백무동(百巫洞)’에서의 ‘백무’는 그 후 白舞→白霧로 변했다가 현재는

▲ 무속신앙과 관련 깊은 함양군 마천면 백무동 고불사(古佛寺)

또 이 백무동 지역에는 8도 무당의 기원이 된 이야기가 전해져 오고 있다. 옛날 법우 (法雨)라는 스님이 지리산 어느 깊은 토굴에서 좌선하며 수도를 하고 있었다. 몇 년이 흐른 어느 날, 휴식하기 위해 토굴 밖을 나와 보니 주변 경치가 너무 아름다웠다. 그리하여 경치에 취해 산길을 멀리 걷다 그만 길을 잃고 말았다. 숲길을 한참 헤매다가 탈진하게 되자, 마지막으로 생각 난 천왕할머니에게 구원하여 주도록 간절히 기도하였다. 그러자 과연 한참 후에 "법우스님이네요. 어쩌다 길을 잃었습니까? 자, 나를 따라오시오"라는 여자 목소리가 들렸다. 법우스님이 고개를 들고 "누구십니까?"라고 물으니, 앞에 나타난 여자는 "천왕입니다"라 대답하였다. 평소 천왕할머니는 나이 많은 할머니로 생각하고 있었는데, 바라보니 뜻밖에도 젊고 아름다운 미인이었다. 천왕여인은 스님이 수도하던 토굴을 찾아 안내하여 준 다음 "여기서 가까운 백무동에 살고 있습니다"라고 하며, 작별인사를 하고 떠났다. 이후 천왕여인 생각에 사로잡힌 스님은 그 여인과 인연이 맺어지길 간절히 기도하였다. 오랫동안 너무나 간절히 기도하는 스님을 보고 천왕여인은 마음이 감동되어 다시 스님 앞에 나타나, 스님의 소원대로 해 주겠다고 약속하였다. 스님은 너무나 기뻐하였고 둘은 곧 부부가 되어 백무동에 살면서 딸 여덟을 낳았다. 이 딸들은 후에 전국으로 보

白武로 쓰이고 있다. http://cafe.daum.net/duldulmusim. http://blog.daum.net/tnxhdrhf/11703605?srchid=.

내쳐 8도 무당의 시조가 되었다고 한다.

7) 송림사

옛날 뱀사골 입구에는 송림사(松林寺)라는 절이 있었는데, 이 절에는 다음과 같은 설화가 전해져 내려왔다. 매년 칠월 칠석날 밤, 불도에 정진한 승려가 송림사 근처 신선대에서 정성껏 기도하면 승천하여 극락세계로 간다고 하였다. 불도들은 그렇게 되는 것을 최고의 영광으로 알았으나, 조선 선조 때 서산대사는 이 이야기를 전해 듣고 이상하다고 생각하였다. 그리하여 어느 해에, 뽑힌 승려에게 독을 묻힌 장삼을 입힌 후 동정을 살폈다. 밤이 깊어 자정이 넘자 신선대 밑에서 갑자기 거대한 이무기가 나와 그 승려를 덮쳤다. 다음날 아침에 보니, 승려와 이무기가 신선대 앞에서 함께 죽어 있었다. 이렇게 서산대사에 의하여, 무슨 이유인지 송림사가 '신선이 돼 승천한다'고 스님들을 속여 해마다 한 사람씩의 승려를 이무기 제물로 바쳐 온 사실이 밝혀지게 되었다. 이후로 송림사 골짜기를, 용이 되지 못한 이무기(뱀)가 죽은 골짜기라 하여 '뱀사골'이라 부르게 되었다고 한다.[363] 이 송림사는 지금은 사라지고 없으며, 그 절터에 대신 지리산 빨치산 토벌 전몰 군·경 충혼탑이 세워져 있다.[364]

8) 용추 쌀바위

쌍계사 뒤편 불일폭포에는 '용소'라는 소(沼)가 있는데, 용소에는 다음과 같은 전설이 전해오고 있다.

---

363) '뱀사골'이란 지명 유래에 대하여는 다른 이설도 많다.
364) 하동군청, 「하동 지리산 기행」, 하동군, 『서산대사 유적지 복원·정비사업 기본계획 수립』, 2008, p.197.

　아득한 옛날, 불일폭포가 생기기 전 용소에 이무기가 살고 있었다. 이무기는 용이 되어 하늘로 오를 것을 기다리며 세월을 보내고 있었다. 그리고 용소 옆에는 불일암이란 암자가 있었는데, 그 암자에서는 한 스님이 수도를 하고 있었다. 그런데 하루는 뇌성이 치고 벼락이 나무를 때리며 무서운 폭풍이 휘몰아 쳤다. 산이 갈라지고 용소에서는 이무기가 용이 되어 푸른빛을 발하며 하늘로 솟아오르고 천둥소리가 천지를 진동하며, 비가 마구 쏟아졌다. 이윽고 비가 멎고 뇌성도 잠잠해지자, 불일암 스님은 방문을 열고 밖으로 나가보았다. 그랬더니 이제까지 용소 옆에 하나로 서 있던 산은 두 개로 갈라졌고, 흘러내리던 물줄기도 없어져 천애절벽이 생기고 물은 폭포가 되어 절벽으로 떨어지고 있었다. 스님이 절벽 아래로 내려가 보니, 절벽 밑으로는 새로 물길이 나 있고, 폭포수가 떨어지는 절벽에는 큰 구멍이 두 개 뚫려 있었다. 그리고 그 구멍에서는 쌀이 흘러나오고 있었다. 스님은 이는 분명 부처님이 주시는 것이라 생각하고 부지런히 쌀을 암자로 가져 왔다. 그 다음날 스님은 다시 그 절벽의 뚫어진 구멍으로 가 보았다. 그랬더니 그 구멍에 또 쌀이 나와 있었다. 구멍에서 이렇게 계속해서 쌀이 나오게 되자, 스님은 그 쌀을 모아 화개장터에 내다 팔았다. 그래서 스님은 그 후부터 하루는 쌀을 구멍에서 옮겨 오고, 다음날은 그 쌀을 장터에 내다 팔았다. 그러던 어느 날, 장터에서 쌀을 사는 아주머니가 스님에게 말했다. "스님! 쌀을 이렇게 조금씩 가져올 것이 아니라, 며칠간 모아 놓았다가 한꺼번에 가져오시면 수고도 덜고 목돈도 될 것입니다."라고 하였다. 그 말을 들은 스님은 암자로 돌아 와서 "저 쌀이 나오는 구멍을 더 넓게 뚫는다면 반드시 더 많은 쌀이 나올 것이고, 그러면 장터 아낙의 말대로 목돈을 만들 수 있을 것이다."라고 생각하였다. 날이 밝자마자 스님은 그 쌀 나오는 구멍을 뚫어 전보다 세 곱절이나 더 크게 만들었다. 그리고 그 스님은 다음날부터 세 배의 쌀이 나올 것으로 기대하였다. 그 다음날 날이 밝자 스님은 큰 자루를 메고 절벽으로 내려가 크게 뚫어 놓은 구멍으로 가 보았다. 그러나 그곳엔 세 배로 많은 쌀이 나와 있기는커녕, 단 한 톨의 쌀도 없었다. 스님의 욕심이 그만 쌀이 나오는 구멍을 망가뜨린 것이다. 이후부터 사람들은 그 쌀이 나오던 바위를 '용추 쌀바위'라 부르게 되었다고 한다.

9) 음양수와 선비샘

세석고원에 '음양수'라는 샘터가 있다. 이 샘터에는 다음과 같은 전설이 전해져 오고 있다. 옛날 대성골에 호야와 연진이라는 서로 사랑하는 두 연인이 한 가정을 꾸미어 행복하게 살고 있었다. 아무 부러울 것이 없는 이들에게 오직 자식이 없다는 한 가지 걱정이 있었다. 어느 날 곰이 찾아와 연진 여인에게 세석고원에 음양수라는 샘이 있다는 것을 알려주고, 이 물을 마시며 산신령께 기도하면 자녀를 가질 수 있다고 일러 주었다. 연진여인은 곰의 말대로 이 샘터 물을 실컷 마셨다. 그러나 호랑이의 밀고로 노한 산신령이 음양수샘의 신비를 인간에게 알려준 곰을 토굴 속에 가두고, 연진 여인에게는 세석 돌밭에서 평생 철쭉을 가꾸도록 하는 벌을 내렸다. 그 후 연진 여인은 촛대봉 정상에서 촛불을 켜놓고 천왕봉 산신령을 향하여 속죄를 하다가 돌로 굳어져 버렸고, 아내를 찾아 헤매던 호야는 끝내 만날 수 없게 되자, 세석고원 가파른 절벽 위에서 연진을 부르곤 하였다고 한다. 그래서 세석고원 철쭉은 애처로운 연진의 모습처럼 애련한 꽃을 피운다고 하며, 촛대봉의 바위는 나중에 연진이 굳어진 것이라고 한다.

또 세석고원 서쪽으로 주능선을 따라 가다 보면 벽소령 못 미쳐 선비

샘이라는 샘이 있다. 이 샘은 현재는 서서 물을 받을 수 있지만, 예전에는 반드시 고개를 숙여야만 물을 받을 수 있었다고 한다. 옛날 상덕평 마을에, 평생 가난하여 사람들한테 천대만 받으며 살아온 노인이 있었다. 이 노인의 유언은 죽어서라도 사람들한테 인사를 받아봤으면 하는 것이었다. 후에 그 노인이 죽자, 아들들은 그 선비샘 위에 아버지를 묻어 많은 사람들이 샘에서 물을 뜨려면 반드시 무릎을 꿇고 고개를 숙이도록 함으로써 아버지인 노인의 무덤에 절하는 격이 되게끔 하였다고 한다.

10) 인걸과 아미선녀

옛날 지리산 북쪽 함양군 마천면 삼정리 하정마을에는 인걸이라는 사내가 홀어머니를 모시고 사냥을 하며 살고 있었다. 그러던 어느 날 그의 사냥길목에서는 하루에 3차례씩 무지개가 피었다가 사라지곤 하였다. 그래서 가까이 다가가 자세히 보니, 무지개 아래 소(沼)에서 어여쁜 세 선녀가 정성껏 밥을 짓고 있었다. 선녀들은 밥을 짓고 나서 날씨가 무척 덥자, 소에서 멱을 감게 되었다. 이때 인걸은 선녀들의 날개옷만 입으면 자기도 하늘로 날아올라갈 수 있을 거라 생각하고 날개옷 한 벌을 훔쳐오다 그만 돌부리에 걸려 넘어졌다. 이때 날개옷도 돌부리에 걸려 찢어졌다. 옷 찢기는 소리에 깜짝 놀란 선녀들은 각자 자기의 옷을 찾아 입었는데, 아미(阿美)라는 선녀만은 옷이 없어 인걸이 가져다 준 어머니의 옷을 입었다. 그러나 하늘나라에는 오르지 못해 인걸의 집으로 와서 몇 날을 지냈다. 그 후 하늘나라에서는 아미선녀를 인걸과 같이 살도록 허락하여 주었다. 그리고 비단 옷과 쌀이 나오는 바위를 내려 주었다. 인걸과 아미는 그때부터 1남 2녀를 낳아 하늘 아래 첫 동네에서 정자365)를 짓고 행복하게 살았다. 그러던 어느 날 인걸이 장난 삼아 옛날 찢어진 아미의 날개옷을 기워서 입혀 보자, 순식간에 아미는 하늘나라로 날아 올라가 버렸다. 그 후 인걸과 세 자녀는 문바위에 올라가 아미가 다시 내려오기를 기다렸지만, 끝내 내려오지 않았다. 결국 네 부자는 그만 지쳐 죽고 말았다. 그 다음날 아침 벽소령에는 부자(父子)바위가 솟아올랐는데, 후세 사람들은 이 바위가 하늘나라에서 다시 만난 인걸과 아미가 세 자녀를 데리고 걷는 상(像)이라고 하였다.

11) 차일봉(종석대)

차일봉은 그 모양이 마치 차일을 쳐 놓은 모습과 같다고 해서 붙여진 이름이다. 이 차일봉은 이외에도 우번대·종석대·관음대 등 여러 이름을 갖고 있다. 정상에는 암석이 솟아 있어 자연전망대로 이용되기도 한다. 옛날에 차일봉 남쪽 천은사계곡 깊은 곳에 상선암이란 선원이 있었다 한다. 신라 때 고승 우번이라는 조사가 이 상선암에서 9년째 수도·정진하고 있었다. 그러던 어느 봄 날 미인 한 사람이 암자에 나타나 요염한 자태로 우번을 유혹하였다. 여인에게 홀린 우번은 수도승이란 자신의 처지를 잊고, 여인의 뒤를 따라 나섰다. 그 여인은 온갖 기화요초가 만발한 아름다운 숲 속을 지나 자꾸만 높은 곳으로 올라갔다. 우번은 여인을 놓칠까봐 산속을 헤치며 정신없이 따라 올라 갔다. 가다 보니 어느덧 차일봉 정상에까지 올라 왔다. 그런데 우번을 유혹하던 여인은 간데없이 사라지고, 난데없이 관음보살이 나타나 우번을 바라보고 있었다. 깜짝 놀란 우번이 정신을 가다듬고 생각해 보니, 이는 필시 관음보살이 자기를 시험한 것이라 깨닫고, 그 자리에 엎드려 자신의 어리석음을 뉘우쳤다. 그러나 관음보살도 사라지고, 대신 큰 바위만 우뚝

---

365) 지금 하정마을 앞 솔밭 근처에 있는 선유정이 그 정자라 한다.

서 있었다. 자신의 수도가 크게 부족함을 깨달은 우번은 그 바위 밑에 토굴을 파고 그 속에서 다시 수도 정진하여 마침내 득도하였다고 한다. 우번도사가 득도한 그 토굴자리를 우번대라 부르게 되었다. 또 우번조사가 득도하던 순간, 신비롭고 아름다운 석종소리가 들려왔다 하는데, 그 석종소리가 들려온 곳은 종석대라 부르고, 관음보살이 현신하여 서 있던 자리는 관음대라 하였다.

12) 청학동

청학(靑鶴)이란 "태평시대에 길지에서만 나타나고 운다"는 전설적인 새이다. 그래서 옛 사람들은 태평시대의 이상향을 청학동이라 불렀다. 옛 문헌에는 "진주 서쪽 100리, …중략… 석문을 거쳐 물 속 동굴을 10리쯤 들어가면, 그 안쪽 넓은 곳에 신선들이 농사를 짓고 살고 있다"라는 내용이 있다 한다. 또 이인로의 『파한집』에도 "지리산 안에 청학동이 있는데 길이 매우 좁아 한 사람만이 겨우 통행할 만하고, 엎드려 수리를 가면 곧 넓은 곳이 나타난다. 사방이 모두 옥토라 곡식을 뿌려 가꿀 수가 있는데, 청학이 그곳에 살고 있기 때문에 청학동이라 한다"라고 하였다. 이 책들을 본 후세의 많은 사람들은 지리산으로 들어가 청학동을 찾아보려고 하였다. 현재 지리산 삼신봉 아래 하동군 청암면 묵계리 일원에는 청학동이란 이름의 마을이 있다.

13) 칠불사 영지(影池)와 허왕후

가락국 김수로왕과 허왕후는 칠불사에 들어가 수도하던 일곱 왕자가 마침내 성불하였다는 소식을 듣고 왕자들을 만나 보기 위해 지리산으로 찾아갔다. 그러나 불법이 엄하여 허왕후조차 선원에 들어갈 수 없었다. 여러 날을 선원 밖에서 기다리던 허왕후는 참다못해 성불한 아들들의 이름을 차례로 불러 보았다. 그러나 "우리 칠형제는 이미 출가, 성불하여 속인을 대할 수 없으니 돌아가시라"는 음성만 들렸다. 허왕후는 아들들의 음성만 들어도 반가웠으나, 얼굴을 한 번만 보고 싶다고 간청하였다. 아들들은 "그러면 선원 앞 연못가로 오시라"고 했다. 허왕후는 연못 주변을 아무리 찾아보았으나 아들들의 모습은 보이지 않았다. 실망한 허왕후가 발길을 돌리려다 연못 속을 들여다보니, 성불한 금빛 색깔의 일곱 왕자가 합장하고 있었다. 그 모습에 감동한 것도 잠깐, 한번 사라진 일곱 왕자들의 모습은 두 번 다시 나타나지 않았다. 이 연못은 그 뒤로 영지(影池)라 불렸다. 또 수로왕이 이때 머물렀던 마을을 범왕촌(梵王村)으로 불렀는데, 현재는 범왕리(凡王里)로 변해 있다. 또 허왕후가 머물렀던 곳은 대비촌(大妃村)이라 불렸는데, 지금은 대비리(大比里)로 바뀌어져 있다.

14) 화엄사 각황전

화엄사 경내에는 현존하는 우리나라 목조 건축물 가운데 가장 규모가 큰 각황전이 있다. 이 건물의 본래 이름은 장육전(丈六殿)이었다. 이 건물은 조선 중기인 1699년(조선 숙종 25년) 공사를 시작하여 4년 만에 완공되었다. 다 지어진 후, 숙종은 각황전이라는 이름을 내려 주었다.

이 장육전 건립에는 다음과 같은 이야기가 전해져 오고 있다. 벽암스님의 제자였던 계파스님은 스승의 위임을 받아 장육전 중창불사를 하고자 하였다. 그러나 건축비를 어떻게 마련해야 할지 걱정이었다. 그래서 밤새 대웅전에 들어가 부처님께 기도하였는데, 비몽사몽간에 한 노인이 나타나 말하기를 "그대는 걱정 말고 내일 아침 길을 떠나라. 그리고 제일 먼저 만나는 사람에게 시주를 부탁하라"라고 말하고는 사라졌다. 이에 용기를 얻은 계파스님은 다음 날 아침 일찍 절을 나섰다. 한참 길을 가다 보니 간혹 절에 와서 일을 도와주고 밥을 얻어먹곤 하던 노파가 걸어오고 있었다. 스님은 난감하였지만 간밤에 계시 받은 대로 그 노파에게 장육전 건립을 위한 시주를 청했다. 노파는 어이없었지만 워낙 간곡하게 부탁하는 스님에 감동되었다. 이에 눈물 흘리며 간절히 발원하기를 "이 몸이 죽어 왕궁에 태어나서 큰 불사를 하리니, 부디 문수대성은 큰 가피(加被)366)를 내리소서"라고 말한 뒤, 길 옆 늪에 몸을 던졌다. 너무도 갑작스러운 일에 스님은 놀라 멀리 도망쳤다. 몇 년간 걸식하며 돌아다니다가 서울에 나타난 계파스님은, 궁궐 밖에서 유모와 함께 나들이하던 어린 공주를 만났다. 공주는 스님을 보자마자 반가워하며 매달렸다. 공주는 태어날 때부터 한쪽 손이 꼭 쥐어 진 채 펴지지 않았었는데, 계파스님이 안고서 쥔 손을 만지니 신기하게도 손바닥이 펴졌다. 그리고 그 손 안에 '장육전'이라는 세 글자가 씌어 있었다. 이 소식을 들은 숙종은 계파스님을 불러 자초지종을 듣고 감격하여 장육전을 지을 수 있도록 시주하였다고 한다.

---

366) 가피(加被) : 부처나 보살이 사람들에게 힘을 주는 것.

부록

【 지리산 반달가슴곰 복원사업 】

곰은 전 세계적으로 반달가슴곰(Asiatic Black Bear)을 포함하여 8종이 있는데, 주로 북극권과 유라시아 북미·동남아시아·남미(Andes)등에 분포하고 있다. 반달가슴곰은 분포지역에 따라 다시 7개의 아종으로 분류되는데, 우리나라에 서식하고 있는 종은 한반도와 러시아 연해주 아무르, 중국 동·북부지방에 서식하는 동·북 아시아지역 대륙계 반달가슴곰(Ursus thibetanus ussuricus)에 속한다. 반달가슴곰은 포유강(哺乳綱, Mammalia), 식육목(食肉目, Carnivore), 곰과(熊科, Ursidae)동물로서, 귀가 둥글고 크며, 목 주변에는 긴 갈기털이 있다. 가슴에는 V자형의 흰털이 나있어 반달곰이라 부르는데, 야생 상태에서의 수명은 보통 15~20년 정도로 알려져 있다.

국립공원관리공단은 멸종위기 야생 동·식물들의 체계적·계획적인 복원·증식을 통해 한반도 생물종의 다양성을 제고하고, 생태계 건강성 회복을 위한 '멸종위기 야생 동·식물 증식·복원 종합계획(환경부, 2006)'에 근거하여 멸종위기종복원센터(Species Restoration Center)를 설립하여 운영하고 있다.

이 센터는 전남 구례군 마산면 황전리에 사무실과 반달가슴곰 생태학습장 등을 설치하고 우리나라 반달가슴곰의 멸종 방지와 증식을 위하여 2004년부터 지리산 반달가슴곰 복원사업을 추진하고 있는데, 그 목적 등은 다음과 같다.

◎ 반달가슴곰 복원사업의 목적

생태적인 측면

생물 다양성이 국가 부의 척도가 되는 21세기를 맞이하여, 과학적으로 멸종위기 야생동물 복원기술을 개발하고 증식시킴으로써, 생물 다양성을 추구하고, 지리산을 대표하는 핵심 종을 복원하여 백두대간을 주축으로 하는 우리나라 자연 생태계의 건강성을 유지하는 한편, 반달가슴곰 등을 비롯한 귀중한 우리나라의 야생동물들이 멸종되지 않도록 방지하는 데 목적이 있다.

문화·역사적 측면

단군신화에서 시작하여 우리 민족과 함께 해 온 모신적(母神的), 상징적 의미를 갖고 있는 반달가슴곰이 서식지 파괴, 그릇된 보신문화와 무분별한 밀렵으로 우리 세대에서 멸종되는 것을 방지함으로써, 조상으로부터 이어받은 자연자원과 정서를 후손(後孫)에게 온전하게 물려주는 한편, 인간이 자연생태계의 파괴자가 아닌 구성인자로서, 인간과 야생 동·식물이 공존할 수 있는 환경을 만드는 데 목적이 있다.

◎ 지리산에서 복원하는 의미

과거 50여 년 전까지만 해도 우리나라에는 야생 반달곰이 안정된 개체군(100여 마리 이상)을 유지하고 있었으나, 서식지 파괴, 무분별한 밀렵 등으로 인해 지리산에는 야생 곰이 5마리 정도밖에 없는 것으로 파악되어 반달곰 복원사업 추진이 매우 시급한 실정이었다.

그런데 지리산은 야생 동·식물 보호와 생태계 복원·공원자원보전·탐방객 안전관리 등의 공원관리를 통해 반달가슴곰 복원사업을 안정적으로 추진할 수 있는 조건을 갖추고 있을 뿐만 아니라, 유전인자 보존에 필수적인 야생 곰이 잔존해 있고, 기타 안전하고 넓은 서식공간과 풍부한 먹이자원 등을 갖추고 있어 반달 곰 복원사업에 적합한 대상지로 선정되었다.

이에 멸종위기종복원센터에서는 멸종위기에 처한 반달가슴곰들이 스스로 유지해 갈 수 있는 개체군(최소 50개체 이상)까지 증식될 수 있도록 하기 위하여 우리나라의 반달가슴 곰과 동일한 유전인자를 갖고 있는 북한과 러시아 연해주산 야생 곰을 도입, 지리산에 방사하고 이들이 안정적으로 살아갈 수 있는 환경을 만들어 주고자 하고 있다.

◎ 도입 및 방사

2004년 1월, 위 센터는 처음으로 한반도에 서식하고 있는 반달가슴곰과 동일종인 러시아 연해주, 북한의 반달곰을 도입하여 검역과 일정기간 자연적응 훈련기간을 거친 다음, 아래 표와 같이 지속적으로 지리산지역에 방사하였다.[1]

〈반달가슴곰 방사현황〉(2009. 3월 기준)

구분	방사일시	방사 개체수	방사 장소	비고
계		27(♀16, ♂11)		
1차 방사 (연해주산, 2004년1월생)	'04.10.05	6(♀3, ♂3)	구례군 토지면 (자연적응 훈련장)	1개체 폐사 3개체 회수
2차 방사 (북한산, 2004년 1월생)	'05.07.01	8(♀4, ♂4)		2개체 폐사 1개체 회수
3차 방사 (연해주산, 2005년1월생)	'05.10.14	6(♀4, ♂2)	산청군 치밭목	2개체 폐사 1개체 회수
4차 방사 (연해주산, 2007년1월생)	'07.11.01	6(♀4, ♂2)		2개체 폐사
5차 방사 (북한산, 2007년 1월생)	'08.05.12	1(♀1)	산청군 장당골	-

※총 방사 27개체 중 7개체 폐사, 1개체 실종, 4개체가 회수되었고, 15개체는 현재 자연적응 중.

1) 자료제공: 국립공원관리공단 멸종위기종복원센터.

방사된 반달가슴곰(멸종위기종복원센터)

▲ 지리산 내 방사된 반달곰 보호활동을 하고 있는 국립공원관리공단 멸종위기종복원센터 직원 모습
(멸종위기종복원센터)

【 지리산 연표 】

연대(년)	국내	지리산
약 5억 년 전인 고생대 오르드비스기(期)	한반도 및 지리산 지질형성 추정	
약 50만 년 이후 1만년 사이	구석기시대 시작	
B.C. 6,000년경	신석기시대 시작	
7-4세기경	북방으로부터 청동기문화 전래	
4-3세기	단군신화 및 고대국가(고조선) 성립	
100년 전후	한사군 설치 및 철기문화 전래	
B.C. 57년- A.D. 30년경	부족국가(삼한 외)시대 및 고구려·백제·신라 건국 (삼국시대)	지리산 주변 삼한에서 소도(蘇 塗), 솟대문화 시작
		지리산 서무사과련 설화 발생
A.D. 42년	김수로왕, 김해에 가락국 건국	
101		운상원(雲上院, 현 칠불사 전신) 창건
		김수로왕의 일곱 왕자, 운상원 에 출가하여 득도
372	고구려에 불교 전래	
384	백제에 불교 전래	
528	신라, 불교 공인	
532	가락국 멸망(마지막 구해왕 (仇亥王), 신라에 항복, 신라 제23대 법흥왕 19년)	
537년경		구형왕릉(仇衡王陵) 축조
538	백제, 공주에서 부여로 천도	
543		연곡사(燕谷寺) 창건

연대(년)	국내	지리산
544		화엄사(華嚴寺) 창건
		법계사(法界寺) 창건
548		대원사(大源寺) 창건
562	대가야 멸망	
612	수 양제, 고구려 침공	
645	당 태종, 고구려 침공	
660	백제 멸망	
668	고구려 멸망, 신라 삼국통일	
699	대조영, 돈화 동모산에 진(震)을 세우고 713년 발해라 개칭	
723		쌍계사(雙磎寺) 창건
740년경		옥보고(玉寶高), 운상원(雲上院, 현 칠불사)에 들어가 50여 년간 거문고와 가야금 연구하고 신곡(神曲) 30여 곡 작곡
748		단속사(斷俗寺) 창건
828	장보고, 완도에 청해진 세움	실상사(實相寺) 창건
		천은사(泉隱寺) 창건
		차(茶)전래−신라 사신 대렴(大廉)이 당나라에서 차종자를 가져와 지리산에 처음 재배 시작
830년경		벽송사(碧松寺) 창건
		영원사(靈源寺) 창건
846	장보고 반란	
857	최치원 출생(경주)	
887		최치원, '쌍계사 진감선사 대공탑비(雙磎寺 眞鑑禪師 大空塔碑)' 비문 지음(국보 제47호)

연대(년)	국내	지리산
900	견훤, 전주에 후백제 세움	
901	궁예, 개성에 후고구려 세움	
916	왕건, 고려 세움	
926	거란, 발해 멸망시킴	
936	고려, 후백제를 멸하고 통일완성	
976	거란 1차 침공	
1050년경	만복사 창건(전북 남원)	
1170	정중부의 난, 무신정권 시작	
1223	왜구침입, 처음으로 기록에 나타남	
1259	고려, 몽고에 굴복	
1274	려·원 연합군, 일본 정벌 시도	
1331		문익점(文益漸) 출생(경남 산청군 신안면)
1350	왜구침입 본격 시작	
1366		목면 전래(고려 공민왕 15년, 서장관으로 원나라에 갔던 문익점 선생이 귀국하면서 목화씨를 가져와 현 산청군 단성면 사월리에 시배)
1374	이성계, 위화도 회군	
1380		황산대첩
1380		황산대첩에 패한 왜구들. 지리산 성모석상을 파손시키고 법계사 불태움(성모석상 만들어 진후 외국인에 의한 첫 훼손)
1389	박위, 대마도 정벌	
1392	고려 멸망, 조선 개국	
1400		문익점 별세

연대(년)	국내	지리산
1418	세종대왕 즉위	
1431	김종직 출생(경남 밀양)	
1446	훈민정음 반포	
1450		정여창 출생(함양군 지곡면)
1463		8월, 이륙(李陸)-지리산 유람 후 최초의 지리산기행문『지리산기(智異山記)』지음
1468		실상사, 원인미상의 화재로 전소
1472		8월, 김종직-지리산 유람 후 『유두류록(遊頭流錄)』지음
1498	무오사화-김종직 외 참화	
1501	조식 출생(경남 합천)	
1504	갑자사화-정여창 외 참화	
1506	중종반정(연산군 폐위)	
1519	기묘사화-조광조 외 참화	
1520	서산대사 출생(평남 안주)	
1534		서산대사, 지리산 유람에 나섬(15세)
1540		서산대사, 지리산 의신지역 원통암(圓通庵)에서 출가(세납 21세), 휴정(休靜)이란 법명 얻음
1544	사명대사 출생(경남 밀양)	
1545	을사사화	
1546	허준 출생(서울)	
1549		서산대사 -「지리산 쌍계사중창기」 씀
1552		서산대사 승과시험 합격(장원)
1558		4월, 천연(天然)이라는 승려, 성모석상 파손(내국인에 의한 첫 훼손)

연대(년)	국내	지리산
1560		서산대사—지리산 의신지역 신흥계곡 내 내은적암(內隱寂庵)에서 『삼가귀감(三家龜鑑)』 집필
1561	임꺽정의 난(황해도 일대)	조식, 지리산 덕천동(德川洞)으로 이거하여 산천재(山天齋) 짓고 강학(61세, 명종 16년)
1564년경		하동 악양면 화개동천 사찰에 머물고 있던 서산대사, 조식과 강정(江亭, 현재의 '산천재'로 추정)에서 만나고 5일 후, '상남명처사서(上南冥處士書)'라는 제목의 편지 보냄
1567	선조 즉위	
1568		서산대사의 저술 『삼가귀감(三家龜鑑)』 판각, 단속사에서 출간 직전 편제를 문제삼은 유생에 의해 소실, 이후 서산대사 지리산 떠남
1572		조식 별세(72세, 선조 5세)
1575	당쟁 시작(동인·서인)	
1576		덕천서원 건립
1577		황산대첩비 건립(전북 남원시 운봉면 화수리, 사적 제104호, 1380년의 황산대첩 전승비)
1590	3월, 일본 정황을 살피기 위해 황윤길(黃允吉)·김성일(金誠一)을 일본에 파견	
1592	4월, 임진왜란 발발	
	서산대사, 전국의 제자들에게 격문을 보내 궐기할 것을 호소하고 의승군 창설, 선조로부터 '팔도십육종도총섭'(八道十六宗都總攝)으로 임명됨	10월, 제1차 진주성(晉州城)대첩, 총지휘관 진주목사 김시민(金時敏) 전사
	한산대첩(이순신 장군)	왜군, 화엄사·칠불사 전소시킴

연대(년)	국내	지리산
1593		왜군, 쌍계사 전소시킴
		왜군, 연곡사 전소시킴
		1월, 조·명연합군 평양성 탈환 (서산대사 참여)
		6월, 제2차 진주성전투 패배, 민·관군 6만여 명 전멸
1597	정유재란 발발	8월, 남원성전투 패배, 민·관·군 1만여 명 전멸
		8월, 1·2차 석주관 전투(구례군 왕시루봉 기슭 석주관(石柱關)을 지키기 위한 전투에서 의사(義士) 5인·화엄사 승병 153명·일반의병 수백여 명 전멸)
		실상사, 단속사 소실(추정)
1601		쌍계사 중건
1604	서산대사 입적(묘향산 원적암(圓寂庵), 세수 85세, 법랍 65세)	
1609		광해군, 덕천서원에 사액
1610	사명대사 입적(세수 67세, 해인사)	
1612		1597년의 남원성전투를 기리기 위해 충렬사 및 만인의총(萬人義塚) 건립(현 남원시 향교동)
1615	허준 별세	조식, 영의정으로 추증되고 '문정(文貞)'이란 시호 받음
1623	광해군 폐위	
1627	후금 침공(정묘호란)	
1630년경		벽암선사, 임진왜란 때 소실된 화엄사 중건
1636	후금 재침공(병자호란)	
1700		실상사 중건

연대(년)	국내	지리산
1762	사도세자 사건	
1773		연곡사, 실화로 소실
1774		5월, 혜암선사 연곡사 중건
1776		운조루 건립(영조 52년, 유이주, 전남 구례군 토지면 오미리)
1786	초의선사 출생(전남 무안)	
1793		구형왕릉 내 덕양전 건립
1789	이양선 출몰 시작	
1811	홍경래 난(평안도)	
1828		초의선사, 칠불사 아자방에서 『다신전(茶神傳)』 초록
1830		칠불사 아자방(벽안당), 실화로 소실
1835년경		전북 남원 출신의 판소리명창 송흥록(宋興祿), 남원군 주천면 지리산 구룡폭포에서 득음
1864	고종 즉위, 대원군 집권	
1866	초의선사 입적 (세수 81세, 대흥사 일지암)	
1882		실상사, 방화로 대부분 소실
1884		월송대사, 실상사 중건
1894	청일전쟁, 동학농민혁명	
1895	8월, 을미사변	전북 남원 출신의 의병장 양한규, 지리산 북부 함양 지역에서 의병활동
1900년경		판소리명창 송만갑(송흥록의 종손), 지리산 내 폭포·토굴에서 판소리 공부
1907		9월, 전남 담양 출신의 의병장 고광순—연곡사에서 순국
1908		법계사, 일제에 의해 소실됨

연대(년)	국내	지리산
1910	경술국치(한일병합)	
1912		4월, 성철스님 출생 (경남 산청군 단성면 묵곡리)
1914		1월, 대원사-실화로 소실
1917		대원사 중건
1920		대원군의 서원철폐령에 의해 훼철되었던 덕천서원 중건
1945	8·15 해방	1월, 일본인들-전북 남원에 있는 황산대첩비 폭파
		11월, 내국인들에 의해 지리산 성모석상 지리산 밖으로 다시 유기됨
1948	2월, 2·7사건 발생	10월말, 4·3사건 관련 제주도 파병을 거부하고 여·순사건을 일으킨 지창수를 비롯한 반란군 1천여 명-지리산으로 입산, 지리산 내 기존 빨치산요원들과 합류한 후 지리산 빨치산 활동 시작
	4월, 제주 4·3사건 발생	
	5월, 대한민국 제헌국회 총선 실시	
	8월, 대한민국정부 수립	11월, 이현상-여·순사건 패잔군인들과 백운산에서 출발, 지리산 문수골로 들어가 기존 빨치산들과 함께 본격적인 활동 시작
	9월, 북한공산당, 조선민주주의 인민공화국 수립 공식 선포	
	10월, 여·순사건 발생	12월, 여·순사건 관련 빨치산토벌작전으로 아군에 의해 법계사와 아자방(亞字房) 포함 칠불사 소실
	12월, 국가보안법 제정	
1949	주한미군 철수	4월, 지리산유격대장 김지회, 뱀사골전투에서 피살
		7월, 북한은 지리산 지구 유격대를 제2병단으로 지정하고 이현상을 병단장으로 임명

연대(년)	국내	지리산
	6월, 북한-조국통일민주주의 전선 발족, 조선노동당 창설	9월, 정부-지리산지구 전투사령부 창설
		허만수, 세석평전에서 지리산 지킴이 생활 시작
	7월, 북한-조선인민유격대 창설	구례군민, 1597년의 정유재란시 격전장 석주관 사적비 건립(전남 구례군 토지면 송정리 왕시루봉 서쪽 산기슭, 전남 사적 제106호)
1950	5월, 북한-조선인민유격대 전남사령부 발족	11월, 인천상륙작전으로 북상하다 강원도에서 다시 지리산으로 남하한 이현상의 유격대-12월부터 '남부군'이란 명칭 사용
	6월, 6·25전쟁 발발, 미국 외 UN군 참전	
	9월, 인천상륙작전, 서울 수복	연곡사, 대원사 소실
	11월, 중공군 참전	
1951	4월, 조선인민군 총사령부 뉴석시노서 실시	2월, 거창사건 발생
	7월, 개성에서 휴전회담 시작	8월, 제2차 남한 6개 도당(전남·북, 경남·북, 충남·북)회의에서 전남, 경북 도당을 제외한 남한 내 모든 인민유격대를 남부군 산하에 두도록 개편하고 이현상이 남부군 총사령관으로 임명됨, 이후 지리산에서의 본격적인 게릴라 활동 시작
	10월, 정부-빨치산부대에서 귀순·전향한 병사들을 중심으로 '보아라'부대 창설	11월, 남부군, 독립 제4지대로 격하 됨
		11월, 주한미군의 적극적인 후원 하에 지리산지구 빨치산토벌을 위한 '백야전투사령부(白野戰鬪司令部)'가 전북 남원에 창설되고 12월부터 빨치산토벌 동계작전 개시
		차일혁 총경(빨치산토벌, 전투경찰대 제2연대장), 화엄사 소각 명령 거부하여 동 사찰 보존

연대(년)	국내	지리산
1952	8월, 제2대 대통령선거 실시	1월, 백야전투사령부의 동계공격으로 조선인민유격대 경남조직 전멸(대성골)
		2월 백야전투사령부의 '지리산 빨치산토벌 작전' 완료
		5월, 서부경남·전남·전북 지역 유격대를 통합하는 지리산 제5지구당 결성(위원장: 이현상)
1953	7월, 휴전협정 조인(판문점)	4월, 정부-서남지구 전투경찰대 창설
	8월, 북한-박헌영과 리승엽 등 간첩사건 발표(남로당계 간부들을 간첩혐의로 숙청·처형시킴)	9월, 이현상-조선인민유격대 최후사령부 제5지구당 해체 결정에 따라 평당원으로 강등되고, 같은 달 15일 대성리 빗점골 총격전에서 피살(48세)
1955		대원사 중건
		지리산 빨치산 활동 종식
		4월, 빨치산토벌 위한 지리산 입산통제 해제
		5월-지리산지구 빨치산토벌 전적기념관 건립(전북 남원) -지리산 최초 산악회 '연하반(烟霞伴)' 발족(구례군).
1956	5월, 이승만 대통령 당선	
1958	12월, 국가보안법개정안 통과	황산대첩비 복원(전북 남원)
		서계룡, '유불선합일갱정유도회(儒佛仙合一更定儒道會)' 교도들과 함께 현 도인촌(하동군 청암면 묵계리)에 들어와 거주 시작
		조계종 초대 종정, 6·25전쟁 당시 화엄사를 보존한 차일혁 총경에게 감사장 수여
		구례군민, 연곡사 경내에 고광순 의병장 순절비 건립

연대(년)	국내	지리산
1962		정부, 1907년 연곡사에서 순절한 고광순 항일의병장에게 건국훈장 독립장 추서
1963	박정희 대통령 당선	4월, 구례군민 '지리산국립공원 지정 추진위원회' 결성 및 정부에 '국립공원 지정 1차 건의서' 제출
		11월, 마지막 빨치산 요원 2명중 1명 사살, 나머지 1명(정순덕) 체포(경남 산청군 내원사골)
		빨치산 사건 종식
1965	전투부대 파월	지리산 성모석상, 다시 천왕봉에 복원
		연곡사 중건
1967		3월, 구례군민-정부에 '지리산국립공원 지정 2차 건의서' 제출
		12일, 지리산을 국립공원 제1호로 지정(건설부 공고 제164호)
1968	1월, 향토예비군법 발효	
1969	3선 개헌	구례군민, 현 화엄사 입구 옆에 남악사(南嶽祠) 복원
1970		이병주, 소설 『지리산』 출간
1971	9월, 이산가족 만남 시작 (남·북적십자)	2월, 구형왕릉-사적 제214호로 지정
1972	10월 유신	
1976		6월 지리산 지킴이 허만수 씨 세석평전에서 행방불명
1978	한·미연합사령부 창설	제월통광선사(霽月通光禪師), 칠불사 복원시작
1979	남원 만인의총 정비사업 완료	

연대(년)	국내	지리산
1980	5월, 광주민주화운동	이태, 소설『남부군』출간
		조정래, 소설『태백산맥』출간
1982		제월통광선사, 칠불사 아자방(亞字房) 복원
1984		3월, 한풀선사-박달평전에 있던 삼성사를 옮겨와 현재의 삼성궁으로 개명 후, 축조 시작
1986	9월, 제10회 서울 아시안게임 개막	
1987	7월, 국립공원관리공단 발족	1월, 천왕사 주지(혜범)-파손·유기되었던 성모상을 다시 찾아 복구한 후, 동 사찰에 안치
		6월, 지리산 빨치산토벌 전몰군·경 충혼탑-현 위치(지리산 뱀사골 입구, 지리산 국립공원 북부사무소 옆)로 이전
1988		지리산 횡단도로(성삼재 관통도로) 개통(지방도 861호)
1989		종원선사(宗源禪師), 화엄사 중창
1991		12월, 경남도-성모상을 경남민속자료 제14호로 지정
1993	11월, 성철스님 입적(세수 82세, 해인사)	12월, 국립공원을 지키는 시민의 모임(약칭 '국시모') 창립(전남 구례)
1994	금융실명제 실시, 김일성 사망	8월, 박경리-소설『토지』5부작 16권 탈고
1996		지리산 자연환경생태 보존회(회장: 우두성), 환경부에 '지리산 밀렵 실태보고서' 제출 및 대책 촉구(10월)·반달곰살리기 캠페인 및 밀렵 도구 구제작업 실시(11월)
1997		1월, 내무부-삼성궁을 '문화시설지구'로 고시

연대(년)	국내	지리산
1998	IMF지원 받음	5월, 지리산 자연환경생태 보존회-환경부에 반달곰 보호대책 촉구 및 청와대에 '반달곰 보호대책' 건의서 제출
		8월, 지리산지역 최대 수해사건 발생
		12월, 국립공원 지리산관리사무소 통합(남부·북부 지소 운영)
		문화재청, 6·25전쟁 당시 화엄사를 보존한 차일혁 총경에게 감사장 수여
2001		2월, 하동군청-박경리의 소설 『토지』 속의 가상공간 '최참판댁'을 악양군 평사리에 건립하여 개관
		산청군청, '지리산빨치산토벌전시관'을 시천면 중산리에 건립하여 개관
2002		5월, 국립공원관리공단-반달가슴곰관리팀 발족(지리산남부사무소)
2004	이라크 파병	남명기념관 건립(산천재 옆)
		5월, 지리산 빨치산 추모제 개최(주관:통일광장대표, 장소:지리산 대성골 입구, 경남 하동군 화개리 신촌마을)
	북한, 핵확산금지조약(NPT) 탈퇴	7월, 삼신봉터널 개통(하동군 청암면 묵계리와 산청군 시천면 내대리 구간, 2.1km)
		10월, 국립공원관리공단-지리산 반달가슴곰 복원사업 시작 후 첫 방사(연해주산 6마리)
		12월, 국립공원 지리산사무소-3개 사무소로 분리하여 운영(지리산사무소, 지리산남부사무소, 지리산북부사무소)

연대(년)	국내	지리산
2007		8월, 국립공원관리공단 −멸종위기종복원센터 개소 (구례군 마산면 황전리)
2008		4월, 사단법인 「숲길」−지리산 둘레 3개도, 5개 시·군, 16개읍 ·면, 80여 개 마을을 잇는 3백여 ㎞의 장거리 도보길인 지리산 둘레길 시범구간(남원 산내·함양 휴천 간) 개통.
2009		4월, 지리산 내 가시오갈피나무 (Ⅱ급 멸종위기 야생식물) 서식지발견(지리산국립공원사무소)
		8월, 하동녹차−일본 시즈오카 에서 열린 '세계녹차콘테스트' 에서 최고 금상수상(최고상 수상 : 이수동, 금상수상 : 김용식, 김종일, 조윤석)

후기(Epilogue)

지리산의 자연·생태보전과 인문자원의 문제

로널드 라이트(Ronald wright)[1]는 그의 저서『진보의 함정』에서 인류
의 파국을 오히려 앞당기는 결과를 초래할 수 있는 과도한 문명의 발달
을 경고하였다. 즉, 그는 위 저서에서 "한 마리의 매머드를 잡아 포식한
뒤 만족해하던 구석기인들은 곧 두 마리를, 나아가 200마리를, 그리고
더 나아가 매머드 무리 전체를 절벽으로 몰아 안써면에 죽이는 망법을
터득하였다. 그들은 처음 잠시 동안은 충분한 매머드 고기에 만족해하
였겠지만, 머지않아 매머드의 멸종으로 더 이상 매머드 고기를 맛보지
못하였을 것이다."[2]라고 하였다.

매머드 한 마리만 잡을 수 있을 때보다, 여러 마리를 한꺼번에 잡을
수 있는 방법을 터득한 것을, 보다 나은 생활을 위한 '문명의 진보'라고
할 수 있겠으나, 매머드 무리를 다량으로 동시에 죽일 수 있는 기술을
터득한 단계는 이미 자신들의 파멸을 앞당겨 자초한 단계, 즉 '진보의
함정'에 빠지는 것으로 보았다.

눈부신 과학기술의 발달로 문명을 이룩한 현대인류는, 구석기시대와

---

1) 영국 출신의 역사가이자 문필가.

2) Ronald wright 지음, 김해식 옮김,『진보의 함정』(원제: A Short history of progress),
　　이론과 실천, 2006, p.23.

는 비교가 되지 않을 정도로 더욱 광범위하고 규모가 큰 진보의 함정을 자초하고 있는 징후가 도처에 나타나고 있다. 예를 들어, 일부 생물학자들은 인간에 의하여 생물들이 급속히 멸종되어 가고 있는 문제점을 그 하나로 지적하고 있다. 즉 지구는 생명체가 탄생한 이래 가장 대규모의 −즉 6천5백만여 년 전 공룡들이 멸종한 제5차 대멸종 이후− 제6차 대멸종(The Sixth Mass Extinctions)이 진행되어 가고 있는 것으로 보고 있다. 그런데 과거 5차례에 걸친 대멸종은 모두 소행성의 충돌이나 화산활동, 또는 기후변화 등 자연재해가 원인이었던 것으로 추정되나, 이번 제6차 대멸종은 바로 인간에 의해 이루어지고 있음이 특징이다. 예를 들어 과거 북·남미와 호주, 그리고 태평양 내 여러 군도(群島)에는 인간이 새로 이주해 들어갈 때마다 기존에 번성하였던 주요 야생 동물들은 인간의 사냥에 의해 모조리 멸종당했다. 즉 지구상에 극성스러운 인류가 출현한 이래 자연 생물계는 일찍이 없었던, '절멸'이라는 최대의 위기를 맞고 있는 것이다.

또한 2010년 5월 10일 유엔환경계획(UNEP)과 생물다양성협약(CBD) 사무국이 아프리카의 케냐 나이로비에서 보고한 '제3차 세계 생물다양성 전망' 보고서에 따르면, 1970년부터 2006년까지 불과 36년 동안 지구상에 서식하던 생물종의 31%가 사라졌으며, 특히 열대지역에서는 59%, 청정해역에서는 41%의 생물종이 자취를 감춘 것으로 밝혀 졌다.[3] 그리고 제6차 대멸종의 저자이자 고생물학자인 리처드 리키(Richard Leakey) 박사와 열대우림 생태연구가 피터 레이븐(Peter Raven)은 1987년 「지구생태시스템의 위기」에서 '금세기 말까지 전세계 생물 종의 절반이 사라져갈 것'이라고 예측하였다.[4]

---

3) 서울신문, 2010년 5월 12일, 1면(http://www.seoul.co.kr/news/newsView.php?id=20100512001020).

삼림도 급격히 사라져, 한때 최대 60억ha였던 지구상의 삼림면적은
과거 수백여 년간 자연적·인위적 원인에 의해 40% 정도가 사라지고
현재는 36억ha 정도만 남은 것으로 추정되고 있다. 가히 학살이라고
불릴 정도로 인간에 의하여 세계 도처에서 대규모로 이루어지고 있는
삼림파괴에 의하여 매년 전 세계 삼림면적의 0.22%, 즉 포르투갈 국토
면적 만큼의 삼림이 사라져 가고 있는 것으로 나타나고 있다. 이에 따
라 현재의 브라질 열대우림이 2050년경에는 모두 사라지고 사막화될
것으로 보는 등, 금세기 내에 원시 열대림은 모두 없어질 것으로 전망
되고 있다. 물론 새로운 생물의 등장과 멸종은 자연현상의 일부일 수도
있겠으나, 현재의 생물들 멸종속도는 정상적인 속도보다 최소 1백 배에
서 최대 1천 배까지 빠른 것으로 추정되고 있으며,[5] 이와 같은 전 세계
야생 동·식물들의 급속한 멸종에는 문명을 가진 인간이 최대의 원인을
제공하고 있음에 문제가 있다.

그러나 역사상, 인간은 물극필반(物極必反)의 원리[6]에 따라 과도한
문명발전 후에 몰락, 즉 진보의 함정에 빠져 사라진 예도 많았다. 예를
들어 과거 서태평양 가운데에 있는 이스터(Easter) 섬 주민들은 점점 번
창해지면서 주민들 스스로가 산림을 파괴시킴으로써, 자신들 사회의
절멸을 자초하였는데, 이를 연구한 제레드 다이아몬드(Jared Diamond)
는 이와 같은 이스터섬의 사례가 미래 인류문명 붕괴의 한 모델이 될
수도 있음을 암시하였다. 또 세계 각 지역에서 흥망성쇠하였던 고대 문
명들의 멸망 원인을 연구한 조셉 테인터(Joseph A.Tainter: Tainter)[7]와

---

4) http://www. independent.co.kr/news/science/the-killer-oceans-what-really
  -wiped-out-the-dinosaurs-874661,html.
5) 국립공원관리공단 생태복원팀 이사현, 『UN이 정한 '생물다양성의 해'』, 2010.
6) 주역 '변역(變易)원리' 중의 하나로서, 사물의 발전이 극에 달하면 다시 원래 상태로
  되돌아간다는 원리.

제레드 다이아몬드8)는 각각 『문명의 붕괴』라는 저서를 통해 인류에 의해 진행되고 있는 환경파괴(Ecocide)에 의하여 역시 오늘날의 문명이 몰락될 수 있음을 경고하고 있다.

그리고 마쉬 퍼킨스(Marsh G. Perkins)9)(1801~1882)는 터키 및 이탈리아 전권대사로서, 지중해 지역을 답사한 후, 고대문명이 일어났던 지중해 지역이 지나친 삼림벌채와 농목활동으로 인하여 황폐된 것을 보고 자연보호의 필요성을 역설하였으며,10) 1864년에 저술한 『Man and Nature』에서 인간에 의한 자연파괴의 실태를 조사하고 그 위험성을 경고하였다.11)

인간에 의하여 야생동물들의 멸종, 원시림 파괴, 그리고 해양까지 포함한 광범위한 환경의 대 오염으로 모든 생물들이 멸종된 후, 그 다음 차례에 진보의 함정에 빠져 종말을 맞게 될 생물은 어느 종(種)이 될지 거의 확실하다. 따라서 미물의 야생동물들이라도 소중하게 다루어 그들의 서식환경을 보호해줘야 우리 인류의 생존도 그만큼 연장될 수 있을 것이므로, 여기에 원래의 자연 그대로의 모습을 보존해야 할 당위성이 있다. 그러므로 최소한 전국에 국립공원구역으로 지정해 놓은 지역만큼이라도 인간미답(人間未踏)의 원시성을 보존하여 생물의 다양성을 유지하도록 하는 것은 결국, 진보의 함정을 멀리하고 우리 인간을 위하는 길이라 할 수 있겠다.

물론, 오늘날 생물과 자연환경을 보호하고자 하는 노력은 세계 각국에

---

7) 고고학자. 『문명의 붕괴』(원제: 『The collapse of complex societies』).
8) UCLA대 지리학 교수, 『문명의 붕괴』(원제: 『Collapses』).
9) 미국의 지리학자.
10) 그의 노력은 미국으로 하여금 옐로우스톤(Yellowstone)을 세계 최초의 국립공원으로 지정하여 보호하게 하는 계기를 만들었다.
11) 윌리엄 노튼 저, 이전·최영준 역, 『문화지리학원론』, 법문사, 1994, p.52.

서 일어나고 있다. 그러나 각 국가·UN기구·민간 환경단체 등 수많은 공식·비 공식기구들에 의한 환경보호 노력에도 불구하고, 그들의 노력은 홍로점설(紅爐點雪)과도 같이 생물들의 절멸과 삼림파괴의 구조적 원인과 대세는 근본적으로 막기 어려울 뿐만 아니라, 환경파괴에서 비롯된 대 재앙의 위기와 한계시각은 이미 경과하였다고 보는 견해도 많다.

따라서 과거, 인간사회와의 관계 속에서 개인의 존재와 소외문제를 고민하였던 실존주의적 문제의식은, 이제 인간사회와의 관계를 떠나 자연환경과의 관계 속에서 인간의 존재문제를 사유해 보아야 할 필요성이 있게 되었다. 즉 자연환경보호 노력은, 인간을 만물의 중심으로 보는 인간중심주의적 사고를 갖고 있느냐, 아니면 자연 속에 존재하는 만물들도 인간과 동등하게 고귀한 존재가치를 갖고 있다고 보는 만물 평등주의적 사고를 갖고 있느냐에 따라 그 접근방식과 귀결점은 크게 달라질 수 있기 때문이다.

본문에서 살펴본 바와 같이, 우리 지리산은 넓고 높으며, 깊은 연유로 인하여 오랜 세월 동안 수많은 사람들이 찾아 들어와 살면서 다양한 역사·문화유적을 만들었다. 그러나 그동안 지리산도 예외 없이 문명의 물결이 밀려들어 왔다. 즉 인간편익을 위한 다양한 종류의 개발로 지리산의 자연환경도 점차 침범되는 등 많은 변화가 일어났다. 지리산 생태계를 변모하게 하는 가장 대표적인 개발은 벌목과 관통도로 개설, 각종 건축물 신축 등을 들 수 있겠다. 예를 들어 이미 개통·사용되어지고 있는 지리산 서부지역 성삼재 관통도로는 '이동거리 단축'이라는 편리성을 가져온 대신, 지리산을 조각내어 지리산 내 다양한 야생동물들의 로드 킬(Road kill)을 초래하고, 차량들의 매연으로 산림 내 대기를 오염시키는 등 자연환경을 서서히 파괴해 가고 있다.

▲ 지리산 서부 지역(성삼재) 관통도로 모습. 한국에서는 가장 넓은 산이라 할 수 있으나, 외국의 광활한 국립공원에 비하면 그다지 넓다고 할 수 없는 보호대상의 산등성이를 가로질러 관통도로가 나왔다. 위와 같은 도로, 즉 문명 편의시설은 일단 만들어지고 나면 그 편리성에 익숙해져, 일부 주민들의 저항 등으로 완전 폐쇄 또는 철거를 통한 원래 상태로의 복구는 지난할 것이다.

'인간편익을 위한 개발'과 '자연 그대로의 보존' 중 어디에 더 큰 가치를 부여하고 선택하게 될지, 그리고 지리산 어느 구역까지 개발을 위한 중장비 삽날을 들여댈지는 국민들이 결정하게 될 문제이다. 그러나 원대한 관점에서 가치의 우열은 분명히 있을 것이며, 인간의 필요에 의한 다양한 개발로 지리산의 자연·생태환경이 크게 훼손될 때, 당장 문명의 붕괴로까지 비약하지는 않겠으나, 지리산은 이미 도심 속의 인공조성 숲에 불과하게 되어, 지리산의 특징인 광대(廣大)함과 심원유수(深遠幽邃)함, 그리고 야생성(Quite wildlife)과 신령스러움도 사라지게 될 것이다. 그렇게 될 경우, 야생 동·식물들의 서식환경 파괴 못지않은 큰 손실은, 다양하고 유구한 역사·문화자원의 온축(蘊蓄)환경이 망가지게 된다는 점이다. 이에 따라 지리산은 한국의 대표적인 역사성 있는 문화 자원 발상지로서의 기능도 정지되어, 우리 민족 모두가 생명과 문화의 발원지로서 자긍심을 갖고 있었던 영산(靈山)으로서의 기능을 잃게 되는, 이른바 '진보의 함정'에 빠지게 될 것이다.

▲slow-smile 배지. 지리산국립공원사무소가 지리산 보호를 위하여 지리산탐방문화개선 캠페인에 활용하고 있다.

참고문헌

■ 시 · 군지

구례군사편찬위원회, 『구례군사』, 1987.
구례군지편찬위원회, 『구례군지』 상 · 하, 2005.
남원지편찬위원회, 『남원지』, 1992.
산청군지편찬위원회, 『산청군지』 상 · 하, 2006.
진주시사편찬위원회, 『진주시사』 하권, 1995.
하동군지편찬위원회, 『하동군지』 상 · 하, 1996.
함양군지편찬위원회, 『함양군지(增刊版)』, 1995.

■ 공문서

국립공원관리공단 자원보전팀-2047, 「국립공원 역사 · 문화자원 현황(2010, 3/4분기)」,
    2010.10.4

■ 단행본

강성조 저, 『동양사 연구』(중국편), 신양출판사, 1983.
강정화 · 최석기, 『지리산, 인문학으로 유람하다』, 보고사, 2010.
경북대퇴계연구소 · 경상대남명학연구소, 『퇴계학과 남명학』, 지식산업사, 2001.
경상대학교 남명학연구소, 『임진왜란과 진주성전투』, 1998.
고태우, 『한권으로 보는 북한사 100장면』, 가람기획, 1996.
교육인적자원부, 고등학교 『국사』, 2005.
구례문화원, 『구례 석주관칠의사』, 제일인쇄기획, 2006.
국립공원관리공단, 『국립공원백서』, 대성인쇄공사, 2001.
_____, 『국립공원 역사문화자원 자료집』, 2009.
_____ 지리산사무소, 『지리산국립공원관리계획 2006-2010』, 2006.
_____, 『지리산국립공원관리계획 2006-2010』 요약본, 2006.
국립목포대학교박물관, 전라남도 · 구례군, 『구례군의 문화유적』, 금성인쇄출판사, 1994.
국민대학교 국사학과, 『지리산문화권』, 역사공간, 2004.
_____, 『우리 역사문화의 갈래를 찾아서-지리산문화권』, 역사공간, 2004.

김남식, 『남로당연구』, 돌베개, 1984.

_____, 『남로당연구(2)』, 돌베개, 1984.

김무용, 『역사기행』, 역사학연구소 문집, 제1회 역사기행, 1993.

김민호, 『한국명산기』, 평화출판사, 1993.

김양식, 『지리산에 가련다-이천년 역사와 문화를 찾아서』, 도서출판 한울, 2008.

김일곤·이재하·전영권·황홍섭, 『지리학의 이해-주제적 접근』, 법문사, 1998.

김준엽 외, 『한국공산주의운동사』, 청계연구소, 1986.

김학주역, 『장자』, 을유문화사, 1988.

남원문화원, 『김삼의당의 생애와 시문학 연구』,호남인쇄소, 1991.

_____, 『남원의 문화유산』, 두레출판기획, 2001.

_____, 『양금신보(梁琴新譜)가 음악사에 미친 영향과 문학적 가치』, 2008.

_____, 『용성지』, 대홍기획, 1995.

_____, 『향토문화 전승과 보존의 발자취』, 그린출판, 1999.

단성향교, 『단성향교지』, 회상사, 2008.

대한불교전통연구원·삼각산도선사 공동주최, 제12회 국제불교학술회의, 『도선국사와 한국』, 1996.

로널드 라이트 지음, 김해식 옮김, 『진보의 함정』, 이론과 실천, 2006.

류재헌, 『한국문화지리』, 살림출판사, 2002.

박성내, 『엄긴긴의 긴주생긴두』, 대회홀긴시, 1991.

박세길, 『다시 쓰는 한국현대사 1』, 돌베개, 1988.

박용국 저, 최석기 감수, 『지리산 단속사, 그 끊지 못한 천년의 이야기』, 보고사, 2010.

배종호, 『한국유학의 과제와 전개』(Ⅱ), 범학, 1980.

산청군, 『산청문화재 길잡이』.

_____, 『산청투어』.

산청문화원, 『산청군 문화재편람』, 이산미디어, 2002.

성락건, 『지리산』, 고산자의 후예들, 2008.

손성모, 『선비의 고장 산청의 명소와 이야기』, 경상대학교 경남문화연구소, 2000.

송성대, 『문화지리학강의』, 법문사, 1994.

신복룡, 『한국분단사연구』, 한울아카데미, 2001.

신정일, 『다시 쓰는 택리지 2권』, 휴머니스트, 2004.

쌍계사 성보문화재연구원, 『삼신산 쌍계사기』, 2004.

안창범 역술, 『배달성전』, 민족성전 삼성궁, 1995.

_____ 지음, 『천지인 사상과 한국 본원사상의 탄생』, 삼진출판사, 2006.

연세대출판부, 『철학개론』, 1983.

오홍석, 『인문현상의 지역차와 다양성』, 교학연구사, 1992.9.

윌리엄 노튼 저, 이전·최영준 역, 『문화지리학원론』, 법문사, 1994.

유교사전편찬위원회 편, 『유교대사전』, 박영사, 1990.

유당 유종근 저, 진인호·허근 편, 『유당시집』, 순천문화원, 2003.

윤지중 편, 『新唐詩選』, 문원사, 1985.

이륙 외, 최석기 외 옮김, 『선인들의 지리산 유람록』, 도서출판 돌베개, 2000.

이병도, 『한국유학사』, 아세아문화사, 1989.

이재석 옮김, 야마모토 히로후미 감수, 『일본사』, 2002.

이중환 저, 이익성 옮김, 『택리지』, 을유문화사, 2002.

이현종, 『고시 한국사』, 법문사, 1981.

이형석, 『임진전란사』, 신현실사, 1976.

이호신, 『산청에서 띄우는 그림편지』, 뜨락, 2009.

인문한국(HK)사업 지리산권문화연구단, 2010년 국제학술대회, 『지리산, 그곳에 길이 있다』.

장영훈, 『조선시대의 명문사학 서원을 가다』, 도서출판 담디, 2005.

재레드 다이아몬드 지음, 강주헌 옮김, 『문명의 붕괴』-Collapse-, 김영사, 2006.

조좌호 저, 제2전정판 『세계문화사』, 박영사, 1992.

조지프 A테인터 지음, 이희재 옮김, 『문명의 붕괴』-The collapse of complex societies, 대원사, 1999.

제29차 세계지리학대회 조직위원회, 『한국지리』, 교학사, 2000.

지명관, 『한국을 움직인 현대사 61장면』, 다섯수레, 1996.

최병두 외, 한국지역지리학회 엮음, 『인문지리학개론』, 한울, 2008.

최석기, 『남명과 지리산』, 경인문화사, 2006.

최장집 외, 『해방전후사의 인식 4』, 한길사, 1989.

최화수, 『지리산 365日』 1~4권, 도서출판 다나, 1992.

_____, 『지리산』, 대원사, 2003.

하동군, 『서산대사 유적지 복원·정비사업 계획 수립』, 2008.

하동문화원(징연가), 『하동연가』, 하동문화원 사무국, 2008.

한국동서철학연구회, 『동서철학통론』, 문경출판사, 1993.

한국문화역사지리학회, 『우리 국토에 새겨진 문화와 역사』, 논형, 2003.

한국사사전협의회, 『한국근현대사사전』, 가람기획, 1990.

한주성, 『인간과 환경』, 교학연구사, 1991.

현대사연구소, 『한국현대사의 재인식1 : 해방정국과 미소군정』, 1998.

화개면지편찬위원회, 『화개』 화개면지 상·하권, 2002.

황재기 외 5명 공저, 『고등학교 지리부도』, 교학사, 1989.

K.Capra 저, 이성범·김용정 역, 『현대물리학과 동양사상-The TAO of Physics-』, 1987.

_____, 『독립운동사자료집』 3, 1971.

_____, 『실상사』, 선우도량출판부, 2000.

_____, 『월간 불광』, 2008년 10월호, 불광출판사.

_____, 『철학대사전』, 학원사, 1976.

▌논문

김영수, 「지리산 성모사에 취(就)하야」, 『진단학보』 Ⅱ, 진단학회, 1939.

안병걸, 「영남학파에서 퇴계학의 계승 양상」, 『退溪 李滉 특강논문집』, 예술의 전당, 우일 출판사, 2001.

손병욱, 「하동의 선교(仙敎)·선교문화」, 하동군·하동문화원, 2006.

_____, 「하동문화의 정체성 연구」, 하동군·하동문화원, 2006.

조원래, 「정유재란과 석주관 의병항쟁」.

정진영, 「남명의 현실인식과 대응」.

최석기, 「남명사상의 본질과 특색」.

▌기고문

국립공원관리공단 생태복원팀 이사현, 『UN이 정한 '생물다양성의 해'』, 2010.

김무용, 『역사기행-제1회 역사기행』, 역사학연구소 문집, 1993.

이병재, 「양남신보(梁南新譜)와 오늘이 오늘이소서 노래」.

_____, 「장승의 태자리, 남원」.

이석홍, 「400년 전 정유재란 남원성 싸움」.

▌정기간행물

동아일보, 1998년 8월 3일자.

서울신문, 2010년 5월 12일자.

조선일보, 1998년 8월 3일자.

뉴스타임즈, 『NEWS TIMES』, 2001. 6월호.

▌웹사이트

남원시청, http://www.namwon.go.kr

남원시청 백과사전, http://www.tournamwon.org/namwon_festiv/index.htm

네이버 백과사전, http://naver.com

대한불교조계종, http://www.buddhism.or.kr

두산백과사전, EnCyber & EnCyber.com http://www.encyber.com

문화재청, http://www.ocp.go.kr

민족문제연구소, http://www.banamin.or.kr

바람과 구름과 비, http://www.nul.pe.kr

실상사, http://www.silsangsa.or.kr

위키백과, http://ko.wikipedia.org

진주국립박물관, http://jinju.museum.go.kr

하동신문, http://www.hadongsinmoon.com

한국 브리태니커 온라인, http://preview.britannica.co.kr/bol/topic.asp?article_id=
   b04d2058a

화엄사, http://www.hwaeomsa.org

http://blog.naver.com/enamjahim

http://blog.naver.com/inkchange/60005740026

http://cafe.daum.net/bkm47

http://cafe.daum.net/kky304050/DmWd/317

http://cafe.daum.net/skcsony/11nL/96

http://cafe.naver.com/shinenuri/86

http://kr.blog.yahoo.com/dokdoarirang/321

http://my.dreamwiz.com/2223776

http://www.blackstar.pe.kr/doc/ta1.htm

http://www.enamwon.org/tour/sub/jrs/jrs_sub1.htm

http://www.kaemagowon.com.ne.kr/bbaljisan/ppal.htm

http://www.namwon.jeonbuk.kr

http://www.ofof.net/doc/c18-2/htm

http://www.sandlebaram.com

http://www.sansan.pe.kr/ilgi/ijkl/jirisan-1/chu-sanseang-he-gong 071021.htm

http://100.naver.com/100.nhn?docid=148195

http://100.naver.com/100.nhn?docid=148195

http://enc.daum.net/dic100/contents.do?query1=b25h0221b

http://ko.wikipedia.org/wiki/%ED%97%88%EC%A4%80

http://enc.daum.net/dic100/contents.do?query1=10XX269616

http://choyee.muan.go.kr/

http://cafe.daum.net/haenam-114/5RAz/53?docid

http://zen.buddhism.org/kr/master/samung.html

찾아보기

ㅊ

집필자 **권순목**

2010년 11월 현재: 국립공원관리공단 지리산국립공원사무소 역사·문화업무 담당
문학석사(성균관대학교 유학대학원, 전공 : 동양사상·문화)
교육학석사(충남대학교 교육대학원, 전공 : 일반사회(사회과학))
논문 : 「주역 음양대대론의 서예미학적 고찰」(성균관대학교 유학대학원 석사학위 논문)
　　　 「중국의 국제정치적 위상변화와 한·미동맹에 관한 연구」(충남대학교 교육대학원
　　　 석사학위 논문)

우리 민족정신과 문화의 꽃
지리산 이천년

2010년 11월 19일 초판 1쇄 펴냄

발간자 국립공원관리공단 지리산국립공원사무소 소장 나공주
집필자 권순목
펴낸이 김흥국
펴낸곳 도서출판 보고사

책임편집 이경민
표지디자인 윤인희

등록 1990년 12월 13일 제6-0429호
주소 서울특별시 성북구 보문동7가 11번지 2층
전화 922-5120~1(편집), 922-2246(영업)
팩스 922-6990
메일 kanapub3@chol.com
http://www.bogosabooks.co.kr

ISBN 978-89-8433-851-7 03810
ⓒ 지리산국립공원사무소, 2010

정가 20,000원